ROCKY MOUNTAIN GAMES

Band 16 der Rocky Mountain-Serie

von

Virginia Fox

Dragonbooks

‚Rocky Mountain Games‘

ISBN 978-3-906882-39-0

DIE AUTORIN

Virginia Fox, geboren 1978, war bereits im Alter von vier Jahren mit ihren zwei Hauptleidenschaften infiziert: mit der Liebe zu Büchern und Texten in jeglicher Form und der Liebe zu den Pferden. Nach dem Lesen zahlreicher Bücher und dem Schreiben verschiedener Kurzgeschichten und Essays startete sie ihr bis her größtes Projekt: Die Drachenschwestern-Trilogie. Nach der Fertigstellung der Trilogie musste sie feststellen, dass sich der Schreibvirus nicht abschütteln lässt. Im Dezember 2014 veröffentlichte sie Band 1 der neuen Rocky Mountain Serie: Rocky Mountain Yoga. Weitere Bände folgen in regelmäßigen Abständen.
Die Autorin lebt zusammen mit ihrer Tochter, ihrem Australian Cattle Dog und einem launischen Kater in Zürich.

Mehr über die Autorin auf Facebook
facebook.com/authorvirginiafox, Twitter @fox_virginia oder
virginiafox.com.

Bei Dragonbooks von Virginia Fox auch erhältlich:

Die Rocky Mountain Serie:

(Genre: Liebesroman/Spannung)

Band 1 – Rocky Mountain Yoga
Band 2 – Rocky Mountain Star
Band 3 – Rocky Mountain Dogs
Band 4 – Rocky Mountain Kid
Band 5 – Rocky Mountain Secrets
Band 6 – Rocky Mountain Fire
Band 7 – Rocky Mountain Life
Band 8 – Rocky Mountain Race
Band 9 – Rocky Mountain Lion
Band 10 - Rocky Mountain Gold
Band 11 - Rocky Mountain Crime
Band 12 - Rocky Mountain Heat
Band 13 - Rocky Mountain Snow
Band 14 - Rocky Mountain Horses
Band 15 – Rocky Mountain Kiss
Band 16 – Rocky Mountain Games
Band 17 – Rocky Mountain Love (Dezember 2018)

Drachenromane:

Die Drachenschwestern Trilogie

(Genre: Frauenromane mit einem Hauch Fantasy)

Band 1 - Die Drachenschwestern
Band 2 - Das Drachenkind
Band 3 - Das Drachenpferd

Das Drachenmädchen

(Genre: Jugend-/Fantasy)

Band 4 - Das Zeichen des Drachen
Band 5 - Die Drachen der Neuen Welt (in Vorbereitung)

Alle Neuerscheinungen und Preisaktionen werden unter virginiafox.com oder auf FB (authorvirginiafox) angekündigt.

1

Marley Spencer fröstelte, als eine Windbö sie erfasste, und zog die karierte Steppjacke enger um sich. Was machte sie eigentlich hier, fragte sie sich nicht zum ersten Mal, als sie auf den schmalen Pfad zurückblickte, auf dem sie gekommen war. Dunkle Wolken hingen über den Berggipfeln. Obwohl es erst Ende September war, schien der erste Schneefall kurz bevorzustehen. Und ausgerechnet jetzt musste sie ausprobieren, ob Wandern ein passendes Hobby für sie wäre? Wenn sie wenigstens den Rat ihrer Yogalehrerin befolgt und sich um einen Bergführer bemüht hätte. Aber nein. Nachdem sie dringend ein paar Stunden für sich haben wollte, hatte sie darauf verzichtet. „Wirklich schlau!“, schimpfte sie laut mit sich selber.

Sie war noch nie eine Outdoor-Person gewesen. Als Leseratte und Mathematikgenie hatten bald Computer ihre Aufmerksamkeit geweckt, sodass sie auch in ihrer Jugend mehr Zeit drinnen als draußen verbracht hatte.

Vor einem Jahr, gerade zu der Zeit, als sie verzweifelt nach Ideen gesucht hatte, ihr Start-Up zu finanzieren, war sie zufälligerweise über eine Anzeige gestolpert. Independence, eine kleine Stadt hoch in den Rocky Mountains mit etwas über 1.000 Einwohnern, offerierte Unternehmen einen interessanten Bonus, wenn sie sich dazu verpflichteten, ihren Standort für mindestens fünf Jahre nach Colorado zu verlegen.

Mit Feuereifer hatte sie ihr Team zusammengetrommelt und ihnen den Vorschlag unterbreitet. Nachdem alle darauf brannten, endlich ihre eigene Firma zu starten und das Computerspiel ihrer Träume zu programmieren, waren sie von der Idee begeistert gewesen. In Windeseile hatten sie die erforderlichen Bewerbungsunterlagen zusammengestellt und abgeschickt. Dann hatte das lange Warten begonnen. Nach drei Wochen kam endlich die Einladung für das persönliche Gespräch. Sie hatte ihre kümmerlichen Ersparnisse zusammengekratzt, der Rest ihres Geldes steckte bereits in der Firma, und war in ein Flugzeug nach Denver gestiegen.

Aber es hatte sich gelohnt. Kurz darauf hatten sie den Zuschlag erhalten und waren zu fünft nach Independence gezogen. Mit dem Geld des Bürgermeisters hatten sie umgehend mit der Umsetzung ihrer Vision starten können. Nach einem Jahr harter Arbeit, unzähligen schlaflosen Nächten und viel zu viel Kaffee standen sie kurz vor der Produktivsetzung.

Der Erfolg hatte allerdings auch seinen Tribut gefordert. Sie griff in ihre Hosentasche und zog eine Rolle mit Säureblockern hervor. Die Ärztin Kristina Mertens in Breckenridge hatte ihr letzte Woche offenbart, dass sie sich offenbar ein ordentliches Magengeschwür herangezüchtet hatte. Streng hatte sie ihr erklärt, dass sie ab sofort mehr auf sich achten müsse. Mehr Ruhe. Anständige Mahlzeiten. Körperliche Bewegung. Entspannung. Auf ihre Aussage, dass sie bereits zweimal die Woche zum Yoga gehe, hatte sie wenig beeindruckt mit den Achseln gezuckt.

„Das ist schön zu hören. Doch anscheinend reicht es nicht aus, um den restlichen Stress zu kompensieren."

Theoretisch nahm sie die Warnungen von Dr. Mertens durchaus ernst. Praktisch war es so, dass alle Entspannungsversuche bis nach der Veröffentlichung von Discovery Run würden warten müssen. Abermals fragte sie sich, was zum Teufel sie denn auf diesem verdammten Berg machte, wenn sie doch hinterm Schreibtisch sitzen sollte.

Daran war nur dieser Ian schuld. Sie hatte den humorvollen Mann mit den blitzenden braunen Augen und dem dichten Bart per Zufall bei einer der seltenen Gelegenheiten, wo sie mal unter Leute kam, kennengelernt. Sie waren ins Gespräch gekommen. Erstaunlicherweise war es nicht sofort abgebrochen, nachdem er erfahren hatte, was sie machte. Im Gegenteil. Vor allem die Tatsache, dass sie Neuunternehmerin war, schien ihn sehr zu interessieren. Offenbar war er auch gerade dabei, eine Firma aufzubauen.

Als sie sich verabschiedet hatten, hatten sie Nummern ausgetauscht. Seither war kein Tag vergangen, an dem sie sich nicht kurz geschrieben hatten.

Gestern hatte er sie spontan eingeladen, ihn zu besuchen. Dem Text waren Koordinaten beigefügt gewesen und eine Wegbeschreibung mit dem Auto. Ebenso spontan hatte sie heute auf einmal die angespannte Stimmung im Büro nicht mehr ausgehalten. Mit jedem neuen Problem, das sich ihnen stellte, stieg die Spannung. Auch untereinander. Eigentlich waren sie ein hervorragendes Team, das auch unter enormem Druck extrem gut zusammenarbeitete. Aber die Schwierigkeiten der letzten Monate und die schlechte Presse, die der Veröffentlichung vorauseilte, hatten bei allen ihren Tribut gefordert.

Also hatte sie sich verabschiedet und sich auf den Weg zu Ian gemacht. Allerdings zu Fuß. Nicht mit dem Auto. Mit Hilfe ihrer neuesten Wander-App war sie sich sogar ziemlich sicher, auf dem richtigen Weg zu sein. Sie hatte allerdings ihre persönliche Fitness überschätzt. Und die Wetter-App ignoriert.

Ein Blick in Richtung Himmel bestätigte ihre Befürchtungen. Gemäß den Offlinekarten auf ihrem Handy befand sie sich genau auf halber Strecke. Sollte sie besser umkehren? Unschlüssig kaute sie auf ihrer Unterlippe. Es war nicht ihre Art, auf halbem Weg aufzugeben. Nein. Sie würde das jetzt durchziehen. Ein paar Schneeflocken würden sie nicht aufhalten.

Eine halbe Stunde später musste sie einsehen, dass der erste Schneefall in den Bergen nicht mit demjenigen im Flachland zu vergleichen war. Kleine, feine Flocken, die einzeln völlig harmlos aussahen, fielen unablässig vom Himmel und bedeckten innerhalb kürzester Zeit alles mit einer gleichmäßigen, weißen Decke. Noch war es hell genug, dass sie keine Probleme hatte, ihren Weg zu finden.

Obwohl sie ihre Zehen in ihren dünnen Turnschuhen bereits nicht mehr spürte, setzte sie stur einen Fuß vor den anderen. Nur noch gefühlte siebzehn Serpentinen und weiß der Himmel wie viele Höhenmeter.

*

Ian Greene fluchte laut, als die ersten Flocken fielen. Selbst für die Rocky Mountains war der Schnee dieses Jahr verdammt früh dran. Seine Pflanzen hielten zwar Kälte gut aus, aber die tiefen Temperaturen schränkten das Wachstum ein. Hier auf fast 3.000 Metern wurden sie lange nicht so groß wie im Flachland oder im Gewächshaus. Trotzdem hatte er sich dafür entschieden, die Pflanzen im Freien anzupflanzen. Ob das Produkt dank des natürlichen Sonnenlichts tatsächlich so viel besser war, wie er hoffte, würde er erst nach der Ernte im Labor feststellen können. Die Qualität würde schon hervorragend sein müssen, um ihn davon zu überzeugen, diese Art der Aufzucht weiterzuführen. Mutter Natur war zwar großzügig mit ihren Gaben, aber auch unglaublich launisch. Siehe Schnee im September. Er seufzte und wollte sich eben umdrehen, um nach Hause zu gehen, als ihn eine Bewegung im Augenwinkel innehalten ließ. Langsam und mit einem ungläubigen Gesichtsausdruck drehte er sich um.

Welcher Idiot war dumm genug, sich bei diesem Wetter auf einen Ausflug zu begeben? Wer zum Teufel war bei diesem Wetter auf dem Trail unterwegs? Er verlagerte das Gewicht auf die Fersen und steckte seine kalten Hände in die Taschen seines warmen, winddichten Anoraks. Sollte er nachschauen, wer es war? Eigentlich hatte er überhaupt keine Lust auf Gesellschaft. Er war ein Einzelgänger. Seit er aus der Armee ausgeschieden war, hatte er sein Möglichstes getan, um unter dem Radar zu fliegen. Kein Handy, kein ungesichertes Internet. Nur Jobs, bei denen er unterm Tisch bezahlt wurde. Sein Zuhause war ein alter Trailer im Bear Spot Trailer Park, der früher seinem Großvater gehört hatte. Auf dem Papier gehörte der Trailer immer noch dem alten Bastard, obwohl er schon seit Jahren tot war.

An Weihnachten jedoch war etwas geschehen, das ihn aus seinem ewig gleichen Trott gerissen hatte. Astrid Stone hatte angefangen, ihre schon länger andauernde Hilfestellung für die weniger privilegierten Einwohner von Independence zu verstärken. Sie hatte nicht nur ganz Independence davon überzeugt, eine große Wohltätigkeitsfeier auszurichten, sondern sie war zusätzlich viele Nächte mit ihrem Bike unterwegs gewesen, um anonym dringend benötigte Geschenke in den Trailerparks zu verteilen. Bei den Betroffenen war sie als Schwarzer Engel bekannt gewesen. Andere waren über ihre Aktionen weniger erfreut gewesen und hatten sich ihr in den Weg gestellt. Doch sie hatte sich nicht beirren lassen und einfach weitergemacht.

Schließlich hatte ein besonders fanatisches Trio einen Versuch unternommen, sie umzubringen. Zufällig war er in der Nähe gewesen und hatte wenigstens eine kleine Rolle bei ihrer Rettung spielen können. So viel Mut und Tatkraft in Form einer entschlossenen, hübschen Frau hatten ihm vor Augen geführt, dass das, was er bislang für eine friedliche Existenz gehalten hatte, eigentlich nur ein halbes Leben war.

Das hatte ihn dazu veranlasst, seine Prioritäten zu überdenken. Eine Überlegung hatte zur nächsten geführt. Inzwischen hatte er sein eigenes Unternehmen gestartet. Bei der Erinnerung an all die bürokratischen Hürden, die ihm noch bevorstanden, fuhr er sich gestresst über die kurzgeschorenen Haare. An manchen Tagen war er sich immer noch nicht sicher, ob es die richtige Entscheidung gewesen war, aus seiner einsiedlerischen Versenkung aufzutauchen.

Einzig Marley, eine junge Frau, die er vor kurzem kennengelernt hatte, würde er gerne sehen. Sie war auf eine unkonventionelle Art und Weise hübsch. Braune Locken umrahmten ihr herzförmiges Gesicht. Ihre dunklen, blitzenden Augen schauten immer so konzentriert, als müsste sie ein Problem lösen. Genau diese Mischung aus Intelligenz und Verletzlichkeit hatte ihn so fasziniert, dass er entgegen seiner Gewohnheit das Gespräch gesucht hatte. Zu seiner Überraschung war es ihm total leicht gefallen, sich mit ihr zu unterhalten. Am Ende hatten sie sogar Telefonnummern ausgetauscht.

Gestern hatte er es nicht mehr ausgehalten und sie spontan eingeladen, seine Felder anzuschauen. Vielleicht etwas langweilig. Aber sein neues Projekt bedeutete ihm alles. Leider hatte sie sich auf seine Einladung hin noch nicht gemeldet. Es war auch eine spontane Idee gewesen, geboren aus der Vertrautheit, die während ihres intensiven Textaustausches entstanden war. Er seufzte. Anscheinend hatte ihm ihr Austausch mehr bedeutet als ihr. Oder sein plötzlicher Wunsch nach einem erneuten persönlichen Treffen hatte sie erschreckt. Wer wusste schon, was in Frauen vorging. Er sicherlich nicht. Ein Frauenexperte war er noch nie gewesen. Die letzten Jahre mit wenig Menschenkontakt halfen dabei auch nicht.

Während er noch über die verschiedenen Gründe für ihr Schweigen nachdachte, wandte er sich zum Gehen. Der in der letzten halben Stunde immer stärker gewordene Wind zerrte an seiner Jacke. Entschlossen zog er sie dichter um seinen Körper.

Er kniff die Augen zusammen, um die Person auf dem Trail besser sehen zu können. Das Schneetreiben verhinderte, dass er ein klares Bild sah. Irgendetwas an den Bewegungen kam ihm vertraut vor. War das etwa … Von einer Vorahnung erfüllt, rannte er los.

*

Die Person blickte wie gebannt auf den Bildschirm vor sich. Alle waren gegangen. Selbst die Teamchefin, Marley, war nicht wie sonst an ihrem Platz. Vor ein paar Stunden hatte sie plötzlich ihren PC heruntergefahren und war abgehauen.

Ganz untypisch, dachte sie mit einem Stirnrunzeln. Normalerweise war sie die Erste im Büro und die Letzte, die abends ging. Und jetzt, mitten im Endspurt, seilte sie sich einfach ab? Zeigte etwa der ständige Druck endlich Erfolg? Fast war sie ein wenig enttäuscht. Warf sie tatsächlich schon das Handtuch? Hoffentlich nicht. Schließlich brauchte sie Marley, um ihren Plan zu Ende zu führen.

Sie verschränkte die Finger und streckte die Hände durch, bis die Knöchel knackten. Es wurde Zeit, damit aufzuhören, ihr ständig Steine in den Weg zu legen. Es war nötig gewesen, um den Zeitplan zu strecken. Doch es schien, als müsste sie einen Zahn zulegen, wenn sie ihr Ziel erreichen wollte. Auf keinen Fall konnte sie riskieren, dass Marley das Projekt im letzten Moment abbrach. Dann wäre monatelange Arbeit umsonst gewesen. Nachdem sie sich mit einem prüfenden Blick auf die anderen elektronischen Arbeitsplätze vergewissert hatte, dass niemand mehr am Arbeiten war, hackte sie sich in Marleys Account ein. Das Passwort hatte sie schon vor Wochen geknackt. Ts, ts. Das war erschreckend einfach gewesen. Eigentlich wäre zu erwarten, dass jemand in Marleys Beruf und Position ein größeres Bewusstsein für Cyber-Sicherheit hatte.

Sie drückte ein paar Tasten auf dem Rechner, schrieb ein paar Codezeilen, um in den Maschinenmodus zu gelangen, und machte sich ans Werk.

Vor ihrem inneren Auge sah sie bereits, wie sich ganze Teile des Programms verändern würden. Der Horror auf den Gesichtern der Spieler, wenn sie mit der neuen Realität konfrontiert werden würden. Bye bye, gute alte Welt. Herzlich willkommen in der Hölle.

Fast hätten ihr Marley und die anderen leidgetan. Aber eben nur fast. Die Mission war zu wichtig, um jetzt kurz vor dem Ziel aufzugeben. Sie musste zugeben, dass sie nicht geglaubt hatte, dass Marley so lange durchhalten würde. Sie war tatsächlich ein wenig beeindruckt, wie lange sie am Ball geblieben war. Unermüdlich hatte sie gearbeitet, Fehler behoben, Interviews gegeben und falsche Meldungen in den einschlägigen Fachforen dementiert und richtiggestellt. Nur würde das am Ende alles nichts nützen.

Ein böses, schadenfrohes Grinsen im Gesicht fuhr die Person fort, fleißig den neuen Code zu schreiben.

*

Außer sich vor Sorge, blaffte Ian Marley als Erstes an, als er sie erreichte.

„Was um Himmels willen hast du dir dabei gedacht?!"

Ihre Augen, deren Wimpern mit Schneekristallen behängt waren, schenkten ihm einen bösen Blick.

„Sag jetzt bloß nicht, dass deine Einladung nicht ernst gemeint war!"

Sie war mit ihren Kräften am Ende. Sie hatte Hunger, ihr war kalt, Zehen hatte sie vermutlich sowieso keine mehr, zumindest keine überlebenden, und jetzt schnauzte sie auch noch der Mann an, der Schuld an ihrer misslichen Lage war. Zumindest indirekt. Normalerweise ging sie jedem Konflikt aus dem Weg. Aber in ihrem aktuellen Zustand fehlte ihr einfach die Energie für eine diplomatische Antwort.

Ian runzelte die Stirn, während er einen Arm um sie legte und den anderen unter ihre Kniekehle schob.

„He!", protestierte sie, als er sie hochhob, als würde sie nicht mehr als eine Feder wiegen. Was definitiv der Fall war. Sie war zwar schlank, umso mehr, da sie öfter Mahlzeiten vergaß, wenn sie am Arbeiten war, aber ziemlich groß. Von zierlich konnte keine Rede sein.

Ohne auf ihren Protest einzugehen, begann er den Hügel hochzumarschieren. Marley war hin- und hergerissen. Einerseits wollte sie darauf bestehen, dass er sie absetzte. Sie war durchaus in der Lage, die restlichen paar Meter auf eigenen Beinen zurückzulegen. Andererseits musste sie zugeben, dass Ians Oberkörper kuschelig warm war.

Bevor sie sich zu einer Entscheidung durchringen konnte, drang seine brummige Stimme an ihr Ohr.

„Natürlich war meine Einladung ernst gemeint. Wenn du mich hättest wissen lassen, dass du kommen willst, hätte ich dich liebend gern abgeholt. Mit meinem Truck."

Oh. Er klang verstimmt, dass sie ihn um diese Geste gebracht hatte.

„Tut mir leid", erwiderte sie. Dadurch, dass sie ihr gefrorenes Gesicht gegen die raue Wolle seiner Jacke gepresst hatte, klang ihre Stimme gedämpft. „An diese Möglichkeit hatte ich gar nicht gedacht. Ich musste nur mal ein Weilchen raus. Weg von allem. Da dachte ich, eine kurze Wanderung sei genau das Richtige."

Ian schnaubte amüsiert.

„Ausgerechnet beim Wintereinbruch."

„Das hatte ich zugegebenermaßen etwas unterschätzt."

„Tatsächlich?"

Sie hob den Kopf und schenkte ihm einen ungnädigen Blick.

„Ja, ja. Du musst es mir ja nicht auch noch unter die Nase reiben."

Er schaute auf sie hinunter und bemühte sich, sich sein Lachen zu verbeißen. Es war allerdings zu befürchten, dass es ihm nicht komplett gelang, wenn er das Feuer in ihren Augen richtig beurteilte.

„Das wäre auch unklug. In ihrem jetzigen, gefrorenen Zustand würde sie vermutlich abbrechen."

Marley versuchte an ihrer Empörung über seine frechen Kommentare festzuhalten, doch bei der offensichtlichen

Heiterkeit in seinem Ausdruck war das ein Ding der Unmöglichkeit. Wie von selbst zuckten auch ihre Mundwinkel.

„So ist es schon besser."

Ian rückte sie in seinen Armen zurecht und schlug den Pfad zu seinem Trailer ein. Als sie sich dem heruntergekommenen Wohnmobil näherten, fragte er sich plötzlich, ob das wirklich so eine gute Idee gewesen war, sie einzuladen. Die Frau hatte ein aufsteigendes Informatik-Start-Up. Sie war vermutlich anderes gewöhnt. Fairerweise musste man sagen, dass er auch nicht vorgehabt hatte, sie in sein Wohnzimmer mitzunehmen. Ein Picknick oberhalb seiner Plantage war eher sein Plan gewesen. Also, vor dem Schneesturm und dem nicht-kommunizierten Spontanbesuch zu Fuß natürlich.

Die Stiefelspitze zu Hilfe nehmend, schob er die Tür auf, marschierte zielstrebig durch den kleinen Flur und deponierte sie sanft auf dem Sofa, bevor er sich verlegen durch die Haare fuhr.

„Ich mache Tee", brummte er und wandte sich ab, der offenen Küche zu.

Sobald Ian sie abgesetzt hatte, vermisste Marley seine starken und vor allem warmen Arme. Sofort begannen ihre Zähne wieder zu klappern. Sie beugte sich vor, streifte ihre steifgefrorenen Turnschuhe ab und zog den Quilt, der auf der Armlehne des Sofas lag, über sich. Ihre schlechte Laune von eben vergessend, schaute sie sich neugierig um. Es war klar zu sehen, dass der billige Trailer seine besten Jahre hinter sich hatte. Trotzdem wirkte der Raum erstaunlich gemütlich. Die Wände schienen von innen mit Holzbalken verstärkt worden zu sein. Fast könnte man meinen, in einer Blockhütte zu sein. Ein paar Schwarz-Weiß-Fotos an den Wänden zeigten Bergpanoramen.

„Ich wusste gar nicht, dass du in einem Trailerpark wohnst", sagte sie, als ihr Ian eine Tasse schwarzen Tee reichte.

„Ist auch nicht etwas, was ich beim ersten Date herausposaune."

„Ist das etwa unser erstes Date?"

Er runzelte die Stirn.

„Sicher nicht. Sonst hätte ich dich zu Hause abgeholt. Wie es sich gehört."

„Dann kannst du unbesorgt sein. Zufällige Bekanntschaften muss man nicht beeindrucken."

Er schaute sie für ein paar Sekunden an, als wollte er ihr widersprechen. Am Ende schwieg er und setzte sich neben sie hin.

Sie trank einen Schluck Tee und hätte ihn beinahe wieder ausgespuckt. Erstens war er heiß und zweitens extrem süß. Ihre Zähne waren vermutlich auf der Stelle in ein Zuckerkoma gefallen.

„Heiß?", fragte er mit hochgezogenen Augenbrauen.

Sie nickte und schluckte tapfer.

„Gut", antwortete er zufrieden. „Und bevor du dich über den Zucker beschwerst, dein Körper braucht Energie."

Aha. Bevor ihr eine schlagfertige Antwort einfiel, schob er seine Hände unter die Decke und griff nach ihren Füßen, die sie seitlich untergeschlagen hatte. Sie blinzelte überrascht. Waren sie etwa schon an diesem Punkt angelangt? Füße waren doch etwas recht Persönliches.

„Keine Sorge", versicherte er ihr. „Das ist eine rein medizinische Maßnahme."

Las er etwa bereits ihre Gedanken? Und weshalb war sie enttäuscht, das zu hören? Vielleicht brauchte sie wirklich Urlaub. Der Stress schien ihr mehr zuzusetzen, als sie gedacht hatte. Ein paar Sekunden später jaulte sie auf. Durch seine Massage, die er ihr mit sanftem Druck verpasste, kehrte das Blut in ihre kalten Extremitäten zurück.

„Scheiße, tut das weh!"

„Ich weiß. Es tut mir leid. Nur noch ein bisschen. Anschließend kannst du sie ins warme Wasser halten."

Endlich ließ der Schmerz ein wenig nach. Stattdessen wurde sie sich immer mehr der sehr intimen Zuwendung bewusst. Ein Kribbeln, diesmal ein äußerst angenehmes, wanderte von ihren Sohlen hoch zu ihrem Zentrum. Sie studierte sein Profil, während er sich auf seine Hände konzentrierte. Dichte Augenbrauen schwangen sich über seine dunklen Augen. Die gerade Nase verlieh ihm ein entschlossenes Aussehen. Immer noch bedeckte ein kurzer, dichter Bart sein Kinn. Wie es sich wohl anfühlen würde, mit ihrer Wange darüberzustreichen? Unwillkürlich schlüpfte ein leises Stöhnen über ihre Lippen. Ian blickte auf.

„Besser?“, erkundigte sich.

Ihre Wangen fühlten sich an, als wären sie flammend rot. Großartig. Bei ihrem Glück würde er auch diesmal erraten, was sie dachte. Stumm nickte sie und zog ihre Füße weg.

„Erzähl mal, wie haben deine Pflanzen diesem Wintereinbruch standgehalten?“, fragte sie, ohne ihm in die Augen zu blicken.

Seine Schultern bebten vor unterdrücktem Lachen. Er wusste genau, dass die Frage ein Ablenkungsmanöver war. Schön zu wissen, dass er nicht der Einzige war, den der direkte Körperkontakt aus dem Gleichgewicht geworfen hatte.

„Denen geht es gut“, nahm er den Faden auf, mehr als gewillt, ihr Zeit zu lassen.

Himmel, er brauchte vermutlich ebenso viel Zeit wie sie, um sich an den Gedanken zu gewöhnen, dass es da vielleicht jemanden gab für ihn.

2

Marley rieb sich die Augen. Seit Stunden starrte sie auf den Bildschirm und wurde einfach nicht schlau aus dem, was sie sah. Per Zufall hatte sie im Code eine Zeile entdeckt, die keinen Sinn machte. Auf jeden Fall keinen, der sich ihr erschloss. Verdammt. Wie war die hierhergekommen? Und welchen Zweck sollte sie erfüllen?

Nach all den anderen Schwierigkeiten, denen sie in den letzten Wochen begegnet waren, konnte sie keine weiteren Probleme gebrauchen. Dabei war sie so zuversichtlich gewesen, dass sie endlich alle Fehler ausgemerzt hatten und daran denken konnten, mit der Vermarktung zu beginnen. Die Sponsoren und Werbeträger scharrten schon mit den Hufen. Sie waren über die ständigen Verzögerungen gar nicht glücklich gewesen. Was sie auch verstehen konnte. Schließlich waren bereits die ersten Zahlungen geflossen.

Entschlossen, dem Rätsel auf den Grund zu gehen, öffnete sie schließlich das Logprogramm. Eigentlich hätte sie das gleich zu Anfang machen sollen. Doch der Gedanke, dass jemand vom Team für diese Zeilen verantwortlich war und somit vielleicht auch für andere, unerklärliche Verzögerungen, bereitete ihr Bauchschmerzen. Das Team war quasi ihre Familie. Sollte wirklich einer der anderen dafür verantwortlich sein, würde sie das extrem enttäuschen. Andererseits gab es ja vielleicht eine harmlose Erklärung für die Änderungen am Programm.

An diesem Gedanken klammerte sie sich fest, während sie fieberhaft durch die Logeinträge der letzten Tage scrollte. Als sie den betreffenden Eintrag fand, traute sie ihren Augen nicht. Sie blinzelte und zwang sich, ihn nochmals zu kontrollieren. Geschockt starrte sie auf die verräterischen Zahlen.

Die Änderungen stammten von ihrem eigenen Computer. Zumindest behauptete das das Logbuch.

*

Ian trat ins Sweets und schaute sich in dem kleinen, erstaunlich eleganten Café um. Er war noch nie hier gewesen. Wenn er in den letzten Jahren überhaupt runter in die Stadt gekommen war, hatte er sich an das Diner gehalten. Dort fühlte er sich wohl. Die Disney Sisters waren zwar die schlimmsten Klatschbasen der Welt, doch ihn ließen sie erstaunlicherweise meist in Ruhe. Oder er bekam es einfach nicht mit. Das war auch möglich. Was auch immer der Grund war, Hauptsache, er bekam eine anständige Mahlzeit. Kochen gehörte nicht zu seinen Stärken.

Aber jetzt hatte er etwas ganz anderes im Sinn als zu essen. Er war wegen einer möglichen Zusammenarbeit hier. Sein Herz schlug ein wenig schneller, als er daran dachte, wie viel von Aileens Antwort abhing.

Eine alte, elegante Dame saß an einem der Bistrotischchen in der Ecke und trank Kaffee. Ansonsten war das Café leer.

Seine Mundwinkel hoben sich unfreiwillig, als er die Frau erkannte. Eve. Die Grande Dame von Independence. Keiner wusste so genau, wie alt sie war. Sie war immer tadellos gekleidet. Nie ging sie ohne komplettes Make-Up, ihr schickes Hütchen oder ihre hohen Schuhe aus dem Haus. Heute trug sie sogar weiße Handschuhe, die neben ihr auf dem Tisch lagen.

Bis vor Kurzem hatte sie meist ein ganzes Gefolge junger Männer um sich geschart. Gerüchteweise waren mehrere davon ihre Liebhaber. Um sich ihr jugendliches Aussehen und ihre gute Gesundheit zu erhalten, besuchte sie mehrmals wöchentlich das örtliche Yogastudio, das Jaz Carter, die Frau des Sheriffs, führte, und trieb viele der jüngeren Teilnehmer mit ihrer unglaublichen Beweglichkeit zur Verzweiflung.

Seit sie dem mehrere Monate andauernden Werben Dagoberts endlich nachgegeben hatte und ein paarmal mit ihm ausgegangen war, waren die jungen Liebhaber einer nach dem anderen unauffällig verschwunden. Dagobert war ein weiteres Original der kleinen Stadt. Ehemals ein stadtbekannter Säufer, hatte er vor ungefähr einem Jahr still und heimlich und vor allem von einem Tag auf den anderen damit aufgehört. Er wohnte in einem baufälligen Trailer an der Grenze von Independence dicht am Wald. Es wurde allerdings gemunkelt, dass er wie sein berühmter Namensvetter Unmengen von Geld hortete.

Auf jeden Fall waren sie ein ungleiches Paar. Die Gerüchteküche lief auf Hochtouren, während die Bewohner versuchten, der Beziehung der beiden auf den Grund zu gehen. Waren sie schon früher ein Paar gewesen? Oder war das eine neue Liebschaft? Hatte eine tragische Geschichte die beiden getrennt? Da Dagobert und Eve eisern schwiegen, was dieses Thema anbelangte, und sie geschätzte zwanzig Jahre älter waren als alle anderen, in seinem Fall sogar an die vierzig, blieben diese Fragen unbeantwortet.

Eve schaute von ihrer Zeitung auf. Als sie ihn unschlüssig in der Tür stehen sah, winkte sie ihn hoheitsvoll zu sich heran.

Unwillkürlich setzten sich seine Füße in Bewegung. Er grinste. Eve hatte etwas an sich, das es unmöglich machte, sie zu ignorieren.

„Schöne Frau“, begrüßte er sie und ließ sich vorsichtig auf dem zierlichen Stuhl nieder. Das Möbel sah nicht so aus, als wäre es für Männer von seiner Statur geschaffen. Er war über eins neunzig groß und entsprechend schwer. Das Arbeiten im Wald und auf dem Bau war nichts für Schwächlinge. Entweder man entwickelte den entsprechenden Körperbau und die nötige Ausdauer, oder man wechselte den Beruf. So einfach war das.

„Ein Charmeur, wie ich sehe. Haben sich die Schwierigkeiten mit dem erforderlichen Papierkram für deine Hanffelder endlich erledigt?"

Ian wunderte sich nicht, dass sie darüber Bescheid wusste. In Independence wussten alle alles voneinander. Noch mehr, seit vor ein paar Jahren die Disney Sisters mit Hilfe von Paula Carters Adoptivtöchtern die stadteigene Facebookseite ins Leben gerufen hatten. In Eves Fall vermutete er allerdings, dass sie zusätzlich noch ein kleines Heer an treuen Informanten beschäftigte. Er nickte.

„Ja. Alles in Ordnung. Die vernichtete Ernte bekomme ich zwar nicht zurück, doch der Ertrag ist ausreichend, dass ich mit meiner Geschäftsidee weitermachen kann."

Eve studierte ihn eingehend. „Und jetzt suchst du Aileen?"

„Ja", antwortete er, gar nicht überrascht von ihrer akkuraten Schlussfolgerung. „Ist sie da?"

„Nur Lily ist da, aber die kann dir sicher auch weiterhelfen."

In diesem Moment trat Aileens Partnerin, sie hatten vor einem halben Jahr geheiratet, hinter die Theke.

„Tut mir leid", rief sie quer durch den Raum. „Ich war im Lager. Wie kann ich dir helfen?"

Ian verabschiedete sich mit einem höflichen Nicken von Eve und trat an den Tresen. „Hallo Lily. Ich dachte, du hättest deinen eigenen Laden? Blumen oder so?"

Sie nickte. „Ja. Aber es hat sich herausgestellt, dass es einfacher ist, eine Aushilfe für den Blumenladen zu finden als für das Café. Oder vielleicht ist Aileen einfach heikler als ich." Sie zwinkerte ihm zu, um ihm zu verstehen zu geben, dass sie nur Spaß machte. „Dein Wunsch? Einmal in deinem Leben richtigen Kaffee trinken? Oder eines unserer sündhaft guten Eclairs probieren?"

Ian lachte. „Sollte ich jemals jemanden für den Verkauf brauchen, werbe ich dich ab. Aber zuerst brauche ich ein Produkt, und da kommt Aileen ins Spiel."

„Ach ja?", fragte Lily interessiert und legte den Kopf schräg. „Was für ein Produkt denn?"

Da war er, der Moment, in dem er seine Karten auf den Tisch legen musste. Er holte tief Luft.

„Ich bin dabei, ein Ergänzungsfuttermittel für Tiere zu entwickeln. Um die Verabreichung der Stoffe einfacher zu machen, bin ich auf die Idee gekommen, sie in Kekse zu verbacken."

„Kekse? Du meinst Hundekekse?"

„Genau", antwortete Ian, erleichtert, dass sie erst einmal keine weiteren Fragen zu den Inhaltsstoffen stellte. „Allerdings nicht nur für Hunde, sondern auch für Katzen und Pferde." Er ließ seinen Blick über die Auslage gleiten. „Allerdings sehe ich gerade, dass ihr gar keine Kekse im Angebot habt." Sein Herz sank. Er wollte wirklich gerne alles regional produzieren.

„Stimmt. Wir produzieren tatsächlich keine Kekse." Sie zuckte entschuldigend mit den Schultern und fügte erklärend hinzu: „Aileen ist Konditorin und mehr auf Patisserie ausgerichtet als auf gewöhnliche Kekse."

Ian runzelte enttäuscht die Stirn. „Schade."

„Aber warte mal. Ich weiß, wer dir vielleicht weiterhelfen könnte."

Sofort hellte sich Ians Gesichtsausdruck ein wenig auf. „Tatsächlich? Wer denn?"

„Susan Montgomery."

Überrascht schaute er sie an. „Die, deren Mutter …"

„Genau."

Susan Montgomerys Mutter war an Weihnachten in eine Verschwörung gegen die örtliche Weihnachtsfeier verstrickt gewesen. Während sie selber versucht hatte, mit Waffengewalt an die Spenden zu kommen, hatte ihre Komplizin versucht,

Astrid Stone umzubringen. Nachdem Astrid zu den wenigen Leuten gehörte, die Ian zu seinen Freunden zählte, hatte er den Anschlag sehr persönlich genommen.

„Ich weiß nicht“, antwortete er deshalb zweifelnd. Er war sich nicht sicher, ob er der Tochter dieser Irren vertrauen konnte. Andererseits, hatte Mrs. Montgomery während ihres Coups nicht sogar Aileen angeschossen? Vielleicht sollte er die Tochter nicht vorschnell verurteilen.

Zögerlich fragte er: „Hat sie nicht einen Job als Buchhalterin?“

Lily zuckte mit den Achseln. „Doch. Das macht sie auch. Aber vor einiger Zeit ist sie zu Aileen gekommen und hat gefragt, ob sie unsere Backstube für ein paar Stunden pro Woche mieten könnte. Sie versucht, ein kleines Geschäft als Keksbäckerin aufzubauen.“

„Ist dir das nicht unangenehm, die Tochter der Frau in deiner Nähe zu haben, die Aileen angeschossen hat?“

Das war vielleicht eine zu direkte Frage, doch er musste es einfach wissen.

Lily schaute ihn geschockt an. „Sicher nicht. Das war ja wohl kaum ihre Schuld! Sie hat von der ganzen Sache nichts gewusst. Im Gegenteil. Sie macht sich immer noch Vorwürfe, weil sie so ahnungslos war und somit nichts unternehmen konnte, um den Anschlag zu verhindern.“

„Uh, okay.“

Überrascht von der Vehemenz in ihrer Stimme trat er einen Schritt zurück.

„Sorry, wenn ich dir mit der Frage irgendwie auf die Füße getreten bin“, sagte er schließlich, als sie nicht aufhörte, ihn mit einem bösen Blick anzustarren.

„Es macht mich einfach wütend, wenn Leute vorschnell urteilen. Davon erlebe ich genug, aus dem einzigen Grund, weil ich mit einer Frau zusammen bin.“

„Das kann ich verstehen“, antwortete Ian verlegen und fuhr sich mit der Hand über das Gesicht.

Er kam sich vor, als würde er sich durch ein Gebiet mit Treibsand bewegen. Eine falsche Bewegung oder vielmehr ein falscher Satz, und er würde sich in Teufels Küche wiederfinden. Soziale Interaktionen waren nicht seine Stärke. Oder er war einfach aus der Übung.

„Also“, nahm er den Faden wieder auf. „Susan Montgomery backt Kekse. Und wäre vielleicht interessiert an einer Zusammenarbeit. Klingt gut. Hast du ihre Nummer?“

„Du versprichst, nett zu ihr zu sein und ihr wirklich eine Chance zu geben?“

„Versprochen“, antwortete er zerknirscht. „Und fürs Protokoll: Ich finde, dass du und Aileen ein wunderbares Paar seid.“

Diese Aussage schien sie ein wenig zu besänftigen und sie lächelte. „Danke. Hier ist ihre Nummer.“

Sie hielt ihm ihr Handy hin. Rasch tippte er die Nummer auf dem Bildschirm in sein eigenes Telefon.

„Gib Bescheid, wie es läuft.“

„Mach ich.“

*

Susan Montgomery hielt ihr altes, klappriges Auto vor dem Geschenkeshop an. Sie drehte sich um und griff nach der Box auf dem Rücksitz. Der Duft nach Erdnussbutter erfüllte den Wagen. Sie öffnete den Deckel ein wenig und äugte hinein. Alles heil. Sehr gut. Mit der linken Hand öffnete sie die Fahrertür und stieg aus.

Den Sommer über hatte sie im Geschenkeshop ausgeholfen. Von Natur aus eher menschenscheu – große Veranstaltungen konnten regelrechte Panikattacken auslösen, wenn sie sich nicht sicher fühlte – war die Arbeit hier eine Art Test gewesen. Die Geschehnisse im letzten Jahr und die Begegnung mit einem bemerkenswerten Mann hatten ihr vor Augen geführt, dass sie das Leben an sich vorbeigehen ließ, wenn sie nicht wenigstens versuchte, sich ein wenig unter die Leute zu mischen, neue Bekanntschaften zu schließen oder sogar Freunde zu finden.

Nachdem ihre dominante Mutter endlich aus ihrem Leben verschwunden war und keine Gelegenheit mehr hatte, sie täglich zu beleidigen und ihr ohnehin schon wackliges Selbstvertrauen zu untergraben, hatte sie es dank den Ermutigungen von Henrik und ihrem Sohn Tony geschafft, einen neuen Anfang zu wagen. Flüchtig dachte sie an den hübschen Profi-Snowboarder zurück, der ihr Leben innerhalb weniger Wochen auf den Kopf gestellt hatte. Wo er jetzt wohl war? Bis jetzt hatte sie sich standhaft geweigert, seinen Namen bei Google oder Facebook einzugeben. Sie glaubte nicht, dass sie es ertragen könnte, ihn mit seiner neuesten Freundin zu sehen. Dass er eine hatte, stand außer Zweifel. Er war gutaussehend, nett, ein Snowboard-Talent und hatte ein dickes Bankkonto. Entschieden verbannte sie alle Gedanken an Henrik in den hintersten Winkel ihres Hirns.

Für eine Weile hatte ihr die Arbeit im Laden gut gefallen. Der tägliche Kontakt zu einzelnen Kunden war eine willkommene Abwechslung zu ihrer doch eher einsamen Arbeit als Buchhalterin gewesen. Sobald es Herbst wurde, hatte sich allerdings herausgestellt, dass sie den vielen Touristen, die immer zahlreicher auftauchten, nicht gewachsen war. Also hatte sie ihre Stelle gekündigt. Eigentlich hatte sie erwartet, erleichtert zu sein. Doch sie bemerkte, dass ihr die Arbeit mit Zahlen, die sie von zu Hause aus für verschiedene Unternehmen in Independence verrichtete, nicht mehr genügte. Sicher, sie verdiente gut damit. Aber sie wollte auf keinen Fall wieder in ihre solitäre Existenz abgleiten, wo sie tagelang mit niemand anderem als ihrem Sohn sprach.

Immer, wenn ihre Gedanken nicht zur Ruhe kommen wollten, backte sie Plätzchen. Die Arbeit beruhigte sie. Es hatte fast etwas Meditatives, die verschiedenen Zutaten abzumessen, miteinander zu vermengen und anschließend ein herrlich duftendes Produkt in den Händen zu halten, das in den meisten Fällen eine große Portion Schokolade enthielt.

Die Hände tief in einem ihrer Keksteige vergraben, Mehl auf dem Tresen und Eierschalen auf dem Boden, hatte sie plötzlich eine Eingebung gehabt. Wieso nicht selbst gebackene Plätzchen verkaufen? Auf diese Weise wäre sie regelmäßig für wenige Minuten in Kontakt mit ihrer Kundschaft, an die sie ihre süßen Köstlichkeiten liefern würde, während sie den Rest der Zeit in ihrer geliebten Küche verbringen würde. Die Idee hatte sie nicht losgelassen. Bewaffnet mit einer Auswahl ihrer Lieblingskekse hatte sie sich daran gemacht, bei sämtlichen Geschäften Probierkekse zu hinterlassen. Nachdem sie diese Probierpakete in der kleinen Stadt verteilt hatte, waren die Aufträge unablässig in ihrer Mailbox eingetrudelt, sodass sie im Nu an die Kapazitätsgrenzen ihrer Küche gestoßen war.

Mit schlechtem Gewissen dachte sie an die Buchhaltungsaufträge, die sich in ihrem Büro stapelten und auf ihre Aufmerksamkeit warteten. Vielleicht sollte sie die Aufträge abgeben? Doch nach Jahren, während denen sie immer auf jeden Cent schauen musste, um Geld für Tonys Collegeausbildung zur Seite legen zu können, widerstrebte ihr das. Zudem wusste sie ja nicht, wie lange die Nachfrage nach ihren Keksen bestehen bleiben würde. Sie seufzte. Ein Tag mit achtundvierzig Stunden wäre schön. Vielleicht würde das helfen.

Susan schüttelte die vielen Gedanken ab und straffte die Schultern. Sie hatte noch einige Kekse auszuliefern und definitiv keine Zeit, hier auf der Straße zu träumen. Ihr Telefon läutete auf dem Beifahrersitz ihres Autos, doch sie ignorierte es. Sie würde später zurückrufen.

*

Erpicht darauf, herauszufinden, ob Susan Montgomery tatsächlich die Lösung für seine Probleme war, wählte Ian die Nummer, sobald er wieder auf der Straße stand. Es klingelte einmal. Zweimal. Dreimal. Dann sprang die Mailbox an. Sollte er eine Nachricht hinterlassen? Lieber nicht. Sein Anliegen war doch etwas komplexer als die Bestellung einer gewöhnlichen Charge Chocolate Chip Cookies. Frustriert beendete er den Anruf. Was jetzt? Nachdem er fest entschlossen gewesen war, heute endlich einen Produzenten zu finden, hatte er gar nichts anderes geplant. Er hatte sozusagen frei. Haha. Ob er Marley besuchen sollte? Seit ihrem überraschenden Besuch vor einiger Zeit hatten sie sich nicht mehr gesehen. Obwohl er nicht recht verstand warum, vermisste er sie seither.

Während ihrer vielen Texte und selteneren Telefongespräche war ihm allerdings aufgefallen, dass Marley sehr angespannt war. So wie er es verstanden hatte, befand sich ihr Projekt im Endspurt. Das hieß so viel wie lange Arbeitstage und wenig Freizeit. Nachdem er nur zu gut verstand, wie viel der Aufbau einer Firma forderte, hatte er sie nicht gedrängt. Doch er wollte sie unbedingt wiedersehen. Und zwar möglichst bald.

Er warf einen Blick auf die Uhr. Schon nach zwölf Uhr. Also könnte er eigentlich bei ihr im Büro auftauchen und sie zum Lunch einladen. Essen musste schließlich jeder. So wie er das mitbekommen hatte, ließ sie sowieso viel zu oft eine Mahlzeit ausfallen, weil sie konzentriert in ein Problem mit ihrem aktuellen Game vertieft war. Eigentlich brauchte sie einen Aufpasser, der sie regelmäßig fütterte. Er grinste, als er sich vorstellte, was Marley sagen würde, wenn sie ihn hören könnte. Es war ihm schon klar, dass das ziemlich chauvinistisch klang. Aber Tatsache war, dass er sich Hals über Kopf in sie verliebt hatte und sich einfach gerne um sie kümmern wollte.

Bevor ihn der Mut verließ, seine Idee durchzuziehen, ging er los in Richtung von Marleys Büro.

3

Ian streckte den Kopf ins große Büro. Es war leer. Nur Marley saß an ihrem Platz. Ihren Kopf in die Hände gestützt, starrte sie auf ihren Bildschirm, völlig versunken in ihre eigene Welt. Er klopfte an den hölzernen Türrahmen, um seine Anwesenheit anzukündigen.

Wie von der Tarantel gestochen sprang Marley hoch und blickte wild um sich. Als sie ihn im Eingang stehen saß, fasste sie an ihr klopfendes Herz.

„Himmel! Hast du mich jetzt erschreckt!"

Ian runzelte die Stirn. Täuschte er sich, oder war Marley aus irgendeinem Grund noch angespannter als sonst?

Besorgt näherte er sich ihr mit großen Schritten und fasste sie an den Schultern.

„Alles in Ordnung?"

Sie starrte ihn mit weit aufgerissenen Augen an. Geduldig wartete er ab und rieb fürsorglich über ihre Oberarme.

„Ja", antwortete sie schließlich, nur um sich gleich darauf selber zu widersprechen. „Nein. Ach, ich weiß es nicht", murmelte sie. Sie schloss die Augen und ließ frustriert ihren Kopf gegen seine Brust sinken. Kurz überlegte sie, ob das vielleicht unangemessen war. Schließlich kannten sie sich erst seit Kurzem. Aber dann entschied sie, dass es ihr egal war. Es fühlte sich einfach zu gut an, sich einen Moment an ihn zu lehnen und sich der Illusion hinzugeben, nicht alles alleine schaffen zu müssen.

Ian legte die Arme um sie und zog sie an sich. Es berührte ihn tief, dass sie ihm instinktiv zu vertrauen schien, obwohl sie sich erst seit Kurzem kannten. Vielleicht hätte es ihn beunruhigen sollen. Stattdessen weckte es in ihm ein Gefühl tiefster Zufriedenheit. Einzig die Tatsache, dass sie einen Grund hatte, so angespannt zu sein, gefiel ihm nicht. Entschlossen, der Sache auf den Grund zu gehen, schob er sie schließlich ein kleines Stück von sich weg.

„Probleme?"

Sie seufzte und nickte dann.

„Lassen sie sich in der nächsten Stunde lösen?"

Sie runzelte die Stirn, als wüsste sie nicht, worauf er hinauswollte. „Nein. Wahrscheinlich nicht. Leider."

„Lass uns essen gehen."

Essen? Der Gedanke an Essen lag ihr momentan etwa gleich fern wie die Milchstraße. Oder die nächste Galaxie. Seit ihrer Entdeckung war ihr schlecht. Die unausweichlichen Schlussfolgerungen waren einfach zu schrecklich.

Als Ian merkte, dass sie seiner Idee nicht sehr aufgeschlossen gegenüberstand, verlegte er sich aufs Zureden. Es war offensichtlich, dass etwas sie aus der Fassung gebracht hatte. Eine warme Mahlzeit würde wenigstens sicherstellen, dass sie genügend Energie hatte, wenn sie sich des Problems annahm.

„Komm wenigstens mit und leiste mir Gesellschaft, wenn du selber nichts essen willst. Dann kann ich dir alles über meinen Vormittag erzählen."

Marley zögerte, nickte aber dann.

Ian atmete erleichtert auf. Der erste Schritt war geschafft. Wenn sie ihm erst einmal gegenüber saß und einen Teller dampfendes Essen vor sich hatte, würde sie sich vielleicht doch entschließen, etwas zu essen.

*

Wie immer um die Mittagszeit war das Diner gut besucht. Große Fenster ließen die Sonnenstrahlen hinein. Ihnen entlang reihte sich Nische an Nische. Die Polster waren mit von der Sonne ausgebleichtem, roten Kunstleder bezogen. In der Mitte des Raumes befanden sich mehrere Tische mit Stühlen, die bei Bedarf zusammengeschoben werden konnten.

Eine lange Bar zog sich an der Rückseite entlang. Dahinter verband eine altmodische Schwingtür den Schankraum mit der Küche. Ein wenig versteckt, auf der rechten Seite, befanden sich die hölzernen Dartscheiben und der Billardtisch. Abends vertrieben sich dort meistens ein paar Einheimische die Zeit mit einem Spielchen. Über Mittag jedoch lag der Bereich verlassen da.

Munteres Stimmengemurmel, das Geklapper von Geschirr und Kurts Stimme, die aus der Küche drang, prägten die Atmosphäre. Der Geruch nach leckerer Hausmannskost lag in der Luft. Zwei riesige Bordeaux-Doggen und ein kleiner Mischling mit kurzen Beinen und einem hässlichen Gesicht kamen ihnen entgegen und begrüßten die Neuankömmlinge freudig. Das Diner kannte kein Hundeverbot. Die Anzahl der Hundebesitzer unter den Gästen war einfach zu hoch und keiner störte sich an den vierbeinigen Besuchern. Das entsprach vielleicht nicht den allgemein gültigen Hygienegesetzen, doch darum scherte sich hier keiner.

Marley ließ sich auf der Stelle auf die Knie nieder, was sie ungefähr auf die gleiche Höhe mit den Hunden brachte, und umarmte alle.

„Ihr seid genau das, was ich jetzt gebraucht habe“, murmelte sie.

Ian kraulte derweil den kleinen Hund.

Kat, die Besitzerin der beiden und Inhaberin des ortseigenen Tierheims *Safe Haven*, näherte sich ihnen grinsend.

„Ich habe dir doch schon oft gesagt, du sollst dir einen eigenen Hund holen. Dann müsstest du wenigstens regelmäßig an die frische Luft."

„Ja, ja." Marleys Stimme klang gedämpft, hatte sie doch das Gesicht an Nikitas breitem Nacken vergraben. Der Rüde Rocky lag zu ihren Füßen und ließ sich den Bauch kraulen. „Ich arbeite einfach so viel. Der arme Hund würde sich zu Tode langweilen."

„Dafür könnte er immer bei dir sein. Wer hat schon die Möglichkeit, seinen Hund zur Arbeit mitzunehmen?"

„Das stimmt", gab Marley zu und schaute auf. „Ich überlege es mir. Wieder einmal."

„Komm einfach mal vorbei."

„Ha! Das mach ich erst, wenn ich sicher bin, dass ich auch einen haben will."

„Keine Angst. Am Ende deines Besuchs willst du das schon."

„Das ist es ja, was ich befürchte."

„Kat, gut, dass ich dich treffe", mischte sich Ian ins Gespräch ein.

Kats Gesicht hellte sich auf, als sie eine Chance witterte, einen anderen ihrer Schützlinge zu platzieren. Sie war immer bestrebt, gute Plätze für sie zu finden.

„Suchst du einen Hund? Alternativ hätte ich noch eine Ziege, ein Mini-Pig und ein Dutzend Katzen zur Auswahl", zählte sie auf.

Ian lachte.

„Keine Ahnung. Darüber habe ich noch gar nicht nachgedacht. Vielleicht wäre das gar keine schlechte Idee?"

Kat warf Marley einen triumphierenden Blick zu. „Siehst du? Es gibt auch vernünftige Menschen."

Für einen Moment vergaß Marley ihre Sorgen und rollte nur amüsiert die Augen. „Vernünftig ist immer relativ."

Bevor die beiden Frauen wieder in ihren freundschaftlichen, verbalen Schlagabtausch abdrifteten, räusperte sich Ian.

„Ich wollte dich eigentlich wegen etwas anderem sprechen. Es dauert allerdings länger, fürchte ich. Kann ich mal vorbeikommen?"

„Klingt spannend. Klar, komm einfach vorbei. Die Öffnungszeiten stehen auf der Webseite."

„Super. Mach ich die Tage gerne." Ian wandte sich wieder Marley zu, die inzwischen dazu übergegangen war, die hässliche Bella zu streicheln. „Lass uns einen Tisch suchen und etwas zu essen bestellen."

Widerwillig ließ Marley von Bella ab. Entschuldigend strich sie ihr ein letztes Mal über den Rücken. Vielleicht sollte sie wirklich ernsthaft darüber nachdenken, sich einen Hund anzuschaffen. Jedes Mal, wenn sie mit einer der Fellnasen in Kontakt kam, spürte sie, wie sich ein Knoten in ihrem Magen löste. Eigentlich ganz ähnlich wie der Effekt, den Ians beiläufige Berührungen hatten. Hm …

Miss Minnie, die zusammen mit ihrer Schwester Daisy das Diner und das zugehörige Bed & Breakfast führte, strahlte, als sie die beiden entdeckte. Mit schnellen Schritten und wogendem Busen kam sie in ihrer rotweiß karierten Schürze an ihren Tisch.

„Wie schön, dass ihr bei uns vorbeischaut. Kaffee?"

„Äh, ja, gerne?"

Marleys Stimme hob sich gegen Ende ihrer Antwort, sodass es mehr wie eine Frage klang. Sie war von der offensichtlichen Freude der Patronin, sie beide zusammen im Diner zu sehen, so überrascht, dass sie sich nicht sicher war, was die richtige Antwort war. Menschen waren seltsam. In den meisten Fällen zog sie die Klarheit eines gut geschriebenen Computercodes der Interaktion mit anderen Leuten vor. Dort bestand wenigstens nicht die Gefahr, unversehens in ein Fettnäpfchen zu treten.

Ian grinste nur und schüttelte erheitert den Kopf. Im Gegensatz zu Marley wusste er genau, woher Miss Minnies Begeisterung stammte.

„Witterst du etwa eine neue Wette?“, fragte er gedehnt und schenkte ihr einen herausfordernden Blick.

Nicht, dass sein Blick auch nur die geringste Wirkung gezeigt hätte. Die ältere der Disney Sisters legte den Kopf in den Nacken und lachte schallend.

Marleys Verwirrung wurde immer größer. Wenn sie es nicht besser wüsste, würde sie vermuten, dass die beiden sich in einer Art Geheimsprache unterhielten.

Als sich Miss Minnie wieder beruhigt und ihre Tränen abgewischt hatte, stützte sie sich mit beiden Handflächen auf dem Tisch auf. „Denkst du etwa, wir hätten euch beide noch nicht auf dem Schirm?“

Oje, dachte Ian. Dabei hatten Marley und er ihnen weiß Gott keinen Grund zur Spekulation geliefert. Zumindest war er dieser Meinung gewesen. Das zeigte nur, wie man sich irren konnte.

Schließlich wurde es Marley zu blöd. „Kann mich mal jemand aufklären, worum es eigentlich geht?“

„Was? Du kennst die örtliche Wetttradition noch nicht?“ Miss Minnie klang ehrlich entsetzt.

„Doch, natürlich.“

Es war unmöglich, über längere Zeit in Independence zu leben und nichts von den unzähligen Wetten mitzubekommen, die andauernd liefen. Das berühmt-berüchtigte schwarze Wettbüchlein wurde von den Disney Sisters geführt. Sie hüteten es wie ihren Augapfel. Jeder durfte eine Wette starten. Dabei war es ganz egal, ob es sich um den erwarteten Geburtstermin eines Babys, den ersten Schneefall des Jahres oder um den Zeitpunkt eines ersten Kusses handelte. Der Gewinner erhielt seinen Einsatz zurück und ein Essen für zwei Personen im

Diner. Der Rest wanderte in einen Fonds, der vom Bürgermeister verwaltet wurde.

Das Geld aus dem Fonds wurde für soziale Zwecke wie Stipendien verwendet. War jemand krank und benötigte eine medizinische Behandlung, die nicht von der Versicherung gedeckt wurde, konnte er einen Antrag stellen. Alles in allem eine gute Sache, auch wenn das Geld dafür aus einer unkonventionellen Quelle stammte.

„Ich weiß nur nicht, was das Wettbüchlein mit mir oder", sie deutete auf Ian, „mit ihm zu tun haben sollte."

Das löste einen erneuten Lachanfall bei Miss Minnie aus.

„Ich bringe euch euer Essen", erklärte sie schließlich bestimmt, „und überlasse es deinem Freund, dich aufzuklären."

Bevor Marley protestieren konnte, dass sie weder Ians Freundin war noch etwas zu essen wollte, war die Patronin verschwunden.

„Sie ist so etwas wie eine Naturgewalt, stimmt's?" Ihre Stimme klang ehrfürchtig.

„Kein schlechter Vergleich", gab Ian zu, während seine Schultern vor unterdrücktem Gelächter bebten.

Marley verschränkte die Hände und schaute ihn erwartungsvoll an.

„Was?"

„Na, ich warte auf die Erklärung." Marley gestikulierte in die Richtung, in die Miss Minnie verschwunden war.

„Aah. Ja …", druckste er herum.

Sie runzelte die Stirn und betrachtete ihn genauer. Fast sah es so aus, als wäre er verlegen. Das konnte doch nicht sein. Oder etwa doch? Fast hätte sie gekichert. Es war ein Erlebnis, diesen so selbstsicheren, großen Mann einmal um Worte ringen zu sehen.

„Ich dachte eigentlich, es wäre niemandem aufgefallen, wie gut wir uns auf der Eröffnungsfeier des neuen Restaurants *Bounty* unterhalten haben."

„Interessiert das denn irgendwen? Ich meine, ich bin … ich. Keine besonders interessante Person."

Ian setzte an, ihr zu widersprechen, doch Marley hob die Hand, um ihn zu stoppen.

„Mag schon sein, dass du mich interessant findest, auch wenn das ebenfalls kaum zu glauben ist, aber für andere? Ich bin nur eine normale, junge Frau, die versucht, ihr Business auf die Beine zu stellen." Sie zuckte mit den Schultern. „Und auch wenn ich der Meinung bin, dass du eine um einiges spannendere Person bist als ich, verbringst du die meiste Zeit auf dem Berg. Mit deinen Pflanzen."

Ian wusste nicht recht, ob er empört oder belustigt sein sollte. Empört, weil sie so eine schlechte Meinung von sich selbst hatte, oder belustigt, weil sie die Situation eigentlich recht akkurat zusammengefasst hatte. Aber eben nur eigentlich. Schließlich war das hier Independence. Da galten keine normalen Regeln.

„Marley, hier finden alle alles spannend und somit interessant genug, um eine Wette darüber abzuschließen. Himmel, vermutlich laufen sogar Wetten über den Ausgang meiner Ernte. Oder die Anzahl Kolibris, die du täglich fütterst."

Marley senkte verlegen den Blick, als ihr klar wurde, dass ihm die vielen Zuckerwasserspender auf dem kleinen Balkon ihres Büros aufgefallen waren.

„Sie sind so niedlich", murmelte sie zu ihrer Verteidigung. „Zudem brauchen sie die Energie. Sie können besser fliegen als jeder Helikopter. Vorwärts, seitwärts und sogar rückwärts. Stell dir vor, wie viel Kraft das braucht, um bis zu fünfzig Flügelschläge pro Sekunde hinzukriegen. Sie atmen 250 Mal in der Minute und ihr Puls liegt bei 500 bis 700. Außer, sie schlafen. Dann senken sie die Herzfrequenz ab."

„Wow", antwortete Ian, als sie Luft holte. „Du kennst dich ja wahnsinnig gut aus mit Kolibris."

Marley lachte. „Tja, als ich in die Rocky Mountains gezogen bin, hätte ich nie erwartet, diese niedlichen Flugkünstler anzutreffen. Bis zu diesem Zeitpunkt haben Kolibris in meiner Vorstellung an irgendwelchen exotischen Orten gelebt. Du kannst dir meine Überraschung vorstellen, als ich den ersten live gesehen habe. Aus Sorge, der kleine Kerl hätte sich verirrt, habe ich mich über die Vogelart schlau gemacht." Sie zog die Nase kraus. „Wenn ich etwas recherchiere, höre ich erst auf, wenn ich alles darüber weiß", erklärte sie mit einem selbstironischen Lachen.

„Das ist unglaublich." Er war ehrlich beeindruckt.

„Das ist doch nichts Besonderes. Es hat mich einfach interessiert."

Entschieden schüttelte Ian den Kopf. „Das sehe ich nicht so. Es spricht von einem großen Interesse und einer hoher Intelligenz."

Um etwas Leichtigkeit in die Unterhaltung zu bringen und auch, um die Aufmerksamkeit ein wenig von sich abzulenken, legte sich Marley affektiert die Hand aufs Herz.

„Pass nur auf! Sonst wird mein Kopf noch so groß, dass ich nicht mehr durch die Tür passe."

Bevor er etwas darauf erwidern konnte, stand Miss Minnie mit zwei dampfenden Tellern neben ihrem Tisch.

„Heute gibt es mexikanische Reispfanne", teilte sie ihnen mit und stellte die Teller auf den Tisch. „Guten Appetit!"

„Danke", sagte Marley, als das Essen vor ihr stand. Der Duft von Kreuzkümmel und geschmolzenem Käse stieg ihr in die Nase. Unverzüglich begann sie zu essen. Vielleicht würde das Ian abhalten, noch mehr zu sagen.

Ian durchschaute ihre Taktik nur zu gut. Nachdem sein ursprüngliches Ziel jedoch gewesen war, sie dazu zu bringen, etwas zu essen, verzichtete er darauf, die Diskussion weiterzuführen. Er war gespannt, wie lange es dauern würde, bis sie ihm auf die Schliche kam.

Erleichtert stellte Marley fest, dass ihre Vorgehensweise erfolgreich zu sein schien. Erst als sie beinahe fertig war, hielt sie inne. Stirnrunzeln schaute sie von ihrem fast leeren Teller auf und schenkte Ian einen misstrauischen Blick.

„Das hast du absichtlich gemacht, oder?"

Ian verschluckte sich beinahe, so musste er lachen.

„Nein, nein", protestierte er und bemühte sich um seinen unschuldigsten Gesichtsausdruck.

„Ich glaube dir kein Wort", sagte sie anklagend und deutete mit der Gabelspitze in seine Richtung.

Er hob die Hände. „Du warst so erpicht darauf, das Gespräch abzubrechen, da wäre es doch wirklich unhöflich gewesen, dich weiter mit Fragen zu löchern."

„Hmpf. Das nennt man dann wohl ein Eigentor!" Ihre Mundwinkel zuckten jedoch belustigt, während sie das sagte.

Ians Miene wurde ernst. „Fühlst du dich denn jetzt nicht besser, nachdem du etwas im Magen hast?"

Marley spürte in sich hinein. Doch. Erstaunlicherweise schon. Also nickte sie.

„Gut", antwortete er zufrieden.

Als kein weiterer Kommentar folgte, beäugte sie ihn misstrauisch. „Kein *Ich-habs-dir-doch-gesagt*?"

Verwundert schaute Ian von seinem Teller auf, wo er gerade versuchte, die letzten Reiskörner auf die Gabel zu schieben.

„Wieso sollte ich das denn sagen? Es ging mir nur darum, dafür zu sorgen, dass es dir besser geht. Nicht darum, recht zu haben."

Damit war das Thema für ihn anscheinend abgeschlossen und er machte sich erneut an die Verfolgung der letzten Reste auf seinem Teller.

Marley starrte ihn ungläubig an. Sicher, er war ihr seit ihrem ersten Gespräch sympathisch gewesen. Aber aus ihrer zugegeben eingeschränkten Erfahrung mit Männern ließen sich die wenigsten die Gelegenheit entgehen, ihre Überlegenheit herauszukehren. Was in der Vergangenheit unweigerlich dazu geführt hatte, dass sie die Beziehung im Anfangsstadium abgebrochen hatte. War es wirklich möglich, dass Ian anders war? In ihrem Inneren breitete sich ein warmes Gefühl aus. Wie eine Blume, die ihre Blüte bei den ersten Sonnenstrahlen öffnete, war sie plötzlich vorsichtig optimistisch. Vielleicht hatten sie ja tatsächlich eine Chance? Unvermittelt strahlte sie ihn an.

„Was?", fragte er überrascht, als er ihr Lächeln sah.

Immer noch lächelnd, schüttelte sie vage den Kopf. „Na, du. Ich habe nur gerade festgestellt, dass du ganz okay bist."

Seine Mundwinkel zuckten, während er nach der Serviette griff und seinen Mund abwischte.

„Ganz okay, was?"

Sie grinste. „Ja."

„Heißt das, du bist bereit, mir zu erzählen, was dich heute so aus der Fassung gebracht hat?"

„Ähm, ich weiß nicht …", versuchte sie sofort zurückzurudern.

Ian griff nach ihrer Hand. Seine Hand fühlte sich warm und stark an. Er hielt sie nicht fest, sondern stellte nur Kontakt her. Marley spürte, wie ihr Widerstand immer schwächer wurde.

„Erzähl es mir doch einfach. Ich kann nicht versprechen, dass ich dir helfen kann, Himmel, ziemlich sicher kann ich das nicht. Schließlich weiß ich nur knapp, wo ich meinen Computer einstellen muss. Aber ich kann dir zuhören. Und manchmal hilft der Blick eines Außenstehenden."

Eigentlich war es sogar ein Vorteil, dass er so gar nichts mit ihrem Business zu tun hatte. Zumindest würde er nicht zur Konkurrenz oder zur Presse gehen und sich das Maul über ihre Probleme zerreißen. Und sie wollte dringend mit jemandem darüber sprechen, wenn sie ehrlich war. Der Gedanke, dass jemand aus ihrem eng zusammengewachsenen Team für all die Probleme und Katastrophen verantwortlich war, schnürte ihr die Luft ab. Nachdem ihre Eltern nicht mehr lebten und sie auch keine Geschwister hatte, war das Team so was wie eine Ersatzfamilie für sie geworden. Diesen Zusammenhalt zu verlieren, wäre schrecklich für sie. Viel schlimmer als alle geschäftlichen Konsequenzen, die sich aus diesem Loyalitätsbruch ergeben würden.

Ian, der ihren inneren Konflikt spürte, wartete geduldig. Er strich ihr nur sachte mit dem Daumen über den Handrücken und zeigte ihr so wortlos seine Unterstützung.

Die sanfte Berührung schien den Ausschlag zu geben. Nach einem letzten prüfenden Blick auf sein Gesicht, als wollte sie abschätzen, wie ernst er sein Angebot meinte, holte sie tief Luft und begann zu erzählen.

4

Als Marley eine Viertelstunde später alles zusammengefasst hatte, war Ian ziemlich sprachlos. Er hatte keine Ahnung gehabt, mit welchen Schwierigkeiten sie in den letzten Monaten zu kämpfen gehabt hatte. Sicher, er war auch auf Probleme gestoßen. Die Konfiszierung eines ganzen Hanffeldes war nicht zum Lachen gewesen. Doch insgesamt kam er mit seinem Projekt ganz gut voran. Vor allem war er für alles selber verantwortlich und nicht auf andere angewiesen. Das war zwar manchmal mühsam, weil er buchstäblich alles selber machen musste. Auf der anderen Seite musste er auch nicht befürchten, dass ihm jemand aus dem Team in den Rücken fiel.

Aus seiner Zeit in der Armee wusste er sehr gut, wie es war, in einem Team zu arbeiten. Sie waren wie eine große Familie gewesen. Er hatte immer gewusst, dass er sich zu hundert Prozent auf seine Kumpels verlassen konnte. Auch wenn sich Marley und ihr Team nicht in einer Situation befanden, in der es um Leben und Tod ging, vermutete er, dass sie nach so vielen Monaten, in denen sie gemeinsam auf ein Ziel hingearbeitet hatten, ähnlich eng miteinander verbunden waren. Zu wissen, dass einer davon bewusst das Projekt sabotiert hatte …

„Und du bist dir sicher, dass es jemand aus deinem Team war?"

Marley schüttelte unglücklich den Kopf. „Ich weiß es nicht. Ich will es nicht glauben und kann es mir eigentlich nicht vorstellen. Bei niemandem. Aber ich wüsste nicht, was es für eine andere Erklärung geben könnte. Ich weiß nur, dass ich es nicht war. Das heißt, es muss sich jemand an meinem PC eingeloggt haben. Wer außer meinem Team soll das sein?"

„Hm …", sagte er nur. „Steht in diesem Logbucheintrag auch eine Zeit dabei?"

„Ja. Es war an dem Nachmittag, an dem ich dich besucht habe. Ich kann es also tatsächlich nicht gewesen sein", antwortete sie ein wenig patzig.

„Himmel, das wollte ich doch damit nicht andeuten. Ich gehe davon aus, dass du dich auch daran erinnern würdest, wenn du den Code umgeschrieben hättest."

Niedergeschlagen ließ sie die Schultern nach vorne fallen und stützte ihren Kopf in die Hände.

„Ja. Zumindest hoffe ich das. Alles andere würde nicht sehr für meine geistige Gesundheit sprechen." Sie richtete ihre dunklen Augen auf Ian. „Was soll ich nur tun? Mein ganzes Geld steckt in dem Projekt. Und das Team ist doch meine Familie. Ich habe sonst niemanden."

Ihre Stimme klang ganz verloren. Ian hasste es, sie so zu sehen. Marley war zwar introvertiert. Aber wenn man sie erst einmal kennenlernte, hatte sie einen wunderbaren Sinn für Humor und vor allem einen positiven Ausblick aufs Leben im Allgemeinen. Impulsiv streckte er die Hand über den Tisch und legte sie ihr in den Nacken. „Und mich. Mich hast du jetzt auch."

Ihre Augen weiteten sich überrascht, doch dann lehnte sie sich vertrauensvoll in seine Berührung.

„Danke." Sie brachte sogar ein schwaches Lächeln zustande. „Aber wenn du nicht die Gerüchteküche anfeuern willst, nimmst du deine Hand besser wieder weg. Sonst steht morgen unser Heiratstermin im schwarzen Büchlein."

Sie schätzte seine Bemühungen, sie aufzumuntern. Gleichzeitig wollte sie nicht zu viel in seine spontane Handlung hineinlesen. Sie kannten sich ja kaum.

Beeindruckt, dass sie es sogar in dieser Situation schaffte zu scherzen, drückte er kurz liebevoll ihren Nacken, bevor er die Hand widerwillig zurückzog.

„Lass sie doch. Von mir aus können sie sich bei ihren Wetten austoben. Ich habe noch nie viel auf Klatsch und Tratsch gegeben und werde bestimmt nicht jetzt damit anfangen."

Er schwieg einen Moment, während er in Gedanken alle seine Bekannten durchging. Irgendjemand musste doch darunter sein, der sich mit Computern auskannte.

„Was überlegst du?"

„Ob ich jemanden kenne, der sich mit Computern auskennt", antwortete er ehrlich.

Da sie nicht verstand, was er damit meinte, runzelte sie die Stirn. „Was soll das helfen? Ich kenne mich selber mit Computern aus."

„Im Allgemeinen? Oder mit der Programmierung von Spielen?"

„Besteht da ein Unterschied? Worauf willst du hinaus?"

„Gehen wir mal davon aus, dass deine Teammitglieder nicht dahinterstecken, sondern eine außenstehende Person. Das würde heißen, dass sich diese Person in euer Netzwerk gehackt hat. Kennst du dich mit Hacks aus?"

„Oh. An diese Möglichkeit hatte ich gar nicht gedacht."

„Keine Ahnung, ob ich auf der richtigen Spur bin", versuchte er ihren neuerwachten Enthusiasmus zu dämpfen, für den Fall, dass er falsch lag.

„Das weiß ich auch nicht. Aber immerhin ist es ein neuer Ansatz. Danke!"

„Ich habe gar nichts gemacht."

„Doch. Zugehört. Und mir eine neue Perspektive gegeben. Ich weiß auch schon, wen ich diesbezüglich fragen kann."

„Echt? Mir ist nämlich leider niemand eingefallen."

„Mir schon. Cole Carter hat doch diese Security-Firma. Soweit ich weiß, kümmern die sich auch um Cyberkriminalität."

„Stimmt. An Cole hatte ich gar nicht gedacht. Ruf ihn an“, drängte er.

„Mach ich.“

Ian stand auf und legte ein paar Scheine auf den Tisch. „Ich muss leider los. Ist es in Ordnung, wenn du dich alleine mit Cole triffst?“

„Ja, klar. Nochmals danke für den Zwangslunch.“ Sie zwinkerte ihm zu, um ihm zu verstehen zu geben, dass sie nur scherzte.

„Gerne. Jederzeit. Ruf mich an, wenn du mehr weißt, okay?“

„Okay. Und tut mir leid, dass ich gar nicht gefragt habe, wie es deinem Projekt geht.“

„Kein Problem. Das kann ich dir auch später noch erzählen.“

Etwas ungläubig starrte Marley ihm nach, als er das Diner verließ. Der Mann war tatsächlich fast zu gut, um wahr zu sein. Als sie ihn nicht mehr sehen konnte, griff sie nach dem Geld auf dem Tisch. Kopfschüttelnd stellte sie fest, dass er genug dagelassen hatte, um beide Mahlzeiten zu bezahlen. Sogar ein Trinkgeld war dabei. Die Wunder nahmen kein Ende.

Aber das Beste war sein Tipp gewesen, einen Sicherheitsexperten für Computer zu Rate zu ziehen. Wenn sie es sich recht überlegte, hatte sie dieses Thema bisher tatsächlich sträflich vernachlässigt. Gute und effektive Firewalls waren teuer. Als Chefin des Start-Ups war sie immer bemüht gewesen, Geld zu sparen, wo sie nur konnte. Das Thema Cybersicherheit hatte sie immer beiseitegeschoben und es damit gerechtfertigt, dass sie so klein waren, dass sich sowieso niemand dafür interessierte. Jetzt sah es ganz so aus, als würde sich diese Entscheidung rächen. Sie seufzte und griff nach ihrem Telefon, um Coles Nummer herauszufinden. Sie selber hatte sie nicht. Aber dank der wöchentlichen Yogastunden und dem Frauentreff vor ein paar Wochen hatte sie die Nummer von seiner Schwester. Die konnte ihr sicher weiterhelfen.

*

Ian widerstrebte es, Marley in dieser Situation alleine zu lassen. Er hatte ein ungutes Gefühl bei dieser Sache. Das Ganze stank zum Himmel. Wenn er recht hatte, war Marleys Entdeckung, dass jemand in ihrem Programm rumpfuschte, nur die Spitze des Eisbergs. Natürlich hatte er keine handfesten Beweise dafür. Doch während seiner Zeit beim Militär hatte er gelernt, seiner Intuition zu vertrauen. Gleichzeitig wusste er, dass sie es seltsam finden würde, wenn er plötzlich nicht mehr von ihrer Seite wich.

Er fuhr sich frustriert durch die Haare. Verdammt, sie waren offiziell nicht mal ein Paar. Da konnte er schlecht darauf bestehen, dass sie bei ihm einziehen sollte. Zudem war sein Trailer nicht gerade eine Villa. Die letzten Jahre hatte ihn das nie gestört. Sein Wohnort im Trailerpark war freiwillig gewählt. Seit er Marley kennengelernt hatte, ertappte er sich jedoch öfter dabei, wie er die Ohren spitzte, wenn er hörte, wie jemand über verfügbare Immobilien in der Region sprach.

Immerhin hatte sie die schlaue Idee gehabt, sich mit Cole in Verbindung zu setzen. Der ehemalige FBI-Agent und seine Frau Avery, die über zehn Jahre für das Drogendezernat gearbeitet hatte, hatten es sich zur Aufgabe gemacht, eine 1A Security-Firma aufzubauen. Neben dem üblichen Personenschutz bildeten sie für die Armee und die Polizei Hunde aus, international kurz K9-Hunde genannt. Die Vierbeiner waren außergewöhnlich intelligent und leisteten großartige Dienste, sei es als Schutz-, Drogen- oder Sprengstoffhunde.

Cole war nicht für die Hunde zuständig. Er war ein verhinderter Hacker. Im Bewusstsein, wie transparent und somit verletzlich sich die meisten Leute im Netz bewegten, hatte er gleich zu Anfang eine extra Abteilung eingerichtet, die sich um Computersicherheit kümmerte. Bei ihm war Marley in guten Händen. In der Zwischenzeit würde er sich um seine zukünftige

Produktion kümmern. Sobald er eine Lösung dafür gefunden hatte, wollte er sich darauf konzentrieren, Marley für sich zu gewinnen. Nachdem er selber schon seit Ewigkeiten keine Freundin oder auch nur einen One-Night-Stand gehabt hatte, wollte er sich ursprünglich alle Zeit der Welt lassen. Doch die neuen Entwicklungen hatten in ihm ein Gefühl von Dringlichkeit geweckt.

Von diesem Gedanken beflügelt, beschleunigte er seine Schritte. Zwar hatte ihm Lily Susans Telefonnummer gegeben. Nur sprach er nicht gerne am Telefon über sein Projekt. Es war ihm zu wichtig, als dass er riskieren wollte, dass ihm jemand seine Idee klaute. Er bevorzugte es, persönlich mit den Leuten zu sprechen. Am Telefon fehlten ihm die nonverbalen Eindrücke, die meist mehr über die Person verrieten, als es ihre Worte taten. Klar hätte er auch jeden, den er traf, eine offizielle Vertraulichkeitserklärung unterschreiben lassen können. Doch das erschien ihm auch übertrieben. Eine kurze Suche im elektronischen Telefonbuch hatte ihm ihre Adresse verraten. Vielleicht war sie ja zu Hause. Er würde es gleich sehen.

Keine zehn Minuten später stand er vor einem unscheinbaren, einstöckigen Haus, von dessen Brettern die Farbe abblätterte. Nicht sehr beeindruckt von dem, was er sah, klopfte er zögerlich an die Tür.

*

Susan fluchte lautstark vor sich hin, während sie die Kekse zurück in den Ofen schob. Immer noch nicht fertig. Bei neuen Rezepten war es immer ein Tanz, die richtige Backdauer herauszufinden. Die Kekse sollten durch sein, aber trotzdem noch ein wenig feucht und wenn möglich nicht bei der ersten Berührung in hundert Krümel zerfallen. Also ungefähr so was wie eine eierlegende Wollmilchsau. Sie grinste, als sie überlegte, dass sie zumindest die Eier sehr gut gebrauchen könnte.

Ein Klopfen an der Haustür schreckte sie auf. Wer konnte das sein? Ihr Sohn Tony würde nicht klopfen. Zudem war er in der Schule. College, verbesserte sie sich schnell. Er wäre entsetzt, wenn er sie hören könnte. Vertreter meldeten sich heutzutage telefonisch aus ihrem Callcenter irgendwo in Timbuktu. Besuch bekam sie eigentlich nie. Zwar hatte sie seit dem tragischen Vorfall mit ihrer Mutter überraschenderweise ein paar Freunde gefunden, aber die pflegten auch nicht, mitten am Tag vorbeizukommen. Nach einem letzten prüfenden Blick auf die Kekse im Ofen richtete sie sich zögernd auf. Wahrscheinlich waren es irgendwelche Prediger. Sie seufzte und trat ans Fenster, um es ein wenig aufzuschieben.

„Ich komme gleich", rief sie, um ein bisschen Zeit zu gewinnen.

Ians Nasenflügel blähten sich, als ihm die köstlichen Gerüche von Zimt und einem anderen exotischen Gewürz, welches er nicht benennen konnte, in die Nase stiegen. Mmmmh. Vielleicht war er hier doch am richtigen Ort.

Die Tür wurde einen Spaltbreit geöffnet. Ein Paar blaue Augen musterte ihn vorsichtig. Ihre blonden Haare waren im Nacken zu einem nachlässigen Knoten geschlungen. Einige Strähnen hatten sich aus der Frisur gelöst und verliehen ihr ein leicht gestresstes Aussehen. Soweit er sehen konnte, trug sie über ihrer Bluse eine Schürze. Hatte er sie etwa gerade beim Backen gestört? Als ihm bewusst wurde, dass die gründliche Inspektion immer noch andauerte, hob er belustigt die Augenbrauen.

„Bestehe ich die visuelle Überprüfung?", fragte er trocken.

„Hm", antwortete Susan zurückhaltend, als hätte sie noch kein abschließendes Urteil gefällt. „Wer bist du und was willst du hier?"

Ihre Stimme klang nicht direkt feindselig. Einladend war sie jedoch definitiv auch nicht. Ian konnte es ihr nicht verdenken.

Einen fremden Mann vor der Tür stehen zu haben, war für eine alleinstehende Frau Grund genug, vorsichtig zu sein.

„Mein Name ist Ian Greene. Ich wohne oben beim Bear Spot Trailerpark.“

Bei der Nennung seines Wohnorts verengten sich ihre Augen misstrauisch zu Schlitzen. Er zog unwillkürlich den Kopf ein. Das hätte er sich ja denken können, dass seine Wohnadresse nicht gerade Vertrauen einflößte. Bevor sie ihm die Tür vor der Nase zuschlagen konnte, sprach er hastig weiter.

„Lily Holt, nein warte, jetzt heißt sie Dubois, hat mir deine Adresse gegeben.“

Die Tür schob sich wieder ein paar Zentimeter weiter auf. Davon ermutigt, fuhr er eilig mit seiner Vorstellung fort.

„Ich wollte das Sweets dafür engagieren, für mich Kekse zu backen. Doch das ist offensichtlich nicht ihr Metier. Da hat sie mich an dich verwiesen.“

Ian hielt den Atem an, während er auf Susans Antwort wartete.

Unentschlossen spähte Susan durch den Türspalt zu dem Fremden. Bei der Nennung des Bear Spot Trailerparks hätte sie ihn beinahe zum Teufel gejagt. Mit diesem Ort verband sie schlimme Erinnerungen. Dort hatte die mörderische Aktion der Komplizin ihrer Mutter beinahe zum Tod vom Astrid Stone geführt, eine der nettesten Frauen, die sie kannte. Entgegen all ihrem Widerstand hatte Astrid sich um eine Freundschaft zu Susan bemüht. Zu keinem Zeitpunkt hatte sie die kriminellen Handlungen ihrer Mutter ihr angelastet. Dafür war sie ihr unendlich dankbar.

Seine nächsten Worte hatten sie allerdings innehalten lassen. Wenn Lily ihn geschickt hatte, wollte er ihr vermutlich nichts Böses, obwohl er aussah, als könnte er sie leicht überwältigen. Ein Reporter war er vermutlich auch nicht. Die waren selten auf der Suche nach einer Keksbäckerei. Oder war das etwa nur eine Falle? Independence hatte weder eine richtige Zeitung noch eine Fernsehstation. Doch die Schießerei bei der Weihnachtsfeier war offenbar so newsträchtig gewesen, dass einige auswärtige Journalisten angereist waren und versucht hatten, alle und jeden zu interviewen. Der totale Horror.

„Bist du ein Reporter?“, fragte sie deshalb geradeheraus.

Ian konnte nicht anders, er musste lachen.

„Was gibt es da zu lachen?“, fragte sie irritiert. „Ein simples Ja oder Nein genügt.“

„Sorry, nein, ich bin kein Reporter. Ich musste nur lachen, weil du das Wort Reporter so betont hast, als würdest du dich erkundigen, ob ich ein Axtmörder sei.“

„Ist ja auch durchaus vergleichbar“, grummelte sie, löste aber die Sicherheitskette, die sie vorgelegt hatte und trat zurück, um ihn hineinzulassen. Im selben Moment klingelte ihre Küchenuhr.

„Herrje, meine Kekse.“

Ohne ihm noch einen Blick zu schenken, ließ sie ihn im Eingang stehen und rannte los. Vermutlich in Richtung Küche.

Ian folgte ihr langsamer, froh, dass sie ihm eine Audienz gewährt hatte. Er grinste innerlich, als er daran zurückdachte, wie skeptisch er Lilys Empfehlung entgegengenommen hatte. Jetzt schien es, als wären die Rollen vertauscht. So schnell konnte es gehen. Aufmerksam nahm er das Innere des Hauses in sich auf, während er dem leckeren Duft folgte. Das kleine Haus war hübsch, auch wenn es einfach eingerichtet war und sauber. An der Wand hingen Fotos von einem Jungen, die ihn in verschiedenstem Alter zeigten. Eine Tür führte ins Wohnzimmer. Ein älterer Fernseher hing an der Wand. Gegenüber stand ein abgewetztes Sofa. In einer Ecke am Fenster stand ein Schreibtisch mit einem Computer. Verschiedene Aktenordner reihten sich aneinander. Stimmt. Sie machte ja auch noch Buchhaltung. Wieder überkamen ihn Zweifel, ob Susan mit ihren hausgemachten Keksen die richtige Partnerin für ihn war. Er riss sich von dem Anblick des

Wohnzimmers los und legte die letzten Meter zur Küche zurück.

Susan war so beschäftigt damit, die Kekse vom Blech auf ein Gitter zu transferieren, dass sie ihn gar nicht hineinkommen hörte. Erst als eine Hand nach einem Keks griff, erinnerte sie sich an ihren Besucher. Reflexartig griff sie nach einem hölzernen Kochlöffel, der auf dem Tisch lag, und klopfte ihm auf die Finger.

„Autsch“, entfuhr es Ian belustigt.

Selber erschrocken über ihre spontane Handlung, richtete sich Susan auf und wich einen Schritt zurück. „Ups. Sorry. Das war ganz automatisch. Ich habe einen halbwüchsigen Sohn. Wenn ich nicht scharf aufpasse, kann ich gleich wieder von vorn anfangen.“

Ihr wurde bewusst, dass sie lauter nebensächliche Details von sich gab, die den Fremden auf keinen Fall interessieren konnten. Verlegen klappte sie den Mund zu. Und das bei einem Kunden. Hervorragender Moment, um plötzlich die Sprache wiederzufinden, wirklich!, schalt sie sich innerlich.

„Kein Problem“, antwortete Ian leichthin. „Es war ja auch wirklich frech von mir. Ich konnte mich einfach nicht beherrschen, die Kekse duften so gut.“

Sie lächelte unsicher. Meinte er das etwa ernst? „Lily hat dich geschickt?“, fragte sie etwas brüsk, um ihre Verlegenheit zu überspielen.

„Ja. Wie gesagt, ich suche jemanden, der Kekse für mich produziert.“

„Welche Menge und für welchen Anlass? Hattest du eine bestimmte Sorte im Kopf? Haferplätzchen? Chocolate Chip Cookies? Erdnussbutterkekse? Oder etwas Weihnachtlicheres wie diese hier?“ Sie gestikulierte in Richtung der Kekse auf dem Tisch. „Nimm dir übrigens gerne einen. Aber Vorsicht, sie sind heiß.“

Dankbar griff er nach einem der Plätzchen. Er hatte nicht gelogen. Seit sie das Fenster geöffnet hatte, lief ihm das Wasser im Mund zusammen. Nach dem ersten Bissen schloss er selig die Augen.

„Die sind richtig, richtig gut."

„Hast du etwas anderes erwartet?"

„Nein, natürlich nicht. Allerdings brauche ich eine andere Art Kekse." Er deutete auf den zweiten Stuhl am Küchentisch. „Hast du einen Moment Zeit? Damit ich dir die Details erklären kann?"

*

„Weiß einer von euch, wo Marley steckt?", fragte Maya besorgt in die Runde. Irgendetwas stimmte nicht mit ihrer Teamchefin. In letzter Zeit hatte sie sich immer mehr vom Team zurückgezogen. Maya verstand, dass sie sich als Initiatorin für den Erfolg des Projektes verantwortlich fühlte. Aber verdammt nochmal, sie waren doch auch Freunde. Sie wollten doch alle die Deadline schaffen. Vielleicht war es Zeit für eine Teamintervention. Mit viel Wodka, anständigem Essen und Popcorn.

„Keine Ahnung", antwortete Phil, ohne von seinem Computer aufzublicken.

Maya nahm es nicht persönlich. Sie kannte ihn lange genug, um zu wissen, dass sein extremer Fokus mit seiner Arbeit und nicht mit ihr zu tun hatte.

„Chris? Marc? Habt ihr eine Idee?"

„Vielleicht hat sie irgendein wichtiges Treffen mit irgendwelchen Werbefritzen oder Investoren", gab Chris zu bedenken.

„Ohne uns Bescheid zu geben?", wunderte sich Maya laut.

„Kann ich in dem Fall ihre Pizza haben?", erkundigte sich Marc. „Wäre ja schade, sie kalt werden zu lassen", fügte er hoffnungsvoll hinzu.

„Pfoten weg“, wies ihn Maya zurecht und brachte den Pizzakarton sicherheitshalber aus seiner Reichweite. Marc war zwar der Ruhigste im Team, doch sobald es ums Essen ging, kannte er kein Halten mehr.

„Immer lasst ihr mich hungern“, jammerte Marc.

„Jetzt reiß dich zusammen“, konterte Maya mitleidslos. „Findet besser heraus, wo Marley steckt.“

Phil hob endlich den Kopf. Er war extrem kurzsichtig. Seine starken Brillengläser verliehen ihm ein wenig das Aussehen einer Eule. Maya fand es insgeheim ganz niedlich. Seit Harry Potters Hedwig standen Eulen hoch im Kurs. Nur bei den Frauen schien das noch nicht ganz angekommen zu sein. Für sie war er wie ein kleiner Bruder. Alle im Team fühlten sich an wie Familie. Aber sie hoffte für ihn, dass er eines Tages endlich eine tolle Frau kennenlernen würde, die seine Qualitäten zu schätzen wusste. Zum Beispiel sein Einfühlungsvermögen. Zumindest, wenn er es schaffte, seine Aufmerksamkeit lange genug vom Bildschirm zu lösen. Wie jetzt. In einer nervösen Geste schob er sich die Brille auf der Nase hoch.

„Was macht dir denn Sorgen? Du bist doch sonst nicht so leicht aus der Ruhe zu bringen.“

Ratlos warf Maya die Hände in die Luft.

„Keine Ahnung. Ich weiß es selbst nicht genau. Es ist nur ungewöhnlich, dass sie uns nicht über ihre Pläne informiert. Zudem war sie die letzten Tage noch angespannter als sonst. Keine Ahnung.“

„Das ist doch verständlich. Als Chefin trägt sie nun mal die meiste Verantwortung. Ich bin sicher, in ein paar Stunden taucht sie wieder auf und bringt einen Berg neuer Anforderungen mit“, meinte Chris.

„Ja, vielleicht“, stimmte Maya zu, doch sie klang nicht überzeugt. „Dann mach ich mich wohl besser an die Arbeit, sodass wir wenigstens gut vorbereitet sind, wenn sie zurückkommt.“

„Das ist die richtige Einstellung“, lobte Marc sie und schielte erneut zu der übriggebliebenen Pizza.

Besitzergreifend legte Maya eine Hand auf den Karton.

„Vergiss es, Kumpel! Programmiere lieber noch einen neuen Zombie, oder was auch immer du gerade machst.“

„Immer auf die Kleinen“, grummelte er, griff aber gehorsam nach seiner Maus.

Maya musste grinsen. Die Jungs mochten murren und knurren, aber im Endeffekt zogen sie alle am selben Strang. Und die Kleinste war sowieso sie.

5

Beeindruckt von dem modernen Gebäude, das sich trotz der Verwendung von viel Glas und eisernen Stahlträgern erstaunlich gut in die Landschaft einfügte, blieb sie einen Moment in ihrem Auto sitzen. Was machte sie eigentlich hier? Ihre Hände umklammerten das Steuerrad fester. Cole Carter würde sie höchstwahrscheinlich auslachen, wenn sie mit ihren mickrigen Sorgen zu ihm kam. Ihre Computerprobleme waren nicht gerade eine Angelegenheit, in der es um Leben oder Tod ging. Sollte sie ihn wirklich damit belästigen und ihm seine Zeit stehlen?

Ihr Magen meldete sich schmerzhaft zu Wort. Sch… Magengeschwür. Sie löste ihren Klammergriff vom Lenkrad und griff in ihre Handtasche, um die Rolle mit den Säureblockern hervorzuholen. Bäh. Sie hasste die rosaroten Dinger, doch momentan brauchte sie sie, um einigermaßen durch den Tag zu kommen. Das Brennen in ihrer Kehle ließ sie ihren Entschluss, auf das Gespräch mit Cole zu verzichten, nochmals überdenken. Wenn sie sich tatsächlich unnötig Sorgen machte, konnte er ihr das bestätigen und sie sich vielleicht endlich entspannen. Entschlossen, die Sache möglichst schnell hinter sich zu bringen, stieg sie aus und marschierte auf das Gebäude zu.

*

Cole, der sie bereits erwartete – sie hatten vorher kurz am Telefon miteinander gesprochen – beobachtete Marley Spencer, wie sie über den geschotterten Parkplatz lief. Er war gespannt auf das Gespräch. Ihre Aufträge waren nur selten lokal. Die Vorstellung, wieder einmal jemandem aus Independence zur Seite zu stehen, hatte einen besonderen Anreiz für ihn. Er machte sich allerdings nichts vor. Auch wenn sich Marleys Start-Up im Computerbusiness tummelte, war es sehr unwahrscheinlich, dass es sich um einen Fall von Cyberkriminalität handelte. Nach der kurzen Zusammenfassung, die sie ihm im Gespräch geliefert hatte, lag die Vermutung nahe, dass einfach eine Hand nicht wusste, was die andere machte. Diesem Problem war er während seiner FBI-Karriere öfter begegnet.

Er stieß sich vom Fenster ab und verließ sein Büro, um Marley in Empfang zu nehmen.

*

Eine halbe Stunde später, nachdem ihm Marley sämtliche Ereignisse der letzten Monate aufgelistet hatte, sah er die Sache etwas anders.

„Der Login stammte von deinem Account?“, wiederholte er.

Marley nickte.

„Dabei war ich zu der Zeit nicht einmal im Büro, obwohl ich den Rest der Zeit praktisch dort wohne. Zumindest während der letzten zwei Monate war das so. Deshalb hatte ich ja befürchtet, dass es jemand vom Team sein muss. Erst Ian hat mich auf die Idee gebracht, dass es noch andere Möglichkeiten gibt.“ Sie lachte humorlos. „Man sollte ja meinen, dass ich als Computerexpertin selber auf die Idee gekommen wäre.“

„Noch steht ja nicht fest, wer von euch beiden recht hat.“

„Glaub mir, ich bin überglücklich, wenn sich herausstellt, dass die Ursache außerhalb des Teams liegt. Ich kann es mir einfach nicht vorstellen, dass einer meiner Leute gezielt das Projekt sabotieren würde.“

„So wie du mir die Unternehmensstruktur erklärt hast, würde das auch nicht viel Sinn machen. Zumindest finanziell wäre es für alle ein Verlust. Allerdings …“

Tief in Gedanken versunken, klopfte er mit seinem Kugelschreiber auf das Blatt Papier, auf dem er sich, ganz altmodisch, von Hand Notizen gemacht hatte.

„Was?“, hakte Marley ungeduldig nach. Die Spannung war fast unerträglich.

Cole seufzte. „Geld ist nur eines von unzähligen Motiven. Nur weil wir ausschließen können, dass niemand von eurem Misserfolg profitiert, heißt das noch lange nicht, dass keiner deiner Kollegen eine andere, uns bislang unbekannte Motivation hat.“

„Oh.“

Nicht gerade eine eloquente Antwort, aber ihr fehlten buchstäblich die Worte. Entgegen ihrer Befürchtung, Coles Zeit zu verschwenden, nahm er sie und ihre Bedenken sehr ernst. Offenbar ernster, als sie es bisher getan hatte.

„Ich schlage vor, dass wir parallel zwei Strategien verfolgen. Zum einen brauche ich Zugang zu eurem Netzwerk …“

„Kannst du dich nicht einfach auch reinhacken?“, unterbrach sie ihn.

„Natürlich. Aber ich möchte möglichst meine Spuren von denen des richtigen Hackers trennen. Das ist so einfacher.“

„Falls es überhaupt einen gibt, einen Hacker, meine ich.“

Cole bestätigte ihre Aussage mit einem Kopfnicken und fuhr fort: „Zudem brauche ich einen Crashkurs in Gamecoding. Am besten wäre es sogar, wenn du zeitweise neben mir sitzen und mir die relevanten Codezeilen zeigen könntest. Gemeinsam finden wir vielleicht noch mehr Anomalien.“

„Noch mehr?“

Cole lachte über ihren entsetzten Gesichtsausdruck. „Ja, leider. Je mehr Spuren wir haben, desto leichter wird es, ein Muster zu entdecken.“

„Okay, macht Sinn. Klar, kann ich machen. Und der zweite Ansatz?“

„Das ist jetzt vielleicht ein wenig unangenehm, aber leider nötig. Ich muss dich und deine Mitarbeiter überprüfen. Finanzen, Vorstrafen, und so weiter.“

Marley rümpfte die Nase. „Muss das sein?“

„Leider ja.“ In einem Versuch, die angespannte Stimmung ein wenig zu lockern, witzelte er: „Da keiner von euch in Independence aufgewachsen ist, kann ich leider nicht auf das normale Klatschkomitee zurückgreifen.“

Sie lächelte schwach. „Wieso bin ich fast froh, dass du auf offizielle Berichte zurückgreifen musst?“

„Ja, ich glaube auch, dass das eine gute Sache ist. Im Gegensatz zum Komitee bin ich wenigstens diskret.“

Marleys Gesichtsausdruck wurde wieder ernst. Sie rang ihre Hände

„Ich komme mir einfach vor, als würde ich meine Mitarbeiter hintergehen, wenn ich sie ohne ihr Wissen durchleuchten lasse.“

„Das kann ich verstehen. Aber glaub mir, es ist nötig. Bitte sprich momentan mit niemandem über deine Befürchtungen. Vor allem nicht mit deinen Mitarbeitern. Wenn wir dem Übeltäter auf die Schliche kommen wollen, ist es besser, niemandem die Chance zu geben, Dinge zum Verschwinden bringen zu lassen.“

Widerwillig nickte sie. „Okay. Es passt mir zwar nicht, aber ich sehe ein, dass es notwendig ist. Ich habe nur eine Bedingung.“

„Und die wäre?“

„Wenn du Dinge herausfindest, die für die Person peinlich oder unangenehm sind, aber nichts mit dem Fall zu tun haben, will ich, dass du sie für dich behältst. Solange sie für unseren Fall, wenn es denn überhaupt einen Fall gibt, nicht relevant sind, will ich die persönlichen Details nicht wissen.“

Cole schätzte die Frau, die ihm gegenübersaß, immer mehr. Es war offensichtlich, dass sie ein starkes Loyalitätsempfinden hatte und ihre Arbeitskollegen sehr schätzte. Er hoffte für sie, dass es niemand vom Team war, der für all die Schwierigkeiten verantwortlich war. Das würde sie extrem treffen.

„Gute Idee."

Anschließend ging alles sehr schnell. Marley unterschrieb den Vertrag, in dem sie die Security-Firma mit den Nachforschungen beauftragte. Sie versprach, in ihrem Netzwerk gemäß seinen Anweisungen einen zusätzlichen Zugang für ihn zu schaffen und sich bei ihm zu melden, sobald das erledigt war. Anschließend würde sie sich mit ihm treffen, um ihn in die Feinheiten ihres Codes einzuweihen.

Als sie aus dem Gebäude trat, stand die Sonne schon tief über dem Horizont. Sie fühlte sich wie erledigt. Der Gedanke, zurück ins Büro zu gehen, lockte sie gar nicht. Aber es war notwendig, wenn sie wollte, dass die Probleme endlich aufhörten.

Ihre Gedanken schweiften zu Ian. Am liebsten würde sie jetzt zu ihm nach Hause fahren. Auch wenn er in einem schäbigen Trailer wohnte, war die Vorstellung, sich dort neben ihn auf die Couch zu setzen und gemeinsam einen Film zu schauen, viel einladender, als in ihr Büro zurückzukehren.

Sie seufzte. Erst die Arbeit und dann das Vergnügen. Sie hoffte, das würde sich irgendwann wieder ändern. Allerdings hatte sie die Befürchtung, dass das noch gut zehn Jahre dauern konnte.

*

Als Ian seine ausführlichen Erklärungen beendet hatte, war Susan versucht, über ihre Schulter zu blicken, um zu sehen, ob sich irgendwo ein Kameramann der Sendung Verstehen-Sie-Spaß versteckt hatte.

„Willst du mich verarschen?", fragte sie schließlich direkt.

„Ver… was? Nein! Wie kommst du auf diesen Gedanken?"

„Du musst zugeben, dass deine Geschäftsidee ziemlich abenteuerlich klingt. Kekse für Hunde, Katzen und Pferde? Noch dazu mit Hanf als Inhaltsstoff?"

Susans Reaktion war nicht ungewöhnlich. Ian war bewusst, dass viele Leute Cannabis immer noch automatisch mit Drogen assoziierten und nicht mit seinen Eigenschaften als Heilpflanze. Dadurch, dass er sich selber so in die Materie vertieft hatte, vergaß er das manchmal.

„Bei dem Hanf handelt es sich um sogenannten Industriehanf. Das heißt, es sind zertifizierte Pflanzen, die so gezüchtet wurden, dass sie möglichst viel CBD enthalten. Das sind die Cannabinoide, die wir brauchen. Ihr THC-Gehalt, das ist der Stoff, der dafür sorgt, dass du high wirst, wenn du das Gras rauchst, liegt unter 0,2 Prozent."

Noch nicht völlig überzeugt, hakte Susan nach.

„Dieses CBD, was macht das genau? Ich weiß, du hast es schon kurz angedeutet, aber ich würde es trotzdem gerne besser verstehen."

Dieser Aufforderung kam er gerne nach. Fragen bedeuteten Interesse. Interesse führte vielleicht zu einer Zusammenarbeit. Zudem faszinierte ihn die Funktionsweise und der vielfältige Nutzen der Heilpflanze immer noch wie damals, als er zum ersten Mal davon gehört hatte.

„Die Cannabinoide, zu denen auch Cannabidiol, kurz CBD genannt, gehört, interagieren mit den Rezeptoren des Nerven- und des Immunsystems und unterstützen diese in ihren Funktionen. Sie sind für verschiedene Aufgaben wie die Steuerung des Schlafrhythmus, Stimmungsschwankungen, Ängste, das Immunsystem und vieles mehr zuständig und spielen eine große Rolle bei der Regulierung von Entzündungen und Schmerzen."

„Wow. Das klingt ja nach einem echten Allrounder unter den Heilpflanzen."

„Das ist noch nicht alles. Für ein ganzheitliches Produkt verwende ich ein natürliches Extrakt der ganzen Hanfpflanze.

Neben dem wertvollen Cannabidiol, das ist das, was kurz CBD genannt wird, enthält dieses die Fettsäuren Omega-3, Omega-6 und Omega-9, Terpene, Flavonoide und andere aktive Kräuterbestandteile, die den ganzen Organismus ins Gleichgewicht bringen."

„Hast du das bereits getestet?"

Ian seufzte. Das war einer der Knackpunkte in seinem Plan. Deshalb brauchte er ja so dringend einen Produzenten.

„Pur habe ich das Öl bereits getestet. Mit großem Erfolg. Jetzt wäre es aber wichtig, das CBD in einem größeren Rahmen und vor allem in der Form, in der es schlussendlich verkauft wird, zu testen. Nur so kann ich ausschließen, dass die Backdauer einen unerwünschten Effekt auf die Wirksamkeit hat."

Er kaute auf seiner Unterlippe. Sollte er ihr den Rest auch noch erzählen? Wie immer begleitete ihn die Sorge, dass ihm jemand seine Idee stehlen könnte. Aber um vorwärts zu kommen, musste er ein paar Leute einweihen.

„Ich habe vor, Kat zu fragen, ob sie Interesse daran hat, an einigen geeigneten Kandidaten im Tierheim die Kekse zu testen. Paula, Lara von der Lone Wolf Ranch und Becca würden vielleicht mit ein paar Trainingspferden mitmachen."

Susan nickte. „Langsam ergibt deine Idee einen Sinn für mich."

Erleichtert atmete Ian auf. „Du hast einen Computer?"

„Natürlich."

„Wenn du mir deine Mailadresse gibst, schicke ich dir gerne ein paar Links. Einerseits zu wissenschaftlichen Studien, in denen die Wirksamkeit von CBD bei verschiedenen Beschwerden getestet wurde und andererseits zu Futtermittelanbietern, die auch gebackene Kekse herstellen. Dann kannst du dir noch eine unabhängige Meinung bilden."

„Gerne", antwortete sie ehrlich. Sie wollte nach einem Stift greifen, als ihr auffiel, dass noch Mehl an ihren Händen klebte.

Praktisch veranlagt, wie sie war, streifte sie sie an ihrer Schürze ab und notierte dann ihre Adresse auf einem Post-It.

Jetzt, wo Susan Ians Plan besser verstand, war sie auf einmal ganz begeistert von der Idee. Einige unparteiische Berichte zu lesen würde trotzdem nicht schaden.

„Ich lese sie gerne gleich heute Abend. Dann können wir in den nächsten Tagen telefonieren und die Machbarkeit besprechen. Wie du weißt, stehe ich ebenfalls ganz am Anfang meiner Karriere als Keksbäckerin und habe keine vollautomatische Anlage. Darf ich mit Aileen und Lily darüber sprechen?"

Ian zögerte ein wenig mit der Antwort.

„Nur im Generellen", beeilte sich Susan zu sagen.

„Danke", erwiderte er, froh, dass sie sein Zögern richtig verstanden hatte. „Wenn du dich einfach über die speziellen Inhaltsstoffe ausschweigen könntest, wäre ich froh."

„Kein Problem."

Mit wem sollte sie auch darüber sprechen. Ihre Zeit verbrachte sie entweder in der Küche, am Schreibtisch oder vor ihrem Fernseher. Alleine. Gedanklich bereits einen Schritt weiter, schaute sie sich in ihrer Küche um und ließ ihren Blick über die herumstehenden Zutaten gleiten. Sie würde sich im Internet über sinnvolle Inhaltsstoffe für die verschiedenen Tierarten schlau machen müssen. Ob sie neben den natürlichen Zutaten in Lebensmittelqualität auch noch Zusatzstoffe brauchen würde?

„Susan?", unterbrach Ian ihre Überlegungen.

„Tut mir leid", antwortete sie verlegen. „Ich war gedanklich bereits dabei, mögliche Rezepturen zusammenzustellen."

„Das freut mich. Klingt vielversprechend für eine Zusammenarbeit. Dann lasse ich dich jetzt in Ruhe und wir hören uns morgen oder so."

„Abgemacht."

Sie stand auf, griff nach ein paar Keksen und schob sie in eine der Zellophantüten, bevor sie ihm das süße Paket mit einem Zwinkern reichte.

„Hier, als Testobjekt."

Wie ein Blitz langte er nach der Tüte.

„Gerne. Das lasse ich mir natürlich nicht entgehen!", freute er sich und verabschiedete sich.

Draußen atmete er erleichtert auf. Susan war ganz anders, als er sie sich vorgestellt hatte. Sehr ruhig, sehr ernsthaft. Und definitiv interessiert an seiner Idee. Er hoffte sehr, dass sie morgen anrufen würde. Dass er einstweilen ihre Kekse testen konnte, war ein weiterer Bonus, mit dem er nicht gerechnet hatte. Beschwingten Schrittes ging er zu seinem Truck.

*

Marley wartete, bis sie sah, wie alle ihre Mitarbeiter das Gebäude verließen, um brav in die von ihr angesetzte Yogastunde zu gehen. Es berührte sie tief, dass die vier an der Tradition, die sie eingeführt hatte, festhielten, obwohl sie selber gar nicht da war. Es sah ihr gar nicht ähnlich, unentschuldigt zu fehlen. Hoffentlich ließen sie sich mit einer Ausrede abspeisen. Verzagt schaute sie zu, wie die vier miteinander lachten. Phil hielt den anderen die Tür auf. Bald waren alle im Yogastudio verschwunden.

So, wie ihre Mitarbeiter jedes Mal schimpften, wenn sie ins Yoga mussten, hätte sie nie damit gerechnet, dass sie sich daran halten würden, wenn sie nicht da war. Die treuen Seelen. Sie verspürte Gewissensbisse, wenn sie daran dachte, dass sie alles in die Wege geleitet hatte, um vielleicht einen von ihnen der Sabotage zu überführen. Allerdings … Wenn tatsächlich einer vom Team hinter all den Schwierigkeiten steckte und sogar versuchte, ihr den ganzen Scheiß anzuhängen, war auch eine nette Fassade umsonst. Sie biss sich auf die Lippen, bis sie den metallischen Geschmack von Blut schmeckte. Zeit, Nägel mit

Köpfen zu machen. Ihr Vorhaben wurde nicht einfacher, wenn sie es weiter hinauszögerte.

Wie ein Dieb schlich sie sich ins Bürogebäude, welches in den letzten Monaten fast zu einem Zuhause geworden war. Doch heute erschienen ihr die hellen Räume feindselig. Sie schauderte und beeilte sich, sich an den Computer zu setzen. Je schneller sie ihre Aufgabe hinter sich brachte, desto schneller konnte Cole mit seinen Nachforschungen anfangen und hoffentlich Licht ins Dunkle bringen.

Ihre Finger flogen über die Tasten, als sie den versteckten Zugang kreierte. Während sie die notwendigen Schritte unternahm, wurde ihr erst klar, welch leichtes Spiel ein Außenstehender hatte, der Böses im Schilde führte. Bis heute war sie davon ausgegangen, dass sie einfach Pech gehabt hatten. Pleiten, Pech und Pannen waren übliche Begleiterscheinungen bei einem IT-Projekt. Ironisch eigentlich, dass sie ausgerechnet bei einer Code-Änderung, welche keine offensichtlichen Folgen hatte, aufmerksam geworden war. Und das auch nur durch Zufall. Sie war wirklich gespannt, was die Codezeilen bewirken sollten. Bis jetzt hatte sie es noch nicht geschafft, sich einen Reim darauf zu machen. Das wollte etwas heißen. Schließlich hatte sie die letzten fünfzehn Jahre quasi nur für das Programmieren von Computerspielen gelebt.

Schritte auf der Treppe erinnerten sie daran, dass sie eine Rolle zu spielen hatte. Schnell schloss sie die verräterischen Fenster in ihrem Browser und lächelte Maya entgegen, die ins Zimmer trat. Ihre Wangen waren von den Anstrengungen der letzten Stunde leicht gerötet und sie sah entspannt aus. Genau das Gegenteil von ihr also. Konnte jemand wie Maya tatsächlich so ein doppeltes Spiel spielen? Ihr Magen zog sich bei der Vorstellung schmerzlich zusammen. Bitte nicht Maya. Sie war ihre beste Freundin. Die weibliche Verbündete.

Sie unterbrach die unproduktiven Gedankengänge. Diese Vermutungen führten zu nichts. Zudem schaute Maya sie erwartungsvoll an, als hätte sie ihr eine Frage gestellt. Nur blöd, dass sie kein Wort gehört hatte.

„Sorry, ich war grad in Gedanken. Was hast du gesagt?"

Mayas Mundwinkel hoben sich belustigt. „Das habe ich gemerkt. Gibt es einen bestimmten Grund für deine Tagträume? Etwa einen großen, breitschultrigen Grund mit Bart?", spekulierte sie.

Sich ertappt fühlend, versteckte Marley ihr Gesicht hinter ihren Händen und stöhnte. Schließlich spähte sie zwischen ihren Fingern hindurch.

„Ich dachte immer, das Diner wäre die Klatschzentrale. Aber offensichtlich ist die Yogastunde nicht viel besser."

„Ha. Ich würde sogar fast sagen, dass die Yogastunde noch informativer ist. Auf jeden Fall waren alle in heller Aufregung, dass du bereits zum zweiten Mal ein Date mit Ian Greene hattest. Es herrscht noch Uneinigkeit darüber, ob du zu gut für ihn bist oder er für dich."

„Wenn, dann ist er zu gut für mich", verteidigte sie Ian sofort. „Das ist ja wohl klar."

„Sieh an, sieh an. Ich bin nicht derselben Meinung, aber ich bin auch deine Freundin. Auf jeden Fall scheint etwas dran zu sein, dass du Gefühle für ihn hast, die, wie einstimmig beschlossen wurde, erwidert werden."

Ein warmes Gefühl breitete sich in Marleys Bauch aus. Sie konnte nicht widerstehen und fragte: „Tatsächlich?"

„Die allgemeine Meinung ist, dass du der Grund bist, dass er aufgehört hat, sich wie ein Einsiedler zu verhalten."

„Was für ein Unsinn. Als ich ihn kennengelernt habe, hatte er seine Firma bereits gestartet. Mit mir hatte das gar nichts zu tun."

„Das klingt aber nicht so romantisch."

Marley schnaubte.

„Ich trau mich gar nicht, die Timeline auf Facebook zu prüfen. Vermutlich wird dort schon unser Hochzeitstermin und die Geburt unserer Zwillinge prophezeit."

Insgeheim war sie ausnahmsweise froh über die wilden Gerüchte. Sie boten ihr eine hervorragende Ausrede, wenn sie in den nächsten Tagen ab und zu außer Haus war.

„Mindestens", stimmte Maya ihr zu. „Ich bin auf jeden Fall froh, dass du den Nachmittag mit einem gutaussehenden Mann verbracht und nicht alleine neue Probleme gewälzt hast." Sie legte ihr eine Hand auf die Schulter. „Ich hatte mir nämlich schon Sorgen gemacht, als du nach dem Mittag nicht mehr aufgetaucht bist." Sie deutete auf den Schrank hinter sich. „Für den Fall, dass du Hunger hast: Ich habe deine Pizza vor Marc in Sicherheit gebracht."

Marley lachte. Manche Dinge änderten sich wohl nie. Sehr dankbar für den Anflug von Normalität, den Maya mitgebracht hatte, stand sie auf und streckte sich. „Danke. Die Pizza nehme ich gerne mit. Vielleicht hat Ian ja Hunger."

„Euer drittes Date?"

Marley rümpfte die Nase.

„Braucht es gleich ein Label? Vielleicht unterhalten wir uns einfach gerne."

„Ja, richtig. Wenn der Mann nicht wie Sex-am-Stiel aussehen würde, wäre ich vielleicht eher geneigt, dir zu glauben."

„Also gut, du hast ja recht. Ich würde mich freuen, ihn besser kennenzulernen. Viel besser. Vorzugsweise nackt."

„Ich hab's doch gewusst!"

Marley hielt eine Hand hoch, um ihren Enthusiasmus zu bremsen.

„Allerdings hatten wir noch kein richtiges Date. Beim ersten Mal haben wir uns zufällig getroffen", zählte sie an den Fingern auf. „Dann habe ich ihn besucht, aus reinem Interesse natürlich, und heute wollte er mir über Mittag von seinem Projekt erzählen."

„Ganz ehrlich?" Auf Marley ermutigendes Nicken fuhr sie fort: „Ein normales Date würde dich zu Tode langweilen."

„Du hast recht", stellte sie fest. „So gesehen könnte man zumindest das Mittagessen heute als Date bezeichnen."

„Siehst du? Jetzt musst du nur noch daran arbeiten, dass ihr auch nackt Zeit miteinander verbringt."

Marley hielt sich mit beiden Händen die Ohren zu. „La, la, la, ich hör dich so schlecht."

Immer noch lachend, ließ sich Maya auf ihren Stuhl fallen.

Marley hingegen packte ihre Sachen zusammen, schnappte sich den Pizzakarton und flüchtete aus dem Büro.

*

Im Freien angelangt, blieb sie stehen und sog gierig die kühle Luft ein. Es war eindeutig Herbst, stellte sie zusammenhanglos fest. Kaum war der Sommer vorüber, meldete sich der Winter hier in den Bergen mit aller Kraft zurück, als hätte er nur darauf gewartet, dass die Tage wieder kürzer wurden. Die Sonne war inzwischen hinter den Gipfeln verschwunden. Bald würde es dunkel sein.

Was sollte sie jetzt machen? Nach Hause gehen? Ins Diner? Irgendwie fühlte sich nichts richtig an. Sie konnte kaum glauben, dass sie ein so normales Gespräch mit Maya geführt hatte. Ihre Kollegin hatte keine Sekunde lang bezweifelt, was sie sagte. Eine gute Sache, eigentlich. In der jetzigen Situation erschreckte es Marley jedoch. Wenn es schon einem Anti-Lügen-Talent wie ihr so leicht fiel, den anderen etwas vorzuspielen, wie leicht war es dann für einen routinierten Lügner?

6

Während Marley unschlüssig am Straßenrand stand, hielt ein großer Truck am Randstein. Nicht irgendeiner, sondern Ians Truck. Hatte sie ihn etwa mit ihren Gedanken heraufbeschworen? Wenn ja, würde sie gerne wissen, was der zugehörige Zauberspruch war. Ob es überhaupt einen brauchte? Oder nur, wenn man zuverlässige und wiederholbare Resultate wünschte? Ein Zauberbuch für Dummies wäre wirklich wünschenswert. Vielleicht sollte sie sich überlegen, so eines zu schreiben. Das wäre bestimmt ein Bestseller. Hexe und Autorin erschienen ihr nach den neuesten Entwicklungen geeignete Berufsalternativen. Wer brauchte schon Computerspiele!

Ihre wild durcheinanderpurzelnden Gedanken kamen zu einem quietschenden Stopp, als Ian das Fenster herunterließ und seinen Kopf herausstreckte.

„Kann ich dich wohin mitnehmen?"

Ihre Wangen brannten vor Verlegenheit. Gott sei Dank hatte sie nicht, wie es auch schon passiert war, laut vor sich hingemurmelt. Sie konnte sich auch gleich das Wort Freak auf die Stirn tätowieren. Vielleicht mit einem Blitz daneben, der wie Harry Potters Narbe aussah? Sie zuckte innerlich zusammen, als sie merkte, dass ihre Gedanken sich schon wieder verselbständigt hatten.

„Gern", sagte sie.

Ian beugte sich über die Sitzbank und stieß die Tür für sie auf. Ein Auge auf den Verkehr gerichtet, ging Marley um das

Fahrzeug herum. Da sie beide Hände mit ihrer Tasche und dem Pizzakarton voll hatte, schob sie sich mit dem Hinterteil voran auf den Beifahrersitz.

„Du bringst gleich Abendessen mit?“, fragte er grinsend und deutete mit dem Kinn auf die Schachtel in ihrer Hand.

„So ungefähr. Übrig gebliebene Pizza vom Mittag. Ich teile gerne, falls du hungrig bist.“

Ian lächelte. „Zu dir oder zu mir?“

Überrascht starrte sie ihn an. Nie im Leben hatte sie damit gerechnet, dass er sie beim Wort nehmen würde.

„Ernsthaft? Bist du meiner Gesellschaft nicht langsam überdrüssig? Schließlich haben wir uns heute schon einmal gesehen. Und kalte Pizza? Bist du sicher, dass du dir das antun willst?“

„Überhaupt nicht. Schließlich hast du den ganzen Nachmittag nichts von dir hören lassen. Ich bin gespannt, was du bei Cole herausgefunden hast. Zudem habe ich auch ganz viel zu erzählen. Und was das Essen angeht: Kalte Pizza geht immer. Wir können sie auch für ein paar Minuten in den Ofen schmeißen. Was meinst du?“

Marley schenkte ihm ein zaghaftes Lächeln. „Dann sehr gerne. Allerdings kann ich nicht versprechen, dass ich dir gute Gesellschaft bieten kann. Der Tag hat mich ziemlich mitgenommen. Mein Hirn versucht das offensichtlich mit allerlei Alternativszenarios zu kontern, die nicht unbedingt für meine geistige Zurechnungsfähigkeit sprechen.“

„Da mache ich mir keine Sorgen. Ich muss nicht unterhalten werden. Wie gesagt, mein Nachmittag war auch ziemlich ereignisreich. Du kannst also einfach stumm dasitzen und so tun, als würdest du mir zuhören.“

„Wir großzügig von dir“, antwortete sie sarkastisch. Doch sie lächelte dabei.

„Bleibt die Frage, wohin?“

Erwartungsvoll schaute er sie an.

„Zu dir“, antwortete sie entschieden. „Meine Wohnung ist ziemlich seelenlos. Nicht sehr gemütlich.“

Ian schnaubte. „Und mein Trailer ist besser? Das kann ich kaum glauben.“

„Mir gefällt dein Zuhause sehr gut“, behauptete sie stur.

„Wenn du meinst“, antwortete er, immer noch nicht ganz überzeugt.

Sie wedelte mit der Hand, als wollte sie damit seine Zweifel verscheuchen. „Wenn ich ehrlich bin, fände ich in meiner aktuellen Stimmungslage wohl auch den Horst eines Hippogreifs gemütlicher als meine eigene Wohnung. Also fahr schon los.“

Er studierte sie im Schein der Innenbeleuchtung. Sie sah müde aus. Schatten lagen unter ihren blauen Augen. Er streckte sich, griff über sie hinweg und schloss die Tür, bevor er den Motor startete.

Nach ein paar Minuten brach er das Schweigen und fragte: „So. Hippogreif, was?“, und grinste.

„Hippogreife sind großartig“, verteidigte sie ihre Lieblingsfabeltiere aus der Harry Potter-Serie.

„Ich habe gar nichts gesagt. Auch wenn mein persönlicher Favorit der Niffler ist.“

Überrascht warf sie ihm einen Seitenblick zu. „Du kennst die Geschichten von J.K. Rowling?“

„Natürlich. Gehört das nicht zur Allgemeinbildung?“

Marley lachte. „Wenn du mich fragst, auf jeden Fall. Ich bezweifle allerdings, dass das andere auch so sehen.“

„Siehst du, schon wieder eine Gemeinsamkeit.“

Er zwinkerte ihr zu.

Nervös lächelte sie zurück. Flirtete er etwa mit ihr? Nicht zum ersten Mal wünschte sie sich, mehr Übung im Flirten zu haben. Ihr Blick glitt über seine kräftigen Unterarme, die dank der hochgekrempelten Hemdärmel sichtbar waren. In der Dunkelheit konnte sie nicht viel erkennen. Straßenlaternen gab es hier auf diesen Landstraßen keine. Doch die Silhouette war genug, um tief in ihrer Bauchgegend ein angenehmes Ziehen auszulösen. Wie es sich wohl anfühlen würde, mit den Fingerspitzen darüberzustreichen?

Unvermittelt löste er die rechte Hand vom Lenkrad und griff nach ihrer Linken.

„Gefällt dir, was du siehst?“

Ertappt senkte sie den Blick. Großartig. Am Ende hielt er sie noch für eine kranke Stalkerin, wenn sie ihn weiterhin mit den Augen verschlang. Andererseits hatte er jetzt nach ihrer Hand gegriffen. Himmel, diese Männchen-Weibchen-Geschichte war einfach verwirrend. Da lobte sie sich doch ihre Computer. Da war alles klar geregelt.

Sie wagte einen kurzen Seitenblick in seine Richtung. „Und falls ja?“

„Dann fühle ich mich geschmeichelt und freue mich …“ Er zwinkerte ihr zu, bevor er den Blick auf die Straße richtete. „Du gefällst mir nämlich auch. Sehr.“

Auf einmal wurde die elektrische Spannung zwischen ihnen fast unerträglich. Die Nervenenden unter ihrer Haut, da, wo er mit seinem Daumen federleicht darüberstrich, tanzten und hinterließen eine regelrechte Feuerspur. Ihr Magen machte einen Salto. Das Gefühl war dem auf der Achterbahn nicht unähnlich.

Ian musste sich sehr zusammenreißen, um nicht wie ein Irrer mit überhöhter Geschwindigkeit über die kurvige Bergstraße zu rasen. Er konnte es nicht erwarten, anzukommen und endlich die Gelegenheit zu ergreifen, sie zu küssen. Gezielt atmete er einige Male bewusst ein und aus, um seine verrücktspielenden Hormone unter Kontrolle zu bringen. Offenbar hatten sie gemerkt, dass er aus seinem emotionalen Winterschlaf erwacht war und wollten unbedingt mitspielen. Er konnte es ihnen nicht verdenken. Gleichzeitig hatte er den Eindruck, dass Marley zwar ein brillanter Kopf und eine hervorragende Unternehmerin war, es aber nicht gewohnt war, umworben zu werden. Wenn er sie nicht in die Flucht schlagen wollte, bevor die Sache zwischen ihnen richtig anfing, musste er langsam vorgehen. Das würde alles andere als leicht werden, doch er wollte es versuchen. Abermals begann er seine Atemübungen. Er hatte das dumpfe Gefühl, dass er das in Zukunft öfter machen würde.

Nachdem das Auto die letzten holprigen Meter bis zu seinem Wohnmobil zurückgelegt hatte, stellte er den Motor ab und drehte sich zu Marley um. Sie blinzelte gegen die helle Innenbeleuchtung an. Rasch langte er an den Schalter und löschte sie. Besser. Ihre Augen wirkten riesig in ihrem blassen Gesicht. Langsam, um ihr Zeit zu geben, zu protestieren, hob er die Hand und legte sie ihr an die Wange.

Marleys Herz klopfte bis zum Hals. Von einer Sekunde zur nächsten wusste sie nicht, ob sie vor Verlangen aus der Haut fahren oder sich übergeben musste. Ihr Atem kam stoßweise, während sie darauf wartete, was Ian als Nächstes machen würde. Sie war sich nicht sicher, was er im Sinn hatte. Sie spürte nur, dass gleich etwas Bedeutsames stattfinden würde. Vorausgesetzt, sie kotzte ihm nicht auf die Füße. Bei der unangebrachten Überlegung entschlüpfte ihr ein wenig damenhaftes Schnauben. Das wäre ja noch schöner. Ihr erster Kuss in wer weiß wie langer Zeit und ihr wurde schlecht.

Ian schmunzelte, als er ihre offensichtliche Nervosität bemerkte. Behutsam, um sie nicht noch mehr zu verunsichern, strich er über die zarte Haut an ihrem Hals. Ihr Pulsschlag unter seinem Daumen flatterte wie einer der wunderschönen Kolibris, die sie so mochte. Ihre Lippen öffneten sich leicht.

Marley hielt die steigende Spannung kaum mehr aus. Worauf wartete er? Sollte sie die Initiative ergreifen? Nervös leckte sie sich über die Lippen. Schließlich platzte sie heraus: „Bringen wir das mit dem Küssen endlich hinter uns, oder was?“

Ihr plötzlicher Ausbruch brachte ihn zum Lachen. Als er sich endlich wieder gefangen hatte, stellte er fest, dass sie ihn mit einem mörderischen Blick bedachte.

„Sorry“, brachte er heraus. „Ich lache nicht über dich.“

„Tatsächlich“, antwortete sie trocken.

„Wirklich nicht! Wenn, dann lache ich über mich. Offensichtlich habe ich jegliches Talent zur Verführung irgendwann in den letzten Jahren verloren, wenn du einen Kuss mit mir als etwas bezeichnest, das du hinter dich bringen willst.“

Marley musste zugeben, dass das nicht sehr schmeichelhaft klang. Wahrscheinlich sollte sie sich entschuldigen, stattdessen fing sie auch an zu lachen.

Ian lehnte seine Stirn an ihre.

„Du bringst alle meine Sinne durcheinander. Weißt du das?“

„Ich?“

„Ja. Du.“

Mit diesen Worten überbrückte er endlich die letzten Zentimeter, die sie noch trennten, und küsste sie. Vorsichtig ließ er seine Zunge über ihren Mund gleiten. Sofort öffnete sie sich für ihn. Einfach so. Von ihrer Zurückhaltung war nichts mehr zu spüren.

Sobald seine Lippen die ihren trafen, verflogen all ihre Bedenken. Es fühlte sich so natürlich, so richtig an. Endlich war sie da, wo sie hingehörte. In seinen Armen. Die Berührung seiner Zunge sandte eine Hitzewelle durch ihren Körper. Ian küsste sie, wunderte sich ein kleiner, gerade noch knapp funktionsfähiger Teil ihres Hirns. Und es war perfekt. Sie überließ sich völlig den Emotionen, die er in ihr auslöste. Sie mochte die Art und Weise, wie er sie küsste, mochte das Gefühl seiner Hand an der Seite ihres Gesichts, als er ihren Kopf ein wenig drehte, um einen besseren Winkel zu erhalten. Sie gab das Denken ganz auf und konzentrierte sich nur noch auf den Kuss. Auf Ian. Ihre Finger krallten sich in sein Hemd und zogen ihn näher an sich heran.

Irgendwann löste er sich ein wenig von ihr und schaute sie prüfend an. Sie blinzelte, um den Nebel der Lust in ihrem Kopf zu vertreiben. Befriedigt stellte sie fest, dass auch er heftig atmete.

„Wow", stieß er heiser und ein wenig ungläubig hervor.

Sie lächelte. „*Wow* trifft es ziemlich gut."

„Komm. Lass uns hineingehen."

„In Ordnung. Auch wenn die Pizza kaum noch kälter werden kann, als sie schon ist", witzelte sie.

Ian lachte. „Das ist wohl wahr. Wärmer allerdings auch nicht. Und dem kann mein Backofen Abhilfe schaffen."

*

Während Ian in seiner kleinen Küche hantierte, setzte sich Marley auf das abgewetzte, aber erstaunlich bequeme Sofa. Sie zog die Beine an sich heran und schlug die Füße unter ihren Körper. Verstohlen beobachtete sie ihn. Hatte sich durch den Kuss etwas verändert? Für sich selber konnte sie diese Frage mit Leichtigkeit beantworten. Sie konnte ehrlich sagen, dass sie so etwas noch nie erlebt hatte. Ein Feuerwerk war nichts dagegen. Wenn es nach ihr ging, konnten sie den Gesprächsteil des Abends auch einfach überspringen und dort weitermachen, wo sie im Auto aufgehört hatten. Das sah ihr eigentlich gar nicht ähnlich. Die Intensität ihrer Gefühle erschreckte sie fast ein bisschen. Vor allem in Anbetracht der Tatsache, dass sie keine Ahnung hatte, wie er dazu stand. Wünschte er sich auch eine Wiederholung? Oder war es für ihn ein normaler Kuss gewesen? Küsste er öfter Frauen, die er gerade erst kennengelernt hatte? Fragen über Fragen und keine Antworten. Immerhin hatte er den Kuss als *Wow* bezeichnet, was auch immer er darunter verstand. Wenigstens ein kleiner Trost.

„Ich kann dich denken hören", ließ sich Ian vernehmen.

Er stand vor dem offenen Kühlschrank und überlegte, was er ihr anbieten sollte. Als sie ihm nicht antwortete, warf er einen Blick über die Schulter. Eine leichte Röte überzog ihre Wangen.

„Bist du etwa verlegen? Dann bin ich ja mal gespannt, was das für Gedanken waren“, neckte er sie.

Marley verbarg ihr Gesicht hinter ihren Händen und murmelte etwas vor sich hin. Er lachte leise und beschloss, sie für einen Moment nicht weiter zu bedrängen. Vielleicht war ein unverfängliches Thema angebracht. Das würde ihnen beiden Zeit geben, mit den Geschehnissen der letzten halben Stunde klarzukommen. Er wusste ja nicht, wie es ihr ging, aber einen solchen Kuss hatte er noch nie erlebt. Wenn es nach ihm gegangen wäre, hätten sie auch gleich vom Auto ins Schlafzimmer taumeln können. Gleichzeitig war er sich sehr bewusst, dass Marley für ihn nicht nur ein netter Zeitvertreib war, sondern sehr viel mehr. Also wollte er alles richtig machen. Das beinhaltete auch, sich die Zeit zu nehmen, sie wirklich kennenzulernen. Ganz egal, was für andere verlockende Vorschläge sein Körper machte. Wie jetzt zum Beispiel. Resolut schob er seine Fantasien beiseite und räusperte sich.

„Bier oder Wein? Oder lieber Wasser? Oder Tee?“

Marley hatte sich wieder ein wenig erholt. Die simple Frage überraschte sie. „Ich hätte wetten können, dass du gerade an etwas anderes gedacht hast“, platzte sie heraus.

Ian hob herausfordernd eine Augenbraue. „Du meinst, wie du vorhin?“

„Ach ja. Bier. Bier wäre fantastisch“, beeilte sich Marley zu sagen. Auf keinen Fall würde sie als Erste ihre Gefühle auf den Tisch legen. Zumindest jetzt noch nicht.

Ian trug die beiden Bierflaschen zum Sofa und reichte eine davon Marley, bevor er sich neben sie aufs Sofa setzte. Sie versuchte, zur Seite zu rutschen und ihm mehr Platz zu geben. Um sie am Flüchten zu hindern, legte er ihr seinen freien Arm um die Schulter und zog sie zu sich heran.

„Komm her. Wir müssen nicht gleich jetzt alles analysieren. Aber ich spüre dich gerne an meiner Seite. Lass uns einfach den Moment genießen.“

Bei seinen Worten entspannte sich Marley sichtlich und kuschelte sich an ihn. Ian hob die Flasche.

„Cheers!“

„Danke, dass du mir heute Abend Asyl gewährst. Wenn ich mir vorstelle, dass ich stattdessen zu Hause sitzen würde, nur ich, die einzige Gesellschaft meine kreisenden Gedanken … Da ist das hier viel besser.“

„Das freut mich.“

Er zog sie näher an sich und küsste sie auf den Scheitel. Marley entschlüpfte ein zufriedener Seufzer.

„Willst du mir von deinem Treffen mit Cole erzählen?“

„Hm. Nicht wirklich. Es hat sich aber auf jeden Fall gelohnt, und er wird sich die Sache ansehen.“

„Sehr gut. Das war es schon, was ich dringend wissen wollte. Ich bin froh, dass du jetzt Unterstützung hast.“

„Ich auch. Hoffentlich klärt sich alles schnell auf. Es ist ein schreckliches Gefühl, jedem zu misstrauen. Das entspricht so gar nicht meiner Art. Ich weiß, das ist vielleicht naiv. Aber die Alternative ist für mich keine Option.“

„Welche Alternative?“

„Na, immer vom Schlimmsten auszugehen.“

„Im Grunde hast du recht. Das habe ich die vergangenen Jahre gemacht. Es ist eine sehr trostlose und einsame Existenz. Erst seit ich beschlossen habe, etwas zu wagen und meinen Mitmenschen eine Chance zu geben, hat sich das geändert. Aber es ist manchmal nach wie vor schwierig“, gab er zu. „Alte Gewohnheiten lassen sich nicht so leicht abschütteln.“

Marley musterte ihn nachdenklich. Sie waren sehr unterschiedlich. Auf der anderen Seite ergänzten sie sich dafür gut. Vielleicht hatte eine Beziehung zwischen ihnen doch eine Chance? Spontan fasste sie nach seiner Hand und drückte sie.

„Wir wären ein tolles Team“, wagte sie zu sagen, ohne ihren Blick von seinen Augen zu lösen.

Ian lächelte. „Falsch.“

„Falsch?"

Nicht gerade die Antwort, die sie sich erhoffte hatte. Aber gut. Sicher war es besser, gleich Bescheid zu …

„Falsch. Wir sind bereits ein tolles Team."

„Oh."

Ian grinste breit und senkte den Kopf, um sie zu küssen. Ein kleiner Kuss konnte ja nicht schaden, redete er sich ein.

Endlich, war alles, was Marley dachte, bevor sie sich ganz den Gefühlen überließ, die in ihr tobten.

Auch Ian vergaß bald, dass nur ein Kuss geplant war. Seine Hände machten sich selbständig, erforschten Marleys samtene Haut, ihre Kurven und die Mulden ihres Körpers. Alle seine Sinne schärften sich und liefen auf Hochtouren. Sein Herzschlag dehnte sich aus und schien von seinem Scheitel bis zu seinen Sohlen zu vibrieren. Alle rationalen Gedanken vergessend, verlor er sich in der Erkundung ihres Körpers, lernte ihre Vorlieben kennen und suchte die empfindsamsten Stellen.

Marley stöhnte leise und bog sich seiner Berührung entgegen. Ihre Bewegungen wurden dringlicher, fordernder, bis Ian ihre wortlose Bitte erhörte und seine Hand in den Bund ihrer Jeans schob. Kurze Zeit später flog sie durch Zeit und Raum und zersplitterte in tausend Stücke.

*

Ian beobachtete die Frau in seinem Arm. Marley war perfekt. Perfekt für ihn. Das Vertrauen, das sie ihm gegenüber gerade gezeigt hatte, empfand er als Geschenk. Jetzt musste er sie nur noch davon überzeugen, dass sie zusammengehörten. Ein leichter Schweißfilm bedeckte ihre Stirn. Behutsam strich er eine ihrer dunklen Locken, die dort klebte, zur Seite. Er wusste nicht recht, womit er das Glück verdient hatte, sie kennenzulernen. Es spielte auch keine Rolle. Er würde auf jeden Fall alles dafür tun, um dafür zu sorgen, dass sie ein Teil von seinem Leben wurde.

Langsam, langsam kehrte Marley wieder auf die Erde zurück. Während sie versuchte, wieder all ihre Einzelteile zusammenzusetzen, hielt sie ihre Augen vorsichtshalber geschlossen. Sie hatte zwei Möglichkeiten, überlegte sie. Entweder konnte sie jetzt die Verlegenheit, die bereits in einem Teil ihres Bewusstseins lauerte, die Führung übernehmen lassen – oder sie stand dazu, was und wie sie sich fühlte. Letzteres barg zwar die Gefahr einer Zurückweisung, aber auch die Möglichkeit einer Wiederholung. Und sie war sehr interessiert an einer Wiederholung. Dieser Kuss, wie auch der erste, hatte sich so richtig angefühlt. Als wäre jeder Kuss, den sie je zuvor mit jemandem geteilt hatte, nur eine schwache Imitation davon gewesen, wie ein Kuss eigentlich sein sollte.

Diese Feststellung verlieh ihr den Mut, die Augen aufzuschlagen und seinem Blick zu begegnen. Neugierig streckte sie die Hand aus und berührte seine Brust. Er zog scharf die Luft ein. Durch seine Reaktion ermutigt, ließ sie ihre Finger in den Ausschnitt seines Hemds gleiten. Haare kitzelten ihre Fingerkuppen. Darunter lagen glatte Muskeln, die unter ihrer Berührung zuckten. Sie streichelte ihn und erforschte seinen Oberkörper, wie er es bei ihr gemacht hatte. Endlich bei seiner Gürtelschnalle angelangt, keuchte sie überrascht auf, als er blitzschnell nach ihrer Hand griff.

„Was … Aber du hast noch nicht …“

„Ich weiß“, erwiderte er mit einem entschuldigenden Lächeln. „Glaub mir, nichts wäre mir lieber.“

„Wieso dann die Handbremse?“, fragte sie und konnte nicht verhindern, dass sie ein wenig ungeduldig klang.

„Aufgeschoben ist ja nicht aufgehoben, oder?“

Trotz seiner Worte konnte Marley nicht verhindern, dass sie den Stich der Zurückweisung spürte. Anscheinend war er nicht so hin und weg wie sie. Das war … schade. Mental ihre inneren Schutzwälle errichtend, versuchte sie, ein wenig von ihm abzurücken.

„Hey“, sagte er leise und legte beide Hände links und rechts an ihr Gesicht. „Es ist nicht, was du denkst.“

„Die alte Ich-bin-das-Problem-nicht-du-Rede? Da hätte ich etwas mehr Originalität erwartet“, gab sie scharf zurück.

Anstatt verärgert zu reagieren, lachte Ian. Es gefiel ihm, dass sie sich wehrte. Sie hatte Temperament. Mit ihr würde ihm bestimmt nie langweilig werden.

Marley runzelte die Stirn, als er laut heraus lachte. Mit dieser Reaktion hatte sie nicht gerechnet. Überhaupt … Weshalb hielt er sie so behutsam fest, wenn er offensichtlich nicht interessiert war? Bevor sie diese Gedanken laut äußern konnte, strich er ihr sanft über die Wangen.

„Hör mir zu“, bat er sie ernsthaft.

Sie antwortete nicht, sondern bedachte ihn nur mit einem misstrauischen Blick. Gut. Den hatte er wahrscheinlich verdient.

„Ich weiß nicht, wohin das mit uns führt. Ich weiß nur, dass ich so etwas noch nie erlebt habe. Das zwischen dir und mir, das fühlt sich richtig an. Real. Dauerhaft. Wie etwas, das das Potential für eine richtige Beziehung hat. Eine Beziehung, die uns beiden Flügel verleiht!“

Marleys Herz machte einen Satz. Überwältigt von seinen Worten konnte sie ihn nur anstarren. Sie hatte sich für das Schlimmste gewappnet. Und jetzt das. Das war ja schon beinahe eine Liebeserklärung!

„Das war ja fast Poesie“, stieß sie schließlich krächzend hervor.

Ians Lippen zuckten.

„Ich habe keine Ahnung von Poesie. Ich kann dir nur erzählen, wie es in mir drin aussieht. Und was ich mir erhoffe. Deshalb will ich das mit dir langsam angehen. Nichts überstürzen.“

„Hm. Erklärung akzeptiert.“

Erleichtert stieß Ian die Luft aus, die er unbewusst angehalten hatte.

„Übertreibe es nur nicht mit der langsamen Vorgehensweise. Meine Toleranzschwelle für sexuelle Frustration ist relativ tief, was dich angeht."

Mit einem Knurren zog er sie an sich und barg sein Gesicht an ihrem Hals. Leicht biss er sie am Übergang der Schulter zum Hals in die Haut.

„Du machst mich fertig, weißt du das?"

Marley schmiegte sich an ihn und hoffte, dass er weitermachen würde.

„Na hoffentlich!"

Kopfschüttelnd schob er sie wieder von sich und rückte ein Stückchen von ihr ab.

„Nichts da. Ich werde versuchen, mich wenigstens am ersten Abend an meine guten Vorsätze zu halten. Pizza?"

„Okay. Ist zwar nur ein schwacher Trost …"

Überrascht stellte Marley fest, dass es ihr plötzlich leicht fiel, mit Ian zu flirten und ihn aufzuziehen. Vielleicht war seine Idee, sich insgesamt erst besser kennenzulernen, gar nicht so blöd. Auf einmal konnte sie es nicht erwarten, alles von seinem Tag zu erfahren.

7

Susan lehnte sich zurück und überließ sich Annas fachkundigen Händen. Seit einem knappen Jahr leistete sie sich den regelmäßigen Besuch im Spa des Bed & Breakfast. Damit angefangen hatte sie spontan, nachdem Henrik abgereist war und sie die ersten grauen Haare entdeckt hatte. Auch wenn sie wusste, dass der attraktive Snowboardprofi wahrscheinlich nie mehr in die kleine Stadt zurückkehren würde, war ihr der Gedanke, graue Haare zu haben, falls er wider Erwarten doch auftauchen sollte, zuwider.

Zum Glück musste man inzwischen nicht mehr bis nach Breckenridge fahren, wo die Preise dank der Touristen exorbitant waren. Anna Merck hatte den Spa mit einem Kredit der VGI, der Vereinigung der Geschäftsfrauen von Independence, eröffnet.

Die Vereinigung der Geschäftsfrauen von Independence war als Gegenbewegung zu den Bemühungen des Bürgermeisters entstanden, der auswärtigen Unternehmen einen Bonus angeboten hatte, wenn sie ihren Sitz für eine bestimmte Anzahl von Jahren in die Kleinstadt in den Rockies verlegten. Während sie dieser Idee grundsätzlich positiv gegenüberstanden, war den Frauen die Tatsache, dass vor allem männlich dominierte Firmen berücksichtigt wurden, die keinen großen Beitrag zum Wohlbefinden der Bevölkerung lieferten, ein Dorn im Auge. Also hatten sie ihre eigene Vereinigung gegründet und es sich zum Ziel gesetzt, Frauen, die den Sprung in die Selbständigkeit wagen wollten, zu unterstützen. Einzige Bedingung war, dass sie eine Dienstleistung anboten, von der die Leute vor Ort einen Nutzen hatten. Selbstverständlich profitierten alle indirekt von den zusätzlichen Steuergeldern. Aber das war einfach nicht dasselbe. Susan fand die Idee genial. So gab es neben dem Spa und der Buchhandlung inzwischen auch endlich eine Apotheke.

Es amüsierte sie ohne Ende, dass sich inzwischen fast so etwas wie ein Wettstreit zwischen dem Bürgermeister und der VGI entwickelt hatte. Das schwarze Wettbüchlein war voll von Wetten, die sich um diese Thematik drehten.

Anna jedenfalls war sehr erfolgreich mit ihrem Spa. Als Besitzerin des einzigen Friseur- und Beautysalons im Ort waren ihre Dienste sehr gefragt. Soweit Susan über die Sache informiert war, hatte sie ihren Start-Up-Kredit bereits zurückbezahlt. Sie runzelte die Stirn, während Anna das Shampoo mit sanftem Druck in ihre Haare massierte. Vielleicht sollte sie sie um Rat fragen, was die Hundekeksidee anging? Von Geschäftsfrau zu Geschäftsfrau?

„Du weißt schon, dass du dich entspannen solltest“, witzelte Anna, als sie den angespannten Gesichtsausdruck ihrer Kundin sah. „Das steht so in den AGBs, denen du zugestimmt hast, als du über meine Schwelle getreten bist.“

„Ha, ha. Es hat nicht jeder seinen persönlichen Superhelden zu Hause, der in der Nacht dafür sorgt, dass man mit einem Lächeln aufwacht.“

Anna lächelte. „Das ist wohl wahr. Donovan kümmert sich sehr gut um mich.“

Der Inhaber der Tankstelle und Garage Gas ’n‘ Go war ein notorischer Frauenheld gewesen. Bis er Anna kennengelernt hatte. Zum Leidwesen aller Single-Frauen im Umkreis von geschätzten hundert Kilometern hatte er einen Blick auf die zierliche Blondine geworfen und entschieden, dass sie die Frau für ihn war. Es hatte einigen Einsatz von seiner Seite her gebraucht, bis er Anna davon überzeugen konnte, dass es ihm durchaus ernst war. Seither waren der Biker und sie unzertrennlich.

Susan seufzte. Sie gönnte dem jungen Paar das Glück. Gleichzeitig brachte es ihre eigenen Träume und Wünsche gefährlich nahe an die Oberfläche. Besser, sie konzentrierte sich auf ihre geschäftlichen Probleme. Auf diese konnte sie wenigstens Einfluss nehmen.

„Du hattest schon recht, ich bin angespannt. Du weißt doch, dass ich neben meinen Buchhaltungsaufträgen angefangen habe, hausgemachte Kekse zu backen und zu vertreiben?"

„Na klar. Ich hoffe, du hast trotzdem noch Zeit für meine Steuererklärung. Andererseits sind deine Kekse himmlisch und es fast wert, dass ich mich selber um meine Zahlen kümmere, wenn ich dafür deine Köstlichkeiten essen darf. Du hast nicht zufällig welche mitgebracht?"

Susan lachte. Es erfüllte sie jedes Mal aufs Neue mit ungläubigem Staunen, wenn sie mitbekam, wie sehr die Leute ihre Kekse liebten. Eine angenehme Abwechslung zu den beißenden Kommentaren, die ihre Mutter jeweils abgegeben hatte.

„Keine Angst. Ich habe meine neueste Kreation dabei."

„Lecker! Aber du wolltest eigentlich etwas anderes erzählen, oder nicht?"

„Ja. Stell dir vor … gestern kam jemand auf mich zu, der will, dass ich für ihn Hundekekse backe."

„Hundekekse? Ist das nicht etwas extravagant? Donovans Hund Horace, ein uralter Labrador, frisst buchstäblich alles. Natürlich auch Cookies", gab sie zu. „Er ist aber genauso glücklich mit einem Stück trockenem Brot."

„Ich kenne den alten Kerl von meinen Besuchen in der Garage. Freundlicher Hund."

Anna gluckste, während sie die Temperatur des Wassers an ihrem Handgelenk prüfte, bevor sie Susans Haare ausspülte.

„Freundlich ist die richtige Bezeichnung. Ein Wachhund ist er nicht gerade. Wenn ein Einbrecher käme, würde er wahrscheinlich versuchen, ihn zu Tode zu lecken. Oder ihn mit seinem Schwanzwedeln zu hypnotisieren."

„Genau so habe ich ihn in Erinnerung. Ist er immer noch fit und munter?"

„Na ja. Seine Gelenke machen ihm halt zu schaffen und er schläft sehr viel. Verständlich eigentlich, so alt, wie er ist."

Susan erinnerte sich an die Eigenschaften des pflanzlichen Inhaltsstoffes, den Ian in seinen Keksen verwenden wollte.

„Vielleicht wären Ians Kekse sogar etwas für Horace."

„Wie kommst du denn darauf? Sein Appetit hat noch nicht nachgelassen, wenn es das ist, was dir Sorgen bereitet."

„Nein, darum geht es mir nicht. Ian will keine normalen Kekse. Also schon Kekse. Aber eigentlich handelt es sich um ein Ergänzungsfuttermittel, das als Keks daherkommt. Man muss das Mittel also nicht erst mühsam unters Futter mischen oder in einer Wurst verstecken. Ziemlich genial, die Idee, wenn ich ehrlich bin. Ich weiß gar nicht, weshalb das nicht öfter gemacht wird."

Als Anna sah, dass das Wasser klar aus Susans Haaren floss, stellte sie das Wasser ab und griff nach einem Handtuch.

„Stimmt. Um was handelt es sich denn genau?"

„Was es genau ist, kann ich dir nicht sagen. Es ist auf jeden Fall pflanzlichen Ursprungs und soll nervöse Tiere ruhiger machen. Zudem unterstützt es wohl Heilungsprozesse oder das Immunsystem, so genau weiß ich das nicht, und kann eine schmerzlindernde Wirkung haben."

„Wow. Das klingt ja wie ein Wundermittel."

Susan schnitt eine Grimasse. „Ich weiß. Vielleicht kann ich es auch nicht gut erklären. Es existieren tatsächlich wissenschaftliche Studien zu der Pflanze. Aber am besten fragst du Ian, wenn du ihn mal siehst. Er ist ja der Experte."

„Werde ich sicher tun. Klingt sehr spannend. So wie ich dich verstanden habe, hängt die Zukunft dieses Projekts ja wohl davon ab, ob du mitmachst oder nicht."

„Das glaube ich kaum. Schließlich gibt es noch andere Firmen, die Kekse backen."

„Das ist mir schon klar. Reizt es dich denn gar nicht?"

Mit effizienten Bürstenstrichen kämmte sie Susans Haare aus. Als sie keine Antwort auf ihre Frage bekam, wandte sie sich dem Thema des bevorstehenden Haarschnitts zu.

„Ich schneide dir ein paar Zentimeter ab und mache dir neue Stufen rein, okay?"

„Zaubere einfach und mach mich schön", war Susans vertrauensvolle Antwort.

Während Anna an ihren Haaren herumschnipselte, dachte sie über das Projekt nach. Schließlich seufzte sie.

„Es würde mich schon reizen. Andererseits weiß ich gar nicht, ob ich genügend Kapazitäten habe. Falls dieses Ergänzungsfutter ein Erfolg wird, was ich mir sehr gut vorstellen kann, stoße ich wohl schnell an meine Grenzen. Mit so einem Auftrag hätte ich im Leben nicht gerechnet. Vor allem nicht zu diesem Zeitpunkt. In zwei Jahren sähe alles anders aus. Dann hätte ich mehr Erfahrung, vielleicht zusätzliche Maschinen …"

„Andererseits präsentiert sich dir jetzt die Gelegenheit", gab Anna zu bedenken. „Er steht ja auch noch am Anfang. Vielleicht könnt ihr gemeinsam wachsen?"

„Du bist viel risikofreudiger als ich."

„Ha! Natürlich. In meinem Fall handelt es sich ja auch nur um ein hypothetisches Risiko, während es für dich sehr real ist. Lass dich von meinen großspurigen Reden nicht in die Irre führen." Sie machte eine Pause, bevor sie sagte: „Aber meine Empfehlung wäre tatsächlich, dich nochmals mit Ian zusammenzusetzen, deine Bedenken offen auf den Tisch zu legen und erst dann zu entscheiden."

Susan ließ Annas Worte in sich nachklingen, während die Friseurin mit dem Föhn zugange war. Eigentlich ein guter Ratschlag, den sie ihr gegeben hatte. Was konnte es schon schaden, nochmals alles zu besprechen? Gestern war sie von dem Geschäftsvorschlag ziemlich überrumpelt gewesen. Heute hatte sie konkrete Fragen. Sobald diese beantwortet waren, würde ihr die Entscheidung in die eine wie auch die andere Richtung sicher leicht fallen.

Eine Viertelstunde später war sie fertig. Bewundernd schaute Susan ihr Spiegelbild an.

„Du bist ein Genie. Ich schwöre, ein Morgen bei dir und ich bin auf einen Schlag fünf Jahre jünger."

„Danke, danke", freute sich Anna über das Kompliment. „Aber ich streiche nur heraus, was sowieso vorhanden ist."

„Schmeichlerin."

Anna grinste. „Immer. Ich muss schließlich dafür sorgen, dass die Leute wiederkommen. Halte mich auf dem Laufenden, was die Keksgeschichte für die Tiere angeht."

„Mach ich gern. Darf ich dich anrufen, wenn ich jemanden brauche, um es nochmals durchzukauen?"

„Klar. Auf jeden Fall."

Susan verließ den Spa, winkte Miss Daisy zu, die an der Rezeption des Bed & Breakfast stand, und trat durch die Tür in den Sonnenschein. Sie blinzelte gegen den strahlend blauen Himmel und fasste einen Entschluss.

Sie zog ihr Mobiltelefon hervor und wählte die Nummer, die sie gestern Abend in ihrem Adressbuch gespeichert hatte.

„Ian? Guten Morgen. Ich habe mich gefragt, ob du heute Zeit hättest, mit mir einen Kaffee zu trinken. Ich habe noch ein paar Fragen."

*

Mit einem breiten Grinsen im Gesicht beendete Ian das Gespräch. Es schien, als würde Susan sein Geschäftsangebot ernsthaft in Betracht ziehen. Siegesgewiss reckte er die Faust in die Luft. Yesss! Zum ersten Mal hatte er das Gefühl, seinem Ziel einen wichtigen Schritt nähergekommen zu sein. Das musste er unbedingt Marley erzählen. Sein Finger schwebte über dem

Display, als ihn Zweifel überkamen. Ob er mit seinem Anruf besser warten sollte? Bestimmt war sie bei der Arbeit und schlug sich mit hundert wichtigen Sachen herum. Dann fiel ihm wieder ein, wie interessiert sie sich an seinem Vorhaben gezeigt hatte. Als Kompromiss öffnete er die Nachrichten-App und schrieb einen kurzen Text.

Habe gute Neuigkeiten. Wie ist dein Tag? Zeit für Telefon?

Er las die Worte nochmals durch. Zufrieden mit der knappen Nachricht drückte er auf Senden. Gespannt wartete er ab, ob sie die Meldung gleich sehen würde. Unmittelbar nach der Bestätigung klingelte sein Telefon. Mit einem Lächeln auf den Lippen nahm er den Anruf entgegen.

„Das war aber schnell."

„Natürlich. Ich muss doch die guten Neuigkeiten hören", entgegnete sie. „Die sind auf meiner Seite gerade ziemlich rar."

„Oje. Seid ihr noch nicht weitergekommen?"

„Das dauert wohl noch eine Weile. Bis jetzt habe ich noch nichts von Cole gehört."

„Er meldet sich bestimmt bald."

„Ich hoffe es. Die Spannung wird langsam unerträglich. Aber jetzt zu dir. Ich will mir die Gelegenheit nicht entgehen lassen, meine Laune stellvertretend durch deine Neuigkeiten heben zu lassen."

„Das klingt fair. Susan hat gerade angerufen. Sie will sich mit mir treffen. Offenbar hat sie noch Fragen. Ich werte das als gutes Zeichen."

„Auf jeden Fall. Wenn sie gar nicht interessiert wäre, hätte sie dir nur eine kurze Absage erteilt."

„Zum ersten Mal habe ich wirklich das Gefühl, dass aus meinem Luftschloss tatsächlich etwas werden könnte", gestand er. Er blickte hinüber zum Bear Spot Mountain, wo seine Hanffelder lagen.

„Die Idee ist genial. Ich glaube an deinen Erfolg", ermutigte sie ihn.

„Das bedeutet mir sehr viel“, gab er zu. „Aber ich lasse dich jetzt weiterarbeiten. Melde dich, wenn es etwas Neues gibt.“

„Mach ich. Und danke.“

„Wofür?“

„Dass du mich teilhaben lässt an deinem Leben.“

Bevor er noch etwas sagen konnte, hatte sie aufgelegt. Tief in Gedanken versunken starrte er das Telefon an. Darüber mussten sie nochmals sprechen. Wenn sich jemand bedanken musste, dann war das wohl er. Er wusste immer noch nicht, wie er es geschafft hatte, die Aufmerksamkeit einer so wunderbaren Frau zu erringen. Nachdem er nur zu gut wusste, wie es sich anfühlte, alleine zu sein, würde er alles dafür tun, dass sie ihm, sprich ihrer Beziehung, eine Chance gab.

*

„Hallo Cole“, beantwortete Marley am Nachmittag erleichtert das Telefon. Sie hatte schon befürchtet, er hätte sie vergessen. Um sich abzulenken, hatte sie Stunden damit verbracht, den fremden Teil des Programms zu entschlüsseln, allerdings ohne Erfolg. Sie hatte nach wie vor keine Ahnung, was der Zweck dahinter war. Immerhin hatte sie inzwischen herausgefunden, dass er das Spiel nicht beeinflusste. Eigentlich hätte sie diese Entdeckung beruhigen sollen. Er richtete also keinen Schaden an. Allerdings stellte sich umso mehr die Frage, weshalb sich jemand die Mühe machen sollte, einen Code einzuschmuggeln, der keinen Zweck erfüllte.

„Hey Marley.“

Sie runzelte die Stirn, als sie seine eindringliche Stimme hörte. „Ist etwas passiert?“

„Nein, nein. Nicht direkt. Aber wir sollten uns dringend treffen. Kommst du zu uns? Um vier?“

Etwas überrumpelt nickte sie, bis sie sich erinnerte, dass er sie ja nicht sehen konnte. „Ja, klar. Ich kann auch früher kommen, wenn du möchtest.“

„Das ist nicht nötig. Ich habe noch einen … anderen Experten hinzugezogen. Der kann erst um vier."

„Ah, okay."

Cole wusste bestimmt, was er tat. Wenn er es für notwendig hielt, jemand weiteren einzuweihen, hatte er bestimmt recht, auch wenn es ihr nicht passte. Insgeheim befürchtete sie, ihre Geschäftsgeheimnisse bald auf der Facebookseite von Independence zu finden.

„Bis dann. Und vergiss nicht", erinnerte er sie, „behalte erst einmal für dich, wohin du heute Nachmittag gehst. Je weniger Leute davon wissen, desto einfacher sind unsere Ermittlungen."

„Versprochen. Bis später."

Schweren Herzens legte sie das Handy weg und rieb sich die müden Augen. Was für ein heilloses Durcheinander. Die anderen Teammitglieder warfen ihr bereits schiefe Blicke zu, weil sie so wenig mitteilsam war. Normalerweise gestaltete sich die Zusammenarbeit aus unkoordinierten, spontanen Brainstorming-Sessions, gepaart mit Stunden konzentrierten Arbeitens.

„Ich muss in zwei Stunden noch mal weg", informierte sie die anderen.

Maya setzte zu einer Frage an, doch Marley schüttelte den Kopf.

„Es ist privat", sagte sie entschuldigend. „Sobald ich mehr weiß, erzähle ich dir alles."

Maya warf ihr einen verletzten Blick zu, sagte aber nichts.

„Uns hoffentlich auch", warf Phil ein.

„Ja. Auch wenn wir Männer sind, wollen wir informiert sein", hieb Marc in dieselbe Kerbe.

Nur Chris blieb auffallend ruhig. Sofort fragte sich Marley, ob er wohl etwas mit der Sache zu tun hatte und um keinen Preis auffallen wollte. Sogleich fühlte sie sich schuldig, dass sie ihn verdächtigte. Die ganze Situation war zum Aus-der-Haut-fahren!

*

Als Marley um Punkt vier durch die Eingangstür des Sicherheitsunternehmens trat, hatte sie schweißnasse Hände. Nervös wischte sie sie an dem Jeansstoff ihrer Hose ab. Sie wünschte sich, Ian an ihrer Seite zu haben. Aber der saß jetzt wahrscheinlich gerade mit Susan zusammen und plante den Start seines Projekts, dachte sie fast ein wenig neidisch. Sie erinnerte sich noch gut an diese Phase, in der alles möglich schien. Es war noch nicht allzu lange her, als sie selbst an diesem Punkt gestanden hatte. Und jetzt schien es, als würde alles, wofür sie im letzten Jahr gearbeitet hatte, in sich zusammenfallen.

Zusammenfallen war das falsche Wort, erinnerte sie sich streng. Jemand anders sabotierte mutwillig ihre Arbeit. Das musste ein Ende nehmen. Sie straffte die Schultern und trat in den Lift.

*

Als sie in Coles Büro trat, saß er neben jemandem am Computer. Erst auf den zweiten Blick fiel ihr auf, dass es sich dabei nicht um einen Mann, sondern um einen Jugendlichen handelte. Was zum Teufel sollte das?

„Erteilst du gerade Nachhilfe in Informatik?“, erkundigte sie sich spitz.

Cole wirbelte auf seinem drehbaren Bürostuhl herum.

„Verzeihung. Wir waren gerade konzentriert an der Arbeit. Das mit der Nachhilfe ist allerdings eher andersrum. Darf ich vorstellen?“ Er deutete auf den Teenager hinter sich. „Ethan Triton. Der zukünftige Computerexperte unseres Betriebs.“

Ethan grinste, löste den Blick aber nicht vom Bildschirm.

Immer noch nicht ganz begreifend, was der Junge hier machte, hob Marley die Hand und begrüßte ihn halbherzig. „Hallo.“

„Du wunderst dich bestimmt, was Ethan hier macht.“ Auf ihr Nicken hin fuhr er fort: „Ethan hat uns schon einige Male bei den Ermittlungen geholfen. Ich habe mir gestern noch lange

Gedanken gemacht über deinen Fall. Dabei ist mir eingefallen, dass es vielleicht eine gute Idee wäre, jemanden mit tatsächlicher Computerspiel-Erfahrung im Team zu haben."

Bei der Erwähnung des Spiels drehte sich der Jugendliche um. Intelligente, grüne Augen blitzten unter einem braunen Haarschopf hervor.

„Geniales Spiel, was ich bis jetzt gesehen habe."

Verblüfft und erfreut über das unerwartete, positive Feedback wandte sie sich an Cole. „Dann hat das mit dem Zugang geklappt?"

„Einwandfrei. Komm. Setz dich zu uns. Dann können wir die einzelnen Schritte durchgehen und ich präsentiere dir anschließend alle Informationen über deine Mitarbeiter."

„Nur die relevanten Dinge", warnte sie ihn, nach wie vor nicht bereit, unnötig im Leben ihrer Freunde zu wühlen.

„Versprochen."

Zögernd zog sie sich einen Stuhl heran und setzte sich zu den zwei anderen. Sie war sich immer noch nicht sicher, ob es sinnvoll war, einen Teenager in den ganzen Sumpf zu involvieren. Aber fürs Erste musste sie sich wohl oder übel auf Coles Urteil verlassen. Das fiel ihr ganz und gar nicht leicht. Offenbar hatte die Firmengründung ihr Bedürfnis nach Kontrolle noch verstärkt. Sie hielt gerne die Zügel in der Hand. Diese jetzt buchstäblich abzugeben und das Schicksal ihres „Babys" jemandem anderen anzuvertrauen, ging ihr komplett gegen den Strich. Aber sie hatte keine andere Wahl. Immerhin erhielt sie so wenigstens direktes Feedback von ihrer Zielgruppe. Ein kleiner Trost nur. Trotzdem klammerte sie sich daran fest. Das war auch etwas, was sie den anderen erzählen konnte. Vielleicht hatte Ethan ja Lust, mit ihnen die letzten Mängel zu beheben.

Mit einem ähnlichen Gefühl im Magen wie vor einer bevorstehenden Wurzelbehandlung lehnte sie sich nach vorn.

„Also gut, legt los. Was habt ihr gefunden?"

8

Cole stupste Ethan aufmunternd an. „Los, erzähl schon, was du herausgefunden hast."

Der Junge schenkte Marley ein scheues Lächeln und räusperte sich. „Zuerst einmal wollte ich sagen, dass das ein hammermäßiges Spiel ist. Die Kombination einer Schatzsuche, der Verfolgungsjagden und der Möglichkeit, online Teams zu bilden, um gemeinsam nach Hinweisen zu suchen, ist großartig. Ich bin sicher, dass das Spiel ein Hit wird."

Das unerwartete Lob freute Marley sehr. „Vielen Dank. Wir haben natürlich bereits erste Feedbacks erhalten. Diese sind auch durchwegs positiv ausgefallen. Aber es ist immer etwas anderes, das von einer unabhängigen Stelle bestätigt zu bekommen."

Cole und Ethan warfen sich einen Blick zu.

„Was?", verlangte sie zu wissen, als keiner mit der Sprache herausrücken wollte.

„Wie geht ihr da vor, wenn ihr Feedback erhalten wollt?"

Marley, die sich nicht sicher war, worauf die beiden hinauswollten, zuckte mit den Achseln. „Auf dem üblichen Weg halt."

„Erklärst du mir kurz den Prozess? Ich bin Sicherheitsspezialist, kein Gameentwickler."

„Ach so. Klar."

Bevor sie mit ihren Ausführungen beginnen konnte, mischte sich Ethan ein. „Na, mit speziellen Testgruppen wahrscheinlich. Das sind Onlinegamer, Videoblogger, Jugendliche, wie ich eben, die ein spezielles Interesse an Computerspielen haben. Habe ich recht?"

„Genau. Das war uns bereits zu Beginn des Projekts ganz wichtig, da wir genau wussten, wie sehr wir von den Rückmeldungen unserer zukünftigen Fans abhängig sind. Wie bei jedem anderen Prozess auch, wird man beim Entwickeln eines neuen Spiels leicht betriebsblind. Das Feedback aus der Community erlaubt uns, unsere Arbeit bis zum Ende anzupassen und zu verfeinern."

„Wie findet ihr die geeigneten Leute dafür? Ich nehme an, solche Testspiele sind sehr begehrt. Besteht da nicht das Risiko, dass jemand eine unausgereifte Version kopiert und selber auf den Markt bringt?"

„Das würden eingefleischte Fans nie tun", empörte sich Ethan.

Coles warf ihm einen zweifelnden Blick zu.

„Ihr habt beide irgendwie recht", schaltete Marley sich wieder in die Unterhaltung ein. „Es gibt tatsächlich so etwas wie einen Ehrenkodex unter den Gamern. Deshalb glaube ich dir aufs Wort, Ethan, wenn du sagst, du würdest so etwas nie machen. Andererseits ist Piraterie ein echtes Problem. Leider." Sie fuhr sich durch die kurzen Locken, während sie versuchte, die richtigen Worte zu finden. „Normalerweise gibt man anfangs nur Teile eines Spiels heraus, die für sich alleine keinen Wert haben."

„Ist es nicht schon verheerend, wenn jemand die Idee klaut? Oder den Code stiehlt?"

„Der Code ist verschlüsselt. Jemand mit dem richtigen Hintergrund wäre allerdings in der Lage, die Verschlüsselung aufzuheben. Es wäre aber ein ganzes Stück Arbeit. Was das mit der Idee angeht", sie stieß die Luft aus, „welche Idee ist schon einzigartig? Es gibt unzählige, ähnliche Spiele. Als Entwickler kann ich nur versuchen, über die Grafiken, die Bedienerfreundlichkeit und die Rätsel, die das Game beinhaltet, aus der Masse herauszustechen."

„Eine ziemlich fatalistische Einstellung."

„Eigentlich nicht. Jede kreative Arbeit hat dasselbe Problem. Maler, Schriftsteller, Erfinder, am Ende sogar du."

„Ich? Wie meinst du das?", hakte Cole interessiert nach. Er konnte sich absolut nicht vorstellen, worauf sie hinauswollte.

„Du bietest Security-Dienste an."

Cole nickte.

„Also versuchst du im Prinzip jedes Mal, den Bösen", sie setzte mit den Fingern Gänsefüßchen in die Luft, „einen Schritt voraus zu sein."

„Das beruht auf Erfahrung", protestierte er.

„Das mag sein. Unsere Arbeit zu einem großen Teil auch. Aber an dem Punkt, wo du besser sein willst als die anderen, wirst du kreativ. Die Originalität spielt dabei keine so große Rolle, solange deine Herangehensweise ihren Zweck erfüllt."

„Wenn jemand unsere Vorgehensweise kopiert, heißt das noch lange nicht, dass er damit gleichermaßen erfolgreich sein wird", konstatierte Cole langsam, der endlich begriff, worauf sie hinauswollte.

„Genau. So ist es bei unserem Spiel auch. Natürlich versuchen wir, neue Ideen einzubringen. Tatsache bleibt aber, dass es am Ende die Qualität ist, die den ausschlaggebenden Unterschied machen wird."

„Und die Präsenz auf den Social Media-Kanälen", warf Ethan ein. „Zumindest in der Gaming-Welt ist das unverzichtbar."

Marley nickte. „Genau. Ein weiterer Grund, weshalb unser Testteam so wichtig ist. Die Jungs und Mädels sind außerordentlich gut vernetzt. Alles in allem überwiegen die Vorteile einer solchen Gruppe bei weitem die Nachteile."

Cole rieb sich übers Gesicht, als er daran dachte, was das eventuell für Marley und ihr Team bedeutete.

„Was geschieht jetzt, so kurz vor der Veröffentlichung des Spiels?"

„Da senden wir unseren Kandidaten die finale Version."

„Du sagst, die meisten eurer Testspieler sind Jugendliche?"

„Nicht nur, aber in großer Mehrzahl. Oder zumindest junggebliebene Erwachsene. Wieso? Wo liegt das Problem? Warum überhaupt das große Interesse an den Testern?"

Ethan und er tauschten einen Blick aus.

„Wir glauben …" Ethan zögerte.

„Sprich dich aus", drängte Marley ihn.

Auch Cole nickte.

„Nachdem ich eine Runde gespielt habe, bin ich den Code durchgegangen. Und schließlich bin ich über einen Teil gestolpert, der überhaupt keinen Sinn machte."

„Das wissen wir ja bereits", unterbrach ihn Marley. „Deshalb bin ich ja hier. Die überflüssigen Zeilen wieder zu entfernen, ist nicht das Problem. Es macht nur keinen Sinn, ebenso wenig wie die Tatsache, dass ich es nicht gewesen bin, der Logeintrag aber auf mich verweist."

„Das Problem ist, dass die überflüssigen Zeilen durchaus eine Aufgabe wahrnehmen."

„Und das wäre?", wollte Marley ungeduldig wissen. Es fuchste sie ein wenig, dass ein Jugendlicher in der Programmierung etwas entdeckt haben wollte, was ihr entgangen war.

„Es sieht aus, als wäre es ein Virus."

Sie zog scharf die Luft ein. „Ein Virus? Aber warum, wieso … was tut er?"

„Das ist das Seltsame daran", ließ sich Cole vernehmen. „Soweit wir bei einer ersten Überprüfung festgestellt haben, nichts."

„Nichts?"

„Ja. Das erschien uns auch seltsam. Dass jemand sich die Mühe macht, das Ganze einzufädeln und dann ein inaktives Programm einzuschleusen, macht wenig Sinn. Wir werden uns auf jeden Fall noch weiter mit der Codierung auseinandersetzen. Nicht, dass wir am Ende noch etwas übersehen."

„Vielleicht stellt sich heraus, dass die Hacker einfach einen Fehler gemacht haben."

Cole und Marley sahen ihn ungläubig an.

„Könnte doch sein", verteidigte Ethan seine Theorie. „Fehler passieren jedem. Zumindest erklärt mir das meine Mutter immer so", grummelte er.

Zweifelnd zuckte Cole mit den Schultern.

„Okay. Möglich. Dann ist es umso wichtiger, dass wir deine Kanäle vor einem erneuten Zugriff schützen. Darum kümmern wir uns als Erstes."

Marley hörte nur mit halbem Ohr zu, während sie fieberhaft darüber nachdachte, was das für sie und ihre Firma, aber vor allem für ihre nichtsahnenden Testkandidaten bedeutete. Was für ein Desaster. Ein Produkt, dazu gedacht, Freude zu bringen, wurde plötzlich zum Unheilbringer. Außer … Sie hob den Kopf.

„Können wir den Virus nicht einfach entfernen? Bevor er Schaden anrichtet?"

„Ihr habt die finale Testversion noch nicht ausgeliefert?", fragte Cole erstaunt.

„Welcher Tag ist heute?" Völlig durcheinander scrollte sie durch ihre elektronische Agenda auf ihrem Handy. „Das ist erst … Oh Shit!"

Sie hob den Blick und starrte die beiden angstvoll an.

„Das ist bereits gestern passiert."

*

„Und wie hast du dir das mit der Verpackung vorgestellt?"

Bewaffnet mit einem Notizblock voller unbeantworteter Fragen war Susan pünktlich im Sweets aufgetaucht. Ihre Augen glitzerten vor Enthusiasmus, während sie mit Ian ihre Liste durchging. Er freute sich, dass sie ernsthaft darüber nachdachte, seine Kekse zu backen. Allerdings wurde ihm nach den ersten Punkten schnell klar, dass sie eindeutig besser vorbereitet war als er.

„Keine Ahnung. Darüber hatte ich mir noch gar keine Gedanken gemacht. Die Frage nach dem geeigneten Produzenten hat mich so in Anspruch genommen, dass ich wie blockiert war."

„Okay. Grundsätzlich müssen wir sowieso erst bestimmen, welche Kekse du haben möchtest. Je nach Größe und Form nehmen sie unterschiedlich viel Volumen ein."

„Oh. Tatsächlich. Das war mir auch nicht bewusst. Fast ein wenig peinlich", gab er schmunzelnd zu.

„Ach, mach dir keinen Kopf. Du bist der Mastermind hinter der Idee, das reicht. Ich kann mich gerne darum kümmern, wenn du möchtest. Für das Design könntest du zum Beispiel Vi vom Tattoostudio anfragen. Sie ist richtig talentiert!"

„Gute Idee", antwortete Ian und machte sich eine Notiz. Himmel. Mit jedem Satz, den Susan von sich gab, wuchs seine To-Do-Liste weiter. Und er hatte irrtümlicherweise gedacht, das Finden eines Produzenten wäre der letzte Schritt. Amüsiert über seine eigene Naivität, speicherte er den Eintrag. Susan rutschte unruhig auf dem Sitz hin und her.

„Was ist? Raus mit der Sprache. Bin ich dir zu wenig vorbereitet?", fragte er mit einer guten Portion Selbstironie in der Stimme.

„Nein, nein. Das ist es nicht. Nur, ich kann gerne die Verpackung mit dir zusammen aussuchen und auch organisieren. Kaufen müsstest du sie allerdings selber."

„Natürlich. Das ist doch selbstverständlich. Auf keinen Fall müsstest du Geld dafür auslegen."

„Gut. Das würde nämlich meine Möglichkeiten übersteigen. Jetzt, wo das geklärt ist, hast du dir schon Gedanken zur Menge gemacht, die du zu Beginn produzieren lassen willst? Ich mache mir ein wenig Sorgen, dass meine Kapazitäten nicht ausreichen werden."

Ian fuhr sich durch die Haare. „Auch diese Frage kann ich so noch nicht beantworten. Dafür müsste ich auch erst einmal von dir ein paar Zahlen haben. Was du für die Produktion veranschlagst, was für das Verpacken."

Sie nickte, während ihr Stift übers Papier flog.

„Das kann ich machen. Du hast die Zahlen morgen. Von mir aus können wir auch gerne mit kleinen Mengen anfangen. Das gibt mir Zeit, mich mit der Produktion vertraut zu machen und die anfänglichen Schwierigkeiten, die bei einer neuen Rezeptur immer auftauchen, auszubügeln. Apropos Rezepte. Hast du da schon konkrete Vorstellungen?"

Beeindruckt schüttelte Ian leicht den Kopf. „Noch nicht. Aber heute Nachmittag sollte ich mehr wissen. Ich treffe mich mit Kat. Die hat bestimmt einige Empfehlungen für mich. Meine Spezialität sind die Hanfpflanzen und deren Aufzucht. Der Rest …" Er hob die Hände und ließ sie ein wenig hilflos wieder auf seine Oberschenkel fallen. „Der Rest ist eine steile Lernkurve."

Susan lachte. „Das ist völlig okay. Dann stolpern wir eben zusammen durch diese Erfahrung."

„Bin ich froh, dass du das so locker siehst. Hast du noch weitere Fragen auf deinem Block?"

„Du klingst, als hätte mein Notizblock ein Eigenleben."

„Ich bin sicher, jedes Mal, wenn ich eine Frage beantwortet habe, taucht unverhofft eine neue darauf auf. Sozusagen wie durch Zauberhand", grummelte er und zwinkerte ihr zu.

„Eine letzte Frage habe ich tatsächlich noch."

„Ha! Wusste ich es doch. Schieß los!"

„Weißt du schon, wie deine Produkte heißen sollen?"

Ein breites Lächeln zog sich über Ians Gesicht. „Endlich eine Frage, die ich beantworten kann."

„Und? Wie heißen deine Kekse?"

„Chillax. Eine Mischung aus den Wörtern *Chill* und *Relax*."

„Chillax. Perfekt."

Ian strahlte. „Ja, nicht? Das finde ich auch."

Susan stand auf und streckte die Hand über den Tisch. Ian erhob sich ebenfalls und schüttelte sie.

„Danke für die Chance, an diesem Projekt mitzuwirken. Gestern war ich ein wenig überrumpelt von der Idee, Kekse für Haustiere zu backen. Aber inzwischen finde ich die Idee richtig gut. Das heißt natürlich …", sie zog scheu den Kopf ein, „solange du mein Angebot, das ich dir später schicke, annehmbar findest."

„Ich bin sicher, dass wir uns einig werden. Und ich bin derjenige, der Danke sagen muss. Ich wollte die Kekse unbedingt in der Region produzieren. Jetzt sieht es so aus, als würde sich mein Wunsch erfüllen. Dank dir."

Susan errötete leicht und verabschiedete sich hastig. Ian schaute ihr nach, als sie durch eine Tür in der Backstube verschwand. Entgegen seinen Vorbehalten hatte sich der Kontakt zu Susan Montgomery bis jetzt erstaunlich angenehm gestaltet. Er war froh, dass er auf Lily und nicht auf seine Vorurteile gehört hatte.

*

Während Marley erfolglos versuchte, die ungeheuerlichen Enthüllungen der letzten Stunde zu verdauen, erhielt Cole einen Anruf. Nach einem kurzen Gespräch steckte er sein Handy wieder weg und verließ wortlos das Büro.

Ethan klickte sich gedankenverloren durch das immer noch laufende Computerspiel. Er wusste nicht so richtig, ob er gehen oder noch länger bleiben sollte. Er warf einen verstohlenen Blick auf Marley. Eigentlich hätte er sie gerne gefragt, was für Ausbildungsmöglichkeiten es gab, um irgendwann in ihre Fußstapfen zu treten. Gameentwickler war eine dieser Berufskarrieren, die die Berufsberater an der Schule immer geflissentlich zu erwähnen vergaßen. Wie Clown, Hacker oder Tattookünstler. Er schnaubte frustriert. All die spannenden Sachen eben. Er riskierte noch einen Blick in ihre Richtung. Sie starrte ins Leere. Nein. Jetzt war wohl nicht der richtige Zeitpunkt.

Endlich kam Cole zurück, einen Stapel Papier in seiner Hand. „Ich habe gerade die Informationen zu deinen Mitarbeitern erhalten."

Marley schaute mit angstvollen Augen zu ihm auf. „Und?"

„Wie abgemacht lege ich dir nur die relevantesten Dinge vor."

Sie streckte die Hand nach den Unterlagen aus.

„Warte. Bevor du das liest, solltest du wissen, dass ich mir auch deine Daten angeschaut habe. Das beinhaltet auch deine finanzielle Situation."

Geschockt riss sie die Augen auf. „Mich? Aber … ich bin doch zu dir gekommen! Das würde ich wohl kaum tun, wenn ich etwas zu verbergen hätte."

Sie fühlte sich, als hätte Cole ihr den Boden unter den Füßen weggezogen.

„Beruhige dich. Das ist bei uns das Standardverfahren. Es wäre nicht das erste Mal, dass jemand durch das Engagieren eines Security-Teams versucht, die Aufmerksamkeit von sich abzulenken und uns dabei auf eine aussichtslose Verfolgungsjagd schickt. Deshalb haben wir es uns zur Angewohnheit gemacht, den Auftraggeber ebenfalls zu durchleuchten. Steht übrigens auch in unserem Vertrag, den du unterschrieben hast." Er zwinkerte ihr zu.

Peinlich berührt schaute Marley auf den Boden. „Das stand bestimmt im Kleingedruckten", murrte sie.

Cole lachte leise und schüttelte den Kopf.

Ethan nutzte die kurze Unterbrechung im Gespräch. „Cole, soll ich noch bleiben? Das hier ist zwar spannender als Hausaufgaben, aber irgendwann muss ich sie trotzdem machen."

„Geh ruhig. Ich halte dich auf dem Laufenden, okay?"

Der Teenager nickte eifrig. „Gern. Ich stehe jederzeit zur Verfügung."

„Danke für deine Mithilfe", rief ihm Marley hinterher. „Melde dich, wenn du mal was brauchst. Einen Job oder so."

Soweit sie das nach diesem Gespräch beurteilen konnte, war er sogar geeigneter für ihren Job als sie. Ein deprimierender Gedanke.

Ethans Gesicht leuchtete auf. „Das werde ich machen. Ich habe tausend Fragen."

Trotz der ernsten Situation musste Marley über Ethans Eifer lachen. „Ich werde versuchen, sie alle zu beantworten." Ihr Blick schweifte ab und fiel auf die Papiere in Coles Hand. „Momentan habe ich allerdings selber mehr Fragen als Antworten."

„Kein Problem", erwiderte Ethan. „Das muss nicht gleich morgen sein."

Mit einem Winken verschwand er im Flur.

„Toller Junge", bemerkte Marley.

„Das ist er. Jetzt bleibt nur zu hoffen, dass du ihn mir nicht abwirbst. Ich habe schon fest damit gerechnet, dass er in ein paar Jahren bei uns anfängt zu arbeiten. Jetzt, wo wir Konkurrenz in Form von einer Computerspielfirma haben, bin ich mir nicht so sicher, ob er sich für uns entscheiden wird", scherzte er.

Marley ging nicht auf Coles leichten Tonfall ein. „Mach dir keine Sorgen", murmelte sie. „Zurzeit sieht es nicht so aus, als würde es meine Firma noch lange geben. Nicht, wenn sich die Katastrophen weiter so häufen wie bisher."

„Kopf hoch. Noch haben wir eine Chance."

„Das sagst du so leicht. Wir müssen sofort eine Warnung rausschicken. Die Leute sollen sofort ihren Virenscanner laufen lassen. Auch wenn der Virus anscheinend nicht einsatzfähig ist, will ich trotzdem gerne jedes Risiko ausschließen. Was können wir sonst noch machen?"

Cole legte die Papiere zur Seite. „Gute Idee. Hast du die Adressliste?“

Sie griff nach ihrem Handy und fing an, darauf herumzutippen.

„Die kann ich besorgen, diese Informationen liegen alle in der Cloud.“

„Dann mach das gleich. Ich schau mal, wie weit wir schon mit der Rückverfolgung des Hackerangriffs sind. Wäre ja gelacht, wenn wir das nicht schaffen würden.“

„Und meine Mitarbeiter? Was ist mit denen?“

„Die schauen wir uns gleich an. Die Warnung ist jetzt wichtiger. Kannst du die von hier losschicken?“

Marley nickte, während sie bereits überlegte, wie sie die Warnung formulieren sollte. Ernst genug, um die Leute zu veranlassen, sich an die Instruktionen zu halten, aber vage genug, dass nicht gleich eine Panik mit anschließendem medialen Shitstorm ausbrach. Nicht gerade eine einfache Aufgabe, zumal ihre Kunden nicht dafür bekannt waren, gerne Anweisungen zu befolgen. Sie seufzte und begann einen Entwurf zu schreiben. Sie fing mehrmals an, löschte ganze Sätze oder veränderte die Satzstellung wiederholt, bis sie endlich zufrieden war.

„Fertig“, verkündete sie schließlich. „Eine gute Nachricht habe ich: Die Testversion wurde erst in der Region verschickt. Das sind Gamer, die wir zum Großteil auch persönlich kennen, mit denen wir eng zusammenarbeiten. Der große Versand steht noch aus.“

„Von wie vielen Testpersonen reden wir?“

„Nur von ungefähr zwanzig.“

„Das sind zwanzig zu viel, aber besser als ein paar Hundert.“

„Was steht als Nächstes an?“

„Als Erstes schließen wir deine Sicherheitslücken mit einem hochstehenden Verschlüsselungsprogramm und zugehöriger Firewall. Ein anderer Mitarbeiter wird in der Zwischenzeit den

Virus genauer unter die Lupe nehmen. Ich traue der Sache nicht ganz. Ethan und ich haben tatsächlich nichts gefunden, das darauf hindeutet, dass er irgendeine Funktion erfüllt, aber wir sind auch keine Spezialisten."

„Wieso habt ihr es denn überhaupt als Virus identifiziert? Ich meine ...", sie suchte nach den richtigen Worten. „Wenn der überflüssige Code nichts tut, was zeichnet das Ding denn als Virus aus?"

Cole seufzte und rieb sich das Kinn. „Computerviren haben viele unterschiedliche Formen. Daher gibt es keine allgemeingültige Formel, wie ein Virus grundsätzlich aufgebaut ist. Per Definition ist der einzige nötige Bestandteil, der aus einem Computerprogramm einen Computervirus macht, die Vermehrungsroutine."

„Du meinst, ein Teil des Codes, der das Programm dazu befähigt, sich selber zu duplizieren?", versuchte Marley seine Erklärung zu verstehen.

„Genau. So einen Befehl haben wir gefunden." Frustriert fuhr er sich durch die Haare. „Solange der ganze Virus inaktiv ist, kann dieser seiner Funktion jedoch nicht nachkommen."

„Das ist doch gut, oder?"

„Theoretisch schon. Leider sagt mir mein Bauchgefühl, dass wir ein wichtiges Puzzleteil übersehen."

Marley biss sich betreten auf die Lippen. Ihr Blick fiel auf die Unterlagen, die Cole vorhin mitgebracht hatte. Unterlagen, in denen auch ihre persönlichen Dinge standen. Sie hatte nichts zu verbergen. Trotzdem verursachte ihr der Gedanke, dass Cole jetzt so genau über sie Bescheid wusste, Übelkeit.

„Was ist jetzt mit meinen Mitarbeitern? Oder mit mir? Bin ich jetzt deine Hauptverdächtige?"

Cole hob die Augenbrauen. „Solltest du das denn sein?"

Frustriert warf Marley die Hände in die Luft. „Natürlich nicht. Aber was weiß ich schon. Ich habe ja keine Ahnung. Ich bin schließlich keine Ermittlerin."

Sie wusste, dass ihre Stimme patzig klang. Aber verdammt noch mal, sie war hierhergekommen, um Unterstützung zu erhalten. Und nicht, um unter Verdacht zu geraten. Das war schlicht und einfach verschwendete Zeit!

„Woher sind die hohen Geldeingänge auf deinem Konto?"

Mit diesem Satz abrupt aus ihrer gedanklichen Tirade gerissen, hob Marley den Kopf. „Welche Geldeingänge?", fragte sie entgeistert.

*

Zur gleichen Zeit, an einem anderen Ort, drehte eine Person den Kopf, als ein Alarmton ertönte. Nicht übermäßig besorgt rollte sie mit dem Bürostuhl zum gegenüberliegenden Schreibtisch. Offenbar tat sich etwas in den Rockies. Sie lachte leise, als sie sich vorstellte, wie die nichtsahnenden Programmierer mit den Schwierigkeiten kämpften. Offenbar waren sie beim Aufräumprozess unvermutet über einen der Warntrigger gestolpert, die sie in weiser Voraussicht gesetzt hatte. Flink huschten ihre Finger über die Tasten, während sie ihre eigene Arbeit und die Fortschritte des Teams überprüfte.

Auf einmal stoppte sie und beugte sich vor, die Augen ungläubig auf das Display vor sich gerichtet. Das durfte doch nicht wahr sein. Plötzlich war da eine weitere Partei involviert! Aber wer? Abrupt gab sie eine Reihe von Tastenbefehlen ein, ohne Erfolg. Es war ihr nicht möglich, die neue elektronische Spur zu verifizieren und ihr eine IP-Adresse zuzuordnen. Sie versuchte jeden Trick aus ihrem Arsenal, während ihr Hirn auf Hochtouren arbeitete. Die hochstehende Verschlüsselung konnte nur eines bedeuten: Die stümperhaften Gameentwickler hatten sich Hilfe geholt.

Grimmig stieß sich die Person vom Schreibtisch ab und sprang auf. Draußen regnete es. Die dunklen Wolken hingen tief über der Stadt. Alle Optionen durchgehend, kam sie schließlich zu einer Entscheidung. Es war verlockend gewesen, das

Ganze aus der Ferne zu orchestrieren. Aber es schien, als wäre der Zeitpunkt gekommen, um vor Ort für Ablenkung zu sorgen. Auf keinen Fall würde sie sich so kurz vor dem Ziel ins Handwerk pfuschen lassen. Zu viel Zeit und Geld waren in die Vorbereitung geflossen. Ein Hauch von Angst streifte sie, als sie daran dachte, dass die anderen Resultate erwarteten.

9

Als Marley einige Zeit später das Gebäude verließ, fühlte sie sich, als hätte sie ein Zug überfahren. Ihr tat alles weh, ihre Magenschmerzen hatten Rekordausmaße angenommen. Sie setzte sich in ihr Auto und legte den Kopf aufs Lenkrad. Ein frischer Wind blies durch die offene Autotür und fuhr durch ihre Locken. Genervt streckte sie die Hand aus und zog die Tür zu.

Nachdenklich schaute sie nach draußen. Ein Unwetter schien aufzuziehen, passend zu ihrer Stimmung. Nach dem ersten Schnee war es wieder überraschend warm geworden, doch jetzt schien sich der Winter zurückzumelden. Als hätte der Regen nur darauf gewartet, dass sie sich nach draußen wagte, fielen die ersten großen Tropfen vom Himmel.

Ihr Telefon vibrierte in ihrer Tasche. Sie zog es hervor und warf einen Blick auf den Bildschirm. Ian! Ihr Herz machte einen Satz. Wie es ihm wohl ergangen war? Das Handy vibrierte weiter, doch sie zögerte, den Anruf entgegenzunehmen. Sicher wollte er wissen, was Cole herausgefunden hatte. Der Gedanke, die ganze Katastrophe in ihrer vollen Größe noch einmal durchzukauen, schreckte sie ab. Dazu war sie einfach zu fertig. Zudem wollte sie ihn nicht in ihren Schlamassel hineinziehen. Er hatte genug um die Ohren mit seiner eigenen Firma. Ohne den Anruf zu beantworten, schob sie das Telefon zurück in ihre Jacke. Sie würde ihn morgen anrufen. Wenn sie darüber geschlafen hatte. Sie zog eine Grimasse. Allerdings hatte sie den Verdacht, dass trotz ihrer Erschöpfung mit Schlaf wohl kaum zu rechnen war. Sie stieß ein humorloses Lachen aus. Vielleicht sollte sie Kundin von seinen Hundekeksen werden. Ein wenig CBD würde vielleicht ihre innere Anspannung etwas lösen. Bei dem Gedanken an die übrigen Inhaltsstoffe zog sie eine Grimasse. Eine Familienpackung Eiscreme hatte bestimmt denselben Effekt.

*

Drei Stunden später legte Ian das Handy weg. Jetzt hatte er bereits zum dritten Mal versucht, Marley zu erreichen. Es war ihm durchaus klar, dass sie ihr eigenes Leben hatte und nicht jede Minute neben dem Telefon saß und auf seinen Anruf wartete. Andererseits hatte sie sich bisher immer prompt gemeldet. Wenn sie keine Zeit hatte zu telefonieren, schrieb sie normalerweise einen kurzen, lustigen Text. Diese Funkstille kannte er so von ihr gar nicht. Er stellte gerade fest, dass er sehr schlecht damit umgehen konnte. Mist. War er etwa eifersüchtig? Oder wollte ihm seine Intuition etwas sagen?

Unschlüssig rieb er sich über den dichten Bart. Das hatte er jetzt davon, dass er sich in Marley verliebt hatte. Bei der überraschenden Entdeckung hielt er inne. Verdammt! Hatte er sich tatsächlich verliebt? Wie war das nur möglich? Jahrelang nichts und dann – Bam! Er schüttelte leicht den Kopf, als wollte er die auf ihn einstürzenden Emotionen wieder loswerden. Doch es half nichts. Das Gefühl blieb. Offenbar war Marley die Eine, die Richtige für ihn. Sein Grinsen schwand langsam von seinem Gesicht. Jetzt musste er nur noch Marley davon überzeugen.

Ein Blick aus dem Fenster zeigte ihm, dass der Bear Spot Park verlassen da lag. Der starke Regen hatte alle nach drinnen getrieben. Er persönlich war froh um den Regen. Dieser ersparte ihm das Bewässern der Pflanzen. Unwillkürlich kehrten seine Gedanken zu Marley zurück. Wo sie wohl steckte? Bilder, wie sie mit ihrem Auto im Graben lag, tauchten vor seinem inneren Auge auf. Vielleicht war sie auf einer der schmalen

Bergstraße ins Rutschen geraten? Bei den Wetterverhältnissen konnte das leicht passieren.

Entschlossen griff er nach seinen Autoschlüsseln. Er würde einfach kurz bei ihr vorbeischauen und sicherstellen, dass es ihr gut ging. Wenn sie keine Gesellschaft wollte, konnte sie ihn immer noch wegschicken, rechtfertigte er sich.

*

Vom kurzen Weg vom Auto bis ins Diner und wieder zurück und jetzt vom Parkplatz bis zu Marleys Wohnung durchnässt bis auf die Haut, klopfte Ian an Marleys Tür. Nichts geschah. Ein erneuter Blick zum Fenster ihrer Wohnung bestätigte ihm das, was er schon vorher gesehen hatte. Es brannte Licht. Wieso also kam sie nicht an die Tür? Er klopfte noch einmal, diesmal fester und lauter.

Endlich hörte er Schritte hinter der Tür. Erleichtert atmete er auf. Immerhin schien sie nirgends im Graben zu liegen. Seine Erleichterung war allerdings nur von kurzer Dauer. Als sie ihm die Tür öffnete, sah er sich einem Häufchen Elend gegenüber. Sie sah aus, als hätte sie geweint. Ihre Augen waren rot. Sie trug ein übergroßes Sweatshirt mit dem Schriftzug einer Universität darauf. Jogginghosen und Wollsocken vervollständigten ihr Outfit. Es war offensichtlich, dass sie nicht mit Besuch gerechnet hatte. Sie wirkte sehr verletzlich und jung. Ian verkniff sich das Lächeln, das sich in sein Gesicht stehlen wollte. Ohne Zweifel würde sie ihm die Tür vor der Nase zuschlagen, wenn sie vermutete, dass er über sie lachte.

„Hey“, sagte sie und musterte ihn argwöhnisch. Was wollte er hier? Kurz angebunden fragte sie: „Wolltest du etwas Bestimmtes?“

Ian zog leicht den Kopf ein. „Autsch. Heißt das so viel wie Hallo und Tschüss?“

Marley schaute erst verlegen zur Seite und studierte dann den Boden unter ihren Füßen. „Sorry. Das war unhöflich. Aber ich bin heute Abend keine gute Gesellschaft.“

„Das behauptest du öfter“, entgegnete er. „Bis jetzt hat das noch nie den Tatsachen entsprochen.“ Ohne ihre Antwort abzuwarten, schob er sie sanft rückwärts und wanderte an ihr vorbei in ihre Wohnung, ohne auf ihre Einladung zu warten.

„Hey, habe ich gesagt, dass du bleiben darfst?“, protestierte sie schwach.

Ohne sich umzudrehen, hob er die rot-weiß karierte Papiertüte, die das Markenzeichen des Diners war.

„Essen? Ich habe keinen Hunger.“

Ian ignorierte sie, stellte die Tüte auf den Tresen und fing an, den Inhalt auszupacken. Der Duft von Knoblauchbrot und Tomatensoße erfüllte die Luft. Marley setzte zu einem erneuten Protest an, hielt aber inne, als ihr Magen lauthals knurrte. Mist!

„Ich glaube, dein Magen ist anderer Meinung“, bemerkte Ian und zwinkerte ihr zu.

Marley konterte das Zwinkern mit einem bösen Blick. „Du glaubst wohl, du seist besonders schlau?“, schimpfte sie. „Mein Magen hat nichts zu melden, der Verräter! Da ist wohl mal ein Mitarbeitergespräch fällig.“

Diesmal konnte er ein amüsiertes Lachen nicht unterdrücken. Es war offensichtlich, dass sie schlecht gelaunt war. Ihr Verhalten erinnerte ihn an ein Stachelschwein. Er warf ihr einen verstohlenen Blick zu. Ein niedliches Stachelschwein.

Ungläubig musterte sie ihn. Wie konnte er in so einer Situation lachen? Vor allem angesichts der Tatsache, dass sie nicht gerade freundlich war? Ihr war das sehr wohl bewusst, doch sie kam einfach nicht dagegen an. Der heutige Tag hatte seine Spuren hinterlassen. Alles schien ihrer Kontrolle zu entgleiten. Und jetzt hatte sie offensichtlich nicht einmal mehr in ihrer eigenen Wohnung das Sagen. Ein unmutiges Knurren drang aus ihrer Kehle.

Überrascht von dem Geräusch hielt Ian in seiner Tätigkeit inne. Bis zu diesem Moment war ihm nicht klar gewesen, dass sie vielleicht einen triftigen Grund hatte, allein sein zu wollen. Betroffen schaute er auf.

„Sorry. Du hast recht, ich habe mich praktisch selber eingeladen. Wenn du wirklich willst, dass ich gehe, dann mache ich das. Aber versprich mir, etwas zu essen. Okay?“

Er trat zu ihr hin und legte ihr, wie er es oft tat, eine Hand an die Wange.

Überwältigt von seiner Sorge, blinzelte Marley hektisch die Tränen weg, die ihre Augen zu überfluten drohten.

„Warum?“, stieß sie schließlich krächzend hervor.

Verständnislos starrte Ian sie an. „Warum was?“

„Wieso kümmert es dich, ob ich esse?“

Als er die Frage verstand, lächelte Ian. „Weil du mir etwas bedeutest.“

Ihre Augen wurden groß und größer.

„Du glaubst mir nicht?“

Unsicher schüttelte sie erst den Kopf, dann zuckte sie mit den Schultern. „Nein. Ja. Ich weiß nicht.“

Ian lachte leise und zog sie in seine Arme. „Ja, für mich war es auch eine Überraschung. Das kannst du mir glauben. Eigentlich bin ich davon ausgegangen, dass ich den Rest meines Lebens alleine bleiben würde. Und das war gut so. Ich hatte mich damit abgefunden. Bis du in mein Leben gestolpert bist.“

„Macht dir das keine Angst?“

„Doch“, gab er offen zu. „Ungemein. Aber ich habe festgestellt, dass die Angst kleiner ist als mein Bedürfnis, mit dir zusammen zu sein.“

Seine aufrichtige Antwort wärmte sie durch und durch. Sie gab der Sehnsucht in ihrem Inneren nach und rückte näher an Ian heran. Dicht an ihn gekuschelt, gönnte sie sich das erste Lächeln seit Stunden. Sofort fühlte sie sich besser.

„Okay. Wenn das so ist, darfst du bleiben. Ausnahmsweise“, murmelte sie in seinen Pullover.

Ians Mundwinkel zuckten erneut. Nicht gerade eine überwältigende Liebeserklärung, aber für den Moment war er völlig zufrieden damit.

*

„Uff! War das wieder einmal lecker. Ich bin völlig überfressen.“

Marley stellte den leeren Teller auf den Kaffeetisch, ließ sich auf dem Sofa nach hinten fallen und massierte ihren Bauch.

„Oh … dann muss ich die Brownies alleine essen?“, fragte Ian gespielt bestürzt. Bei ihrem letzten Gespräch hatte sie ihm ihre Schokoladensucht gestanden. Also hatte er in weiser Voraussicht Miss Daisy ein paar der eigentlich erst für morgen gedachten Brownies abgeschwatzt. Im Gegenzug dazu hatte sie versucht, ihn über seine Beziehung zu Marley auszuhorchen. Er hatte natürlich eisern geschwiegen. Mit seinen Eroberungen zu prahlen, war nicht sein Stil. Er schätzte seine Privatsphäre und würde Marley nie zum Stadtgespräch machen. Dass er es nicht gänzlich verhindern konnte, war ihm auch klar. Aber zumindest konnte er dafür sorgen, dass sich der Klatsch und Tratsch auf ein Minimum beschränkte.

Wie ein Stehaufmännchen schoss Marley hoch.

„Brownies? Habe ich Brownies gehört?“

Grinsend hielt Ian ihr den Sack hin. Blitzschnell schnappte Marley ihn sich. Sekunden später hielt sie eines der Küchlein in der Hand. Ein großer Bissen fehlte bereits. Die Augen geschlossen, stöhnte sie genüsslich, während sie die schokoladige Köstlichkeit verspeiste. Das Geräusch sandte eine Welle der Lust durch Ians Körper. Tief durchatmend überkreuzte er die Beine, um diese Tatsache vor ihr zu verbergen. Es war offensichtlich, dass sie einen anstrengenden Tag hinter sich hatte. Was sie jetzt brauchte, war ein Freund. Und niemand, der über sie herfiel. Obwohl ihn diese Vorstellung sehr reizte.

In diesem Moment öffnete Marley ihre Augen und ertappte ihn dabei, wie er sie gebannt anstarrte. Als sie die Lust in seinem Blick erkannte, färbten sich ihre Wangen tiefrot. Trotz ihrer Verlegenheit wandte sie ihren Blick nicht ab. Die elektrische Spannung stieg immer weiter. Wollte er … würde er sie küssen?

In diesem Moment räusperte sich Ian und unterbrach damit den aufgeladenen Augenblick. Marley senkte enttäuscht die Lider. Ein Kuss … oder mehr, wäre eine schöne Ablenkung gewesen von dem ganzen Mist, der gerade den Rest ihres Lebens ausmachte.

„Willst du mir von deinem Tag erzählen?“, zwang er sich zu fragen. Es interessierte ihn wirklich. Auch wenn seine Libido anscheinend andere Ideen hatte und Reden als völlig überbewertet deklarierte.

„Im Ernst jetzt?“, platzte Marley ungläubig heraus.

Überrascht blinzelte Ian. „Was meinst du damit?“

„Na, erst schenkst du mir einen Blick, der einen ganzen Waldbrand auslösen könnte, und dann willst du reden? Reden ist ja schön und gut“, schnaubte sie. „Aber nicht, wenn ich auch das haben könnte.“

Ihren ganzen Mut zusammennehmend beugte sie sich vor, schlang einen Arm um seinen Nacken und zog sein Gesicht zu ihrem.

„Bist du sicher?“, fragte er warnend. „Wenn wir diesen Schritt hinter uns haben, gibt es kein Zurück mehr.“

Marley, die verstand, dass er von ihrer Beziehung als Ganzes sprach, nickte und lächelte.

„Sehr sicher. Und jetzt: weniger Worte und mehr Taten.“

Er lachte. „Ich sehe schon, wenn du deine anfängliche Schüchternheit erst einmal abgelegt hast, bist du ziemlich herrisch.“

Anstatt ihm zu antworten, ließ Marley ihre Hände unter sein T-Shirt gleiten.

Ian zog scharf die Luft ein und kam zu dem Schluss, dass er nichts dagegen hatte, ihren Anweisungen Folge zu leisten.

*

Später, als sie nebeneinander lagen und darauf warteten, wieder zu Atem zu kommen, drehte sich Ian zu ihr um und zog sie eng zu sich heran.

„Erzählst du mir jetzt von deinem Tag?

Marley knurrte etwas Unverständliches.

Er schmunzelte. „Keine Lust, darüber zu reden?"

Sie seufzte. Einerseits wäre sie gerne noch etwas länger auf Wolke sieben geblieben. Andererseits wäre es vielleicht ganz gut, seine unabhängige Meinung zu hören. Heute hatte sie sich vor dem Gespräch mit ihren Mitarbeitern gedrückt. Aber in ein paar Stunden hatte sie keine andere Wahl, als sich mit dem ganzen Scheiß auseinanderzusetzen. Eine weitere Perspektive zu haben, auf die sie zurückgreifen konnte, wäre vielleicht ganz hilfreich.

Während Marley die Ereignisse und Entdeckungen des letzten Tages so einfach wie möglich zusammenfasste, wurde Ians Miene immer ungläubiger. Als er vernahm, wie Cole sie nach dem mysteriösen Bankkonto befragt hatte, wurde er richtiggehend wütend.

„Das soll wohl ein schlechter Scherz sein! Wieso nimmt er dein Leben unter die Lupe?", empörte er sich.

Marley wurde ganz warm ums Herz, als er sich so für sie stark machte. Sie war gerne ihr eigener Boss mit einem eigenen Unternehmen. Etwas anderes war für sie gar nicht vorstellbar. Gleichzeitig merkte sie, wie erdrückend die Verantwortung der letzten Monate geworden war. Diese Last zu teilen, und sei es nur für einen Moment, fühlte sich wunderbar an. Dankbar kuschelte sie sich näher an ihn.

„Das war auch meine erste Reaktion. Aber nachdem er mir erklärt hat, dass das bei ihnen das Standardverfahren ist, habe ich mich wieder beruhigt. Zumal es uns einen zusätzlichen Hinweis geliefert hat. Irgendwer hat auf meinen Namen sowie auch auf die Namen meiner Mitarbeiter ein Konto eröffnet. Es ist sogar richtig viel Geld darauf. Nicht ganz zehntausend Dollar. Offenbar genau der Betrag, der bei den Banken unter dem Radar fliegt."

Ian pfiff beeindruckt durch die Zähne. „Wohin gehen wir in die Ferien, Schatz?"

Trotz des ernsten Themas musste sie lachen. „Ferien? Was ist das?", witzelte sie, wurde dann aber gleich wieder ernst. „Erst einmal ist nicht an Ferien zu denken. Selbst die paar Stunden, die ich mir heute frei genommen habe, lagen eigentlich nicht drin. Aber ich hatte einfach keine Energie mehr."

„Was ist jetzt mit diesen Bankkonten? Irgendeine Ahnung, wer das ist oder was das soll?"

„Bis jetzt noch nicht. Cole prüft nun, ob die anderen Konten auch nicht verifiziert sind. Eigentlich ist man verpflichtet, bei der Eröffnung eine Sozialversicherungsnummer anzugeben sowie eine Kopie des Ausweises abzugeben. Das ist bei meinem Konto offenbar nicht passiert. Zum Glück", fügte sie hinzu.

„Was soll das bringen?"

Marley suchte nach den richtigen Worten, um das, was für sie selber keinen Sinn machte, für ihn verständlicher zu machen.

„Cole vermutet, dass es als eine Art Ablenkung dienen soll. Sollte zum Beispiel etwas geschehen, was die Polizei involviert, würde ein solches Konto sicher verdächtig aussehen und die Aufmerksamkeit auf mich lenken. Oder auf einen meiner Mitarbeiter. In einem großen Prozentfall aller Verbrechen gibt es zwischen Täter und Opfer eine persönliche Verbindung. Deshalb konzentrieren sich die Behörden erst einmal auf die unmittelbar Beteiligten. So ginge wertvolle Zeit verloren."

„Hm“, antwortete Ian zweifelnd. „Und wie geht es jetzt weiter?“

„Morgen früh informiere ich als Erstes mein Team. Die müssen wissen, womit wir es zu tun haben.“

„Bist du dir sicher, dass es niemand von deinem Team ist?“

„Ja“, antwortete sie überzeugt. „Dafür lege ich meine Hand ins Feuer. Cole war auch skeptisch. Aber glaub mir, es ist nötig. Ich kann sonst nicht arbeiten.“

Ian nickte und sagte nichts dazu, auch wenn er selber seine Zweifel hatte.

Nichts von seinen Befürchtungen ahnend, fuhr sie fort: „Cole und sein Team versuchen in der Zwischenzeit, der Spur des Hackers zu folgen. Die Empfehlung für den Virenscan an unsere Tester sollte das Problem mit dem potentiellen Virenprogramm eliminieren. Gleichzeitig wird unsere Firewall verbessert, sodass es keinen weiteren solchen Zwischenfall mehr geben wird.“ Sie zuckte mit den Schultern. „Viel mehr können wir nicht machen.“

Sie schwieg einen Moment, bevor sie sich in seinem Arm zu ihm umdrehte.

„Und was ist mit dir? Wie war dein Tag? Ich hoffe, besser als meiner. Ich könnte gut eine Aufmunterung gebrauchen.“

Als Ian nur eine Augenbraue hob, grinste sie.

„Okay, okay, du hast es bereits einmal sehr gut geschafft, mich auf andere Gedanken zu bringen. Aber jetzt, wo ich dir alles erzählt habe, ist mir der Ernst der Situation wieder so richtig bewusst geworden.“

„Das tut mir leid. Ich dachte, es tut dir vielleicht gut, dir alles von der Seele zu reden.“

„Hat es auch“, gab sie zu. „Trotzdem ist es natürlich nicht dasselbe, wie im Halbschlaf das Nachglühen zu genießen.“ Sie zwinkerte ihm zu.

„Das ist allerdings wahr.“

Er senkte den Kopf und küsste sie. Geplant hatte er einen kurzen, freundlichen Kuss, einfach um sie wissen zu lassen, dass er für sie da war. Doch der Kuss entwickelte ein Eigenleben. Erst nach einer Weile ließen sie schwer atmend voneinander ab.

Marley kicherte.

„Was ist?“, fragte Ian.

„Ich dachte gerade, dass es ein Glück ist, dass wir nicht zusammen arbeiten. Wir kämen nie zu irgendetwas.“

„Doch. Ins Bett.“

Marley schüttelte amüsiert den Kopf und stemmte ihre Hände gegen seine Brust. „Du bist dran mit Erzählen!“, forderte sie ihn auf.

Während er mit der Hand unter der Decke über ihre verlockenden Kurven strich, begann er zu erzählen.

„Susan Montgomery ist dabei. Wenn die Tests gut verlaufen und wir beide mit der Qualität zufrieden sind, werden wir ins Geschäft kommen.“

Marley stützte sich auf den Ellenbogen auf und schaute zu ihm hinunter.

„Das sind ja großartige Neuigkeiten! Darauf hattest du doch gehofft, oder?“

„Ja. Das hatte ich wirklich. Ich muss zugeben, dass ich erst skeptisch war, als Lily sie mir empfohlen hatte. Aber Susan ist ganz anders als ihre Mutter.“

„Nicht irre?“

„Das könnte man wohl so sagen. Ich habe selten eine so vernünftige, praktisch denkende Person getroffen. Ich habe ein richtig gutes Gefühl bei der Sache.“

„Ich freue mich sehr für dich. Das war ein ganz wesentlicher Schritt!“

„Genau. Jetzt kann ich mich auf die kommende Ernte konzentrieren und mich in meiner freien Zeit auf den technischen Teil des zukünftigen Verkaufs kümmern.“

„Klingt nach ganz schön viel Arbeit“, stellte sie fest.

„Bestimmt. Ich freue mich schon darauf. Susan hat mir vorgeschlagen, für die grafischen Sachen Vi zu fragen. Aber ich weiß nicht so recht …“

„Schon wieder unbegründete Vorbehalte?“, zog Marley ihn auf. „Vi ist klasse.“

„Tatsächlich? Habt ihr euer Logo auch von ihr machen lassen?“

Marley lachte. „Nein. Das hatten wir bereits, als wir nach Independence kamen. Aber sie ist für die Eule auf meinem Schulterblatt verantwortlich.“

Ian griff nach ihren Schultern und drehte sie auf den Bauch, sodass er einen ungehinderten Blick auf ihre Rückenlinie hatte. Mit seiner Fingerspitze fuhr er den Konturen des Raubvogels nach. Rundherum schlängelten sich weitere Tattoos, die sich bis über ihren Arm zogen.

„Vorher hatte ich gar keine Zeit, mich der Kunst auf deiner Haut zu widmen“, murmelte er. Seine Lippen waren nur Millimeter von ihrem Rückgrat entfernt. Sein Atem jagte Schauer über ihren Rücken. „Das muss ich jetzt nachholen.“

Marleys Nervenenden liefen auf Hochtouren und sandten ein Kribbeln durch ihren Körper. Dankbar für die erneute Atempause von dem wirklichen Leben, überließ sie sich ganz seinen geschickten Händen.

10

Mit zehn Minuten Verspätung betrat Marley das Büro, in der Hand eine Schachtel mit allerlei Köstlichkeiten aus dem Café.

„Ich wollte ja schon einen frechen Spruch bringen, von wegen zu spät kommen und so“, kommentierte Phil, während er seine Brille mit einem Zipfel seines Hemdes polierte, „aber nachdem der Grund für deine Verspätung allem Anschein nach essbar ist, verzichte ich vorerst darauf.“

Marley rollte mit den Augen und platzierte die Schachtel mitten auf dem großen Tisch, den sie für Sitzungen nutzten. Dann richtete sie sich auf und betrachtete ihre Mitarbeiter. Maya warf ihr einen vorsichtigen Blick zu, als wäre sie sich nicht sicher, was sie von ihr zu erwarten hatten. Marc, dessen Fokus normalerweise mit der Intensität eines Spürhundes auf allem Essbaren lag, blickte ebenfalls nachdenklich drein. Nur Chris, der die Unbekümmertheit eines Surfers kultiviert hatte, hing entspannt in seinem Stuhl. War irgendeiner der vier vielleicht doch in die Sache verwickelt? Und wenn ja, eher jemand, dessen Miene Misstrauen ausdrückte, wie die von Marc und Maya? Oder war vielmehr Chris‘ und Phils Sorglosigkeit verdächtig?

Sie schüttelte die lästigen Überlegungen ab. Das führte zu nichts. Sie hatte sich gestern für ihr Team stark gemacht und sich dafür eingesetzt, alle einzuweihen. Jetzt musste sie das auch durchziehen. Sie hoffte nur, dass ihr blindes Vertrauen in ihr Team sich nicht irgendwann rächen würde. Aber mit diesem Risiko musste sie leben. Oder das Projekt abbrechen und ihre gesamte Energie in Schadensbegrenzung stecken. Doch dazu war sie noch nicht bereit. Kampflos würde sie ihren Traum nicht aufgeben.

„Alles in Ordnung mit dir?", erkundigte sich Maya zaghaft und legte ihr eine Hand auf den Arm.

Erschrocken fuhr Marley zurück. Mayas Augen weiteten sich betroffen, als sie die Reaktion ihrer Chefin sah.

„Tut mir leid", sagte Marley hastig zu ihr.

Sie hätte sich für ihre unbedachte Reaktion ohrfeigen können. Aber das ließ sich jetzt auch nicht mehr ändern. Am besten, sie brachte den unangenehmen Teil des Tages hinter sich. Vielleicht konnten sie danach zur Normalität zurückkehren.

„Setzt euch", forderte sie die anderen auf und deutete auf die Stühle rund um den Tisch. Während die anderen ihre Plätze einnahmen, suchte sie nach einer guten Einstiegsfloskel für die krasse Mitteilung, die sie gleich machen musste. Die anderen sahen sie erwartungsvoll an.

„Wir wurden gehackt", platzte sie schließlich ziemlich plump heraus.

Vier geschockte Augenpaare starrten sie an. Nach den ersten paar Sekunden fingen plötzlich alle gleichzeitig an zu reden.

„Gehackt?", wiederholte Chris etwas dümmlich.

Phil, der die Hand bereits nach den Süßigkeiten ausgestreckt hatte, hielt mitten in der Bewegung inne. „Was heißt das jetzt?"

Maya schlug betroffen die Hand vor den Mund. Marc murmelte ein Fluchwort nach dem anderen vor sich hin.

Marley hob die Hand.

„Nicht alle auf einmal. Herausgefunden habe ich es, als ich über einen Teil im Code gestolpert bin, der mir unbekannt war. Nachdem mir nicht klar war, was er da sollte, habe ich mir die Log-Einträge angeschaut." Gespannt auf die Reaktionen der anderen, ließ sie ihren Blick von einem zum anderen schweifen.

Maya nickte.

„Macht Sinn. Dann hättest du den Verantwortlichen gefragt, was die Änderung bezweckt und so weiter. So gehen wir ja immer vor."

Marc beugte sich mit finsterem Blick vor.

„Ich nehme an, dass du an diesem Punkt den Hackerangriff entdeckt hast?"

„Das war zumindest der Anfang", gab Marley zu. „Allerdings war es nicht ganz so offensichtlich. Zumindest am Anfang nicht."

Phil runzelte die Stirn. „Das erklärt, weshalb wir erst jetzt davon hören." Er schaute in die Runde. „Oder hat sie jemanden von euch darauf angesprochen?"

Alle schüttelten den Kopf.

„Nein. Natürlich nicht", mischte sich Marley ein. „Ich hätte nämlich mit mir selber reden müssen."

„Du hast die Änderungen selbst vorgenommen? Aber …" Chris verstand nicht, worauf sie hinauswollte.

„Als Urheber der Änderungen im Code war meine IP-Adresse angegeben. Nachdem mir der Zeit- und Datumsstempel verriet, dass die Änderungen ausgerechnet an einem meiner wenigen freien Nachmittage vorgenommen wurden, ich also definitiv nicht Opfer meiner eigenen Vergesslichkeit geworden bin …", versuchte sie die Stimmung ein wenig aufzuheitern. Niemand lachte, sodass sie schnell den Faden wieder aufnahm. „Ich war es also nicht und doch stand da mein Name."

„Hast du nicht sofort jemanden von uns verdächtigt?", wollte Maya mit schief gelegtem Kopf wissen. „Ich hätte das wahrscheinlich getan."

„Hey", protestierte Marc. „Sowas würde doch keiner von uns tun!"

„Auffallend richtig", stärkte ihm Chris den Rücken, während Phil empört den Kopf schüttelte.

Maya zuckte nur mit den Schultern.

„Alles richtig. Trotzdem ist es der naheliegendste Schluss. Jeder von uns hat Zugang zu den Maschinen der anderen.“

„Ihr habt beide recht“, beruhigte Marley die Streithähne. „Meine erste, reflexartige Reaktion war tatsächlich, dass es jemand vom Team sein muss. Wie Maya bereits bemerkt hat, wäre es für uns alle ein Leichtes, sich als ein anderer einzuloggen. Keiner von uns macht aus seinen Zugangsdaten ein großes Geheimnis.“ Sie hob beide Hände, um den Protest ihrer Mitarbeiter zu bremsen. „Hört mir einen Moment zu. Bitte.“

Sie wartete ab, bis alle nickten. Widerwillig zwar und sichtlich empört über die Tatsache, dass sie sie verdächtigt hatte, aber zumindest waren sie gewillt, ihr zuzuhören. Erleichtert atmete sie auf.

„Nachdem ich ein paar Minuten darüber nachgedacht hatte, wurde mir allerdings auch klar, dass das Unsinn ist. Wenn es jemand von euch gewesen wäre, hättet ihr eure Spuren sicher besser versteckt. Schließlich arbeite ich ja mit hellen Köpfen zusammen. Und nicht zuletzt weiß ich, dass ihr alle für dieses Projekt Schweiß und Blut geschwitzt habt und kaum euer eigenes Baby torpedieren würdet.“

Durch das zustimmende Gemurmel rund um den Tisch ermutigt, fuhr sie fort.

„Also habe ich mich an die Carter Security gewandt und um Hilfe gebeten.“

„Super Idee“, ließ sich Marc vernehmen. „Haben sie was herausgefunden? Wurde der Kerl geschnappt?“

Marleys Mundwinkel zuckten. Zu viele Episoden von Kriminalserien, wo ganze Fälle innerhalb von fünfzig Minuten gelöst wurden, hatten offenbar nicht nur bei ihr zu einer unrealistischen Erwartungshaltung geführt, was die elektronischen Ermittlungsmöglichkeiten anging.

„Ja und nein. Wir wissen nach wie vor nicht, wer dafür verantwortlich ist. Allerdings haben wir einige Anhaltspunkte, die ich jetzt mit euch teilen werde. Einer davon ist, dass alle von uns anscheinend ein mysteriöses Bankkonto besitzen, auf welchem beeindruckende Beträge liegen."

Chris blinzelte verwirrt. „Wieso werde ich das dumpfe Gefühl nicht los, dass uns der unverhoffte Geldsegen keine Freude bereiten wird?"

„Weil du schlau bist?", schlug Phil sarkastisch vor.

„Leute, jetzt lasst Marley doch fertig erzählen", unterbrach Maya das freundschaftliche Hickhack ungeduldig.

Froh, dass sich anscheinend niemand daran zu stören schien, dass ihr Privatleben und ihre Finanzen durchleuchtet worden waren, fuhr Marley fort.

„Leider können wir tatsächlich nicht auf das Geld zugreifen. Cole hat es bereits dem FBI gemeldet. Geld unbekannter Herkunft fällt unter deren Zuständigkeit. Das heißt allerdings, dass jeder von uns damit rechnen muss, vom FBI verhört zu werden."

Als sie die besorgten Blicke sah, die sich die anderen zuwarfen, biss sie sich auf die Unterlippe und fuhr hastig mit ihren Erklärungen fort.

„Das wird sicher nicht sehr angenehm werden, aber nachdem keiner von uns etwas mit dem Geld zu tun hatte, sollten wir das auch überstehen."

„Was sollte das bringen?", wunderte sich Marc laut. „Ich meine, ich habe ja nichts dagegen, wenn jemand versucht, mir Geld unterzujubeln …"

„Wenn es um Geldwäsche geht, schon", protestierte Maya.

„Auch wieder wahr."

„Ich nehme an, es diente einzig und allein dazu, um dafür zu sorgen, dass wir uns alle gegenseitig verdächtigen. Aber das ist reine Spekulation. Ehrlich gesagt, bin ich genauso ratlos wie ihr." Hilflos hob sie die Schultern. „Wenn ich mich nicht an Cole gewandt hätte, wäre es gut möglich gewesen, dass wir die Konten nie entdeckt hätten. Ich weiß ja nicht, wie es euch geht, aber ich hacke mich nicht willkürlich in Banknetzwerke, um nachzusehen, ob zufällig jemand in meinem Namen ein Konto eröffnet hat. Abgesehen davon, dass mir das nötige Wissen dazu fehlt, wäre ich nie auf die Idee gekommen."

„Vielleicht hätte einer von uns irgendwann einen anonymen Hinweis zugespielt bekommen", spekulierte Chris. „Zum richtigen Zeitpunkt hätte das bestimmt das Potential, Misstrauen im Team zu schaffen."

„Möglich. Auf jeden Fall hätte es uns viel Zeit gekostet, den Dingen auf den Grund zu gehen. Zeit, die uns gefehlt hätte, uns um unser Spiel zu kümmern. Sprich, der Hacker hätte freie Bahn gehabt."

„Hm, fragt sich, wie der oder die Hacker jetzt reagieren werden", überlegte Maya laut.

„Reagieren werden?", hakte Marley verständnislos nach.

„Na klar", griff Marc, der sofort begriffen hatte, worauf sie hinauswollte, den Gedankengang auf. „Es ist offensichtlich, dass die Urheber noch nicht am Ende ihres Plans angelangt sind. Werden sie ihre Störversuche – was anderes war es bisher ja nicht – intensivieren? Falls ja, können wir das verhindern?"

Da keiner eine Antwort auf die vielen offenen Fragen hatte, hingen alle ein paar Minuten lang ihren eigenen Gedanken nach. Marley gönnte ihnen die Zeit. Sie wusste schließlich schon vierundzwanzig Stunden länger Bescheid, und selbst ihr schwirrte immer noch der Kopf. Sie nutzte die Pause, um allen einen Ausdruck des neuesten Newsletters zu verteilen, den sie gestern notfallmäßig verschickt hatte, und ein Blatt Papier, worauf der betroffene Code stand.

„Das sind die Codezeilen, die mir aufgefallen sind."

Ohne Zeit zu verlieren, weihte sie die anderen in die Tatsache ein, dass es sich um einen Fall eines inaktiven Virusprogramms handelte und das der Grund war, weshalb sie allen Testern den Newsletter hinterhergeschickt hatte.

„Das alles macht überhaupt keinen Sinn", stellte Phil mit gerunzelter Stirn fest. Die anderen nickten bestätigend. Auch Marley stimmte ihm zu.

„Das ist das Unheimliche daran. Weshalb sollte jemand all diese Mühe für das ganze Verwirrspiel auf sich nehmen, nur um dann einen inaktiven Virus zu verteilen? Diese Frage haben wir uns auch gestellt."

„Für mich hat das einen sehr persönlichen Touch", ließ sich Phil vernehmen. „Bislang ist es nur mühsam. Und ja, jetzt wo die Feds involviert sind, zögert sich vielleicht der Release unseres Games hinaus. Im schlimmsten Fall müssen wir das Projekt begraben."

„Du meinst, ein Konkurrent legt uns diese Steine in den Weg?" Maya runzelte die Stirn. „Das kann ich mir nicht vorstellen. Wir sind so ein kleiner Fisch in einem riesigen Meer von Spieleentwicklern, das kommt mir sehr unwahrscheinlich vor."

„Nein", widersprach Phil. „Mit persönlich meinte ich genau das: Persönlich. Hegt jemand einen Groll gegen dich, Marley?"

Marley schaute ihn ratlos an. „Nicht dass ich wüsste."

Für ein paar Minuten sagte niemand etwas.

„Und wie geht es jetzt weiter?", wollte Maya wissen.

„Fürs Erste wird Coles Team uns eine erstklassige Firewall installieren." Sie schnitt eine Grimasse. „Wenn ich ehrlich bin, hätten wir uns schon längst darum kümmern müssen. Die einzige Entschuldigung, die ich habe, ist, dass ich nie gedacht hätte, dass sich irgendwer für unser kleines Unternehmen hier interessiert." Sie seufzte. „Aber lieber spät als nie. Dann sind wir so sicher wie Fort Knox. So gesehen sollte mit den illegalen Zugriffen auf unsere Daten bald Schluss sein."

„Wie kommt es eigentlich, dass wir auf einen Schlag nicht mehr zu den Verdächtigen gehören?", fragte Chris.

Marley schaute ihm und dann der Reihe nach allen anderen unverwandt in die Augen. „Das liegt daran, dass ich euch allen mein uneingeschränktes Vertrauen ausgesprochen habe."

Marc schnaubte, um seine Verlegenheit zu verbergen, die das unerwartete Kompliment ausgelöst hatte. „Ich bin sicher, Cole war begeistert", bemerkte er trocken.

„Nein", entgegnete sie ruhig. „Natürlich war er nicht begeistert. Als Ermittler betrachtet er alle und jeden erst mal als Verdächtigen. Inklusive mich. Aber er kennt euch nicht so gut wie ich. Ihr seid so was wie meine Familie."

Maya langte über den Tisch und drückte ihre Hand. Phil wandte sich ab und wischte sich verstohlen eine einzelne Träne ab, bevor er seine Brille wieder zurechtrückte. Auch die anderen waren sichtlich berührt von ihrem Vertrauensausspruch.

„Ich würde gerne mit den anderen an diesem Viruscode arbeiten. Vielleicht finden wir heraus, was wirklich dahinter steckt", ließ Phil die anderen wissen.

„Danke." Marley wandte sich an die anderen. „Alles, was ihr findet, könnt ihr direkt an Cole weiterleiten. Ansonsten wird uns nichts weiter übrig bleiben, als abzuwarten und zu hoffen, dass das das Ende vom Lied ist. Ich schlage vor, dass wir die Zeit nutzen, unser Marketing up to date zu bringen. Die restliche Zeit könnt ihr es in den nächsten Tagen ein wenig langsamer angehen lassen. In zwei Wochen, wenn die Testphase vorbei ist, geht es los mit dem Endspurt."

Langsam löste sich die Sitzung auf. Alle bedienten sich an Aileens Köstlichkeiten aus der weißen Schachtel. Marley entspannte sich ein wenig, als sich der normale Rhythmus aus freundschaftlichem Geplänkel und Arbeiten einstellte. Puh. Das war besser gegangen, als sie gedacht hatte. Ein Blick auf die Uhr zeigte ihr, dass es beinahe Mittag war. Ob sie sich bei Ian melden sollte? Der Gedanke an ihren Liebhaber ließ ihr das Blut in den Kopf steigen. Spontan griff sie nach ihrem Handy und tippte eine kurze Nachricht. Kurz vor dem Senden zögerte sie, unsicher, ob das zu direkt war. Dann beschloss sie, dass es ihr egal war. Das Leben war zu kurz, um sich auch noch darum Gedanken zu machen. Vor allem bei dem Chaos, das in allen anderen Bereichen ihres Lebens herrschte. Entschlossen drückte sie die entsprechende Taste.

Hey mein Schöner. Hungrig?

Gespannt wartete sie, was er antworten würde. Endlich vibrierte ihr Telefon.

Auf dich immer. Oder meintest du etwa Lunch? ;-)

Sie grinste, als sie seine verspielte Antwort las und schrieb schnell zurück.

Ausnahmsweise Lunch. Aber ich könnte vielleicht überredet werden …

Ein Quickie in der Mittagspause? Warum eigentlich nicht? Das lag zwar komplett außerhalb ihres Erfahrungsbereichs. Aber hieß es nicht immer, man sollte seine Komfortzone verlassen, um zu wachsen? Sie kniff die Beine zusammen, als ihr Körper auf ihre ungewöhnlichen Gedankengänge entsprechend reagierte. Der Mann war eine wandelnde Versuchung.

Jetzt hast du mich überrascht, kam die ehrliche Antwort zurück.

Marley gluckste und wollte gerade etwas erwidern, als sie an den blinkenden Punkten auf dem Bildschirm sah, dass er bereits wieder am Schreiben war.

Leider bin ich bereits mit Kat verabredet. Willst du mitkommen? Hoher Streichelfaktor garantiert.

Hm. Da musste sie nicht lange überlegen. Zeit mit Ian zu verbringen und Kats Tiere kennenzulernen klang nach einem tollen Programm.

Gern. Holst du mich ab?

Bin in dreißig Minuten bei dir. Sandwich vom Diner?

Immer.

Lächelnd legte sie ihr Handy beiseite. Maya zwinkerte ihr wissend zu.

„Was?“

„Muss ja ein toller Textpartner sein, wenn du mitten in diesem Tohuwabohu so lächeln kannst.“

Schuldbewusst zog Marley den Kopf ein.

„Hey, so habe ich das nicht gemeint“, versicherter ihr Maya eilig. „Ich freue mich für dich. Ist es tatsächlich der große, beeindruckende Mann, den du vor ein paar Wochen kennengelernt hast?“

Marley nickte und lächelte abermals, als sie an ihn dachte.

„Genieß es“, wies Maya sie an.

Marley lachte. „Yes, Ma’am. Werde ich machen.“

Maya nickte nur hoheitsvoll und setzte sich an ihren Schreibtisch.

Marley ließ ihren Blick durchs Büro schweifen. Sie war sehr froh, dass sie sich auf ihr Bauchgefühl verlassen und die anderen eingeweiht hatte. Zum ersten Mal seit Tagen hatte sie das Gefühl, wieder atmen zu können. Sie rieb sich über den Magen und verzog das Gesicht. Wenn jetzt nur noch dieses drohende Magengeschwür verschwinden würde. Resigniert langte sie in ihre Tasche und holte eine Tablette heraus. Sie hasste den mehligen Geschmack auf der Zunge. Leider waren die Tabletten das Einzige, das wirklich half. Nur noch bis zum Release-Datum. Dann würde alles besser werden. Zumindest redete sie sich das ein.

*

Die nächste halbe Stunde verbrachte Marley damit, besorgte Mails von ihren Testern zu beantworten. Einige boten ihre Hilfe an, andere verweigerten den Einsatz eines Virenscans, während die dritten sich für den Hinweis bedankten und sich gemäß den Anweisungen um das Problem kümmern wollten.

Gerade, als sie mit dem letzten Mail fertig war, sah sie Ians Truck auf der Straße unten vorfahren. Gleichzeitig klingelte ihr Telefon. Cole! Mist. Da musste sie wohl oder übel drangehen. Sie öffnete das Fenster und beugte sich hinaus.

Ian blickte nach oben, als er Marleys Stimme über seinem Kopf vernahm.

„Ich komme gleich. Cole ruft gerade an."

Ian lächelte. „Kein Stress. Ich warte hier."

Die Freude, die er bei ihrem Anblick empfand, war immer noch sehr ungewohnt für ihn. Mit einem Schulterzucken, das ihm selber galt, lehnte er sich ans Auto und beschloss, das Gefühl einfach zu genießen. Fast hatte er ein schlechtes Gewissen, dass es bei ihm so gut lief, während Marley so viel Ärger hatte. Andererseits konnte er sich so besser um sie kümmern. Gerne hätte er ihr mehr geholfen. Aber mit Computern kannte er sich nicht aus. Die Geschichte bereitete ihm Sorgen. Die Vorstellung, dass ein unbekannter Gegner Marley als sein Ziel ausgesucht hatte, war unheimlich.

*

„Hallo Cole", begrüßte Marley den Anrufer. „Gibt's was Neues?"

„Könnte man so sagen", antwortete er.

Seine grimmige Stimme jagte ihr einen Schauer über den Rücken. „Oje, das klingt nicht gut."

„Ich habe doch noch gar nichts gesagt", erwiderte er überrascht.

„Brauchtest du auch nicht. Das höre ich an deinem Tonfall."

„Leider hast du recht. Kannst du vorbeikommen? Wir müssen sofort eine Krisensitzung abhalten. Bring dein Team mit."

„Okay. Wann? Jetzt?"

„So schnell wie möglich", antwortete er und legte auf.

Betroffen wandte sich Marley den anderen zu.

„Planänderung. Wir müssen alle zu Carter Security. Los geht's."

Sofort packten alle ihre Sachen zusammen, fuhren ihre Computer herunter und machten sich zum Aufbruch bereit.

*

Überrascht stieß sich Ian von seinem Fahrzeug ab, als Marley in Begleitung ihres ganzen Teams aus dem Gebäude kam. Die Gruppe wirkte niedergeschlagen. Marley sagte etwas zu den anderen, bevor sie zu ihm sprintete. Mit betretenem Gesichtsausdruck stand sie vor ihm.

„Ich kann leider nicht mitkommen. Cole. Wir müssen sofort zu Cole.“ Ihr Atem kam in kurzen, abgehackten Stößen.

„Erst einmal tief durchatmen“, wies er sie an und schloss sie in seine Arme.

Dankbar überließ sich Marley für einen Moment seiner fürsorglichen Umarmung. Was hätte sie nicht darum gegeben, jetzt mit ihm unbeschwert zu Kat fahren zu können. Endlich ein wenig ruhiger, legte sie ihm eine Hand auf die Brust und den Kopf in den Nacken.

„Es gibt wohl neue Entwicklungen in unserem Fall, die unsere Anwesenheit erfordern. Was genau, wollte er am Telefon nicht sagen. Deswegen …“

„Keine Sorge. Wir können das ein anderes Mal nachholen.“

„Versprochen?“

„Versprochen. Pass auf dich auf, okay?“

Marley nickte, froh, dass er so verständnisvoll reagierte.

„Soll ich dich abholen?“, schlug er vor.

„Nein, ich nehme mein Auto. Aber danke.“

„Melde dich, wenn du es hinter dir hast.“

Sie streckte sich auf die Zehenspitzen und küsste ihn leicht auf den Mund. „Mach ich. Und danke.“

„Wofür?“, fragte er verwundert.

„Für dein Verständnis.“

Mit diesen Worten war sie weg.

Kopfschüttelnd schaute er ihr nach. Das war doch selbstverständlich. Sein Problem war viel mehr, dass er sie eigentlich gern begleitet hätte, um sicherzustellen, dass ihr nichts geschah. Das Bedürfnis, an ihrer Seite zu sein und sie zu beschützen, war überwältigend. Gleichzeitig wusste er, dass er ihr in ihrer Cyberwelt keine große Hilfe sein würde. Zudem musste sie als Chefin einen professionellen Eindruck machen. Er seufzte. Zeit, zu Kat zu fahren. So war er die nächsten Stunden wenigstens ein wenig von seiner Sorge abgelenkt.

11

Vor dem großen Haus, an das ein flaches Gebäude mit verschiedenen eingezäunten Ausläufen anschloss, blieb Ian stehen. Die Hunde, die den Besucher schon lange bemerkt hatten, bellten hinter dem Zaun. Er ignorierte sie und drehte sich um. Die Aussicht war atemberaubend. Von hier aus hatte man eine uneingeschränkte Sicht über das gesamte Hochplateau und die umliegenden Berge. Sicher, die Zufahrt war im Winter wahrscheinlich eine echte Herausforderung. Aber das Panorama war mehr als genug Entschädigung für die zusätzliche Arbeit. Die Sonnenstrahlen vom Vormittag hatten das Kiefernholz, aus dem das Haus gebaut war, aufgewärmt, sodass der aromatische Duft des Harzes in der Luft lag. Er atmete tief durch. Sorgen um Marley plagten ihn. Unschlüssig, ob er nicht doch lieber zu Carter Security fahren sollte, zögerte er, an der Tür zu klopfen.

„Hey, willst du nicht reinkommen?", fragte Kat.

Überrascht drehte er sich um. Die Besitzerin des *Safe Haven* stand in der Tür. Ihre drei Hunde drängelten an ihr vorbei und stürmten auf ihn zu. Für einen Moment seine Sorgen vergessend, beugte er sich hinunter, streichelte die zwei Bordeaux-Doggen Rocky und Nikita und begrüßte Bella, eine Mischlingshündin, die eine tragische Vergangenheit als Kampfhund hatte.

Während er die drei abwechslungsweise hinter den Ohren kraulte, schaute er zu Kat auf.

„Doch, natürlich. Hallo und danke, dass du Zeit für ein Treffen hattest."

„Klar. Das, was du mir am Telefon angedeutet hast, hat interessant geklungen. Wollen wir reingehen?“

„Ist vielleicht besser. Sonst drehen deine anderen Hunde noch durch.“

Er deutete auf die Gehege auf der anderen Seite. Kat lachte und winkte ab.

„Daran gewöhnt man sich mit der Zeit. Wenn ich alleine bin, machen sie nur während der Fütterungszeiten einen solchen Lärm. Betritt jedoch ein Fremder unser Grundstück, sind sie immer etwas aus dem Häuschen.“

„Kein Wunder“, mutmaßte Ian, während er ihr über eine Treppe in den oberen Stock des Hauses folgte. „Sie haben ja auch schon viel erlebt.“

„Das kannst du laut sagen. Es haben nicht alle eine dramatische Geschichte. Aber alleine ein häufiger Halterwechsel kann die Tiere sehr verunsichern. Kaffee?“

Ian lehnte dankend ab. „Lieber ein Glas Wasser.“

Kat ging zum Hahn und füllte ein Glas. „Hier. Also, erzähl mal. Du hast ein Futterergänzungsmittel entwickelt, das auf natürlichen Inhaltsstoffen basiert?“

Wie immer, wenn er über sein Projekt sprechen sollte, ergriff ihn eine gewisse Nervosität. Er räusperte sich. „Wie du vermutlich weißt, pflanze ich Industriehanf an.“

„Industriehanf? Du meinst Gras? Cannabis?“ Kat runzelte die Stirn, nicht sicher, was die Entspannungsdroge mit ihren Tieren zu tun haben könnte.

Ian, der ihre Verwirrung erkannte, lachte. „Keine Angst. Ich habe nicht vor, deine Viecher high zu machen.“

„Puh, ich dachte schon …“

„Im Prinzip hast du recht. Es ist dieselbe Pflanze. Allerdings so gezüchtet, dass der Cannabisgehalt beinahe null ist. So hat der Hanf keinerlei psychoaktive Wirkung. Allerdings hat der Hanf eine Reihe weiterer wertvoller Inhaltsstoffe. Zum Beispiel Cannabidiol.“

„Wird das auch CBD genannt?“, unterbrach ihn Kat. Als er nickte, leuchtete ihr Gesicht auf. „Darüber habe ich erst vor Kurzem einen Dokumentarfilm im Fernsehen gesehen. Das muss echt ein Wunderzeug sein.“

Er schmunzelte, als sie das CBD als Wunderzeug bezeichnete. War es im Grunde genommen auch. Er hatte selber noch nie einen vielseitigeren Wirkstoff kennengelernt als das CBD.

„Genau. Lange Zeit hat sich die Forschung nur auf das psychoaktive THC konzentriert. War wohl spannender. Erst in den letzten Jahren wurde die Aufmerksamkeit wieder vermehrt auf das vernachlässigte CBD gelenkt.“

„Und was kann es für die Tiere tun?“, erkundigte sich Kat, jetzt ernsthaft interessiert.

„Hauptsächlich wird es zur Beruhigung eingesetzt.“

„Du meinst, es stellt die Tiere ruhig?“ Kats Stimme klang skeptisch.

„Nein, nicht direkt. Es sorgt nur dafür, dass die Rezeptoren mit genügend CBD versorgt werden, wenn das körpereigene System nicht nachkommt mit der Produktion. Dadurch sind die Tiere in der Lage, stressige Situationen besser zu verarbeiten. Sie bleiben ansprechbarer und somit auch trainierbarer und können lernen, anders zu reagieren.“

„Hm. Wie ist es denn mit erlerntem Verhalten?“

„Ich glaube nicht, dass erlerntes Verhalten einfach abgelegt wird. Aber wenn der Besitzer seinen Hund in diesem Moment besser erreichen kann, ist es meiner Meinung nach möglich, mit der Zeit das belastende Verhalten mit einem anderen, für den Hund angenehmeren Verhalten zu ersetzen.“

Er strich sich über seinen kurzgeschorenen Bart.

„Das ist eigentlich genau der Punkt, den ich mit dir besprechen wollte. Dazu gibt es keine spezifischen Studien. Wenn du bereit wärst, das Futter zu testen, wäre das großartig.“

„Ja klar. Da bin ich sofort dabei. Was für andere Eigenschaften hat die Pflanze oder beziehungsweise der Wirkstoff noch?“

Ian grinste, sehr erfreut über ihr offensichtliches Interesse.

„Jetzt muss ich aufpassen, was ich sage. Da es kein Arzneimittel ist, darf ich keine Heilversprechen machen."

Kat rollte mit den Augen und kräuselte die Nase.

„Immer diese Bürokratie. Aber gut, früher gab es dafür unzählige Quacksalber, die ihr wunderwirkendes Schlangenöl unter die Leute gebracht haben."

„Auch wieder wahr. Trotzdem erschwert es meinen Job."

„Das kann ich mir vorstellen. Erzähl es mir trotzdem."

„Es gibt aus dem Humanbereich inzwischen mehrere wissenschaftlichen Studien, die dem CBD eine positive und unterstützende Wirkung auf das Immunsystem, den Appetit und den Schlafrhythmus bescheinigen. Zudem wirkt es stark entzündungshemmend und schmerzlindernd."

„Wow. Und wann, sagtest du, kannst du die Kekse bekommen?"

„Das muss ich erst mit Susan besprechen. Du kennst Susan Montgomery?"

„Na klar", antwortete Kat und schob ihm einen Teller mit vertraut aussehenden Plätzchen hin. „Ich liebe Kekse, aber mit all den Tieren fehlt mir einfach die Zeit zum Backen. Als ich gehört habe, dass sie ihr eigenes kleines Keksunternehmen eröffnet hat, war ich begeistert." Genussvoll biss sie in einen der Kekse.

„Sie hat sich bereit erklärt, für mich die Kekse zu produzieren. Wir stehen noch ganz am Anfang. Die Rezepturen müssen noch festgelegt werden, Verpackungen haben wir auch noch keine. Aber wenn dich das nicht abschreckt, kannst du gerne bereits von den Prototypen Testkekse haben. Ich wäre nur froh, wenn du Protokoll führen könntest. Du weißt schon, Vorher-Nachher in Bild und Wort. Gesundheit, Verhalten, alles, was dir einfällt."

„Das ist selbstverständlich. Ich kann mir auch gut vorstellen, eine Sendung auf meinem Videokanal laufen zu lassen."

„Du hast einen eigenen Kanal? Auf Youtube?"

Kat lachte, als sie sein ungläubiges Gesicht sah. „Ja. Eine Art Trainingstagebuch für Hundehalter. Paulas Mädchen, Leslie und Shauna, haben mich auf die Idee gebracht. Inzwischen finanziert der Kanal einen namhaften Teil des Tierheims."

Beeindruckt lehnte sich Ian zurück. „Vielleicht sollte ich mal mit den beiden sprechen." Ein selbstironisches Grinsen zog sich über sein Gesicht. „Wie soll ich sagen, ich bin nicht gerade ein Social Media-Experte. Ich kann knapp mein Telefon bedienen."

„Vielleicht kann dir auch deine neue Freundin dabei helfen?", fragte Kat listig, in der Hoffnung, ein paar Neuigkeiten zu erfahren.

„Marley?"

„Ha! Dann stimmt es also?"

„Independence ist unmöglich", brummte Ian gutmütig.

„Ich weiß", stimmte Kat ihm vergnügt zu. „Aber so lange man selber grad nicht im Visier ist, macht es tatsächlich Spaß."

„Also, was ist?", lenkte er das Gespräch wieder in sicherere Bahnen. „Meinst du, das wäre etwas, was du gerne machen würdest?"

„Habe ich doch eben gesagt. Sehr gerne. Gib einfach Bescheid, wenn du so weit bist." Sie stand auf und stützte die Hände in die Hüften. „Bereit für den zweiten Teil deines Besuches?"

Ian blinzelte überrascht und erhob sich ebenfalls. „Zweiten Teil?"

„Natürlich." Sie hängte sich bei ihm ein und führte ihn zur Treppe. „Jeder Besucher erhält eine Führung. Ich stelle dir persönlich alle meine Schützlinge vor …"

„… und hoffst so, einen von ihnen neu zu platzieren", vervollständigte Ian ihren Satz.

„Du hast es erfasst", antwortete sie vergnügt. „Bist du eher ein Hundemensch? Oder sind Katzen mehr dein Ding?"

„Äh …“

„Ich sehe schon, du gehörst zu den Unentschlossenen“, sprach sie einfach weiter. „Umso besser.“

Ian schluckte. Er hatte den dumpfen Verdacht, dass er den *Safe Haven* nicht alleine verlassen würde. Aber was machte man nicht alles für eine gute Zusammenarbeit.

*

Mit einem Klicken, das endgültig klang, schloss Anisa ihren Koffer. Jetzt noch die Laptoptasche, fertig. Vor dem Spiegel blieb sie stehen und justierte ihr Kopftuch. Zufrieden mit ihrer Erscheinung verließ sie leise das Zimmer.

„Wo willst du hin?“, bellte Mustafa.

Ihr Herz machte einen Satz. In der dunklen Ecke, in der er Wache hielt, hatte sie ihn gar nicht gesehen. Während sie darauf wartete, dass sich ihr Pulsschlag wieder beruhigte, ließ sie der Mann nicht aus den Augen.

„Solltest du nicht an deinem Computer sitzen, Anisa?“, fragte er verächtlich. Er machte aus seiner Abneigung gegen sie keinen Hehl. Die Art, wie er ihren Namen betonte, den sie angenommen hatte, nachdem sie zum Islam konvertiert war, verriet deutlich, was er von ihr hielt.

Besorgt zuckten ihre Augen in Richtung der Tür, vor der Mustafa Wache hielt. Amir durfte auf keinen Fall herausfinden, was sie vorhatte. Beim Gedanken an seinen kalten Blick, der sie immer nur mit Gleichgültigkeit traf, zog sich ihr Herz zusammen. Sie musste ihre Mission unbedingt erfolgreich abschließen. Das war ihre einzige Chance, dass er sie endlich wahrnahm. Wenn sie ihm ihre Treue und Hingabe für die Sache bewiesen hatte, konnte er sie nicht mehr abweisen.

Sie straffte ihr Rückgrat. Wenn sie nicht alles verlieren wollte, musste sie jetzt die Show ihres Lebens abliefern. Der Gedanke, bald Amirs Liebe zu gewinnen, verlieh ihr Mut.

„Ich habe meine Anweisungen“, gab sie stolz zurück. „Lass mich durch, oder ich mache dich für das Scheitern der Mission verantwortlich.“

Unter dem Kopftuch sammelte sich der Schweiß auf ihrer Stirn. Mehrere Sekunden verstrichen, während sie darauf wartete, ob er sie ohne Aufhebens durchlassen würde. Sie war froh, dass sie den Niqab trug. So konnte Mustafa ihren Gesichtsausdruck nicht sehen. Schließlich deutete er mit einem Rucken des Kinns zum Ausgang. Innerlich aufatmend zwang sie sich, langsame Schritte zu machen, als hätte sie alle Zeit der Welt. Wenn Amir herausfand, was sie vorhatte, war ihre Chance auf Ruhm, Ehre und vor allem ihre Liebe vorbei. Der Hass auf das unkooperative Start-Up-Team brodelte in ihr, als sie sich mit einem Uber auf den Weg zum Flughafen machte. Sie würde diesen Ungläubigen schon zeigen, was passierte, wenn man sich Allah in den Weg stellte.

Sobald sie außer Sichtweite des Hauses war, zog sie sich den Schleier und das lange Gewand über den Kopf. Kein Grund, sich die Flugreise unnötig zu erschweren, dachte sie mit einem triumphierenden Lächeln, während sie ihre langen blonden Haare ausschüttelte. Der Fahrer warf ihr über den Rückspiegel einen spekulierenden Blick zu. Wahrscheinlich fragte er sich, was sie noch alles ausziehen würde, dachte sie verächtlich. Die meisten Männer waren Schweine. Alle außer Amir. Ein verträumtes Lächeln im Gesicht, stopfte sie die schwarzen Kleidungsstücke in ihre Reisetasche.

*

Gespannt wartete das Team auf Cole. Endlich kam er zur Tür hinein, dicht gefolgt von Ethan. Der Junge machte große Augen, als er die vielen Leute sah, und duckte scheu den Kopf.

„Hallo zusammen. Gut, dass ihr alle gleich gekommen seid. Entschuldigt die Verspätung. Ich musste erst Ethan abholen.“

„Muss der Kleine nicht in die Schule?“, murmelte Chris neben Marley.

Sie zuckte die Schultern. Dasselbe hatte sie sich auch gefragt.

„Ja, eigentlich hätte Ethan Schule, doch die Schulleiterin war so nett, ihn für den Rest des Tages freizustellen.“

Er deutete auf den Stuhl neben seinem. Ethan setzte sich, während seine Augen nervös von Person zu Person flitzten.

„Das ist Ethan, ein sehr talentierter Hacker und Gamer, der uns immer mal wieder bei unseren Ermittlungen unterstützt. Sehr erfolgreich, sollte ich wohl hinzufügen.“ Er deutete auf die Runde. „Marley hast du ja bereits beim letzten Mal kennengelernt. Die anderen gehören zu ihrem Team.“

Ethan lächelte scheu.

„Wieso erzählst du uns nicht, was du herausgefunden hast“, forderte Cole ihn freundlich auf.

„Ah ja. Klar. Sofort.“ Ethan rieb sich durch die Haare, die ihm bereits wirr vom Kopf standen und davon zeugten, dass er diese nervöse Geste öfter machte. Er räusperte sich und schaute in die Runde. Als er anfing zu sprechen, war seine Stimme erstaunlich selbstsicher.

„Marley hat euch bestimmt darüber informiert, dass jemand den Versuch gemacht hat, ein Virusprogramm in eurem neuen Spiel zu verstecken.“

„Ein inaktives, wenn ich das richtig verstanden habe.“

Ethan nickte und schüttelte gleich darauf den Kopf. „Stimmt. So sah es zumindest auf den ersten Blick aus. Mich hat die Sache nicht losgelassen. Ich meine, wer betreibt so viel Aufwand, nur um dann einen Virus einzuschmuggeln, der keine Funktion hat?“

Alle vom Team nickten zustimmend. „Dieser Teil hat uns auch stutzig gemacht.“

„Deshalb habe ich in meiner Freizeit, sprich gestern Nacht, weiter den Code analysiert und Recherche betrieben. Die Welt der Viren verändert sich ja fast täglich und ich wollte einfach sicher gehen, dass ich auf dem neuesten Stand bin. Zudem wusste ich, dass Cole und sein Team rund um die Uhr daran arbeiteten, den Hacker zu lokalisieren und eure Umgebung sicher zu machen. In der Annahme, dass der Virus harmlos ist, stand seine Analyse nicht zuoberst auf der Prioritätenliste."

Marley beugte sich gespannt vor. „Und was hast du herausgefunden?"

Ethan schluckte und warf Cole einen Seitenblick zu. Dieser nickte ihm aufmunternd zu. Also holte er tief Luft und fuhr mit seinen Erklärungen fort. „Es sieht ganz so aus, als wäre es ein sogenannter Schläfervirus."

Die Augen der anderen wurden groß.

„Ein Schläfervirus?", echote Marley, die keine Ahnung hatte, was das genau war.

Chris hingegen schon. Zumindest rief er entsetzt: „Was?!"

Ethan blickte entschuldigend in die Runde, als wäre es ihm unangenehm, der Überbringer schlechter Nachrichten zu sein.

Maya runzelte die Stirn. Sie sah das Problem nicht wirklich. Schlafen war ja ungefähr dasselbe wie inaktiv zu sein, oder etwa nicht?

„Ein Schläfervirus? Das heißt, der Virus ist inaktiv? Dann ist es ja kein Problem, oder verstehe ich das falsch?", fragte sie in die Runde.

Marley zuckte ratlos mit den Schultern. Nicht zum ersten Mal an diesem Vormittag wünschte sie sich, dass sie sich mehr über die aktuellen Onlinebedrohungen auf dem Laufenden gehalten hätte.

„So einfach ist es leider nicht", schaltete sich Chris ein. „Der Schläfervirus ist zwar zum Zeitpunkt des Uploads inaktiv, kann aber jederzeit aktiviert werden."

„Aktiviert werden? Wie denn?", fragte Marley erschrocken. Sie wünschte, sie könnte die Zeit zurückspulen zu dem Zeitpunkt, als ihr größtes Problem die Entscheidung gewesen war, welche Farbe die magischen Pilze in ihrem Spiel haben sollten.

Nervös wischte sie sich die feuchten Handflächen an ihren Jeans ab. Das war ein Desaster. Oder nicht? Schließlich hatten sie das Spiel noch nicht ausgeliefert. Das konnte ja alles rückgängig gemacht werden. Die entsprechenden Codezeilen waren bereits entfernt und die Tester des innersten Kreises hatten sie über das Problem informiert. Ethans nächste Worte ließen ihr allerdings das Blut in den Adern gefrieren.

„Ironischerweise wird der Schläfervirus dann aufgeweckt, wenn das Antivirenprogramm startet."

Entgeistert starrte sie den Mann und den Jungen, die neben ihr saßen, an. „Das ist nicht euer Ernst!"

Ethan senkte verlegen den Blick und zupfte an einem Häutchen an seinem Daumen herum.

Cole nickte bedauernd. „Leider doch."

Marley holte tief Luft und versuchte ihre sich überschlagenden Gedanken zu ordnen.

„Erklär mir genau, wie das gehen soll. Das Antivirenprogramm hat ja eigentlich genau die gegenteilige Aufgabe. Ich kann mir das gar nicht vorstellen."

„Genial eigentlich", meldete sich Ethan wieder zu Wort. „Um den Scan durchführen zu können, muss die Datei vom Antivirenprogramm gelesen beziehungsweise ausgeführt werden. Und Zack! Ist der Schläfervirus nicht mehr am Schlafen." Als er Marleys geschockten Gesichtsausdruck sah, fügte er kleinlaut hinzu: „Ich mein ja nur, aus Entwicklersicht ist es genial. An eurer Stelle natürlich nicht besonders."

Cole musste trotz der ernsten Situation lächeln. Aus dem Jungen würde ein hervorragender Ermittler werden.

„Was macht der Virus denn überhaupt?", fragte Maya. „Vielleicht hat sich ja jemand einfach einen Scherz erlaubt", führte sie ihre Überlegungen aus, „und die Auswirkungen sind gar nicht so schlimm."

„Gute Frage. Wir sind uns noch nicht ganz sicher“, erwiderte Cole grimmig.

„Nicht ganz sicher bedeutet, ihr habt eine Vermutung?“, fragte Mark. Als er Coles und Ethans besorgte Mienen sah, wünschte er sich allerdings fast, nicht gefragt zu haben. Diese verhießen nichts Gutes.

„Ihr habt von den Zwischenfällen mit Lithium-Batterien in verschiedenen Notebooks und Tablets gehört?“

„Die Explosionen?“, wollte Phil wissen und schob seine Brille hoch, die sich wieder einmal in Richtung Nasenspitze verselbständigt hatte. „Ja. Warum?“

„Weil es ganz so aussieht, als würde der Virus die Kontrolle über die Temperaturregelung übernehmen“, platzte Ethan heraus.

Panik schnürte Marley den Hals zu. „Mit dem Ziel …?“

„Genau. Mit dem Ziel, das betroffene Gerät zum Explodieren zu bringen.“

Marleys Hände flogen zu ihrem Mund und sie zog scharf die Luft ein. „Mein Gott, das ist ja fürchterlich! Wir haben unser Spiel gezielt auf Notebooks und Tablets ausgelegt.“

In diesem Moment stürzte Coles Partnerin Avery ins Zimmer. Ihre dunklen Haare flatterten, als sie im Laufschritt um die Ecke bog. Die dunklen Augen blickten ernst, als sie hektisch in Richtung Fernseher gestikulierte, der an der Wand hing.

„Schaltet die Nachrichten ein. Es läuft auf allen Sendern.“

Sofort griff Cole nach der Fernbedienung und schaltete das Gerät ein.

Eiskaltes Grauen erfasste Marley. *Bitte, bitte lass niemanden verletzt sein,* betete sie im Stillen, während sie Mayas Hand ergriff.

12

Bei der Gepäckausgabe auf ihren Koffer wartend, blieb Anisas Blick an einem der Bildschirme hängen. Die Nachrichtensendung hatte keinen Ton, doch das war dank der laufenden Breaking-News-Zeile auch gar nicht nötig. Ungläubig starrte sie auf die Buchstaben. Erst als sie die Nachricht ein drittes Mal gelesen hatte, verzogen sich ihre Lippen zu einem befriedigten Lächeln. Na also. Ihr Plan war aufgegangen, dachte sie triumphierend. Wenn auch ein wenig früh. Sie kaute auf ihrer Unterlippe, während sie versuchte, sich darüber klar zu werden, ob das irgendwelche Konsequenzen hatte. Amir. Seine Meinung war die einzige, die zählte. Sie konnte nur hoffen, dass er verstand, dass sie auf das Timing keinen Einfluss hatte. Trotz ihrer Sorgen fühlte sie sich in Hochstimmung, als sie nach ihrem Koffer Ausschau hielt.

Keine fünf Sekunden später, als sie erneut auf den News-Ticker schaute, hatte der Text gewechselt. Als ihr Hirn registrierte, was die neuste Meldung war, war ihr Lächeln wie weggewischt. Hektisch zog sie ihr Handy aus der Tasche und rief eine bekannte Online-News-Seite auf. Keine Opfer? Wir war das nur möglich? Ihre Kehle zog sich zusammen. Der bittere Geschmack von Galle erfüllte ihren Mund, als sie über die möglichen Konsequenzen nachdachte. Die Vorstellung, wie Amirs Augen mit Abscheu anstatt mit der erhofften Bewunderung auf ihr ruhten, ließ sie fast in die Knie gehen.

Mit zitternden Händen ergriff sie ihr Gepäckstück und zog es vom Förderband. Entschlossen, zu retten, was zu retten war, marschierte sie in Richtung des Autoverleihs.

*

Ohne etwas von dem Drama zu ahnen, das sich andernorts abspielte, ließ Ian seinen neuen Kumpel, einen dreibeinigen Terrier-Mischling ohne Namen, auf dem Parkplatz, der zum Futterhandel und Baumarkt gehörte, aus dem Auto springen. Er war nicht sehr groß, seine Schultern reichten knapp unter Ians Knie, doch die fehlende Körpergröße machte er mit seiner Persönlichkeit mehr als wett. Sein Fell war sandfarben und struppig. Einen Schönheitswettbewerb würde er wahrscheinlich nie gewinnen, doch das war Ian egal.

„Komm Kleiner, du kannst mir helfen, die Dinge auszusuchen."

Der struppige Hund bewegte sich auch auf drei Beinen geschickt und folgte ihm in den Laden. Seine dunklen Augen blitzten vergnügt, während er die neue Gegend und all die spannenden Gerüche in sich aufnahm.

Ian freute sich, dass der Rüde ihm nicht von der Seite wich. Kat hatte zwar angeboten, ihm mit Leine und Halsband auszuhelfen, doch er hatte abgelehnt. Wenn er sich schon einen Hund zulegte, konnte er auch für ihn sorgen. Er wusste genau, dass Kat trotz ihres Einfallsreichtums immer wieder um genügend Spenden kämpfte. Es machte ihn wütend, als er an die vielen heimatlosen Tiere dachte. Was waren das nur für Menschen, die sich ein Tier anschafften und es dann einfach entsorgten? Auf der Straße, im Wald oder an einer Tankstelle?

Er hatte eigentlich nicht vorgehabt, mit einem Hund nach Hause zu gehen. Aber ein Blick in Dreibeins Augen und es war um ihn geschehen gewesen. Zudem gefiel ihm der Gedanke, einen tierischen Freund zu haben, der ihn tagsüber begleitete. Er rieb sich übers Kinn, während er über den Namen nachdachte, den er ihm unbewusst gegeben hatte. Dreibein. Eigentlich perfekt für den Racker.

„Das scheint sich langsam zu einer Gewohnheit zu entwickeln", informierte er den Hund, während er an Marley dachte. Bei ihr war es ihm ähnlich ergangen. Er lachte leise, während er mit der Hand ein paar Hundekissen auf ihre Polsterung testete.

„Was meinst du zu dem hier?", fragte er seinen Hund, nur um festzustellen, dass er mit sich selber sprach. Er wirbelte herum und schaute in alle Richtungen. Kein Hund.

Besorgt verfiel er in einen leichten Trabschritt. Hatte Dreibein sich etwa versteckt? Oder war er abgehauen? Dumme Idee, den Hund nicht anzuleinen, schalt er sich. Als er in den nächsten Gang einbog, kam er schlitternd zum Stehen. Sein Hund, der Arme, saß keineswegs verstört in einer Ecke. Im Gegenteil. Er versuchte gerade, auf eigene Faust, oder besser gesagt mit Pfoten- und Kralleneinsatz, einen Futtersack zu öffnen.

Erleichtert lachte Ian.

„Ich hoffe, du planst den Sack auch zu kaufen", brummte hinter ihm der Ladenbesitzer, ein älterer Mann, der ein Stück Kautabak von einer Wange zur anderen schob.

„Äh, ja klar. Selbstverständlich."

Rasch legte er Dreibein das Halsband an, das er ausgesucht hatte, und hängte die Leine ein. Mit einiger Mühe zerrte er den entschlossenen, kleinen Terrier von seiner Beute weg, sodass er sich den Sack greifen und über die Schulter werfen konnte. Er konnte nur hoffen, dass es ein gutes Futter war. Aber zumindest schien der Hund es zu mögen.

„Mein Name ist Ian. Und das hier ist Dreibein. Tut mir leid wegen der Umstände", entschuldigte sich Ian, als er endlich bei der Kasse ankam.

„Exzellenter Geschmack, der Hund", brummte der Besitzer. „Ich bin Jones."

„Ach ja? Ist es ein gutes Futter?"

Jones grinste. „Zumindest das teuerste.“

Kopfschüttelnd blickte Ian auf den Terrier, der den Sack mit Argusaugen verfolgte. Vermutlich hatte er Angst, dass er sich in Luft auflöste, wenn er ihn eine Sekunde aus den Augen ließ.

„Da habe ich mir ja was Schönes eingebrockt“, stellte er mit Zuneigung in der Stimme fest.

„Guter Rattenjäger“, bemerkte der Ladeninhaber.

„Wer?“

„Na, dein Terrier-Mix hier.“

„Ratten?“, fragte Ian überrascht.

Jones nickte bestätigend.

„Okay … Bisher hatte ich nie Probleme mit Ratten. Aber gut zu wissen.“ Er deutete auf den hinteren Teil des Ladens. „Ich bräuchte noch eines dieser Hundebetten mit dem karierten Bezug und ein Spielzeug. Kannst du bitte den Hund kurz halten?“

„Klar. Ich glaube allerdings nicht, dass der irgendwohin geht, solange der Sack Futter hier auf dem Tresen liegt.“ Er deutete auf Dreibein, der den Sack mit einer Konzentration bewachte, als wären dort drin die Kronjuwelen versteckt.

Ian lachte. „Damit hast du vermutlich recht. Trotzdem. Ich möchte lieber kein Risiko eingehen.“

Jones brummte seine Zustimmung und Ian drückte ihm die Leine in die Hand. Rasch ging er nach hinten, um die fehlenden Dinge zu holen. Als er zurückkam, stand Jones vor seinem alten, vorsintflutlichen Fernseher und starrte gebannt auf den Bildschirm. Neugierig folgte Ian seinem Blick.

„Mehrere Explosionen elektronischer Geräte im Raum Denver haben heute die Sicherheitsleute auf Trab gehalten“, erklärte ein Nachrichtensprecher mit ernster Miene. „Was auf den ersten Blick aussah wie das Resultat einer technischen Störung mehrerer Notebooks und Tablets, scheint ein terroristischer Anschlag zu sein.“

Das Bild wechselte und zeigte den Ausschnitt einer E-Mail-Nachricht in arabischer Schrift. Während die Übersetzung über den Bildschirm lief, ergriff der Sprecher wieder das Wort.

„Das Bekennerschreiben einer Splittergruppe von ISIS verrät, dass hier auf besonders perfide Art ein Anschlag ins Herz unseres Landes stattgefunden hat. Sie behaupten, die Explosionen aus der Entfernung ausgelöst zu haben. Falls sich diese Tatsache bestätigen sollte, wäre niemand mehr sicher. Das FBI und Homeland Security ermitteln."

Mit jedem weiteren Wort, das Ian hörte, verstärkte sich sein ungutes Gefühl. Ob das etwas mit Marleys Problemen zu tun hatte? Eigentlich abwegig, diese beiden Dinge in Verbindung zu bringen. Trotzdem stellte sein Hirn störrisch die beiden Ereignisse in einen Zusammenhang.

„Diese Bastarde. Das waren ja fast noch Kinder!", brach es aus Jones heraus, als er das Gerät ausmachte.

„Kinder?"

„Na, oder zumindest Jugendliche! Zum Glück wurde niemand verletzt."

„Ein schwacher Trost", erwiderte Ian. Vielleicht machte er sich auch ganz unnötig Sorgen. Obwohl … Jones' Bemerkung, dass es sich bei den Besitzern der fehlerhaften Geräte um junge Menschen handelte, war besorgniserregend. Von dem dringenden Bedürfnis erfüllt, Marley mit eigenen Augen zu sehen und sich zu vergewissern, dass es ihr gut ging, legte er ein paar Zwanzig-Dollar-Scheine auf den Tresen.

„Ich muss los."

„Aber das ist zu viel Geld", protestierte Jones.

„Schreib es mir gut", schlug Ian vor. „Oder spende das Geld dem *Safe Haven.*"

Dreibein, sehr besorgt darüber, wo Ian seinen Futtersack hintrug, humpelte hastig hinter seinem neuen Herrchen her.

*

Die Hand vor den Mund geschlagen starrte Marley geschockt auf die Bilder, die über den Bildschirm liefen. Sieben Notebooks und Tablets waren explodiert. Cole hing am Telefon und versuchte, über seine ehemaligen FBI-Kontakte herauszubekommen, wer die Opfer waren. Big A und seine Frau Valentina, beides ehemalige Arbeitskollegen von Cole und Avery und Partner in der Firma, hatten sich zu ihnen gesellt. Valentina unterhielt sich leise mit Maya, während der schwarze Hüne sich zu Phil, Marc und Chris gesetzt hatte.

Marley wusste, dass sie zu den anderen gehen sollte. Doch jetzt brauchte sie erst einen kurzen Augenblick für sich alleine. Sie machte Maya ein Zeichen, um ihr zu verstehen zu geben, dass sie nach draußen gehen würde. Ihre Mitarbeiterin nickte, einen gequälten Blick in den Augen.

Ihre Emotionen fest unter Verschluss haltend, eilte Marley aus dem Raum und rannte die Treppen hinunter. Die Augen blind vor Tränen, stürzte sie aus dem Gebäude. Zittrig schnappte sie nach Luft, bevor sie sich, mit dem Rücken an die Wand gelehnt, zu Boden rutschen ließ. Blicklos starrte sie in die Ferne. Wie hatte das nur geschehen können? Wie hatte ihr Wunsch, etwas Cooles zu erschaffen, das ihr Spaß machte bei der Entwicklung und dem Kunden Spaß beim Spielen, für so etwas Hässliches missbraucht werden können? Sie verstand es einfach nicht. Klar war sie froh, dass niemand verletzt worden war. Aber das war nur ein schwacher Trost. Das Sicherheitsgefühl dieser Menschen war unwiderruflich zerstört. Wut erfasste sie, als sie daran dachte, dass jemand dieses Ziel verfolgt und ausgerechnet durch ihre Nachlässigkeit erreicht hatte.

Sie war so in ihrer Verzweiflung gefangen, dass sie gar nicht wahrnahm, wie ein Auto heranfuhr und vor dem Eingang anhielt.

Ians Herz zog sich schmerzlich zusammen, als er Marley so verloren auf dem Boden hocken sah. Besorgt, was er wohl gleich erfahren würde, löste er schnell den Sicherheitsgurt und öffnete die Tür. Ein goldbrauner Blitz sprang an ihm vorbei, landete unelegant auf drei Beinen und hoppelte dann erstaunlich schnell auf die Person am Boden zu.

Aus den Zwingern hinter dem Hundeübungsplatz drang lautes Gebell. Dort war man offensichtlich nicht erfreut über die Besucher.

Ian seufzte und griff nach der Leine auf dem Rücksitz. Es sah ganz so aus, als würde Dreibein mitkommen.

*

Marley schlang die Arme um das Fellbündel, das so unverhofft praktisch auf ihrem Schoß gelandet war, und ließ ihren Tränen freien Lauf. Sie hatte keine Ahnung, woher der Hund gekommen war. Sie wusste nur, dass es seltsam tröstlich war, ihn im Arm zu halten.

„Hey, meine Kleine", sagte Ian leise und ging neben ihr in die Hocke.

Überrascht hob sie den Kopf. „Ian", schluchzte sie.

„Ich weiß", murmelte er beruhigend, obwohl er gar nichts wusste, sondern nur Vermutungen anstellte. Er schlang einen Arm um ihre Schultern und zog sie mitsamt dem Hund näher an sich heran.

Marley wusste nicht, wie viel Zeit vergangen war, als die Schluchzer endlich nachließen und sie es schaffte, ein paar Mal tief durchzuatmen. Sie zog einen Arm zwischen sich und Ian hervor und suchte in ihrer Hosentasche nach einem Taschentuch.

Ian, der ihre Absicht erriet, zog ein frisches aus seiner Jacke und hielt es ihr hin. Dankbar griff sie danach und schnäuzte sich lautstark die Nase. Verlegen verbarg sie ihr Gesicht hinter dem weißen Papierstoff.

„Tut mir leid. Ich bin normalerweise nicht so eine Heulsuse. Bestimmt sehe ich aus wie ein Waschbär auf Drogen."

„Sch … Ich bin sicher, du hattest gute Gründe."

„Ja klar", antwortete sie sarkastisch. „Während andernorts Laptops explodieren, wegen meines Spiels wohlgemerkt, suhle ich mich in Selbstmitleid und sorge mich anschließend um mein Aussehen. Was für ein Mensch bin ich eigentlich?"

Ians Mut sank, als er seine schlimmsten Befürchtungen bestätigt hörte. Oje. Kein Wunder, dass sie einen Zusammenbruch hatte.

„Hey! Dein Spiel war vielleicht der unwissentliche Überbringer. Aber du hast den Virus nicht installiert! Das war nicht deine Schuld!", erinnerte er sie, seine Stimme harsch. Er wusste nur zu gut, wie belastend Schuldgefühle sein konnten. Als Marley nicht reagierte, legte er ihr zwei Finger unters Kinn und hob es leicht an, bis sie ihm in die Augen schaute.

„Es. War. Nicht. Deine. Schuld."

Zögernd nickte sie, allerdings nicht sehr überzeugt. „Ich muss wieder rein. Willst du mitkommen?"

„Wenn ich darf, gern."

Sie nickte und schob den Terrier-Mix von ihrem Schoß herunter. Erst jetzt fiel ihr auf, dass er nur drei Beine hatte, was ihn aber nicht weiter zu stören schien.

„Wo kommt denn der Hund her?"

„Das ist, äh, meiner", gab Ian mit einem schwachen Lächeln zu.

„Deiner? Aber wie …"

„Ich hatte doch ein Meeting mit Kat, der Besitzerin des *Safe Haven* …"

„Oh. Und dann hast du beschlossen, selber einen Hund zu adoptieren?"

Er schnitt eine Grimasse. „So ähnlich. Eigentlich hat er das beschlossen." Er deutete mit dem Daumen auf Dreibein, der vor ihnen stand und sie erwartungsvoll anschaute. „Und Kat natürlich. Falls du dich je mit ihr treffen willst, aber nicht planst, ein Tier zu übernehmen, empfehle ich dir, das nicht bei ihr zu Hause zu machen."

„Ich bin nicht sicher, ob das hilft. Vi, die Tattoo-Künstlerin“, sie schaute ihn an, um zu sehen, ob er den Namen erkannte, und Ian nickte. „Also Vi bekam ihre Schützlinge wohl mitsamt ihrer Wohnung, ohne je einen Fuß ins Tierheim zu setzen.“

Ian schnaubte belustigt. „Echt? Schützlinge gleich im Plural?“

Marley nickte.

„Auch Hunde?“

„Nein. Papageien.“

Diesmal entschlüpfte Ian trotz der angespannten Situation ein Lachen. „Dann kann ich ja von Glück reden, dass sie mir die Ziege nicht auch noch aufgeschwatzt hat.“

„Richtig“, bestätigte Marley mit einem schwachen Grinsen.

An der Tür zum Büro angekommen, wurde sie wieder ernst. Besorgt sah Ian zu, wie die Schatten in ihre dunklen Augen zurückkehrten. Da er nicht wusste, wie er ihr sonst helfen konnte, legte er ihr seine Hand auf den Rücken. Dankbar lächelte sie ihn an.

„Hast du was herausgefunden?“, fragte sie Cole besorgt.

„Ja. Leider nicht viel. Das FBI und alle anderen involvierten Behörden sind dabei, die Opfer zu verhören.“

„Als Verdächtige?“

„Nein, nein. Als Zeugen.“ Er holte tief Luft und stieß sie dann geräuschvoll wieder aus. „Ihr müsst euch darauf vorbereiten, ebenfalls vom FBI verhört zu werden. Die Agenten, die den Fall betreuen, werden in wenigen Stunden hier sein. Das kann ich euch leider nicht ersparen.“

„Brauche ich … brauchen wir einen Anwalt?“, fragte sie mit weit aufgerissenen Augen.

„Vorerst nein. Es hilft, dass du uns engagiert hast, weil du vermutet hast, dass jemand in eurem Programm herumgepfuscht hat. Unsere Ermittlungen bestätigen das.“

„Okay“, antwortete Marley, während sie sich mit einer Hand müde übers Gesicht rieb. Sie fühlte sich völlig erledigt. Die Angst und der Schock hatten ihr jegliche Energie geraubt.

Mit Sorge beobachtete Ian, wie sie leicht schwankte. Entschlossen trat er vor. „Braucht ihr Marley und die anderen im Moment noch?“

Cole und sein Team tauschten einen Blick aus. Avery schüttelte unmerklich den Kopf.

„Nein“, antwortete Cole. „Vorerst nicht. Erst, wenn das FBI da ist.“

„Dann schlage ich vor, dass wir alle ein paar Stunden Pause machen.“ Er schaute Marleys Teammitglieder an. „Ich weiß, dass es nicht leicht ist, abzuschalten. Versucht trotzdem, ein wenig auszuruhen. Vielleicht auch gemeinsam, sodass keiner alleine ist.“

„Was ist mit Marley?“, erkundigte sich Maya.

„Sie kommt mit mir.“

„Hallo, ich stehe direkt neben euch“, grummelte Marley. „Ihr könnt mich ruhig direkt fragen, wenn ihr was wissen wollt.“

Ian unterdrückte ein Grinsen, das zwar völlig fehl am Platz war, sich aber trotzdem auf seinem Gesicht auszubreiten drohte. Sie war niedlich, wenn sie so grummelig war. Er vermutete allerdings, dass sie diese Bezeichnung nicht sehr schätzen würde.

*

Umringt von seinem Gefolge saß Amir vor dem laufenden Fernseher und nahm mit unbewegtem Gesichtsausdruck die Nachrichten in sich auf. Seine Anhänger warfen sich nervöse Blicke zu und schielten immer wieder verstohlen auf ihren Anführer. Den Auserwählten.

Amirs Gedanken liefen auf Hochtouren. Zwar war er beeindruckt von der Tatsache, dass die ungläubige Schlampe es tatsächlich geschafft hatte, ihr Versprechen wahr zu machen und mit ihrem Wissen die Geräte zum Explodieren zu bringen. Die Sache hatte nur einen Haken. Die vernichtende Wirkung war lange nicht so groß wie erhofft. Keinen einzigen Toten hatte es gegeben. Zudem war der Zeitpunkt falsch. Was als große Verschleierungstaktik für den tatsächlichen Anschlag hätte dienen sollen, verpuffte jetzt einfach. Das würde sie ihm büßen. Aber vorerst konnte sie ihm noch nützlich sein. Er musste Schadensbegrenzung betreiben. Es stand zu viel auf dem Spiel. Als er daran dachte, wie viel Geld auf ihn wartete, beschleunigte sich sein Puls. Der Märtyrertod war nichts für ihn. Dafür gab es andere. Andere, die seinen Platz mit Freuden einnahmen, um in die Annalen und Allahs himmlisches Paradies einzugehen.

Ohne seine Augen vom Bildschirm abzuwenden, hob er die Hand und schnippte mit dem Finger. Sein Vertrauter Yasin ging zu ihm, schob seine halbautomatische Waffe, die über seiner Schulter hing, zur Seite und beugte sich zu ihm hinunter.

„Ich will Anisa sprechen. Sofort. Alle anderen wissen, was sie zu tun haben."

Yasin nickte. Mit einer scheuchenden Handbewegung bedeutete er den anderen, den Raum zu verlassen. Sofort sprangen alle auf die Füße und hasteten aus dem Zimmer. Keiner wollte Amirs Zorn auf sich ziehen. Yasin schaute ihnen angewidert hinterher. Alles verängstigte Schafe. Hatten sie kein Vertrauen zu Allah? Und zu seinem göttlichen Stellvertreter, dem Auserwählten? Ruhig verließ er das Zimmer und machte sich auf die Suche nach Anisa. Er hoffte, die Frau hatte eine gute Erklärung für ihr Versagen. Ansonsten würde Amirs Wut fürchterlich sein. Seine Mundwinkel hoben sich zu einem wölfischen Grinsen. Vielleicht würde ihn sein Anführer mit ihrer Bestrafung beauftragen.

Bei dem Gedanken an all die Varianten, wie er sie auf den Platz verweisen konnte, wo sie hingehörte, schwoll sein Schwanz in der Hose an.

*

Zwanzig Minuten später waren ihm alle lustvollen Gedanken vergangen. Außer sich stürmte er zu Mustafa, der Wache gehalten hatte.

„Wo ist sie?"

„Wer?"

„Spiel nicht den Dummen. Du weißt genau, von wem ich spreche."

„Ah, du meinst die ungläubige Schlampe?"

Yasin packte den anderen Mann am Kragen und stieß ihm den Lauf seiner Waffe in den Bauch.

„Sie war ein wesentlicher Bestandteil von Amirs Plan, du Idiot", flüsterte er. „Also schlage ich vor, du findest sie möglichst bald, wenn du nicht unehrenhaft sterben willst."

Angeekelt stieß er ihn auf seinen Stuhl zurück. Der Wächter erwiderte seinen Blick vorsichtig. Er schluckte.

„Sie ist abgereist. Zumindest hatte sie einen Koffer dabei."

„Abgereist?", fragte Yasin ungläubig, während ihm der Schweiß ausbrach. Das war sehr … unangenehm. Jetzt musste er sich auf die Suche nach der Kuh machen. Alle Möglichkeiten im Kopf durchspielend, wandte er sich ab.

„Ich war froh, endlich ihre Rückseite zu sehen. Unser Anführer braucht keine Ungläubige, die ihn ablenkt", verteidigte Mustafa hinter ihm seinen Fehler. Auch wenn sie vorgab, zum Islam konvertiert zu sein, war sie für ihn trotz allem eine Ungläubige. Frauen war sowieso nicht zu trauen. Solchen mit blonden Haaren schon gar nicht.

Bei der respektlosen Rede wirbelte Yasin herum und schoss ihm in den Bauch. Mustafa starrte ihn ungläubig an, dann auf seinen Bauch, in dem ein riesiges Loch klaffte. Langsam kippte er zur Seite, bis er mit einem dumpfen Knall auf dem Boden landete.

Yasin starrte einen Moment auf den sterbenden Mann. Aufgeschreckt durch den Schuss, tauchten ein paar Neugierige auf.

„Räumt hier auf", blaffte er.

Umgehend setzten sich die Männer in Bewegung, während sie ihn furchtsam im Auge behielten. Seufzend stieg er über den Körper hinweg und trat ins Zimmer, um Amir die nächsten schlechten Nachrichten zu überbringen.

13

Ian öffnete die Tür seines Trucks und schob Marley sanft, aber bestimmt hinein.

„Aber … Mein Auto."

„Du kannst es stehen lassen. Cole hat sein Einverständnis gegeben. Morgen früh fahre ich dich zurück."

„Okaaay", erwiderte sie gedehnt.

Spannend, was so alles über ihren Kopf hinweg bestimmt wurde. Und ärgerlich. Bevor sie sich in ihren Ärger über den allgemeinen Kontrollverlust in ihrem Leben hineinsteigern konnte, sprang der dreibeinige Terrier mit einem beeindruckenden Satz erst in den Fußraum des Fahrzeugs und von dort aus auf ihren Schoß.

„Huch, hallo?", begrüßte sie ihn.

Erfreut über die Aufmerksamkeit, die sie ihm widmete, streckte er sich und leckte ihr mit seiner rosa Zunge quer über das Gesicht.

„Bäh", rief sie aus und wischte sich den Hundesabber aus dem Gesicht. Sich um einen strengen Gesichtsausdruck bemühend, erklärte sie ihm: „Eine kleine Vorwarnung wäre ganz nett, weißt du?"

Unbeeindruckt drehte er sich einmal im Kreis und rollte sich anschließend auf ihren Oberschenkeln zusammen.

Ian war erleichtert, dass Dreibein ihn vor dem drohenden Gewitter, das sich auf Marleys Gesicht abzeichnete, gerettet hatte. Er schloss vorsichtig die Tür und beeilte sich, selber einzusteigen. Ihm war auch klar, dass die Diskussion nur aufgeschoben war. Doch er zog es vor, diese zu Hause zu führen. Zu Hause, wo er Essen und Wein hatte, um seinen unfreiwilligen Gast zu besänftigen.

Als er auf dem Fahrersitz Platz genommen hatte, sah er den mitleiderweckenden Hundeblick, den sein Hund ihr unter seinen langen Wimpern zuwarf. Er grinste.

„Das hat Dreibein echt gut drauf. Den Ich-bin-so-ein-armer-Hund-Blick“, erklärte er, als sie ihn nur fragend ansah. „Sollte ich vielleicht mal von ihm lernen“, fügte er leiser hinzu.

Marley schnaubte. „Als hättest du Probleme, deinen Willen durchzusetzen“, grummelte sie, offensichtlich immer noch unzufrieden über den Verlauf der Dinge.

„Wenn du nicht weißt, was gut für dich ist“, antwortete er unbedacht.

Sie blinzelte.

„Das hast du jetzt nicht wirklich gesagt.“

Ian versuchte sich vorzustellen, wie der Satz für sie geklungen haben mochte, und zog prompt den Kopf ein. Tja. Schon ziemlich arrogant. Trotzdem würde er nicht von seinem Entschluss abweichen, sie nach Hause mitzunehmen. Am nächsten Stoppschild hielt er an und schielte zu ihr hinüber. Die Arme vor der Brust verschränkt, kochte sie vor sich hin. Nicht mehr lange, und sie würde explodieren. Selbst Dreibein schien die Spannung zu spüren. Den Kopf schräg zur Seite gelegt, studierte er sie vorsichtig.

Vergeblich suchte er nach den richtigen Worten, um ihr verständlich zu machen, was ihm durch den Kopf ging. Weshalb es für ihn so wichtig war, sie in seiner Nähe zu haben. Frustriert fuhr er sich durch die Haare. Das war genau der Grund, weshalb er die letzten Jahre eine solitäre Existenz geführt hatte. Worte waren nicht seine Freunde. Er war eher ein Mann der Tat. Mit einem Knurren in der Kehle beugte er sich zu ihr hinüber und küsste sie. All seine Ängste und Sorgen flossen in den Kuss. Sein Begehren, das Bedürfnis, ihr nahe zu sein. Sie in Sicherheit zu wissen. Einfach alles.

Hinter ihnen hupte ein ungeduldiger Autofahrer. Er hob den Kopf und bedeutete dem anderen mit einem Handzeichen, ihn zu überholen. Er war hier noch nicht fertig.

„Alles gut?", erkundigte er sich bei Marley, die ihn, ebenso wie Dreibein es tat, mit großen Augen anstarrte.

„Wow", antwortete sie langsam und hob zwei Finger, um ihre Lippen zu berühren, die immer noch kribbelten. „Ja. Mehr als gut. Hättest du das gleich so gesagt …" Sie lächelte verschmitzt.

Erleichtert lächelte er ebenfalls. „Alles klar." Er zwinkerte ihr zu. „Ich werde es mir merken."

Sein Blick fiel wieder auf Dreibein, der ihn misstrauisch beobachtete. Irgendwie hatte er den Eindruck, als hätte er den Hund und der Hund Marley adoptiert. Amüsiert schüttelte er den Kopf.

„Wenn er dich stört, kannst du ihn ruhig auf den Sitz schieben."

„Wen, den süßen Kleinen hier?", fragte sie erstaunt und hielt schützend ihre Arme um den Terrier.

„Ja."

„Auf keinen Fall. Er darf bleiben." Sie überlegte einen Moment und fragte dann: „Ist das eigentlich dein Ernst, ihn Dreibein zu nennen? Oder hatte er diesen unmöglichen Namen schon?"

„Dreibein? Wieso? Der Name ist doch passend. Eins, zwei, drei Beine."

Marley verdrehte die Augen. „Das geht gar nicht. Ich nenne dich ja auch nicht Bart. Oder Zweibein."

„Okay", erwiderte er. Offenbar war ihr das Thema wichtig. Zudem hielt es sie davon ab, zu viel über die Ereignisse der letzten Stunden nachzudenken. Nachdem es für ihn keine große

Rolle spielte, wie Dreibein hieß, ging er auf die Diskussion ein. „Wie würdest du ihn denn nennen?“

Sie zuckte mit den Achseln, während sie dem Hund die Ohren kraulte. Dreibein war im siebten Himmel, wenn er den seligen Ausdruck in seinem Gesicht richtig beurteilte.

„Es ist dein Hund. Deine Entscheidung. Der Name muss von dir kommen.“

„Das ist jetzt ein bisschen billig, dich mit dieser Argumentation aus der Affäre zu ziehen. Dreibein und ich waren schließlich ganz zufrieden mit unserer Namenswahl“, neckte er sie.

Marley kniff die Augen zusammen und studierte ihn. Er sah tatsächlich so aus, als wäre es ihm ernst damit, bei dem Namen Dreibein zu bleiben. Das ging gar nicht.

„Hm. Na gut. Wie wäre es denn mit Flauschkugel? Oder Kuschelohr? Oh, ich weiß etwas!“, rief sie begeistert und klatschte in die Hände. „Amor wäre doch ein süßer Name!“

Hund wie Mann starrten sie gleichermaßen geschockt an, bevor sie einen besorgten Blick austauschten.

„Warum nicht Zerberus?“, schlug Ian hastig vor. „Oder, oder … Hulk.“

Marley sah ihn zweifelnd und etwas mitleidig an. „Er ist aber definitiv kein Hulk. Dafür ist er nicht … hulkig genug.“

„Psst. Du verletzt seine Gefühle.“

„Aaah. Jetzt sind seine Gefühle plötzlich wichtig?“

„Das ist was anderes“, behauptete er lapidar.

Sie schnaubte belustigt. „Na klar.“

„Wie wär‘s denn mit Speedy“, schlug er schließlich vor. „Nach Speedy Gonzales, weil er immer so schnell zur Stelle ist, wenn’s um was Essbares geht.“

„Hm. Nicht besonders originell, aber passend“, beschloss sie.

„Puh. Da bin ich aber erleichtert“, grummelte er und hielt das Auto auf dem Parkplatz neben seinem Trailer an.

Speedy stellte sich auf die Hinterbeine, stützte sein einzelnes Vorderbein auf den Fensterrahmen und drückte seine feuchte Nase an die Scheibe. Sein Schwanz wedelte wie verrückt.

„Da scheint jemand aufgeregt zu sein.“

„Er war noch nie hier. Wir sind auf direktem Weg zu Carter Security gekommen.“

„Warte“, sagte Marley und nahm ihm das weiche Hundebett aus der Hand. „Lass mich das tragen, dann können wir gleich alles auf einmal mitnehmen.“

„Danke.“

Speedy nutzte die Zeit, um mit der Nase am Boden den Trailer einmal zu umrunden und an allen möglichen Ecken und Enden seine Markierung zu hinterlassen.

„Sieht ganz so aus, als würde er sich wie zu Hause fühlen“, stellte sie fest.

„Das hoffe ich doch. Immerhin hat er ja schon auf das Gourmet-Futter bestanden.“

„Du hast ihn aussuchen lassen?“, fragte sie, bezaubert von der Vorstellung, dass dieser Mann sich von dem kleinen Racker um den Finger wickeln ließ.

Ian wurde doch tatsächlich rot. „Er hat insistiert. Und den Sack bereits zerstört. Mir blieb praktisch nichts anderes übrig“, brummte er verlegen.

Er schloss den Trailer auf und öffnete die Tür. Ein hellbrauner Blitz flitzte an ihm vorbei.

„Irgendwie habe ich das Gefühl, dass das alles ein riesiges Abenteuer für ihn ist. Eigentlich bewundernswert, diese gute Laune, angesichts der Tatsache, dass er eben noch im Tierheim war und sicherlich keine sehr glückliche Geschichte hinter sich hat.“

Ian stimmte ihr mit einem Nicken zu und deponierte den Futtersack fürs Erste im kleinen Badezimmer. Später würde er ihn im kleinen Schuppen verstauen, den er hinter dem Trailer errichtet hatte.

Marley sah sich suchend im Wohnzimmer um. Schließlich entschied sie sich, das Liegekissen für den Hund neben dem Sofa zu platzieren. So konnte er den ganzen Raum überblicken und war in Ians Nähe. Speedy schien den Platz gut zu finden und ließ sich auf das Kissen fallen. Seine heraushängende Zunge verlieh ihm ein fröhliches Grinsegesicht. Marley streichelte ihm über den Kopf und stand auf. Auf einmal stürzten die Ereignisse der letzten Stunden auf sie ein. Der Anschlag. Die Erkenntnis, dass ihr Spiel, ihre Firma, darin verwickelt war. Die bevorstehende Befragung durch das FBI. Und jetzt hatte Ian sie am Hals. Sie hatte keine Ahnung, was er darüber dachte. Sicher, er hatte darauf bestanden, dass sie zu ihm kam. Nach dem Kuss war sie sogar zu dem Schluss gekommen, dass es das war, was er wollte. Doch jetzt meldeten sich die Zweifel wieder mit Vehemenz zurück. Klar. Sie hatten miteinander geschlafen. Aber was hieß das schon in der heutigen Zeit. Unsicher schlang sie ihre Arme um ihre Taille.

Ian schaute aus dem Kühlschrank auf, um sie zu fragen, worauf sie Lust hatte, als er sah, wie verloren sie im Raum stand. Er richtete sich auf, schloss den Kühlschrank und ging zu ihr hinüber. Sie schaute ihn aus großen Augen an. Wortlos nahm er sie in den Arm. Ihr Kopf passte perfekt in seine Halsbeuge. Überhaupt passten sie perfekt zusammen. In jeder Hinsicht. Jetzt musste er davon nur noch Marley überzeugen.

Das Verständnis in seinen Augen, als er zu ihr kam, die Art und Weise, wie er sie in seine starken Arme zog, ohne unnötige Worte zu verlieren, und ihr einfach seine Stärke und seine Unterstützung anbot, berührte sie tief. Sie legte die Arme um seine Mitte und ihre Wange an seine Schulter. Nahe dran, zu weinen, schluckte sie und akzeptierte sein stillschweigendes Angebot, ihre Sorgen mitzutragen und für sie da zu sein.

Himmel, sie hatte das vermisst. Einfach nur Körperkontakt. Ohne Familie und eher zurückhaltend im Kreis ihrer wenigen

Freunde hatte es nicht viel Gelegenheit gegeben, sich an jemanden anzulehnen.

Ian murmelte irgendetwas, das beruhigend klang. Wörter konnte sie keine ausmachen, aber das spielte in diesem Moment keine Rolle. Zu wissen, dass er für sie da war, genügte ihr.

„Besser?“, murmelte er schließlich.

Sie brachte ein wackliges Lächeln zustande. „Ja. Danke. Ich weiß auch nicht, war auf einmal alles ein bisschen viel.“ Sie schaute verlegen zur Seite. „Und dann noch die Unwissenheit, ob du mich wirklich hier haben willst. Wir sind noch so … neu? Eigentlich habe ich keine Ahnung, was wir sind!“

Froh, wieder ein wenig Energie in ihren Augen funkeln zu sehen, lachte er leise. „Du und ich, wir sind ein Wir“, ließ er sie wissen. „Wie du ja schon bemerkt hast, habe ich dir keine andere Wahl gelassen, als zu mir zu kommen. Ich hätte dich auf keinen Fall alleine gelassen.“

„Ich bin kein hilfloses Frauchen, das gerettet werden muss!“

„Das ist mir schon klar. Du strotzt nur so vor lauter Unabhängigkeit. Aber Unabhängigkeit bedeutet nicht, dass du alles selber machen musst. Oder dabei alleine sein musst, während du Dinge selber tust. Oder niemanden haben darfst, der auf dich aufpasst.“

Marley kaute mit den Zähnen auf ihrer Unterlippe. Alles richtig, was er sagte. Und sehr verlockend. Trotzdem wusste sie nicht recht, wie sie damit umgehen sollte. Sie hatte Angst, ihre Ziele aus den Augen zu verlieren, herrje, wem machte sie etwas vor, sich selbst zu verlieren, wenn sie sein Angebot annahm. Nicht willens, noch länger nach einer Antwort auf die vielen Fragen zu suchen, stürzte sie sich auf seine letzte Aussage.

„Wieso auf mich aufpassen? Die Attacke hatte nichts mit mir zu tun. Zudem wurde sie aus der Ferne orchestriert. Hier in Independence gibt es nichts, was mir gefährlich werden könnte.“

„Aufpassen beinhaltet ja nicht nur, dich vor einem Angriff zu schützen“, erklärte er ihr geduldig. Ihr innerer Kampf spiegelte sich in ihrem Gesichtsausdruck wider. Unsicherheit, gepaart mit wilder Entschlossenheit, sich ihre Unabhängigkeit zu bewahren, wechselten sich ab. Dazwischen glaubte er, Sehnsucht aufblitzen zu sehen. Doch das mochte auch reines Wunschdenken zu sein. Er küsste sie auf die Stirn und ließ sie los.

Marley spürte den Verlust seiner Nähe und seiner Körperwärme sofort. Sie schauderte und rieb sich über die Oberarme.

Besorgt beobachtete Ian ihre Körpersprache. Der heutige Tag hatte einen hohen Tribut gefordert. Sie sah aus, als stünde sie kurz vor einem Zusammenbruch. Er war sich sicher, dass sie es hassen würde, sollte dieser Fall eintreten.

„Auf dich aufpassen heißt auch, dafür zu sorgen, dass du etwas Anständiges zu essen kriegst. Setz dich doch eine Weile aufs Sofa, während ich uns etwas koche.“

Unschlüssig starrte sie auf das Sofa. Eigentlich sollte sie ihm helfen zu kochen. Das war das Mindeste, was sie tun konnte, nachdem er ihr schon Asyl geboten hatte. Aber der Anblick der weichen Kissen der Couch war sehr verlockend.

„Himmel, bist du stur“, grummelte Ian. Mit zwei Schritten war er bei ihr, hob sie hoch und platzierte sie auf dem Sofa. Speedy ergriff die Gelegenheit und gesellte sich zu ihr. Prompt rollte er sich neben ihr zusammen und legte seinen Kopf auf ihren Oberschenkel.

„So. Jetzt hast du sogar eine Aufgabe.“

„Eine Aufgabe?“

„Na, meinen Hund zu unterhalten.“

Die Fältchen rund um seine Augen verrieten seine Erheiterung über ihre Verwunderung.

„Wusstest du das nicht? Mit einem Tier auf dem Schoß, Hund, Katze, was auch immer, bist du von jeglichen Pflichten erlöst.“

„Wow. Nein. Das wusste ich nicht. Das rückt die Haltung eines Haustiers in ein völlig neues Licht. Andererseits würde ich wahrscheinlich verhungern, wenn ich mir eine Katze anschaffe.“

Speedy warf ihr einen angewiderten Blick zu. Mit einer Katze verglichen zu werden war offensichtlich unter seiner Würde.

„Nicht, dass ich mir eine Katze anschaffen würde“, versicherte sie ihm hastig.

Besänftigt schloss er wieder die Augen und genoss das Kraulen hinter seinen Ohren.

*

Für Carter Security war der Tag noch lange nicht vorbei. Gemeinsam mit den Computerexperten des FBI verfolgten sie die elektronische Spur des Hackers.

„Bingo!“, rief Cole, als er endlich einen Anhaltspunkt fand.

„Hast du sie geschnappt, Boss?“, fragte Big A neugierig.

„Nein. Noch nicht ganz.“ Er griff nach dem Telefon und wählte die Nummer seines FBI-Kontakts. Nach einem kurzen Austausch des aktuellen Wissenstands legte er auf. Mit ernstem Gesicht schaute er in die Runde.

„Das FBI wird unsere Erkenntnisse mit den Satellitendaten abgleichen. Sie warten noch auf die Autorisierung. Wenn alles gut geht, werden sie in Kürze eine Location haben.“

„Yesss!“, rief Big A und hielt Cole seine Hand für ein High-Five hin. „Dann kriegen sie die Arschlöcher!“

„Wenn sie noch dort sind“, gab Valentina zu bedenken. „Nachdem sie schlau genug waren, das Ganze zu planen, würde ich mich nicht darauf verlassen, dass sie noch dort sind.“

„Dann lass uns hoffen, dass sie sich in ihrer Arroganz sicher fühlen“, erwiderte Cole.

Valentina sagte nichts dazu. Ihr Bauchgefühl sagte ihr, dass es nicht ganz so einfach sein würde.

*

Rastlos ging Amir in dem kleinen Raum, den er für sich und die Zusammenkünfte reserviert hatte, auf und ab.

„Sie muss doch irgendwo sein", presste er zwischen zusammengebissenen Zähnen hervor. „Hast du sie immer noch nicht gefunden?", herrschte er Yasin an.

Yasin saß über seinen Computer gebeugt da und versuchte eine Spur von Anisa zu finden. Bingo. Sie hatte mit ihrer Kreditkarte für ein Mietauto bezahlt. Er prüfte die Adresse. Denver. Was zum Teufel machte sie in Denver? Fast hätte er Amir danach gefragt, doch im letzten Moment zögerte er. War es wirklich schlau, Anisa weiterzuverfolgen? Seiner Meinung nach hatte Amir der Frau sowieso viel zu viele Freiheiten eingeräumt. Er war der Meinung, dass sie sich besser auf den eigentlichen Anschlag konzentrieren sollten. Zugegeben, das Ablenkungsmanöver hatte nicht so geklappt, wie sie sich das vorgestellt hatten. Das alleine war jedoch kein Grund, vom ursprünglichen Plan abzuweichen.

„Was ist? Was hast du herausgefunden?", verlangte Amir zu wissen.

Unmerklich zuckte Yasin zusammen. Mist. Er hatte zu lange mit seiner Antwort gewartet. „Sie ist anscheinend in Denver", gab er widerwillig zu.

Amir runzelte die Stirn. „In Denver? Was zum Teufel will sie in Denver?"

Yasin zuckte nur mit den Schultern. Es spielte keine Rolle, wo Anisa war. Hauptsache weit weg. Aus diesem Grund hatte er vor einer Stunde beim FBI einen anonymen Tipp mit ihrem Namen und einer Beschreibung von ihr hinterlassen. Natürlich ohne Amir etwas davon zu erzählen. Jetzt konnte er sogar noch einen Standort nachreichen.

Amir studierte ihn eindringlich. Sein Vertrauter hatte Geheimnisse vor ihm. Gar nicht gut. Doch noch brauchte er ihn. Also nickte er nur und bedeutete Yasin mit einer Handbewegung, dass er entlassen war.

„Wir machen morgen weiter. Ich werde mich jetzt zum Gebet zurückziehen."

Yasin nickte respektvoll und wollte den Laptop zuklappen.

„Lass ihn hier. Ich brauche ihn vielleicht noch."

Zögernd ließ der andere Mann seine Hand wieder sinken und nickte ihm knapp zu, bevor er das Zimmer verließ.

Kaum war Yasin gegangen, begann Amir hastig seine Sachen zu packen. Den Computer steckte er ebenso ein wie eine Handvoll Waffen. Als er fertig war, sah er sich in dem Raum um. Nein. Er hatte nichts vergessen. Es war Zeit zu gehen.

Er wusste, dass Anisa ein Hackergenie war. Doch auch Genies unterliefen Fehler, wie an den verfrühten Explosionen sichtbar wurde. Er hatte das untrügliche Gefühl, dass es nur noch eine Frage der Zeit war, bis das FBI hier auftauchte. Bis dahin würde er weit weg sein.

Die anderen würden ihren Märtyrertod finden. Diejenigen, die überlebten, würde er später wieder um sich scharen.

Er schulterte seine Reisetasche und schob die Tür zum Garten auf. Ein Versteck im Erdgeschoss hatte seine Vorteile.

*

Yasin, der ahnte, was Amir im Sinn hatte, schlich ihm nach. Seine gesamten Habseligkeiten trug er über die Schulter geworfen in einem Seesack, den er genau für den Fall, dass er schnell abreisen musste, fertig gepackt hatte.

Der Verrat seines Anführers traf ihn tief. Und das alles wegen einer blondhaarigen Fremden, die Muslima spielte, weil sie die Beine für Amir breit machen wollte. Hass erfüllte ihn. Hass auf diesen Eindringling, der ihren heiligen Auftrag in Gefahr gebracht hatte. Hass auf Amir, den er schon länger in

Verdacht hatte, nur wegen des Geldes dabei zu sein. Sicher. Das Geld, das der unbekannte Gönner gespendet hatte, um diese Anschläge zu planen, würde er auch nehmen. Aber die Sache verraten? Heiliger Zorn erfüllte ihn, als er das ganze Ausmaß des Betrugs erkannte.

Amir näherte sich einem Auto. Verdammt, jetzt musste er sich beeilen. Sonst entschlüpfte ihm sein Anführer noch. Er beschleunigte seine Schritte.

*

Erleichtert ließ sich Amir auf die Ledersitze der Limousine gleiten. Geschafft. Gerade als er die Tür schließen wollte, hielt jemand sie fest. Überrascht schaute er auf und begegnete den intelligenten Augen seines Stellvertreters. Innerlich einer Panikattacke nahe, bemerkte er kühl: „Gut. Du bist endlich da. Ich dachte schon, ich müsste ohne dich losfahren."

Yasins Anwesenheit während seiner Flucht hatte er nicht geplant. Aber jetzt, wo er schon einmal da war, konnte er ihm vielleicht noch nützlich sein. Schließlich gab es da noch Anisa, um die er sich kümmern musste. Sie wusste einfach zu viel.

Herausfordernd schaute er Yasin an.

„Steig ein. Oder hast du es dir anders überlegt?"

Erstaunt zog Yasin die Augenbrauen hoch. Das war eine überraschende Entwicklung. Aber wenn Amir so tun wollte, als wäre das von Anfang an geplant gewesen, sollte ihm das recht sein. Sollte sich sein Verdacht später doch als richtig erweisen, war für eine Konfrontation immer noch genug Zeit.

14

Langsam wachte Marley am nächsten Morgen auf. Ihr war kuschelig warm. Ein starker Arm lag quer über ihrer Brust. Ians Atem blies ihr sanft in den Nacken. Sie lächelte. Gestern war Ian ein vollkommener Gentleman gewesen. Nachdem sie auf dem Sofa eingeschlafen war, hatte er sie ins Schlafzimmer getragen und Anstalten gemacht, das Zimmer wieder zu verlassen. Schlaftrunken hatte sie seine Hand festgehalten und ihn gebeten, bei ihr zu bleiben. Einerseits aus schlechtem Gewissen, sie wollte nicht daran schuld sein, dass er auf dem Sofa schlafen musste. Andererseits aber auch, weil sie wirklich nicht alleine sein wollte. Nicht nach diesem Tag. Die Vorstellung, alleine in dem fremden Bett zu liegen, seinen Körpergeruch, der in den Laken haftete, in der Nase, war eine sehr einsame gewesen.

Er hatte kurz gezögert, dann aber keine Zeit verloren, nach einem kurzen Abstecher ins Badezimmer zu ihr unter die Decke zu schlüpfen. Dann hatte er sie in seine Arme gezogen. Sekunden später war sie eingeschlafen. Jetzt bereute sie es, die Zeit nicht besser genutzt zu haben. Sollte sie jetzt die Gelegenheit ergreifen, herauszufinden, ob die Intensität ihrer gemeinsamen Nacht nur ein Zufallstreffer gewesen war? Sie kuschelte sich mit ihrer Rückseite näher an ihn und stieß auf einen Körperteil, der offensichtlich sehr erfreut war über ihre Anwesenheit im Bett. Sie grinste und beschloss, ihre Hände auf Erkundungstour zu schicken. Geschickt schob sie ihren Arm unter der Decke nach hinten und stieß auf nackte Haut. Ein Stromstoß fuhr durch ihren Arm direkt zu ihrem Bauch und zwischen ihre Beine. Sie unterdrückte ein Stöhnen. Himmel, sie musste gestern Abend ja wirklich völlig weggetreten gewesen sein, dass ihr entgangen war, dass er nackt schlief.

Federleicht ließ sie ihre Fingerspitzen über seine samtene Haut gleiten. Sie folgte seinen Muskelsträngen, umkreiste seinen Hüftknochen und erkundete seinen Hintern. Als sie dort anlangte, fuhr ein Ruck durch Ians Körper. Hoppla. War er etwa aufgewacht? Unsicher, ob sie weiter machen sollte, durfte, hielt sie inne.

„Guten Morgen“, brummte er ihr ins Ohr.

Seine grummelige Morgenstimme schickte eine ganze Gänseschar über ihre Haut. Äh, Gänsehaut. Ihre Hirnzellen machten wohl gerade Urlaub.

Während sie noch versuchte, einen klaren Gedanken zu fassen, rollte er sich mit einer fließenden Bewegung über sie. Wie gebannt starrte sie in sein Gesicht. Seine blauen Augen schenkten ihr einen heißen Blick. Oder war das reines Wunschdenken? Was sah das Protokoll vor, wenn man neben einem nackten Mann aufwachte? Die Tatsache, dass er letzte Nacht nicht versucht hatte, sie zu verführen, machte sie unsicher. Zugegeben, sie wäre wahrscheinlich nicht in der Lage gewesen, viel mehr zu tun als dazuliegen. Trotzdem. Vielleicht war er zu dem Schluss gekommen, dass sie im Bett nicht kompatibel waren? Oder hatte ihm einmal gereicht?

„Ich kann es in deinem Hirn rattern hören. Deinem Gesichtsausdruck nach zu schließen, sind es unerfreuliche Gedanken. Ich schlage vor, du hörst auf, dir Sorgen zu machen und machst da weiter, wo du eben aufgehört hast.“ Sein Tonfall war freundlich und ein klitzekleines bisschen amüsiert.

„Du meinst …“ Versuchsweise ließ sie ihre Hand wieder auf Wanderschaft gehen.

„Mmmmmh“, war seine einzige Antwort, bevor er sie küsste.

Heißes Verlangen erfasste Marley. Anscheinend hatte er nichts gegen eine Wiederholung, dachte sie erfreut, bevor ihr auch die letzte verbliebene Denkfähigkeit abhandenkam.

*

Speedy, der die ganze Nacht am Fußende des Bettes geschlafen hatte, legte den Kopf schief und versuchte die Vorgänge einzuordnen. Er war aufgewacht, als er die Stimmen gehört hatte. Eigentlich war er davon ausgegangen, dass die beiden Zweibeiner jetzt aufstehen würden. Doch außer ein wenig Bewegung unter der Bettdecke passierte nichts. Zumindest nichts, was ihm sein Futter näherbringen würde. Er legte den Kopf auf die Pfoten und seufzte. Sehr verwirrend, das Ganze. Plötzlich kam die Decke geflogen und legte sich über ihn. Alarmiert kroch er rückwärts unter der Decke hervor. Ach so, dachte er erleichtert, als sich die Decke und die Menschen daneben immer noch bewegten. Sie wollten spielen. Er schnappte nach einem Zipfel der Decke, klappte seine Zähne zu und begann knurrend die Decke zu schütteln. Als er merkte, dass niemand an seinem neuen Spielzeug zerrte, ließ er seine Beute los und begann zu bellen.

Beim ersten Kläffer schreckten Ian und Marley hoch.

„Was zum …?“, rief Ian aus.

Speedy, der sich darüber freute, dass ihm endlich jemand Aufmerksamkeit schenkte, kläffte ein letztes Mal, bevor er vom Bett hopste und an der Tür kratzte.

Verblüfft schaute Ian seinem neuen Kumpel hinterher. „Hat er jetzt gerade beschlossen, dass sein Appetit auf Trockenfutter dringender ist als mein Hunger, was dich anbelangt?“

Marley gluckste vor Lachen. „Sieht ganz so aus. Vielleicht war es ihm unangenehm?“

„Oder er war einfach hungrig“, brummte Ian mit finsterem Blick.

Der Terrier konnte es nicht fassen, dass immer noch keiner aufgestanden war, um ihm die Tür zu öffnen. Er drehte sich um und sprang zielstrebig zurück aufs Bett, wo er abermals auffordernd bellte.

Ian seufzte. „So gerne ich weiter machen würde, wo wir gerade stehen geblieben waren, befürchte ich doch, dass er keine Ruhe geben wird."

Marley streckte sich und küsste ihn auf den Mund. „Aufgeschoben ist ja nicht aufgehoben."

Er grinste spitzbübisch. „Verdammt richtig. War schön, mit dir aufzuwachen. Können wir gerne öfter machen."

Sie schenkte ihm ein scheues Lächeln. „Finde ich auch."

*

Auf dem Weg zur Arbeit hielten sie trotz Marleys Protest am Diner.

„Ich habe keinen Hunger. Die Attacken auf meine Spieler schlagen mir nach wie vor auf den Magen."

„Ich weiß. Umso wichtiger ist, dass du genug Energie hast, um den Verbrechern auf die Spur zu kommen!"

Gegen dieses Argument konnte sie schlecht etwas einwenden. Seufzend stieg sie aus dem Truck. Speedy folgte ihr mit einem großen Satz.

„Es ist faszinierend, dass ihn sein fehlendes Bein überhaupt nicht zu behindern scheint", bemerkte sie Ian gegenüber.

„Ich bin auch jedes Mal beeindruckt", gab er zu.

Er hielt ihr die Tür zum Diner auf. Ihr Körper streifte an seinem entlang. Das Gefühl ihrer weichen Kurven rief ihm in Erinnerung, was ihm heute Morgen wegen seinem neuen Mitbewohner entgangen war. Ab sofort würde der kleine Racker im Wohnzimmer schlafen.

Der Terrier, nichts ahnend von den Plänen seines Besitzers, sprang voraus und benahm sich, als wäre er hier ganz zu Hause.

Amüsiert beobachtete Marley, wie er von einem Gast zum nächsten und auch von einem Hund zum nächsten wanderte.

„Der König besucht seine Untertanen", stellte Ian schmunzelnd fest.

„Sieht ganz so aus."

Der Duft nach Eiern, Speck und Kaffee hing in der Luft. Die weiße Kreideschrift auf der Tafel verriet das Tages-Special, eine Tortilla mit viel Gemüse und scharfer Soße. Marleys Magen grummelte und auf einmal war sie froh, dass Ian darauf bestanden hatte, dass sie etwas aßen. Spontan griff sie nach seiner Hand und drückte sie. Erstaunt schaute er sie an. Sie lächelte, schüttelte aber den Kopf. Jetzt war Frühstück angesagt und dann die Arbeit. Oder was von ihrer Arbeit noch übrig war. Für tiefschürfende Gespräche war ein andermal Zeit.

Ian verstand den nonverbalen Hinweis und legte ihr leicht eine Hand auf den Rücken, während sie sich einen Weg zu einem der wenigen freien Tische im hinteren Teil des Restaurants bahnten. Die gemütlichen Nischen entlang der großen Fenster waren bereits alle besetzt.

Marley genoss das leichte Prickeln, das bei Ians Berührung ihre Wirbelsäule hoch wanderte. Die Geste war besitzergreifend und beschützend zugleich. Eine ganz neue Erfahrung für sie. Die wenigen Computerfreaks, mit denen sie während ihrer Collegezeit ausgegangen war, hatten nicht viel von solchen altmodischen Manieren gehalten. Den Kopf irgendwo in den Wolken, oder eher in einem Computergame, war es an ihr gewesen, sämtliche Entscheidungen zu treffen. Kein Wunder, dass diese Beziehungen nie lange gehalten hatten. Innerhalb kürzester Zeit war ihr das zu anstrengend geworden.

Auf einmal stellte sich ihnen ein Mann in den Weg. Überrascht erkannte Marley den Bürgermeister.

„Mr. Wilkinson! Schön, Sie wieder einmal zu sehen."

Ian nickte ihm knapp zu. Er fragte sich, was der Mann wollte. Er hatte ausgesehen, als hätte er etwas Bestimmtes im

Sinn, so prompt, wie er sich von seinem Platz erhoben hatte, kaum hatte er sie erblickt. Er war kein Fan von Mr. Wilkinson. Seiner Meinung nach war der Bürgermeister ein arroganter, wichtigtuerischer Kerl, der sich vor allem um sich selber kümmerte. Seine dunkle Vorahnung bestätigte sich, kaum dass er zu sprechen begann.

„Marley. Ich habe sehr beunruhigende Neuigkeiten erhalten."

„Aber wie …?"

„Ich habe meine Mittel und Wege. Das hier ist meine Stadt. Mir entgeht nichts. Aber genug davon. Viel wichtiger ist die Katastrophe, die dein Unternehmen losgetreten hat. Ich erwarte, dass du das Problem zum Verschwinden bringst. Aber pronto! Das Letzte, was Independence gebrauchen kann, ist schlechte Presse. In einem Satz zusammen mit dem Ursprung eines Terroranschlags genannt zu werden, ist nicht gerade förderlich für den Tourismus."

„Moment mal", mischte sich Ian ein und baute sich vor dem Bürgermeister auf. Druck von offizieller Seite war das Letzte, was Marley brauchte.

Marley legte ihm die Hand auf den Arm und drückte leicht zu. Unmerklich schüttelte sie den Kopf.

Mr. Wilkinson beobachtete den stummen Austausch mit hochgezogener Augenbraue. Als Ian widerstrebend einen Schritt zurück machte, nickte er zufrieden.

„Denk dran", schärfte er Marley ein, „ich kann die Anschubfinanzierung für dein Unternehmen jederzeit widerrufen."

Völlig geschockt von diesen unerwarteten Neuigkeiten starrte Marley ihn nur mit großen Augen an und nickte stumm.

„Ich bin froh, dass wir uns verstehen", schloss der Bürgermeister steif. „Ich erwarte, dass du dich unverzüglich an die Arbeit machst."

„Was für ein Arschloch", stieß Ian hervor, als Mr. Wilkinson sich entfernt hatte.

Marley schüttelte traurig den Kopf.

„Es ist sein gutes Recht. Als wir beim Vorsprechen waren, hat er mehrmals herausgestrichen, dass das Hauptziel jeder Firma darin liegen muss, Independence einen Mehrwert zu bringen."

„Das ist noch lange kein Grund, dich so anzugehen!"

Marley schätzte es, dass er sie so verteidigte. Aber Tatsache war, dass sie die Sicherheit ihres Netzwerks nicht gut genug geschützt hatte, sodass die Terroristen ein leichtes Spiel gehabt hatten.

„Lass uns etwas essen", schlug sie vor, einfach um das leidige Thema zu wechseln. Sie würde sich heute noch den ganzen Tag mit den Konsequenzen ihres Versäumnisses rumschlagen müssen.

*

Anisa umklammerte das Lenkrad fester, sodass ihre Knöchel weiß hervortraten. Gestern war sie bis Breckenridge gefahren und hatte sich dort ein Hotelzimmer genommen. Sicher in ihrem Zimmer, hatte sie sich mit dem Internet verbunden und versucht herauszubekommen, ob sie immer noch Zugang zu dem Netzwerk von Marley und ihrem Team hatte. Zu ihrer Überraschung war sie auf keinerlei Hindernisse gestoßen. Aus Vorsicht und aus Zeitmangel hatte sie sich erst einmal nur umgesehen.

Es sah ganz so aus, als wären sämtliche Programmier- und Testaktivitäten zum Erliegen gekommen. Das war nicht gut. Gar nicht gut. Ihr neuer Plan, den sie auf dem Weg in die Berge ausgetüftelt hatte, sah nämlich vor, nicht nur die Testversion, sondern das Endprodukt mit demselben Virus zu infizieren. Was einmal geklappt hatte, würde bestimmt auch ein zweites Mal funktionieren. Nur diesmal zum richtigen Zeitpunkt und mit einem durchschlagenderen Effekt. Sie musste einfach dafür sorgen, dass diesmal ihre Manipulationen nicht entdeckt wurden. Beim Verlassen der Netzwerkumgebung hatte sie allerdings bemerkt, dass all ihre Bewegungen überwacht wurden. Die Spielverderber hatten tatsächlich versucht, ihr eine Falle zu stellen. Kein Wunder, dass sie problemlos hineingekommen war. So schnell wie möglich hatte sie sich ausgeloggt, sorgsam darauf bedacht, ihre elektronischen Spuren zu verwischen.

Wut übermannte sie, als sie daran dachte, wie knapp das gewesen war. Beinahe hätten sie sie erwischt. Schlimmer noch, das bedeutete, dass sie das Programm vermutlich auf einer komplett anderen Plattform zu Ende programmieren würden. In einer Umgebung, auf die sie keinen Zugriff haben würde. Das ging gar nicht! Also würde sie sich ein Mitglied des Teams schnappen, vorzugsweise Marley, und sie von Angesicht zu Angesicht davon überzeugen, ihr Zugang zu dem Spiel zu gewähren. Zum Glück hatte sie ihre Hausaufgaben gemacht und vor langer Zeit alles herausgefunden, was es über das Team zu wissen gab.

Für Amir würde sie alles tun, schwor sie sich grimmig. Auch töten, wenn es sein musste.

*

Ian hielt seinen Truck neben ihrem Auto an. Marley griff nach dem Türgriff, hielt aber inne, als er nach ihrer Hand fasste. Fragend schaute sie zu ihm hinüber.

„Bist du sicher, dass ich nicht bleiben soll?“

„Ja“, versicherte sie ihm abermals. „Ich werde den Tag schon irgendwie überstehen. Wer weiß, vielleicht haben Cole und sein Team ja gute Neuigkeiten für mich. Zudem wolltest du heute die ersten Kekse mit Susan backen.“

Das stimmte. Trotzdem gefiel es ihm nicht, sie aus den Augen zu lassen. Der Zusammenstoß mit dem Bürgermeister hatte sie ganz schön mitgenommen. War auch verständlich. Eigentlich ein ganz anständiger Bürgermeister, fehlte ihm oft jegliches Taktgefühl, sobald es um den Profit oder den Ruf seiner geliebten Stadt ging. Das hatte ihm schon öfter Ärger eingebracht. Leider war er der lebende Beweis, dass es nicht möglich war, einem alten Hund neue Tricks beizubringen. Anscheinend hatte er aus den früheren Gelegenheiten gar nichts gelernt. Am liebsten hätte er den alten Kerl mit nach draußen genommen und ihm unmissverständlich klar gemacht, dass er so mit Marley nicht umspringen durfte.

Nur die Gewissheit, dass er Marley das Leben anschließend höchstwahrscheinlich noch schwerer machen würde, hatte ihn davon abgehalten.

„Also gut", gab er schließlich nach. „Ich wünsche dir viel Glück."

Sie schnitt eine Grimasse. „Danke. Das kann ich auf jeden Fall brauchen. Viel Spaß beim Backen."

„Den werde ich bestimmt haben. Das ist ein riesiger Schritt vorwärts. Melde dich, wenn du mit der Arbeit fertig bist, versprochen?"

Marley genoss das warme Gefühl, das seine Besorgnis in ihrem Herzen auslöste. „Mach ich."

Sie wartete, bis Ian Speedys Halsband gefasst hatte. Erst dann stieg sie aus dem Auto.

Ian sah ihr nach, bis sie im Gebäude verschwunden war. Mit einem Seufzer startete er den Truck und wendete ihn. Leider plagte ihn das untrügliche Gefühl, dass Marleys Probleme erst begannen. Und er hatte keine Ahnung, wie er sie davor bewahren konnte.

*

„Marley! Schön, dich zu sehen", begrüßte Avery sie. „Hast du gut geschlafen?"

Marleys Laune besserte sich sofort bei Averys herzlichen Worten. Sie nickte.

„Allerdings. Wobei das vermutlich eher an meiner kompletten Erschöpfung und Ians Bett gelegen hat. Sonst hätte ich mir vermutlich die ganze Nacht Sorgen gemacht und kein Auge zugetan."

„Also ist es wahr? Du und Ian?", erkundigte sich Valentina, die hinzugekommen war.

Marley lachte verlegen. „Normalerweise würde ich euch raten, nicht alles zu glauben, was ihr auf Facebook lest. Aber was Ian und mich betrifft, stimmt es. Wir sind …" Hm. Was waren sie eigentlich? Freunde? Sicherlich. Lover? Hm, ja. Zumindest, solange sie nicht durch einen gewissen Terrier unterbrochen wurden. Ein Paar? Vielleicht.

„Ich sehe schon, die Phase. Wo alles offen und noch vieles ungeklärt ist", kommentierte Avery mit einem Augenzwinkern.

„Na, solange du nachts nicht mit deinen Gedanken alleine bist, ist alles in Ordnung."

Diese pragmatische Feststellung kam von Valentina, die dabei übers ganze Gesicht grinste.

„Ich schlage dir allerdings vor, ein klärendes Gespräch zu führen, sobald die ganze Aufregung vorbei ist", fügte sie hinzu.

„Sie weiß, wovon sie spricht", erklärte Avery hilfreich. „Sie und Big A haben sich anfangs für ein Friends-with-benefits-Arrangement entschieden."

Marley hob fragend eine Braue. „Und was ist dann passiert?"

„Na, während Big A schon seinen Heiratsantrag geplant hat, hat sich Valentina immer noch eingeredet, sie seien nur gute Freunde. Das hat auf beiden Seiten zu einiger Verwirrung geführt."

Trotz ihrer Anspannung musste Marley lachen.

„Wir haben es schlussendlich geschafft", protestierte Valentina. „Schließlich sind wir inzwischen verheiratet", erklärte sie stolz.

„Zum Glück." Wieder ernst, fragte sie die beiden: „Gibt es was Neues zu den Anschlägen? Hat das FBI mehr herausgefunden?"

„Du kommst gerade rechtzeitig", bestätigte ihr Avery, wieder ganz geschäftsmäßig. „Anhand der Triangulation des letzten Signals und der Satellitenbilder hat das FBI ein mögliches Versteck ausfindig gemacht." Sie warf einen Blick auf die Uhr an ihrem Handgelenk. „Komm mit. Sie sollten kurz vor der Durchsuchung stehen."

„Sie haben sogar schon einen Durchsuchungsbefehl? Ich dachte immer, das würde ewig dauern."

Avery warf ihr, während sie den Gang entlangeilten, einen Seitenblick zu.

„Normalerweise schon. Sobald aber der Verdacht auf einen Terroranschlag besteht, schaltet sich die Homeland Security ein. Man kann von diesem Verein halten, was man will. Aber mit ihrer Hilfe reduziert sich die ganze Bürokratie enorm."

„Hier entlang", sagte Valentina und deutete auf eine Tür links von ihnen. „Das ist unsere Kommandozentrale. Von hier aus können wir die Razzia mitverfolgen."

Marley wurde leicht übel, als sie daran dachte, was sie gleich sehen würde. Die Agenten waren nicht zimperlich, wenn sie Hausdurchsuchungen bei mutmaßlichen Terroristen machten. Dann fiel ihr ein, was diese Leute versucht hatten. Sofort verschwanden ihre Skrupel und wurden durch eine stählerne Entschlossenheit ersetzt. Aktiv an den Ermittlungen teilzunehmen und versuchen, ihren Beitrag zu leisten, war das Mindeste, was sie für die Opfer tun konnte.

15

Als Marley mit Avery und Valentina in die Einsatzzentrale eintrat, lag eine angespannte Stimmung in der Luft. Ihr Puls beschleunigte sich. Es war offensichtlich, dass gleich etwas geschehen würde. Nicht hier natürlich. Aber dank der modernen Technologie konnten sie praktisch live dabei sein. Sie trat an den großen, mehrere Meter der Wand einnehmenden Bildschirm heran. Der Satelliten-Feed zeigte einen unauffälligen Wohnblock. Er lag verlassen da. Nichts bewegte sich. Keine Menschenseele war auf der Straße. Die Agenten, wenn sie überhaupt schon auf ihren Positionen waren, hielten sich verborgen.

Cole gesellte sich zu ihr und legte ihr eine Hand auf die Schulter. Sie drehte sich zu ihm um.

„Ist das üblich, eine Hausdurchsuchung um diese Zeit durchzuführen?"

„Nein", gab Cole zu. „Eigentlich war der Einsatz für die frühen Morgenstunden geplant. Doch es hat länger gedauert als gedacht, bis das Team und wir alle Informationen zusammengetragen hatten." Er warf ihr einen besorgten Blick zu. „Nachdem in dem Bekennerschreiben ausdrücklich darauf hingewiesen wurde, dass die elektronische Attacke mit eurem Spiel als Verteiler erst der Auftakt war, wurde beschlossen, so schnell wie möglich zu reagieren. Da wir keine Ahnung vom Zeitplan der Terroristen haben, wurde das Risiko, nochmals zwölf bis vierundzwanzig Stunden abzuwarten, als zu hoch eingestuft."

„Wie sicher seid ihr, dass es sich bei dieser Adresse tatsächlich um ihr Versteck handelt?"

Er hob eine Schulter und ließ sie wieder fallen. „Unsere Informationen sind sehr gut, nicht zuletzt dank dir. Wenn dir der Fehler in der Programmierung nicht so schnell aufgefallen wäre, hätten wir viel länger gebraucht, bis wir den Zusammenhang zwischen den einzelnen Vorfällen hergestellt hätten. So war es uns überhaupt möglich, ihnen so schnell auf die Spur zu kommen. Damit hat bestimmt keiner gerechnet. So gesehen stehen die Chancen ziemlich gut, dass wir sie tatsächlich erwischen, bevor sie noch mehr Schaden anrichten können. Aber Fehler können immer passieren. Auch beim FBI."

Marley nickte. Ihre Aufregung stieg und sie betete innerlich darum, dass dieser Albtraum in den nächsten Minuten ein Ende nehmen würde. Nervös strich sie ihre feuchten Handflächen am Stoff ihrer Hose ab.

„Sind eigentlich über Nacht noch mehr Geräte explodiert?"

Er schüttelte den Kopf. „Nein. Es ist uns gestern gelungen, alle übrigen Empfänger des Testspiels zu kontaktieren. Die Kollegen vom FBI haben die Geräte konfisziert."

„Das hat bestimmt zu Begeisterungsstürmen geführt", mutmaßte Marley düster.

Herrje, noch mehr schlechte Presse. Ihr Computerspiel war dem Untergang geweiht. Vielleicht konnte sie noch etwas retten, indem sie den Opfern Schadenersatz in Form eines neuen Gerätes anbot. Das war wahrscheinlich die einzige Möglichkeit, sich vor den drohenden Schadenersatzklagen zu retten.

„So viel ich gehört habe, waren die Leute tüchtig aufgeschreckt und angesichts der drohenden Gefahr sehr kooperativ. Bis auf wenige haben alle ihre Geräte abgegeben."

„Durften sie sich weigern?"

„Anscheinend waren einige der Geräte zufälligerweise in den letzten Tagen verschrottet geworden."

„Kann ich mir vorstellen. Einige unserer Spieletester sind exzellente Hacker. Keine Chance, dass die möchten, dass das FBI ihr Notebook in die Finger bekommt."

„Dann bleibt nur zu hoffen, dass die Leute wissen, was sie tun und das Spiel vor dem Einsatz eines Virenprogramms von ihrem Gerät entfernen."

Marley nickte betreten. Ein paar Sekunden später stieß Cole sie leicht in die Seite.

„Es geht los", bemerkte er überflüssigerweise und deutete auf den Bildschirm.

Ganz in schwarz gekleidete Figuren huschten von allen Seiten lautlos auf das Gebäude zu. Sie wusste nicht, ob der Live-Feed keinen Ton übertrug oder ob die Agenten tatsächlich so leise agierten. Ein Seitenblick auf Cole zeigte ihr, dass er einen Kopfhörer trug. Vermutlich konnte er so alles mithören.

Sie wandte ihre Aufmerksamkeit wieder auf die Übertragung. Der Einsatz wirkte wie eine sorgfältig einstudierte Choreographie, was es vermutlich auch war. Zwei Agenten positionierten sich vor der Eingangstür im Erdgeschoss. Marley hielt den Atem an, während sich die beiden am Schloss zu schaffen machten. Innerhalb von Sekunden war die Tür offen. Auf ein Handzeichen des Anführers legten die anderen Teammitglieder die letzten fehlenden Meter zu ihrer Position zurück. Ein engmaschiges, menschliches Netz entstand rund um das Gebäude.

Dann ging alles ganz schnell. Auf ein für Marley unsichtbares Kommando schlug der Agent bei der Terrassentür die Scheibe ein und warf eine Rauchbombe in den Raum. Kurz darauf stürmten sie, ihre Waffen im Anschlag, das Gebäude. Eine Nachhut blieb draußen und sicherte alle Ein- und Ausgänge ab. Plötzlich hoben diese ihre Waffen.

„Was passiert jetzt?", fragte Marley.

„Sie sind offenbar auf Widerstand gestoßen", antwortete Cole grimmig, die Augen auf das Geschehen auf dem Bildschirm gerichtet.

Einer der schwarzgekleideten Männer fiel zu Boden. Ein anderer rannte herbei, fasste ihn unter den Achseln und zog ihn von da weg, während ihm ein Dritter Feuerschutz leistete. Marley biss sich auf die Innenseite ihrer Wange. Hoffentlich war der Agent nicht schwer verletzt. Nicht zum ersten Mal in den letzten Tagen fragte sie sich, warum sie unbedingt dieses Computerspiel hatte programmieren müssen. Sie hatte so viele Leute damit in Gefahr gebracht, und jetzt war sogar jemand verletzt worden, vielleicht sogar lebensgefährlich.

Plötzlich war der Spuk vorbei. Der Rauch verzog sich und die ersten Gefangenen wurden in Handschellen abgeführt.

„Was ist der Status des angeschossenen Agenten?", bellte Cole in den Raum.

„Offensichtlich ein glatter Durchschuss. Dem verwendeten Vokabular des Mannes nach verdammt schmerzhaft, aber er wird es überleben", antwortete Big A.

Marley konnte kaum glauben, dass er dabei grinste. Ihre Nerven, die sowieso schon bis zum Äußersten gespannt waren, gingen mit ihr durch.

„Findest du das etwa witzig?", fuhr sie ihn an. „Der arme Mann hätte sterben können!"

Big A warf einen Hilfe suchenden Blick in Richtung Valentina. Sie grinste. Selber eine ehemalige Agentin, verstand sie das Bedürfnis nach ein wenig Leichtigkeit gut. Der oft schwarze Humor half allen, die schwierigen Zeiten zu überstehen. Zudem war die Verletzung tatsächlich kein Grund zur Sorge. Jedes Mitglied des SWAT-Teams wusste, was die Risiken waren. Ein Durchschuss war zwar mühsam und ärgerlich, aber im Vergleich zu den möglichen Alternativen hatte der Agent Glück gehabt. Das wusste dieser auch. Ergo die Flucherei.

Valentina fasste Marley an den Schultern und steuerte sie auf die Tür zu. Marley zitterte am ganzen Körper.

„Sorry, dass ich Big A so angeblafft habe. Ich weiß auch nicht, was in mich gefahren ist."

„Keine Sorge, der hält das aus. Es ist auch sehr anstrengend, so etwas mitanzusehen. Zivilisten sind normalerweise aus gutem Grund nicht dabei, auch virtuell nicht, wenn ein solcher Einsatz stattfindet.“ Im Pausenraum angelangt, dirigierte sie Marley auf einen Stuhl. Sie ging zur Kaffeemaschine und stellte einen Becher drunter. Aus einer Schublade zog sie eine Schachtel mit schwarzem Tee. Sie holte einen Beutel heraus und hängte ihn in einen Becher.

„Ich kann nicht aufhören zu zittern“, stellte Marley besorgt fest.

Valentina schielte zu ihr hinüber, während sie den Tee fertig machte.

„Das ist das Adrenalin. Wenn die unmittelbare Gefahr vorbei ist, wird es nicht weiter produziert. Das, was schon in deinem Blutkreislauf kursiert, wird abgebaut. Das Zittern ist eine Reaktion auf dieses Phänomen. Hier, trink den Tee. Achtung, ich habe Zucker hineingetan. Viel Zucker. Das hilft.“

Vorsichtig nippte Marley an dem heißen Getränk. Sofort verzog sie das Gesicht. „Der ist tatsächlich süß. Bäh.“

„Nicht schimpfen, trinken.“ Valentina zwinkerte ihr zu.

Marley war es peinlich, dass sie die Nerven verloren hatte. „Du kannst schon wieder zurückgehen. Bestimmt verpasst du jetzt alle wichtigen Superwoman-Infos.“

„Schon gut. Die höre ich später auch noch. Jetzt schauen wir erst einmal, dass wir dich auf die Beine kriegen. Das geht übrigens allen so, wenn sie zum ersten Mal in einer solchen Situation sind. Adrenalin ist wunderbar, wenn man es braucht. Aber die Nachwirkungen sind nicht ohne. Mit der Zeit lernt man, besser damit umzugehen. Zudem weiß man, was einen erwartet. Das hilft auch.“

„Danke.“ Sie schätzte, dass Valentina versuchte, sie aufzumuntern. „Ich wollte grad sagen, ich bleibe lieber bei meinen Computerspielen. Dort sind die Kämpfe und alles Weitere nur fiktiv, was mir völlig reicht.“ Sie ließ die Schultern nach vorn fallen. „Dann ist mir eingefallen, dass es ja gerade mein Spiel war, das uns diese Katastrophe eingebrockt hat.“ Sie schlug die Hände vors Gesicht.

Alarmiert eilte Valentina an ihre Seite und kauerte sich vor sie hin. Sanft zog sie ihre Hände weg und betrachtete sie eindringlich.

„Dein Spiel ist genau das. Ein Spiel. Verantwortlich für die Explosionen und die daraus resultierende Razzia sind die Terroristen. Nicht du!“

Nicht wirklich überzeugt, starrte Marley sie an. Erst als Valentina sie leicht schüttelte, nickte sie widerstrebend.

Valentina fasste an ihren Kopfhörer, der unter ihren langen, dunklen Haaren versteckt lag. Nach einem Moment nickte sie und sagte: „Wir kommen gleich.“ Sie wandte sich an Marley. „Die Einsatzbesprechung findet gleich statt. Willst du mitkommen?“

„Darf ich?“

Schalk blitzte in den Augen der anderen Frau auf und sie grinste schief. „Offiziell bist du gar nicht hier. Aber ich an deiner Stelle wäre sehr neugierig.“

Marley spürte in sich hinein. Das schlimmste Zittern hatte aufgehört. Nur ab und zu lief noch ein Schauer durch ihren Körper. Zudem wollte sie wirklich gerne wissen, ob sich der Einsatz gelohnt hatte und die Bedrohung gegen ihr Unternehmen verschwunden war. Sie nickte.

Valentina sprang auf.

„Gut. Komm mit. Halte dich einfach im Hintergrund, fern von der Kamera.“

*

Anisa saß im Diner in Independence, als ihr Telefon vibrierte. Unauffällig zog sie es hervor und öffnete die eingegangene Nachricht. Ihr Herz machte einen Sprung, als sie sah, dass die Nachricht von Amir war. Was er wohl wollte?

Freude mischte sich mit Unbehagen, als sie gedanklich die möglichen Gründe durchspielte, weshalb er sie kontaktieren könnte. Schließlich riss sie sich zusammen und konzentrierte sich auf den Text.

Wo bist du? Müssen dringend sprechen.

Unschlüssig schwebte ihr Finger über der Tastatur auf dem Display, während sie hin und her überlegte, was sie ihm antworten sollte. Berauscht von der Vorstellung, dass er es nicht erwarten konnte, sie zu sehen, um ihr für ihre großartige Arbeit zu gratulieren, hätte sie ihm beinahe ihren Aufenthaltsort verraten. Ein letzter Rest von gesundem Menschenverstand ließ sie aber befürchten, dass das eher unwahrscheinlich war. Wenn sie ehrlich war, war ihr Plan ziemlich in die Hose gegangen und nicht der große Triumph gewesen, den sie Amir versprochen hatte. Zudem wurde er sehr wahrscheinlich von Yasin begleitet. Der suchte sowieso schon seit langem einen Grund, sie loszuwerden.

Sie zögerte, dann beschränkte sie sich auf die nötigsten Informationen.

Keine Sorge. Kümmere mich vor Ort um unseren Plan.

Atemlos wartete sie ab, ob er zurückschreiben würde. Nach fünf Minuten ließ sie enttäuscht das Handy sinken. Dann eben nicht. Sie würde an ihrem Vorhaben festhalten und die Zeit in diesem Kaff so gut nützen, wie es nur ging.

Entschlossen, erfolgreich zu sein, schaute sie sich in dem schäbigen Diner um. Die Retroeinrichtung verriet, dass es dieses Restaurant schon ewig gab. Es war gut besucht. Gesprächsfetzen drangen an ihre Ohren. Die meisten irrelevant, doch man wusste nie, was man herausfinden würde. Orte wie dieser waren eine pure Goldmine, was Informationen anging. Man musste es nur richtig anstellen. Während sie sich normalerweise lieber auf ihre technologischen Fähigkeiten verließ, um Nachforschungen anzustellen, war sie sich nicht zu schade, auf althergebrachte Methoden zurückzugreifen. Vor allem, nachdem sie wusste, dass sie die Aufmerksamkeit irgendwelcher Cyber-Ermittler geweckt hatte.

Als sich die dicke Bedienung näherte, setzte sie ihr freundlichstes Lächeln auf. Sie würde ihren Charme spielen lassen und alles über die täglichen Gewohnheiten der verschiedenen Teammitglieder, die nicht im Netz zu finden waren, herausbringen, auch wenn es sie umbrachte.

*

Ein gotteslästerlicher Fluch entschlüpfte Amirs Lippen, als er Anisas Nachricht las. Statt ihm zu sagen, wo sie war, speiste sie ihn mit vagen Plänen ab und verzögerte seine Flucht. Seine Zukunft beinhaltete keine blonde Ungläubige. Er warf einen Blick auf seinen Begleiter. Dasselbe galt für Yasin, auch wenn dieser das noch nicht wusste.

Yasin spürte den berechnenden Blick seines Anführers auf sich ruhen, ließ sich aber nichts anmerken. Amir würde ihn schon wissen lassen, was er von ihm wollte. Noch hatte er ihn nicht in seine Pläne eingeweiht, was verdammt schade war. Sonst hätte er sich des Verräters schon lange entledigt. Er wusste nicht sicher, was er vorhatte. Er vermutete nur, dass es weder ihn noch den heiligen Krieg beinhaltete. Das musste er zu verhindern wissen.

„Anisa arbeitet an einem neuen Plan“, ergriff Amir das Wort.

Erstaunt hob Yasin eine Augenbraue. Das überraschte ihn.

„Wir wurden unterbrochen, bevor sie mir mitteilen konnte, wo sie ist. Finde es heraus.“

Yasin nahm den Auftrag mit einem Nicken zur Kenntnis. „Was ist mit den anderen? Brauchen wir die nicht ebenfalls, wenn wir die restlichen Anschläge durchziehen wollen?“

„Natürlich“, antwortete Amir, obwohl er keineswegs dieser Meinung war. Aber alles andere hätte Verdacht erweckt. „Sobald wir Anisa gefunden und unsere Mission angepasst haben, vereinbaren wir mit allen einen neuen Treffpunkt“, log er.

Yasin verkniff sich das Lächeln, das sich auf seinem Gesicht auszubreiten drohte. Wahrscheinlich war ihr das FBI bereits auf den Fersen. Wenn sie wüsste, dass die Alternative war, seiner Gnade ausgeliefert zu sein, würde sie sich wahrscheinlich sogar freiwillig stellen. Er stellte sich ihre Schreie vor, während er sie unter sich hatte. Vielleicht sollte er ihr seine Hilfe anbieten, dachte er mit einem dreckigen Grinsen. Der Gedanke, dass sie ihn als seinen Retter betrachten und nicht immer nur Amir hinterherhecheln würde, gefiel ihm außerordentlich. Wenn er seinen Spaß mit ihr gehabt hatte und sie noch lebte, konnte er sie immer noch zurücklassen und dem FBI einen weiteren anonymen Tipp abgeben.

Seine Erheiterung verblasste, als er an die Lüge dachte, die ihm Amir eben aufgetischt hatte. Der Anführer, den er einst so sehr bewundert hatte, hatte nicht die Absicht, ihre Glaubensbrüder zu rufen und die Anschläge durchzuziehen. Es war an der Zeit, über einen Führungswechsel nachzudenken. Amir fehlte ganz offensichtlich die nötige Hingabe und Disziplin.

*

Ian streckte die Hand aus und berührte einen der Kekse, die auf großen Blechen auskühlten. Nur noch lauwarm. Hm. Ob er Speedy schon einen Keks zum Probieren geben sollte?

„Ich habe ein paar der Kekse vors Fenster gestellt", ließ ihn Susan wissen.

Sie stand neben einem der großen Öfen an den Küchentresen gelehnt und beobachtete belustigt, wie er ungeduldig um die Backwaren schlich. Zusammen hatten sie sich auf eine Grundrezeptur geeinigt. Nach ein paar kleineren Anpassungen hatte der Teig die gewünschte Konsistenz erreicht. Beide gleichermaßen enthusiastisch, hatten sie gespannt die erste Ladung mit Hilfe der Maschinen geformt und gebacken. Die anschließende Warterei setzte ihrem Auftraggeber offensichtlich zu.

„Wo? Vor welchem Fenster?", fragte er eifrig. Der kühle Oktoberwind, der in den letzten Tagen aufgekommen war und baldigen Schneefall ankündigte, hatte bestimmt dafür gesorgt, dass die Kekse eine hundetaugliche Temperatur aufwiesen.

„Dort drüben." Sie deutete mit dem hölzernen Kochlöffel auf ein Fenster hinter ihm.

„Komm, Speedy. Zeit für dich, deiner Aufgabe als Versuchskaninchen nachzukommen."

Der kleine Terrier sprang auf und begleitete ihn ans Fenster. Ian öffnete das Fenster und nahm die Platte mit den Cookies vom Fensterbrett. Speedy streckte die Nase in die Luft, schnupperte interessiert und stellte sich dann sogar auf die Hinterbeine. Den Geruchstest hatten die Leckerlis offenbar schon bestanden. Er wählte einen orangebraunen Keks aus und hielt ihn Speedy vor die Nase. Gierig schnappte der Terrier-Mix danach.

„Aua! An deinen Tischmanieren müssen wir wohl noch arbeiten", tadelte er den Hund, grinste aber dabei.

Innerhalb von Sekunden hatte der Hund den Keks verschlungen und starrte Ian erwartungsvoll an. Als dieser nicht gleich reagierte, setzte er sich hin. Seine Rute wischte voller Vorfreude ungeduldig über den Boden. Seine rosa Zunge schnellte hervor und leckte über die Schnauze.

„Ich denke, den ersten Test haben die Leckerlis erfolgreich bestanden", stellte Ian zufrieden fest.

„Wobei ich mir nicht sicher bin, ob wir uns alleine auf Speedys Urteil verlassen können", gab Susan zu bedenken. „Er sieht sehr … hungrig aus. So hungrig, dass er wohl auch alles andere fressen würde, was ansatzweise den Anschein macht, fressbar zu sein."

„Sie verkennt deinen Feinschmeckergaumen", raunte Ian seinem Hund zu und fütterte ihm einen weiteren Keks.

„Möglich", gab Susan zu. „Trotzdem ist es sicher sinnvoll, die Kekse an möglichst vielen Kandidaten zu testen."

Ian stellte den Teller mit den restlichen Keksen zur Seite. „Auf jeden Fall. Wenn du nichts dagegen hast, würde ich Kat welche vorbeibringen. Nicht nur wegen der Geschmacktests. Ich muss auch herausfinden, ob die Hitze des Backvorgangs die Wirksamkeit des CBD verringert."

„Ist das möglich?"

„Möglich ist alles. Hitze, Kälte, starker Druck … Das sind alles Einflüsse, die chemische Strukturen und somit ihre Wirksamkeit verändern können. Deshalb ist es so wichtig, aussagekräftige Testreihen durchzuführen."

„Gibt es keine Erfahrungswerte?"

„Doch. Allerdings nur von Firmen, die dasselbe anbieten wie ich. Die werden sich hüten, mir ihre Testergebnisse zu überlassen. Schließlich bin ich ihre zukünftige Konkurrenz."

„Oh. Ich wusste gar nicht, dass es bereits andere Anbieter gibt, die dasselbe machen."

„Na ja, du bist ja auch nicht die Einzige, die eine Keks-Manufaktur hat."

Susan neigte zustimmend den Kopf. „Das ist richtig. Wie sagt man so schön? Konkurrenz belebt das Geschäft."

„Genau. Und da es ein relativ junger Markt ist, ist die Konkurrenz immerhin nicht sehr groß. Ich bin zuversichtlich, dass das Produkt mit dem richtigen Marketing und der richtigen Verpackung eine große Zukunft hat."

„Ich bin gespannt."

Beim Piepsen des Ofens drehte sie sich um, öffnete diesen und zog ein neues Blech heraus.

Ian rümpfte die Nase, als ihn die fischige Duftwolke erreichte. Speedy hingegen wedelte begeistert mit dem Schwanz. Ihn störte das verwendete Lachsöl offensichtlich nicht.

„Das hier sind die kleinen Katzenkekse", erklärte sie Ian. „Die habe ich extra klein gemacht. Wie die Kroketten des Katzenfutters. Wenn du einverstanden bist, nehme ich davon einen Becher mit nach Hause und probiere sie an den Katzen meiner Nachbarin aus. Die beiden sind heikel. Ich hoffe, sie rümpfen nicht ihre Nase."

„Sehr gerne. Das wäre natürlich toll. Sollen wir uns noch an den Pferdekeksen versuchen?" Er warf einen Blick auf die Uhr auf seinem Handy. „Obwohl, es ist schon spät, und ich bin mir gar nicht sicher, ob die Pferdekekse Sinn machen."

„Ich habe Zeit", versicherte ihm Susan. „Auf mich wartet niemand." Als er immer noch zu zögern schien, legte sie den Kopf schräg und schaute ihn fragend an.

„Die Pferdekekse werden ziemlich teuer. Alleine der hohe CBD-Gehalt lässt sich praktisch in Gold aufwiegen. Ich weiß einfach nicht, ob die Kunden bereit sind, das zu bezahlen. Vor allem, wenn sie mit der losen Hanfmischung günstiger fahren. Bei Hunden und Katzen machen die Kekse Sinn. Denen können die reinen Kräuter nicht verabreicht werden. Pferden hingegen schon."

„Hm. Lass uns doch einfach welche backen, dann kannst du mit Becca, Lara und Paula einen Termin vereinbaren, ihnen das Produkt zeigen und dir ihr Feedback einholen."

Ians Miene hellte sich auf. „Hervorragende Idee." Spontan griff er nach Susan und drückte ihr einen herzhaften Schmatzer auf die Wange. „Zum Glück hast du dich bereit erklärt, mit mir dieses Experiment zu wagen."

Verlegen wand sich Susan aus seinem Griff. „Es ist eine gute Businessidee. Wieso sollte ich nicht mitmachen?"

„Keine Ahnung. Es gibt viele Gründe, weshalb du dich anders hättest entscheiden können."

An den großen Tisch gelehnt schaute er ihr zu, wie sie die Zutaten für die Pferdeleckerlis mischte.

„Wieso hast du eigentlich keinen Freund?"

„Hast du denn eine Freundin?", konterte sie, ohne auf seine Frage einzugehen.

„Hm. Ja. Ich hoffe. Es ist kompliziert."

„Dann entkompliziere es."

Er lachte. „Ich bin dran. Aber Marley hat gerade so viel um die Ohren, dass es wohl ein wenig länger dauern wird.“

„So so? Du und Marley? Dann habe ich ja richtig getippt.“ Sie zwinkerte ihm zu. „Dann hoffe ich mal, dass ich die Wette gewinne.“

„Glaub nur nicht, dass ich nicht gemerkt hätte, wie geschickt du das Thema von dir ab und auf mich gelenkt hast“, bemerkte er, amüsiert über ihr geschicktes Manöver.

„Ich muss jetzt backen“, erwiderte sie unschuldig und konzentrierte sich auf den Teig.

16

Erschöpft trat Marley in ihre Wohnung und ließ ihre Schultertasche zu Boden fallen. Sie war fix und fertig von den Geschehnissen des heutigen Tages. Sie rollte die Schultern und versuchte etwas von der Spannung, die sich aufgebaut hatte, loszuwerden. Der Effekt war gleich null. Ohne Licht anzumachen ging sie zum Kühlschrank, öffnete die Tür und holte eine Flasche Bier heraus. Nachdem sie den Kronkorken entfernt hatte, rutschte sie am Küchenkästchen entlang, bis sie auf dem Boden saß. Kurz überlegte sie, wieder aufzustehen und auf das bestimmt bequemere Sofa zu wechseln, doch selbst dazu fehlte ihr die Energie.

Himmel, was sollte sie nur machen? Wenn sie an das Projekt dachte, sah sie nur einen riesigen Scherbenhaufen vor ihrem geistigen Auge. Zurzeit hatte sie keine Ahnung, ob noch etwas zu retten war. Ein Jahr Arbeit für die Katz. Ganz zu schweigen von den Träumen und Hoffnungen, die sie und ihre Mitarbeiter an dieses Spiel geknüpft hatten. Sie nahm einen Schluck von dem kühlen Bier, bevor sie die Hand wieder sinken ließ.

Ärgerlich wischte sie sich die einzelne Träne weg, die ihr über die Wange lief. Tränen waren sinnlos. Die würden ihr bestimmt nicht weiterhelfen. Sie lehnte den Kopf an das Holz und schloss die Augen. Aus FBI-Sicht war die Razzia erfolgreich gewesen. Fünf Mitglieder einer Schläferzelle waren festgenommen worden. Ein weiteres Mitglied war tot aufgefunden worden. Warum der Mann aus nächster Nähe erschossen worden war, wusste bisher noch niemand. Der Anblick auf dem Video war zum Glück nur kurz und unscharf gewesen, doch das Bild verfolgte sie noch immer.

Das einzig Beunruhigende war, dass nirgendwo ein Computer gefunden worden war. Das ließ darauf schließen, dass nicht alle Terroristen geschnappt worden waren. Der Gedanke, dass der mörderische Hacker weiterhin auf freiem Fuß war und ungestört sein Unwesen treiben konnte, drehte ihr den Magen um. Irgendwie fühlte es sich an, als wäre sie schuld daran. Der rationale Teil ihres Hirns wusste, dass das Unsinn war. Der emotionale, von Schuldgefühlen geplagte Teil weigerte sich leider, dem rationalen Teil zuzuhören.

Müde von dem ständigen Widerstreit in ihrem Kopf stellte sie die nunmehr leere Flasche auf den Boden. Ihre Kopfschmerzen hatten sich noch verstärkt. Daran waren bestimmt diese verdammten, nutzlosen Tränen schuld. Entschlossen, endlich aufzuhören, sich in Selbstmitleid zu wälzen, zog sie die Nase hoch und richtete sich auf. Whoa! Der Raum drehte sich und sie musste sich festhalten, um nicht gleich umzukippen. Und wieso stank es plötzlich nach faulen Eiern? Hektisch schaute sie sich in ihrer kleinen Wohnung um und versuchte den Ursprung für den ekelhaften Geruch zu eruieren. Das war gar nicht so leicht. Ihr Hirn wollte einfach nicht funktionieren. Entsetzt blieb ihr Blick am Gasherd hängen. Natürlich! Hatte sie etwa vergessen, das Gas abzudrehen? Unschlüssig, was sie zuerst machen sollte, schnellte ihre Aufmerksamkeit zwischen Fenster und Herd hin und her.

Reiß dich zusammen!, schalt sie sich selber und stolperte in Richtung Fenster. Sie riss es weit auf und lehnte sich nach draußen, um die kalte Luft tief in die Lungen zu ziehen. Sofort wurden ihre Gedanken klarer. Einen tiefen Atemzug nehmend, zog sie den Kopf wieder in die Wohnung. Die Luft anhaltend, hastete sie von Raum zu Raum und riss alle Fenster auf. Erst dann stürzte sie zum Ofen. Entsetzen breitete sich in ihr aus, als sich die Griffe nutzlos unter ihren Fingern drehten. Waren sie kaputt? Oder … Eine eiskalte Hand schloss sich um ihre Kehle. Das würde ja bedeuten … Sie zwang sich, den schrecklichen Gedanken nicht zu beenden und hielt stattdessen nach dem Haupthahn Ausschau. Als sie ihn endlich gefunden hatte, ließ auch dieser sich widerstandslos drehen, aber leider nicht schließen. Endgültig kurz vor einer Panikattacke stehend, stürzte sie in den Flur. Es gab drei weitere Wohnungen in diesem Haus. Sie musste unbedingt die anderen Bewohner warnen.

Während sie im Vorbeirennen an die Türen polterte, wählte sie mit der anderen Hand den Notruf.

Nach einer gefühlten halben Ewigkeit nahm Polly Miners das Telefon ab.

„Gasleck", keuchte sie in den Hörer. „Wir brauchen die Feuerwehr."

„In Ordnung. Welche Adresse?", erkundigte sich Polly ruhig.

Erleichtert, dass sie sich nicht lange zu erklären brauchte, ratterte Marley die Adresse herunter.

„Hilfe ist unterwegs", versicherte ihr Polly. „Jetzt begib dich sofort nach draußen und entferne dich vom Gebäude. Ich bleibe solange bei dir am Telefon."

„Keine Zeit", stieß Marley hervor und beendete das Gespräch.

Endlich erschienen die ersten Nachbarn in der Tür.

„Ein Gasleck", informierte sie sie aufgeregt. „Wir müssen sofort alle hier raus."

Zum Glück stellte niemand unnötige Fragen. Die Bewohner der unteren Wohnungen zogen sich ein paar Kleider über und hasteten an ihr vorbei nach unten ins Freie. Erleichtert schaute Marley ihnen nach. Jetzt fehlte nur noch die Familie aus dem oberen Stock. Die Zähne zusammenbeißend, nahm sie die Treppe in Angriff.

*

In sicherer Entfernung, aber in Sichtweite des Hauses, wo Marley wohnte, saß Anisa in ihrem Wagen und wartete darauf, dass ihr ausgeklügelter Plan endlich Früchte trug. Es war ein Leichtes gewesen, in Marleys Wohnung zu kommen und den Herd zu manipulieren. Sie hatte gehofft, dass ihr Opfer eine Kerze anzünden würde. Oder versuchen würde zu kochen. Der erste Funken des dazu nötigen Streichholzes würde für eine zünftige Explosion sorgen. Selbst ohne Streichholz war mit einer Entzündung des Gases zu rechnen. Der elektrische Funken eines Lichtschalters reichte völlig. Sie freute sich auf das großartige Feuer. Diesmal würden auf jeden Fall Opfer zu beklagen sein. Amir würde zufrieden sein. Jetzt konnte er nicht anders, als sie zu seiner Frau zu machen. Voller Vorfreude rieb sie sich die Hände.

Sie runzelte die Stirn, als ihr auffiel, dass in Marleys Wohnung immer noch kein Licht angegangen war. Sie war doch vorhin nach Hause gekommen. Was machte sie denn so lange im Dunkeln? War sie etwa gleich ins Bett gegangen? Das wäre aber schade. Sicher. Sterben würde sie durch das Gas auch so. Aber ihr wäre schon lieber gewesen, es hätte ein spektakuläres Feuer gegeben. Eine einzelne Ungläubige auszuschalten, noch dazu jemanden, der so unwichtig war wie Marley, würde ihr nicht zu dem Ansehen verhelfen, auf das sie gehofft hatte. Unruhig trommelte sie mit den Fingern aufs Steuerrad. Die Eiseskälte, die ins Auto gedrungen war, spürte sie nicht. Sie war so konzentriert auf das Haus, dass alles andere in den Hintergrund trat.

Plötzlich wurden Fenster aufgerissen. Stimmen wurden laut. Fußgetrappel ertönte. Leute in verschiedenen Ankleidungsstadien rannten aus dem Haus auf die Straße. In der Ferne ertönte eine Sirene. „Gottverdammtnochmal“, fluchte Anisa. Wieso musste auch immer alles schief gehen! Zum Glück war sie auf alles vorbereitet. Einen grimmigen Zug um den Mund, griff sie nach der Flasche auf dem Beifahrersitz. In ihrem Hals steckte ein mit Brandbeschleuniger getränkter Lappen. Sie startete den Motor, ließ das Fenster hinunter und fuhr los. Während sie sich dem Haus näherte, zündete sie den Lappen an, ihre Augen fest auf ihr Ziel gerichtet.

*

Ian bremste scharf ab, als der große Feuerwehrtruck mit heulenden Sirenen an ihm vorbeiraste. Sobald der Weg frei war, wendete er sein Auto und fuhr ihm nach. In seiner Zeit beim Militär war er Ersatzsanitäter gewesen. Vielleicht brauchte die Feuerwehr Hilfe. Während er dem Feuerwehrauto folgte, bemerkte er mit steigendem Unbehagen, dass er erst vor ein paar Tagen hier entlanggefahren war. Marley wohnte doch hier in der Nähe. Tatsächlich. Dort vorne kam bereits das Mehrfamilienhaus in Sicht. Er trat aufs Gas, bremste scharf hinter dem Feuerwehrauto ab, stellte den Motor ab und sprang aus dem Auto. Im letzten Moment schlug er Speedy die Tür vor der Nase zu. Der Terrier-Mix kläffte empört und stellte seine Vorderpfote auf das Fensterbrett.

„Sorry, Speedy, aber das ist viel zu gefährlich für dich“, murmelte er und stieß sich vom Auto ab.

Hilflos ließ er den Blick über die versammelte Menschenmenge gleiten. War Marley unter ihnen? Eine Familie mit zwei Kindern hastete über die Straße und wurde von den Feuerwehrleuten weiter weg geleitet. Was war denn überhaupt los? Ein Feuer konnte er nirgends entdecken. Weshalb dann die offensichtliche Evakuierung?

Eine Bewegung im Augenwinkel ließ seinen Kopf herumschnellen. Marley, dachte er erleichtert, als er ihre schlanke Gestalt aus dem Haus kommen sah. Froh, sie heil und unbeschadet anzutreffen, joggte er los. Offenbar erleichtert, ihn zu sehen, winkte sie ihm zu und rannte ebenfalls los.

„Sir", rief hinter ihm einer der Feuerwehrmänner. „Sie können nicht hier durch!"

Fest entschlossen, zu seiner Freundin zu gelangen, ignorierte Ian ihn und rannte weiter. Vage nahm er wahr, dass weiter vorn ein Auto plötzlich mit quietschenden Reifen beschleunigte. Etwas flog aus dem Autofenster auf das Haus zu und weckte lang verschüttete Erinnerungen.

„Nein", brüllte er und warf sich mit einem gewaltigen Satz auf Marley. Das Haus hinter ihr explodierte in einem Feuerball, der sich orange von dem dunklen Nachthimmel abhob. Die Druckwelle drückte sie zu Boden. Trümmerteile regneten auf sie herab. Ein besonders großes Stück traf ihn am Kopf. Er zuckte zurück. Dann wurde es schwarz um ihn herum.

*

Marley wusste nicht, wo oben und unten war. Als sie es endlich geschafft hatte, die Familie aus dem obersten Stock aus dem Haus zu scheuchen, hatte sie noch alle Fenster im Gang geöffnet, um das Abziehen des Gases zu beschleunigen. Erst dann war sie nach draußen geeilt. Zu ihrer Freude hatte sie Ian entdeckt. Ab da waren ihre Erinnerungen an die Geschehnisse ziemlich verschwommen. Es war alles so schnell gegangen. Auf einmal hatte sich Ian wie ein brüllender Bär auf sie gestürzt und sie zu Boden geworfen. Sein großer Körper bedeckte ihren fast vollständig. Ein richtiger Glücksfall, für sie zumindest. Sie wollte gar nicht darüber nachdenken. Sie spürte, wie er immer wieder zusammenzuckte, wenn ihn irgendein Trümmerteil traf. Hoffentlich verletzte er sich nicht. Sie wollte zu ihm sprechen, hörte aber ihre Stimme nicht. Was war mit ihren Ohren los?

Auf einmal fiel Ian über ihr zusammen und erdrückte sie fast. Sie rüttelte ihn an der Schulter. Keine Reaktion. Panik stieg in ihr hoch. War er verletzt? Oder sogar tot? Sein Gewicht raubte ihr den Atem. Vergeblich versuchte sie ihn von sich wegzurollen. Endlich schaffte sie es, wenigstens ein Bein zur Seite rauszuschieben. Sie versuchte gerade, ihre Hüfte einzusetzen, um ihn mit Schwung zur Seite zu befördern, als er von ihr heruntergezogen wurde. Starke Hände griffen nach ihr. Sie wehrte sich und versuchte zu sehen, wo Ian hingebracht wurde. Die Vorstellung, dass er schwer verletzt war – an die andere Möglichkeit weigerte sie sich zu denken – brachte sie fast um den Verstand.

„Was ist mit ihm los? Geht es ihm gut?", rief sie den Feuerwehrleuten hinterher, die ihn wegtrugen.

Zumindest glaubte sie, dass sie rief. Sie konnte immer noch nichts hören. Also, im Innern ihres Kopfes schon. Nur im Außen herrschte eine unnatürliche Stille. Doch all das trat neben ihrer Sorge um Ian völlig in den Hintergrund.

Hände griffen sanft nach ihrem Kopf und drehten ihn. Sie blickte in das besorgte Gesicht eines Feuerwehrmannes. Er schien mit ihr zu sprechen. Sie sah, wie seine Lippen sich bewegten. Aber kein Geräusch drang zu ihr durch. Langsam dämmerte es ihr, dass mit ihr tatsächlich etwas nicht stimmte. Angst stieg in ihr auf. Der Feuerwehrmann schien zu merken, dass sie ihn nicht hören konnte und wandte den Kopf, um etwas zu der zweiten Person in ihrer Nähe zu sagen.

Marley sackte in sich zusammen und hörte auf, sich zu wehren. Widerstandslos ließ sie sich zu dem zu einem Rettungswagen umgebauten Truck führen. Erfreut sah sie, dass Ian bereits auf der Ladefläche lag. Sunny Rivers, einzige Feuerwehrfrau und eine von zwei Leuten der Feuerwehr-Crew, die auch eine Ausbildung als Rettungssanitäter hatten, war gerade dabei, ihm eine Infusion zu legen. Froh zu sehen, dass er in guten Händen war, setzte sie sich erschöpft auf die Stoßstange. Eine Hand streckte sie ins Innere des Wagens und legte sie auf den einzigen Körperteil von Ian, den sie erreichen konnte, seinen Unterschenkel.

Jemand schob ein Blatt Papier in ihr Gesichtsfeld: „Wir fahren euch nach Breckenridge ins Krankenhaus."

Sie hob den Kopf und begegnete dem fragenden Blick des Feuerwehrmannes. Wie betäubt nickte sie nur. Sprechen hatte ja sowieso keinen Sinn.

Der Feuerwehrmann griff nach ihrer freien Hand und zog sie hoch. Widerstrebend stand sie auf, einen letzten Blick auf Ian werfend. Er lag immer noch ganz still da. Verspätet kam ihr in den Sinn, dass sie mit ihrem Widerstreben, ihn alleine zu lassen, seine Behandlung im Krankenhaus verzögerte. Sofort beeilte sie sich, dem Feuerwehrmann zu folgen und stolperte prompt über ihre eigenen Füße. Zum Glück war er sofort zur Stelle und fing sie auf, bevor sie hinfallen konnte.

Ein wenig später saß sie angeschnallt auf dem Beifahrersitz des Rettungswagens. Hinten war nicht genügend Platz für eine zweite Bahre. Zudem fehlte ihr nichts. Im Gegensatz zu Ian. Durch sein heroisches Handeln hatte er sie vor Schlimmerem beschützt. Sie war froh und bestürzt zugleich. In diesem Chaos der Gefühle begrüßte sie das dumpfe Pochen ihrer eigenen Prellungen, die sie sich beim Sturz zugezogen haben musste. Blicklos starrte sie aus dem Fenster, während sie hoffte und betete, dass der großartige Mann, der sich in den letzten Wochen in ihr Herz geschlichen hatte, sich wieder vollständig erholen würde.

*

Anisa zitterte vor Aufregung, als sie ihr Mietauto über die dunklen Straßen jagte. Das Wissen, dass sie persönlich für die riesige Explosion verantwortlich gewesen war, die vor wenigen Minuten den Nachthimmel erhellt hatte, war wie ein Rausch. Sie wusste gar nicht, wie sie je auf die Idee hatte kommen können, dass es ihr genügen würde, aus der Ferne mittels eines Tastendrucks einen Anschlag zu starten. Das hier war um so vieles befriedigender! Jetzt musste sie nur noch das Bekennerschreiben in den sozialen Medien in Umlauf bringen. Ein Kinderspiel, wirklich. Mit dem Foto, das sie zu schießen gewagt hatte, würde die Meldung innerhalb kurzer Zeit viral gehen. Das Risiko war gering gewesen. Dank des Feuers waren alle auf das Haus konzentriert gewesen. Niemand hatte gesehen, dass sie in einer Parallelstraße angehalten hatte.

Das Telefon in der Hand, warf sie einen Blick auf die Balken am oberen Rand. Wer hätte das gedacht! Sie hatte sogar Empfang. Dann musste sie gar nicht mehr warten, um das Foto hochzuladen. Sie bremste am Straßenrand und begann auf ihrem Handy herumzutippen. Facebook. Instagram. Twitter. Überall postete sie das Bekennerschreiben. Auch Amir schickte sie eine Nachricht.

Teil 1 erfolgreich erledigt. Todesopfer garantiert.

Letzteres wusste sie zwar nicht mit Bestimmtheit, doch sie konnte sich nicht vorstellen, dass es alle rechtzeitig aus dem Gebäude geschafft hatten.

Weitere Ablenkungsmanöver folgen. Unserem Masterplan steht nichts im Weg.

Sie zögerte kurz und entschied sich dann dagegen, ihm zu schreiben, wo sie war. Nach erfolgreichem Abschluss der Anschläge würden sie sich am vereinbarten Treffpunkt sehen. Wenn sie bewiesen hatte, dass sie eine treue Anhängerin war und seiner würdig.

In ihrer Euphorie kam sie gar nicht auf die Idee, dass Amir über ihren Alleingang vielleicht gar nicht begeistert sein würde.

*

„Diese Idiotin!", explodierte Amir auf dem Beifahrersitz. Sie hatten vor ein paar Meilen die Plätze getauscht.

Yasin warf ihm einen argwöhnischen Blick zu. „Was hat sie denn jetzt schon wieder gemacht?"

„Ein Haus in die Luft gejagt!"

„Ein Haus …?"

Gegen seinen Willen verspürte Yasin einen Anflug von Bewunderung für die Ungläubige. Immerhin trat sie in Aktion.

Ob aus Überzeugung oder aus Vernarrtheit in Amir, wusste er nicht. Am Ende war die Motivation egal. Es war auf jeden Fall mehr, als Amir bisher geliefert hatte. Während des Fahrens zog er sein Handy hervor und öffnete die Facebook-App. In Kürze hatte er das von Anisa gepostete Bekennerschreiben gefunden. Das Bild von den leuchtenden Flammen vor dem dunklen Nachthimmel war spektakulär und vermittelte ein bedrohliches Gefühl. Verdammt perfekt. Sein Anführer schien nicht dieser Meinung zu sein. Spannend. Bestätigte jedoch seinen Verdacht, dass er sich abseilen wollte.

„Sie muss unbedingt gestoppt werden!“, verkündete Amir abrupt.

„Gestoppt werden? Aber wieso? Sie bietet uns die perfekte Ablenkung“, wagte Yasin zu widersprechen. „Genau genommen sollten wir zurückfliegen, anstatt hier im Nirgendwo nach Anisa zu suchen. Sie ist nicht wichtig. Unsere Mission schon.“

„Ich kann keine Leute gebrauchen, die auf eigene Faust handeln“, erwiderte Amir kalt und schenkte ihm einen herablassenden Blick. „Ich bin der Auserwählte. Niemand anders wird meinen Platz einnehmen. Du tätest gut daran, diese Tatsache nicht zu vergessen.“

Yasin drängte den bitteren Geschmack der Galle, die ihm bei Amirs Worten in der Kehle aufstieg, zurück. Er hatte nie verstanden, weshalb das Dorf seinen Cousin zum Anführer bestimmt hatte. Sein Glaube war viel tiefer verwurzelt als der von Amir. Aber nachdem Amir bereits zwei Semester in England studiert hatte, waren die Ältesten zum Schluss gekommen, dass seine Kenntnisse der westlichen Welt mehr Gewicht hatten als Hingabe zum Heiligen Krieg. Diese Entscheidung würden sie noch bereuen. Außer, er sorgte dafür, dass seinem Cousin etwas zustieß … Dann könnte er die Mission erfolgreich zu Ende führen. Allerdings brauchte er dazu Amirs Anhänger. Er musste es also wie einen Unfall aussehen lassen. Oder noch besser, wie einen Märtyrertod.

„Wie geht es den anderen?“

Amir wich seinem Blick aus und zuckte mit den Schultern. „Ich habe ihnen gesagt, wir würden uns eine Weile nicht melden. Wenn wir erfolgreich sein wollen, müssen wir unauffällig bleiben.“

Ja, richtig. Yasin glaubte ihm kein Wort. Sobald sie anhielten, würde er selber ein paar Telefonanrufe tätigen. Es war wichtig, dass die anderen jeden Moment bereit waren, loszuschlagen.

„Bevor wir mit unserem Plan fortfahren können, müssen wir erst Anisa unschädlich machen. Hast du herausgefunden, wo sie abgestiegen ist?“

„Irgendwo in Breckenridge. Für eine eingehendere Suche war noch keine Zeit“, stieß Yasin zwischen zusammengebissenen Zähne hervor.

Es machte überhaupt keinen Sinn, dass Amir so auf die blonde Frau fixiert war. Außer … er warf dem anderen einen verstohlenen Seitenblick zu, außer, sie wusste etwas, was sie nicht wissen sollte. Ob sein Boss wohl aus dem Nähkästchen geplaudert hatte? Je mehr er darüber nachdachte, desto wahrscheinlicher erschien es ihm.

Amir war in Gedanken versunken. Wenn Anisa erst merkte, dass er auf keinen Fall die Absicht hatte, sie zu seiner Frau zu machen, war es sehr wahrscheinlich, dass sie sich gegen ihn wenden würde. Verschmähte Frauen waren unberechenbar. Da er sich nicht sicher sein konnte, was sie alles über ihn wusste, schließlich hatte er sie wegen ihres außergewöhnlichen Talentes als Hackerin ausgesucht, war es viel zu gefährlich, sie frei herumlaufen zu lassen. Zudem lenkte sie mit ihren leichtsinnigen Aktionen das Scheinwerferlicht auf die Gruppe. Auch wenn diese seit heute Morgen nicht mehr existierte. Alle waren festgenommen worden. Zum Glück hatte er dafür gesorgt, dass alle immer nur auf einer Need-to-know-Basis informiert worden waren.

Er klopfte auf seine Brusttasche. Als er den harten Karton seiner neuen Papiere berührte, atmete er auf. Seine neuen Papiere waren griffbereit. Sobald Yasin sich um Anisa und er sich anschließend um Yasin gekümmert hatte, war er ein freier, sehr reicher Mann. Unter seiner neuen Identität würde ihn nicht einmal mehr sein Gönner finden.

*

Weit weg, in einem anonymen Bürogebäude, saß ein Mann vor dem Bildschirm und scrollte durch endlose Newsseiten. Explodierende elektronische Geräte in der Umgebung von Denver. Eine weitere Explosion in den Bergen. Aber nichts Ernstzunehmendes. Keine Toten. Nicht einmal Verletzte. War das etwa der Auftakt zu dem weltverändernden Anschlag? Eine Vernebelungstaktik? Oder purer Zufall? Er wusste es nicht. Es blieb ihm nichts anderes übrig, als zu hoffen, dass in den nächsten Tagen der richtige Anschlag, der, für den er viel Geld bezahlt hatte, stattfand. Seine gesamte Zukunft hing von der öffentlichen Panik und der Reaktion der Börse ab.

Er ballte seine schweißnassen Hände zu Fäusten. Der Araber lieferte besser prompt. Bevor seine Deadline ablief. Er hatte sein ganzes Geld auf diese eine Aktion gesetzt! Ein Versagen konnte er sich nicht erlauben. Sonst war er ein toter Mann.

Sollte dieser Fall eintreten, würde er allerdings dafür sorgen, dass der andere zusammen mit ihm in den Abgrund gerissen würde, schwor er sich. Und wenn es das Letzte war, das er tat!

17

Immer noch unter Schock stehend hörte Marley der Ärztin, Dr. Kristina Mertens, zu, während sie ihr das Problem mit ihren Ohren erklärte. Immerhin traf das Wort „zuhören“ auch tatsächlich zu. Ihr linkes Ohr hatte beschlossen, seinen Job wieder aufzunehmen. Leise Geräusche hörte sie zwar immer noch schlecht, aber immerhin konnte sie einem Gespräch folgen.

„Ein Knalltrauma entsteht durch eine plötzlich auftretende, sehr hohe Lärmbelastung. Die Lärmbelastung muss nicht lange andauern. Ein bis zwei Millisekunden sind völlig ausreichend. Dadurch, dass du dich in unmittelbarer Nähe der Explosion befunden hast, ist es kein Wunder, dass du einen Hörverlust erlitten hast.“

Sie griff nach einem Zettel und kritzelte etwas darauf.

„Hier. Das ist ein Rezept für Cortison-Tabletten.“ Als Marley bei der Nennung des umstrittenen Medikaments die Nase rümpfte, beruhigte sie sie: „Ich weiß. Das Mittel ist nicht sonderlich populär. Aber in diesem Falle würde ich dir wirklich dazu raten. Die Erfolge sind sehr gut. Der Rest der Medikamente steckt in der Infusion.“ Sie deutete auf die Flasche neben dem Bett.

Marley nickte. Was sollte sie auch anderes machen. Sie wollte schon gerne wieder zwei funktionierende Ohren haben.

„Kann ich nachher gehen?“, fragte sie.

Dr. Mertens nickte. „Sobald die Infusion durchgelaufen ist, kannst du nach Hause. Hast du jemanden, der dich abholt?“

Marley hatte keine Ahnung. Vermutlich könnte sie einen ihrer Kollegen anrufen. Ian fiel ja leider aus, dachte sie.

„Wie geht es Ian?“, platzte sie heraus. „Hat er auch ein Knalltrauma erlitten? Kann ich zu ihm?“

Bedauernd schüttelte die Ärztin den Kopf. „Ich befürchte, das geht nicht. Nur Verwandte dürfen Leute besuchen, solange die Patienten bewusstlos sind. Krankenhausvorschriften.“

„Oh. Er hat das Bewusstsein noch nicht wiedererlangt?“

„Leider nein. Wir haben ihn unter Beobachtung gestellt und überwachen die Schwellung an seinem Kopf.“

„Ich bin seine Verlobte“, schwindelte Marley blitzschnell und ohne eine Spur eines schlechten Gewissens. Sie konnten sich anschließend ja wieder entloben, wenn Ian etwas dagegen einzuwenden hatte.

Ein Lächeln spielte um Dr. Mertens Lippen. „Ach so. Das ändert natürlich alles. Dann kannst du ihn gerne sehen. Aber nur kurz“, warnte sie sie.

„Versprochen.“

Mit einem freundlichen Gruß und der Anweisung, sich die nächsten Tage ein wenig zu schonen, verabschiedete sich die junge Ärztin.

Marley ließ sich zurück in das dicke Kissen des Krankenhausbetts fallen. Der Aufprall, obwohl abgefedert, ließ sie jeden ihrer geschundenen Knochen spüren. Explosion 1 – Marley 0, dachte sie mürrisch. Ungeduldig ließ sie ihren Blick zum Infusionsbeutel an der Stange schweifen. Mist! Immer noch zur Hälfte voll. Nun ja. Ian schlief immer noch. Er würde sie also nicht vermissen. Ihr Verlobter, fügte sie gedanklich hinzu und kicherte. Sie war mal gespannt, was er zu dieser unerwarteten Entwicklung sagen würde. Hoffentlich würde er es nicht als eine Einmischung empfinden.

Ein Klopfen an der Tür ließ sie aufschrecken. Wer konnte das sein?

„Herein“, rief sie vom Bett aus. Ihre Stimme krächzte und war nicht so fest, wie sie es gerne gehabt hätte. Im nächsten Moment schämte sie sich, dass sie sich so viele Gedanken um so etwas Nebensächliches wie ihre Stimme machte, während Ian bewusstlos in einem anderen Zimmer lag.

Die Tür ging auf. Cole kam ins Zimmer, dicht gefolgt von Jake Carter, dem Sheriff. O-o. Diese Kombination versprach nichts Gutes, dachte sie. Nervös glitten ihre Augen von einer Seite zur anderen.

„Hoher Besuch“, scherzte sie, um das plötzlich in ihr aufsteigende Unbehagen zu verdrängen. Es funktionierte nicht sonderlich gut. Nervös blickte sie von einem zum anderen.

„Was ist? Ist das ein offizieller Besuch? Oder gehört das zum Service in Independence dazu?“

Jake lachte. „Draußen im Wartezimmer sitzen dein Team, meine Frau Jaz mit unseren zwei Mädchen Cammie und Hazel im Schlepptau sowie noch ein paar andere. So gesehen ja, die Nachbetreuung gehört dazu.“ Seine Miene wurde wieder ernst. „Leider sind wir nicht Teil des Care-Teams.“

„Was ist es dann? Gibt es Neuigkeiten?“

„Das Gasleck, die Explosion, beides scheint im Zusammenhang mit den Schwierigkeiten zu stehen, die du mit deinem Spiel erlebt hast.“

„Ich verstehe nicht …“

„Jemand hat den Gashahn aufgedreht“, erklärte Cole brüsk. „Als du den Erwartungen nicht entsprochen und angefangen hast, Leute zu evakuieren anstatt Licht anzumachen oder zu kochen, hat die Person mit einem Molotow-Cocktail die Explosion ausgelöst.“

Wie vom Donner gerührt starrte Marley die beiden an. „Okay … Schlimm genug! Aber wie kommt ihr darauf, dass es die Terroristen waren? Ich meine … Ein Computervirus und eine Gasexplosion sind doch zwei sehr verschiedene Dinge, nicht? Zudem dachte ich, die Terroristen seien hinter Gittern? Oder hat sich etwas Neues ergeben?“

Cole reichte ihr ein Tablet. „Das ist das Bekennerschreiben. Offensichtlich wurden nicht alle geschnappt.“

Verständnislos betrachtete Marley das Foto. Wenn sie nicht live dabei gewesen wäre, hätte sie das Bild atemberaubend gefunden. Als Empfänger der rohen Gewalt drehte sich ihr nur der Magen um. Sie schluckte.

„Das ist ja schrecklich.“

„Das FBI hat endlich zwei Agenten geschickt. Sie wollen mit dir reden. Fühlst du dich dazu in der Lage?“, wollte Jake besorgt wissen.

Marley zuckte mit den Schultern. „Es hilft ja nichts. Die gehen ja nicht weg, ehe ich nicht mit ihnen geredet habe. Oder doch?“

Der Sheriff schüttelte bedauernd den Kopf. „Leider nein. Aber wenn du möchtest, kann ich sie bis morgen hinhalten. Das wäre durchaus akzeptabel, nach dem heutigen Angriff auf dich.“

„Angriff auf mich? Du meinst, die Person hat es konkret auf mich abgesehen?“, fragte sie entsetzt.

„Sieht ganz so aus“, erklang eine Stimme von der Tür. „Darf ich vorstellen, Agent Patterson.“ Er deutete erst auf seinen Begleiter und dann auf sich selber. „Mein Name ist Hathaway.“

Wie in Trance schüttelte Marley den beiden die Hand, während ihr Hirn versuchte, mit den neuen Fakten Schritt zu halten. Der Angriff hatte ihr persönlich gegolten? Aber wer war das? Sie hatte doch keine Feinde! Dasselbe schien sich auch das FBI zu fragen.

Agent Hathaways erste Frage war: „Nun, Frau Spencer? Wer könnte sie in die Luft jagen wollen?“

*

Ian öffnete die Augen und blinzelte. Wo … verdammt! Er war in einem Krankenhaus. Ausgerechnet, wo er die verdammten Krankenhäuser doch hasste. In seinem Kopf war eine Herde Elefanten damit beschäftigt, mit Vorschlaghämmern an seine Schädeldecke zu schlagen. Großartig. Jemand fasste nach seiner Hand. Vorsichtig drehte er seinen schmerzenden Kopf. Astrid saß neben ihm. Für eine Sekunde war er enttäuscht, dass es nicht Marley war, die an seinem Bett saß, doch er fing sich schnell wieder.

„Sie wird gerade vom FBI verhört", erklärte Astrid und lächelte wissend.

Ian grinste schuldbewusst. „Sorry. Das war nicht gegen dich gerichtet."

„Das weiß ich doch. Ich muss auch bald wieder los. Mouse wartet draußen auf mich. Zudem sollte ich gar nicht hier sein. Ich habe mich reingeschlichen. Krankhausvorschriften und so. Aber ich musste kurz sehen, wie es dir geht."

„Danke dir." Er runzelte die Stirn. „Mist. Dann lassen sie wohl Marley auch nicht zu mir." Er machte Anstalten, sich aufzurichten.

Astrid sprang auf und legte ihm eine Hand flach auf die Brust. „Hiergeblieben, mein Freund. Deine *Verlobte* wird dich sicher besuchen, sobald sie das Verhör hinter sich hat."

„Meine Verlobte?", fragte er verwundert. Was meinte Astrid damit? Spielte ihm etwa sein hämmernder Kopf einen Streich?

„Ja. Innerhalb von Sekunden, nachdem ihr die Ärztin erklärt hatte, dass sie nur Verwandte zu dir lassen darf, hat sie sich selber als deine Verlobte deklariert."

Ian grinste breit. „Sehr gut. Wenn ich gewusst hätte, dass es nur eine klitzekleine Explosion braucht, damit sie sich offiziell zu mir bekennt …"

„Mach keine Witze", rügte ihn Astrid scharf. „Das war keine kleine Explosion. Das ganze Haus wurde dem Erdboden gleichgemacht!"

Ian wurde bleich. Auf einmal kehrten die Ereignisse mit aller Wucht zurück. Seine Angst um Marley. Die Trümmerteile. Die

Druckwelle. Die Hitze. Ein Wunder, dass seine Ohren noch funktionierten. Zwar hörte er alles etwas gedämpft, aber alles in allem konnte er sich darüber nicht beschweren.

„Du hast recht. Es war schrecklich." In dem Versuch, die Erinnerung an den schrecklichen Moment auszublenden, als er realisiert hatte, dass jemand einen Molotowcocktail auf das Haus warf, schloss er die Augen. „Einen Moment lang hatte ich befürchtet, zu spät zu sein", bekannte er.

„Marley geht es gut. Im Vergleich zu dir und deinem Kopf sogar hervorragend. Dank dir. Du bist der neue Held von Independence."

„Quatsch", protestierte Ian schwach. „Das fehlt mir gerade noch, dieser zweifelhafte Ruhm."

„Damit musst du die nächste Zeit wohl leben. Immerhin hast du eine Verlobte, die dir dabei bestimmt die Hand hält", zog sie ihn auf.

„Immerhin", antwortete er. Sofort hellte sich seine Miene auf. Ein zufriedenes Lächeln huschte über sein Gesicht. „Immerhin eine Verlobte."

„Ich muss los, du großer Dickschädel. Der hat dir vermutlich das Leben gerettet."

Vorsichtig tastete er nach dem Verband, der um seinen Kopf gewickelt war. „Das kannst du wohl laut sagen."

Hoffentlich war es keine Gehirnerschütterung. Solange er still liegen blieb, spielte sein Kopf einigermaßen mit. Er war allerdings nicht erpicht darauf, herauszufinden, was passierte, wenn er sich aufsetzte oder gar versuchte zu stehen.

„Bis später. Dein Hund ist übrigens bei mir."

„Ja. Und danke. Fürs Vorbeikommen und das Hundesitting", fügte er hinzu, auf einmal völlig erschöpft. Die kurze Unterhaltung hatte ihm jegliche Energie geraubt.

„Dafür sind Freunde da."

*

Seit zwei Stunden saßen sie jetzt bereits in dem Aufenthaltsraum, den das Krankenhaus dem FBI zur Verfügung gestellt hatte. Jake hatte darauf bestanden, mit dem Verhör zu warten, bis Marleys Infusion fertig durchgelaufen war. Anschließend hatten die Agenten alle in dieses Zimmer beordert. Da Jake mit den Ermittlungen vor Ort beschäftigt war, hatten sich Cole und Avery bereit erklärt, bei dem Gespräch dabei zu sein.

Cole beobachtete besorgt, wie Marley immer bleicher wurde. Ihre Hände, die sie in den Schoß gelegt hatte, zitterten leicht. Er warf Avery, die dem Verhör ebenfalls beiwohnte, einen bedeutungsvollen Blick zu und deutete dabei mit einer leichten Kopfbewegung in Marleys Richtung. Avery nickte unmerklich.

Marley war völlig erschöpft. Seit über zwei Stunden hatte sie die immer gleichbleibenden Fragen beantwortet. Nein, sie hatte nie mit den Terroristen sympathisiert. Nein, sie hatte keine Feinde. Nein, sie war keinem Konkurrenten auf die Füße getreten. Nein, sie glaubte nicht, dass ihr jemand vom Team eins auswischen wollte. Sie hatte keine Ahnung, wie die Agenten auf die Idee kamen, dass die Antwort anders ausfallen würde, nur weil sie die Satzstellung veränderten. Das änderte ja nicht gleichzeitig die Fakten. Sie war so unendlich müde. Zudem wollte sie dringend wissen, wie es Ian ging. Ob er endlich wieder zu sich gekommen war? Sie hoffte es inständig.

Gleichzeitig unterdrückte sie die flüsternde Stimme im Hinterkopf, die in schöner Regelmäßigkeit ihr gesammeltes, laienhaftes Wissen zum Thema Kopfverletzungen von sich gab. Ja, Kopfverletzungen konnten tückisch sein. Aber sie klammerte sich an den Gedanken, dass Ian hart im Nehmen war. Der ehemalige Army-Ranger hatte drei Kriegseinsätze und unzählige geheime Missionen überstanden. Da wäre es doch gelacht, wenn ihm ein fliegendes Stück Holz etwas anhaben könnte. Oder?

In dem Moment stand Avery auf und stützte beide Hände auf den Tisch.

„Meine Herren, ich glaube, für den Augenblick reicht es. Es ist offensichtlich, dass Marley nichts Neues zum Fall beizutragen hat. Zudem steht sie immer noch unter Schock und ist völlig fertig."

Die beiden Agenten tauschten einen Blick aus. Schließlich nickte der eine zögernd. „In Ordnung. Aber halten Sie sich die nächsten Tage für das FBI zur Verfügung."

„Also nicht auf eine karibische Insel reisen, wie ich es eigentlich geplant hatte", murmelte Marley.

Mr. Hathaways Kopf schnellte hoch. „Was meinten Sie?"

Marley kratzte ihre letzten Energiereserven zusammen und lächelte ihn so freundlich wie möglich an. Sie befürchtete allerdings, dass es mehr einem Zähnefletschen glich, aber egal. „Ich sagte nur, dass ich in nächster Zeit nicht verreise."

„Gut."

Avery biss sich auf die Innenseite ihrer Wange, um nicht loszulachen. Auch Cole sah aus, als müsse er sich das Lachen verbeißen. Marley konnte sich nur knapp zurückhalten, um nicht mit den Augen zu rollen.

Endlich verabschiedeten sich die beiden Agenten. Marley ließ ihren Oberkörper auf die Tischplatte fallen und legte den Kopf auf das kühle Holz.

„Danke für die Rettung."

Avery tätschelte ihr die Hand. „Kein Problem. Du sahst aus, als würdest du gleich aus den Latschen kippen."

Marley hob den Kopf. „So fühle ich mich auch. Alleine die Tatsache, dass ich nur auf einem Ohr hören kann, ist total anstrengend. Hoffentlich erholt sich das zweite bald."

„In ein paar Wochen wirst du dich kaum noch daran erinnern", erklärte ihr Cole beruhigend. „Unser Körper ist extrem widerstandsfähig."

„Jetzt versorgen wir dich erst einmal mit etwas Essbarem und anschließend geleite ich dich zu deinem Verlobten", versprach ihr Avery.

„Ich weiß nicht, ob ich etwas essen kann. Solange ich nicht weiß, wie es Ian geht, bezweifle ich, dass ich etwas herunterbringe.“

„Ich mach dir einen Vorschlag“, meinte Cole. „Du gehst mit Avery in der Cafeteria etwas essen und ich finde in der Zwischenzeit heraus, ob unser Held inzwischen aufgewacht ist.“

Er trat zu Avery, flüsterte ihr etwas ins Ohr und küsste sie zum Abschied auf den Mund. Avery lächelte ihren Mann verliebt an und gab ihm einen Klaps auf den Hintern, als er sich zum Gehen wandte.

„Frechdachs“, betitelte er sie gutmütig. „Das kriegst du zurück. Später.“

„Ich nehme dich beim Wort“, antwortete Avery mit einem Augenzwinkern.

Sehnsucht erfüllte Marley, als sie das Paar bei der innigen Umarmung beobachtete. Was würde sie nicht darum geben, jetzt in Ians Armen zu liegen. All ihre Gründe, die ihr zu Zurückhaltung geraten hatten, erschienen im Angesicht der heutigen Ereignisse null und nichtig. Das Leben war zu kurz, um es auf passende oder unpassende Zeiten auszurichten. Ihr dämmerte plötzlich, dass solch intensive Gefühle, wie sie sie für Ian empfand, niemals auf die lange Bank geschoben werden sollten. Ganz egal, wie stressig das restliche Leben sein mochte. Ihr Herz flatterte, als hätte es auf einmal Flügel bekommen. War es das, was Ian gemeint hatte? Wenn ja, dann besaß er sehr viel mehr Weisheit als sie. Sie seufzte. Hoffentlich kam ihre Erkenntnis nicht zu spät. Sie könnte es ihm nicht verdenken, wenn er zu dem Schluss käme, dass sie ihm nichts als Ärger einbrachte. Fast zu sterben konnte schon mal diesen Effekt haben.

„Okay, Zeit, die trüben Gedanken beiseitezuschieben“, verkündete Avery, die sich extra links von Marley hingestellt hatte, neben ihr gesundes Ohr. „Nach einem Teller Suppe sieht die Welt bestimmt gleich wieder besser aus.“

„Suppe?“

„Ich weiß aus erster Hand, dass Suppe das Einzige ist, was annähernd essbar ist in diesem Haus.“

Trotz ihrer Erschöpfung musste sie lachen. „Wie gut, dass ich einen Insider wie dich dabei habe“, witzelte sie und folgte Avery aus dem Zimmer.

*

Ein wenig später drückte sie leise die Klinke von Ians Zimmer hinunter und spähte hinein. Die Krankenschwester hatte ihr eingeschärft, ja nicht lange zu bleiben. Ungeduldig, endlich zu Ian zu kommen, hatte sie nur genickt und gehofft, das der Drachen den Weg endlich freigeben würde. Sie hatte nur mit halbem Ohr zugehört (haha, das stimmte mehr als nur im übertragenen Sinne). Vermutlich hätte sie ihr auch ihr erstgeborenes Kind oder eine Niere versprochen, so dringend wollte sie Ian sehen.

Die Suppe, die ihr Avery aufgedrängt hatte, hatte ihr gut getan. Sie fühlte sich nach wie vor, als wäre ein ganzer Güterzug über sie gefahren. Aber immerhin war sie zuversichtlich, dass sie keinen Schwächeanfall erleiden würde. Das würde ihr gerade noch fehlen, an Ians Bett zusammenzubrechen. Der arme Kerl hatte mit ihr schon genug mitgemacht.

„Willst du reinkommen oder hegst du Fluchtgedanken?“, kam die humorvolle Frage aus Richtung des Krankenhausbettes.

Enorm erleichtert, seine Stimme zu hören, eilte sie zu ihm. „Himmel, du weißt gar nicht, wie ich deinen trockenen Humor vermisst habe.“

Unschlüssig, ob sie sich auf den Stuhl oder auf die Bettkante setzen oder doch lieber stehen bleiben sollte, rang sie die Hände.

„Krieg ich nicht einmal einen Kuss von meiner Verlobten?“

Erwartungsvoll wackelte er mit den Augenbrauen. Er konnte allerdings nicht verhindern, dass er gleich darauf schmerzlich zusammenzuckte. Verdammter Kopf.

Marley entschlüpfte ein Glucksen. Erschrocken schlug sie sich die Hand vor den Mund. „Tut mir leid, tut mir leid. Es steht mir nicht zu, über dich zu lachen. Schließlich bin ich schuld, dass du überhaupt im Krankenhaus liegst." Beschämt schloss sie die Augen.

Ian fasste nach ihrer Hand und zog sie Stück für Stück näher, bis ihr gar nichts anderes übrig blieb, als auf sein Bett zu plumpsen. Wieder zuckte er ein wenig zusammen. Erschütterungen hielt sein Kopf leider sehr schlecht aus.

„Das kannst du gleich vergessen. Wäre es jemand anders gewesen, ich hätte genau gleich reagiert. Hörst du? Auch auf das Risiko hin, dass das jetzt nicht sehr romantisch klingt."

Sie blinzelte und begegnete seinem ernsthaften Blick. „Ändert nichts an der Tatsache, dass ich es war und nicht irgendjemand anders. Zudem scheint die Person es auf mich abgesehen zu haben. Das glaubt sogar das FBI."

Ians Hirn versuchte hektisch mit den neuen Informationen Schritt zu halten, die sie ihm unbeabsichtigterweise verriet. Falls das FBI recht hatte und die Terroristen Marley im Visier hatten … Er wagte sich nicht auszumalen, was das für sie bedeuten mochte.

„Ein Grund mehr, warum du mich küssen solltest. Das ist das Mindeste, was du tun kannst", zog er sie auf.

Ein zögerliches Lächeln auf den Lippen, näherte sie ihr Gesicht vorsichtig dem seinen. Starke Arme schlangen sich um ihren Körper und zogen sie heran, bis sie praktisch auf ihm lag. Er stieß einen zufriedenen Seufzer aus.

„Perfekt", flüsterte er.

Dann küsste er sie.

*

Zehn Minuten später trat die Krankenschwester ins Zimmer, um den Blutdruck des Patienten zu messen. Bei dem Bild, das sich ihr bot, verschoben sich ihre Mundwinkel nach oben. Die Frau lag halb neben, halb auf ihrem Patienten im Bett und schlief. Der ehemalige Soldat hob einen Finger an die Lippen und schenkte ihr ein um Verständnis bittendes Lächeln.

Sie schüttelte den Kopf, allerdings mehr über sich selber, und trat an seinen freien Arm heran, um ihm die Manschette anzulegen. Anschließend vermerkte sie die Messdaten auf der Tabelle, die am Fußende hing, und verließ schweigend das Zimmer.

Das Paar da drinnen verstieß gegen mehr als eine Regel. Aber dieses eine Mal beschloss sie, ein oder besser zwei Augen zuzudrücken. Die seelische Verfassung war für die Heilung genauso wichtig wie die medizinische Versorgung. Das hatte sie oft genug erlebt.

18

Zwei Tage später saß Marley im Diner und versuchte, nicht in Schnappatmung zu verfallen, während ihr Mr. Wilkinson seelenruhig erklärte, weshalb die Stadt leider ihre Starthilfe zurückforderte. Vielleicht hatte sie ihn nur falsch verstanden? Ihr Ohr war zwar schon besser, aber manchmal entgingen ihr immer noch wichtige Details in einem Gespräch.

„Was meinen Sie genau mit zurückfordern? Ich dachte, die Starthilfe für Firmen sei kein Darlehen, sondern ein Geschenk?"

„In unserem Vertrag steht, dass unter unerwarteten Umständen oder Ereignissen, die dem Ruf der Stadt Independence Schaden zufügen und ihren Ursprung in der betreffenden Firma haben, die Starthilfe zurückgezogen werden kann."

Immerhin besaß der Bürgermeister den Anstand – oder die schauspielerischen Fähigkeiten, so genau wusste sie das nicht – betroffen auszusehen. An seiner Aussage änderte es allerdings nichts.

„Heißt das, wir werden aus Independence verbannt?", hakte sie nach.

Sie wollte genau wissen, was diese Klausel beinhaltete. Sonst war sie nicht in der Lage, das Ausmaß der Hiobsbotschaft einzuschätzen.

„Nicht gerade verbannt", druckste Mr. Wilkinson herum. „Nein. Das ist immer noch ein freies Land. Für den Vertrag für eure Büros ist der Besitzer des Gebäudes zuständig. Wenn er bereit ist, euch die Räume weiterhin zu vermieten, kann ich nichts dagegen tun."

Außer ein entsprechendes Wort beim Eigentümer zu platzieren. Er war schließlich der verdammte Bürgermeister, dachte sie bitter. Es konnte offensichtlich immer noch schlimmer kommen. Fahrlässig hatte sie angenommen, dass sie und ihre Mitarbeiter bereits am tiefsten Punkt gelandet wären.

„Ich würde dir allerdings nahelegen, von Geschäftsmann zu Geschäftsfrau", erklärte er herablassend, „dir zu überlegen, ob es nicht besser wäre, woanders einen frischen Start zu wagen."

„Aha."

Nicht gerade die geistreichste Antwort, aber sie war buchstäblich sprachlos. Und auch ein wenig enttäuscht, wenn sie ehrlich war. Sie hatte Independence und seine Bewohner übers letzte Jahr kennen und lieben gelernt. Es passte auch so gar nicht zu dem Eindruck, den sie bisher erhalten hatte. Insgesamt war die ganze Gemeinschaft sehr hilfsbereit und unterstützend gewesen. Diese Entwicklung war wirklich wie ein Schlag ins Gesicht.

Als Mr. Wilkinson klar wurde, dass sie nichts weiter sagen würde, räusperte er sich umständlich. Ihm war das Gespräch auch unangenehm. Aber gewisse Dinge durften einfach nicht sein.

„Melde dich einfach bei mir im Büro. Meine Sekretärin wird dir das Konto der Gemeinde angeben, wohin du das Geld überweisen kannst."

Fast hätte Marley gelacht. Wohin sie das Geld überweisen konnte. Ha. Wenn sie welches hätte, würde sie das gerne tun. Aber so knapp, wie sie kalkuliert hatten, war kein Cent mehr übrig. Alles, aber auch wirklich alles Geld steckte in der verdammten Firma.

*

Miss Minnie, die das Gespräch mitangehört hatte, kochte vor Wut. Sie war so in Gedanken vertieft, dass sie gar nicht merkte, dass sie dasselbe Glas bereits zum dritten Mal trockenrieb.

Dagobert, der am Tresen sein Mineralwasser mit einem Schnitz Alibi-Zitrone trank, murmelte ebenfalls erbost vor sich hin: „Unerhört!"

„Ganz deiner Meinung", pflichtete sie ihm bei.

„Und?", wollte er wissen. „Wirst du etwas unternehmen? Oder putzt du dieses Glas so lange weiter, bis es in tausend Stücke zerspringt?"

„Oh." Genervt stellte sie das blitzblanke Glas ins Regal. „Natürlich werde ich etwas unternehmen." Sie kniff die Augen berechnend zusammen. „Und ich weiß auch schon, was."

Dagobert grinste zufrieden, nicht unglücklich, dass er sich nicht in Bewegung setzen musste. Mit seinen über achtzig Jahren war er nicht mehr der Jüngste. Das, was er an Energie übrig hatte, sparte er sich für Eve auf. Er lächelte innerlich. Seine Frau hatte genug Energie für beide. Das machte sie äußerst anspruchsvoll. Inner- und außerhalb des Bettes. Er liebte diese Seite an ihr, aber von Zeit zu Zeit brachte sie ihn tatsächlich an seine Grenzen. Daran war bestimmt das verflixte Yoga schuld. Auf einmal hatte er einen Geistesblitz.

„Eve hat übrigens vor einiger Zeit ihr Interesse an der VGI zum Ausdruck gebracht. Ruf sie an, falls ihr noch Unterstützung braucht."

Miss Minnies Augen leuchteten auf. „Was für eine wunderbare Idee. Das mache ich gern!"

Zufrieden über den Ertrag des heutigen Morgens, leerte Dagobert sein Glas und stellte es auf dem Tresen ab. „Ich gebe ihr Bescheid, dass du dich bei ihr melden wirst."

„Mach das", antwortete Miss Minnie abgelenkt.

Sie war bereits dabei, einen Text zu entwerfen, der alle Mitglieder der VGI zu einem Notfall-Treffen rief. Das wäre ja gelacht. Dem Bürgermeister mit seinem selbstgerechten, herablassenden Verhalten würden sie eine Lektion erteilen.

*

Marley funktionierte nur noch im Autopilot-Modus. Zwischen dem Anschlag auf ihr Leben, dem Verlust ihrer Wohnung und Teilen ihres Gehörs sowie dem Untergang ihrer Firma hatte sie kaum Zeit zum Durchatmen gehabt. Ein Schicksalsschlag jagte den nächsten. Sie kam zu dem Schluss, dass sie in ihrem früheren Leben ein rechtes Arschloch gewesen sein musste. Die Menge an Pech ließ sich nicht mehr anders als mit schlechtem Karma erklären.

Auf dem Weg ins Büro traf sie auf Jaz. Diese sah sie mit besorgten Augen an, bevor sie sich einfach bei ihr einhängte und sie in Richtung Yogastudio schleppte.

„Wo gehen wir hin?“, fragte Marley.

„Zum Yoga. Den Rest deines Teams habe ich bereits zusammengetrieben. Es wird Zeit, dass ihr alle für eine Stunde mal an etwas anderes denkt.“

„Äh, ich weiß nicht, ob meine geprellten Knochen das schon wieder mitmachen“, protestierte Marley.

„Keine Angst. Es ist eine Anfängerstunde. Zudem kannst du einfach das machen, womit du dich wohlfühlst.“

Resigniert folgte Marley Jaz in ihr Studio. „Hat dein Mann schon eine Spur von dem Brandstifter gefunden?“, erkundigte sie sich schließlich bei Jaz.

„Nein. Leider nicht. Sie haben zwar einen Teilabdruck von einem Finger gefunden. Aber bis jetzt hatten sie wohl noch kein Glück mit der Identifikation.“

„Wäre ja auch ein Wunder gewesen, wenn einmal etwas auf Anhieb geklappt hätte.“

„Ja“, pflichtete Jaz ihr bei. „Ihr musstet in letzter Zeit ganz schön was aushalten.“

Sie griff unter den Tisch, der als Empfang diente, und zog ein T-Shirt sowie eine Yogahose hervor.

„Hier. Du hast deine Yogasachen vermutlich nicht dabei."

Marley verzog in gespielter Belustigung das Gesicht. „Leider nein. Die hat das Feuer auf dem Gewissen."

„Wo wohnst du denn aktuell?"

„Gibt es das tatsächlich, dass du einmal nicht informiert bist?", fragte Marley und zog erstaunt und ein wenig ungläubig eine Augenbraue nach oben.

„Ich habe mich nach dem Anschlag auf dich ausgeklinkt. Mir wurden all die Spekulationen zu viel."

„Ian hat darauf bestanden, dass ich vorübergehend zu ihm ziehen soll, aber ich bin erst mal bei Maya untergekommen."

Jaz grinste. „Tatsächlich. Bin ich ja mal gespannt, wie lange das anhalten wird."

„Ja. Wirklich. Jetzt warte ich nur darauf, dass irgendwo etwas frei wird, was Ians großen Ansprüchen in Bezug auf Sicherheit genügt. In der Zwischenzeit helfe ich mit Speedy aus. Der kleine Terrier hat Energie für zwei. Sehr zu Mayas Leidwesen. Sie hat erst einmal alle essbaren Dinge in Sicherheit gebracht."

„Wurde Ian schon aus dem Krankenhaus entlassen?"

Marleys Miene hellte sich auf. „Nein. Er ist entsprechend schlecht gelaunt. Aber das bessert sich hoffentlich, sobald ich ihn heute Nachmittag abhole."

„Bestimmt. So. Und jetzt zum Yoga." Entschieden scheuchte sie Marley zu den aufgerollten Matten in der Ecke des Raumes.

*

Nach dem Ende der Yogastunde, als Marley an dem Tee nippte, den Jaz ihr kommentarlos in die Hände gedrückt hatte, erklang unten die Glocke an der Tür. Wenige Sekunden später schritt ein sehr entschlossen aussehender Ian zur Tür hinein.

„Ian", rief Marley aus, ein breites Lächeln im Gesicht. „Was machst du denn hier? Ich dachte, ich würde dich am Nachmittag abholen?"

Geistesgegenwärtig stellte sie ihre Tasse auf dem Sideboard ab. Er sah aus, als hätte er einen bestimmten Plan. Einen Plan, bei dem sie vermutlich beide Hände brauchen würde.

Sie hatte recht. Ohne seine Schritte zu verlangsamen, kam er auf sie zu und schloss sie fest in die Arme.

„Ich war lange genug im Krankenhaus. Dieses Rumliegen treibt mich in den Wahnsinn. Außerdem warst du nicht da. Also habe ich Dr. Mertens so lange genervt, bis sie mich entlassen hat."

„Aber …"

„Schh … Lass mich dir was erklären."

Er lockerte seinen Griff um sie ein wenig und schaute ihr tief in die Augen.

„Wenn es um dich geht, gibt es nur zwei Zustände. Hier oder nicht hier. Du warst nicht hier. Das hat mir gar nicht gefallen."

Marley gluckste. „Das war so ungefähr das Romantischste, was je jemand zu mir gesagt hat."

„Idioten. Alle zusammen", brummte er und küsste sie.

In dem Kuss lagen Sorge, Zuneigung, Sehnsucht und eine ganze Menge aufgestauter Lust. Marleys Zehen kräuselten sich unter dem Ansturm der verschiedenen Gefühle.

„Wo hast du die Tage, als ich im Krankenhaus war, geschlafen?"

„Äh, bei Maya."

„Gut. Aber ab heute schläfst du wieder bei mir. Ich muss los. Ruf mich an, wenn du losfährst."

Am liebsten hätte er ihr einen Bodyguard aus Coles Team verpasst. Doch er konnte sich nur zu gut vorstellen, wie sie auf diesen Vorschlag reagieren würde. Ersatzweise hatte er Avery darum gebeten, unauffällig ein Auge auf Marley zu haben. So lange diese Irren noch frei rumliefen, wollte er kein Risiko eingehen.

Marley zog die Augenbrauen hoch und stemmte die Arme in die Hüften. „Okay. Und wann genau habe ich diesem Plan zugestimmt?"

Ein Lächeln zuckte um seine Mundwinkel. „Noch gar nicht. Aber ich brauche dringend jemanden, der auf mich aufpasst. Du weißt ja, meine Kopfverletzung …"

Schuldgefühle überfluteten Marley. „Stimmt. Tut mir leid. Selbstverständlich übernachte ich bei dir."

„Gott sei Dank", murmelte er und zog sie für einen zweiten Kuss zu sich heran.

„Glaub nur nicht, ich wäre immer so leicht zu manipulieren", flüsterte sie an seinem Mund. „Aber das mit deinem Kopf tut mir wirklich leid."

„Verstanden."

Er zwinkerte ihr gutmütig zu, verabschiedete sich von den anderen mit einem lässigen Winken und verschwand wieder die Treppe hinunter.

Marley holte tief Luft und stieß sie hörbar wieder aus. Dieser Mann …

„Heiliger Bimbam", stieß Maya hervor und fächelte sich Luft zu. „Das war ziemlich heiß! Hat er einen Bruder?"

Marley grinste. „Ich glaube nicht. Aber ich kann ihn ja mal fragen." Sie klatschte in die Hände. „Jetzt wird es leider wieder ernst, Leute." Als sie die fragenden Blicke mehrerer Yogaschüler sah, erklärte sie: „Nur für mein Team. Ihr anderen genießt den Tag."

„Das würde ich auch gerne wieder einmal", grummelte Marc. „Hey, vielleicht hat Ian ja wenigstens eine Schwester?"

„Falls ja, lässt er dich bestimmt nicht näher als dreißig Meter an sie heran", konterte Phil und versetzte ihm einen Rippenstoß.

„Aua! Wieso? Ich bin doch ein aufrechter Bürger mit hervorragenden Karriereaussichten …"

„… und einer Vorliebe für die Ladys."

„Ach so. Das. Dafür weiß ich, worauf es ankommt." Er wackelte vielsagend und eindeutig-zweideutig mit den Augenbrauen.

Amüsiert über die Eskapaden ihrer Arbeitskollegen schüttelte Marley den Kopf. Auf die beiden war Verlass. Selbst in so besch… eidenen Situationen wie der aktuellen schafften sie es, die Stimmung zu heben.

„Wir treffen uns gleich bei Coles und Averys Security-Firma. Anscheinend haben sie einen Vorschlag für uns. Zudem habe ich ebenfalls Neuigkeiten, die nicht warten können."

Leider nur schlechte. Aber das würden sie noch früh genug erfahren.

„Denkt daran, wir wissen immer noch nicht, wer meinen Häuserblock angezündet hat. Also bleibt wachsam und fahrt zu zweit."

„Oder zu dritt", schaltete sich Chris ein. „Das gilt für dich ebenso. Schließlich warst du die Person, auf die sie es abgesehen haben."

„Aber ich brauche mein Auto, wenn ich anschließend zu Ian fahren soll."

Chris verschränkte die Arme. „Ich bin sicher, dein *Verlobter* holt dich gerne ab."

„Das war doch nur …", protestierte sie.

„Ich glaube, Ian sieht das ein wenig anders. Aber das ist jetzt auch gar nicht das Thema. Du fährst mit uns."

Marley, die erkannte, wann sie auf verlorenem Posten stand, ließ die Schultern nach vorn fallen.

„Okay. Dann machen wir es halt so. Es wundert mich, was heute in der Luft liegt. Irgendwie scheinen alle männlichen Wesen ihre Alphaseite zu entdecken."

Jaz schnaubte lautstark. „Glaub mir, Ian musste sie nicht erst entdecken. Der war schon immer so.“

Marley hielt wohlweislich den Mund. Manchmal war es besser, schweigend seine Würde zu bewahren, als ein von vornherein verlorenes Argument aufrecht zu erhalten.

*

Kurz nachdem der letzte Mittagsgast gegangen war, marschierte Miss Minnie zur Tür, drehte den Schlüssel im Schloss und hängte ein „Geschlossen“-Schild in die Scheibe. Das kam sozusagen nie vor. Sie wusste selber nicht, wann sie das letzte Mal zu so einer drastischen Aktion gezwungen gewesen war. Eigentlich rühmte sich das Diner, 365 Tage im Jahr offen zu sein. Aber dramatische Ereignisse erforderten entsprechende Maßnahmen.

Das Verhalten des Bürgermeisters war unter aller Sau, pardon, völlig unverzeihlich. Zum Glück stand der Rettungstrupp bereit. Sie drehte sich um und betrachtete mit einer Mischung aus Befriedigung und Stolz die gemischte Frauengruppe, die gemeinsam am Tisch saß. Was sie und ihre Schwester vor über einem Jahr zusammen mit Nadine, Rose und Brenda ins Leben gerufen hatten, war zu einer unverzichtbaren Einrichtung geworden. Nicht nur, dass alle mit Begeisterung junge, weibliche Unternehmerinnen unterstützten und Independence so zu neuem Leben verhalfen, alle waren auch zuverlässig zur Stelle, wenn es irgendwo brannte. So wie heute. Alle Mitglieder der VGI hatten prompt einer außerordentlichen Sitzung zugestimmt, als sie von dem neuesten Streich des Bürgermeisters gehört hatten.

Sie ging zum Tisch und setzte sich an ihren Platz. Befriedigt sah sie, dass sich die anderen bereits mit Heißhunger über die frischen Mandelcroissants hergemacht hatten, die Miss Daisy kurzerhand bei ihrer Nichte Aileen im Sweets organisiert hatte. Fragend schaute sie zu Brenda.

„Sind alle da?"

„Noch nicht ganz", ließ sich Nadine mit einem Blick auf ihre Armbanduhr vernehmen. „Eve wollte doch noch kommen."

Tatsächlich klopfte es in diesem Moment an der verschlossenen Glastür.

Amüsiert zog Miss Minnie die Augenbrauen hoch und hievte sich erneut auf die Füße. „Das war ja klar, dass die Grande Dame einen Sonderauftritt inszeniert."

„Lass sie doch. Wer dieses königliche Alter erreicht, darf sich ein paar Sonderlichkeiten leisten", verteidigte Miss Daisy die alte Dame.

„Das werde ich mir merken und dich bei Gelegenheit daran erinnern", warnte Miss Minnie ihre Schwester.

„Wie meinst du das?"

„Na, wenn ich alt und schrullig werde und du dich über meine Sonderlichkeiten aufregst."

„Du bist schon lange alt und schrullig", murmelte Miss Daisy.

„Das habe ich gehört!"

„Das war auch so beabsichtigt."

Bei der Tür angekommen blieb es Miss Minnie erspart, sich eine schlagfertige Antwort einfallen zu lassen. Sie schloss die Tür auf und trat zur Seite, um Eve hineinzulassen.

In eine Wolke Chanel gehüllt, in ein fabelhaftes Deux-Pieces gekleidet und tadellos frisiert und geschminkt, stellte sie den Rest der Anwesenden unzweifelhaft in den Schatten. Strahlend stöckelte sie gekonnt zu den anderen, wo sie stehenblieb und sich die weißen Handschuhe von den Fingern zog.

„Ich fühle mich so geehrt, dass ihr mich eingeladen habt. Ich kann es nicht erwarten, dem Bürgermeister einen wohlverdienten Dämpfer zu verpassen. Was die Unterstützung für Marleys Unternehmen betrifft: Die habt ihr." Sie nickte in Nadines Richtung. „Nadine war so nett und hat mir bereits den Standardvertrag per Mail zugeschickt. Ich habe meine Bank informiert. In wenigen Tagen sollte mein Anteil auf dem Gönnerkonto sein." Sie ließ ihren Blick über die Runde schweifen. Alle saßen sprachlos da. „Fragen? Nein? Gut. Dann kann ich mich jetzt dem angenehmen Teil des Nachmittags widmen. Kann mir bitte jemand die Croissants reichen?"

Annas Mundwinkel zuckten. Ein Seitenblick zu Avery zeigte ihr, dass es ihrer Freundin nicht anders erging. Selbst die Initiatorinnen saßen mit einem amüsierten Blick da.

„Geht es nur mir so oder fragt sich sonst noch jemand, weshalb nicht Eve Bürgermeisterin ist?", fasste Rose schließlich zusammen, was sich alle anderen bereits gedacht hatten.

„Um Himmels willen", winkte die Angesprochene mit einem Augenzwinkern ab. „Für die Politik bin ich viel zu ungeduldig. Zu kompromisslos." Sie dachte einen Moment lang nach und fügte dann hinzu: „Wenn wir allerdings eine Diktatur einführen würden, ließe ich mit mir reden."

Alle lachten. Anna beugte sich vor und flüsterte Avery ins Ohr: „Das Erschreckende ist, dass ich mir vorstellen kann, dass eine Diktatur unter Eves Führung gar nicht schlecht funktionieren würde."

„Oh mein Gott", rief Avery aus. „Das ist tatsächlich so."

„Nein, eine Diktatur ist nicht geplant", erklärte Brenda und erstickte so die entstehende Diskussion im Ansatz.

Eve machte ein langes Gesicht. Dann schüttelte sie sich wie eine Katze, die aus Versehen in den Regen geraten ist, und strahlte in die Runde. „Alles klar. Was unternehmen wir jetzt wegen Marley und diesem Trottel, dem Bürgermeister?"

Avery schüttelte ungläubig den Kopf.

„Die Frau ist unglaublich", raunte sie Anna zu.

Diese lachte leise. „Ich weiß. Wenn ich mal groß bin, will ich so sein wie sie."

Rose McArthy, Jaz' Großmutter, stand auf und verteilte einen Stapel Blätter.

Nadine ergriff derweil wieder das Wort und erklärte das weitere Vorgehen.

„Unser Plan ist relativ simpel. Mit einem Mikrokredit von unserer Seite ermöglichen wir Marley und ihrem Team, die Starthilfe zurückzuzahlen. Das gibt ihnen die Möglichkeit, das Spiel erfolgreich auf den Markt zu bringen, anstatt sich jetzt um die undankbare Aufgabe zu kümmern, Geld aus der Luft zu zaubern."

„Besteht denn die Chance, dass sie das Spiel erfolgreich fertigstellen und verkaufen?", wollte Miss Daisy wissen.

„Das übersteigt zugegebenermaßen meinen Wissensstand." Schulterzuckend wandte sie sich an die große Runde. „Kann das jemand von euch beantworten?"

„Ich", meldete sich Avery zu Wort. Sie stand auf und begegnete den zweifelnden Blicken verschiedener Anwesender. „Ich hatte die Gelegenheit, die Testversion zu spielen. Meiner Meinung nach ist es eines der besten Computerspiele, das in den letzten fünf Jahren herausgekommen ist. Dadurch, dass es für Tablets und Notebooks konzipiert ist, hat es auch das Potential, Leute zu überzeugen, die sonst nicht oder nur wenig gespielt haben."

„Aber können sie es denn überhaupt fertigstellen, wenn die Gefahr besteht, dass jemand das Programm hackt und für seine schändlichen Zwecke missbraucht?", fragte Nadine besorgt.

Avery schüttelte den Kopf. „Das war nur ein Problem, solange das Team keine vernünftige Firewall hatte. Dieses Problem hat Carter Security umgehend behoben. Aktuell ist vielleicht Marley in Gefahr, oder allgemein Einwohner aus Independence, aber nicht das Spiel. Gegen die Bedrohung der Terroristen können wir nicht viel tun, außer uns auf die Fähigkeiten des FBI zu verlassen. Aber das Spiel und somit Marleys Firma können wir retten. Ich würde sogar vorschlagen, dass sich die VGI zu einem Prozent am Gewinn beteiligen lässt und dafür die Darlehenszinsen tiefer ansetzt."

„Wow! Du hast deine Hausaufgaben gemacht", lobte Miss Minnie. Sie hob die Hand. „Ich bin auf jeden Fall dabei."

Eine nach der anderen hob ihre Hand, bis der Beschluss eine einstimmige Sache war.

„So. Nachdem wir das jetzt geklärt hätten, gehen wir zum praktischen Teil über. Mr. Wilkinson hat angedeutet, dass er es gerne sähe, wenn Marleys Firma Independence verlässt. Er ist dabei sogar so weit gegangen, dass er durch die Blume damit gedroht hat, ein Wort mit dem Besitzer des Bürogebäudes zu wechseln, damit dieser den Vertrag nicht mehr verlängert."

Ein belustigtes Lächeln tauchte auf Eves Gesicht auf. „Das soll er ruhig machen."

Rose hob beide Augenbrauen. „Soll er?"

„Ja. Das Gebäude gehört nämlich mir."

19

Marley konnte nicht glauben, dass ihre Pechsträhne unvermittelt ein Ende gefunden haben sollte. Nachdem Mr. Wilkinson mit seiner unverschämten Forderung ihren Träumen und Hoffnungen fast ein Ende bereitet hatte, waren die guten Feen von Independence, wie sie die VGI-Mitglieder insgeheim nannte, in die Bresche gesprungen. Völlig ahnungslos war sie zu dem Treffen geeilt, um das sie Brenda Carter und Nadine Saunders überraschend gebeten hatten. Als sie die guten Neuigkeiten vernommen hatte, hatte sie sie erst einmal bitten müssen, alles noch einmal zu sagen. Sie war so überwältigt und auch ein wenig ungläubig gewesen, dass sie sich hatte zurückhalten müssen, nicht nach einer versteckten Kamera oder alternativ irgendwelchen singenden, von Disney inszenierten Waldbewohnern Ausschau zu halten. Innerhalb von zehn Minuten waren ihre dringendsten Sorgen gelöst gewesen.

Zusammen mit der Tatsache, dass Cole und sein Securityteam ihnen grünes Licht gegeben hatten, mit der Fertigstellung des Computerspiels fortzufahren, sah die Zukunft auf einmal wieder gut aus.

Nicht zu vergessen, dass sie die letzten drei Nächte in Ians Armen verbracht hatte. Verträumt und ein wenig wehmütig starrte sie auf den alten Trailer. Leider würde das nun ein Ende nehmen. Das FBI war der Meinung, dass die Terroristen untergetaucht waren und die Gefahr somit vorüber war. Also gab es keinen Grund mehr, Ians Gastfreundschaft in Anspruch zu nehmen. Sie gab sich einen Ruck und stieg aus dem Auto.

Nachdem es hinter der Tür im Trailer ruhig blieb, ging sie davon aus, dass Ian und Speedy hinten bei den Cannabisfeldern waren. Den größten Teil der Ernte hatte er bereits eingebracht. In den nächsten Tagen waren die letzten Felder dran. Die Hände gegen die Kälte tief in ihre Taschen vergraben, machte sie sich auf den Weg zu ihren beiden Männern. Die dünne Schicht Pulverschnee knirschte unter ihren Stiefeln. Ihr Atem stieg in einer kleinen Wolke vor ihrem Gesicht auf. Durch die kalte Luft war die Sicht ins Tal kristallklar. Der Trailerpark hatte eine fantastische Aussicht. Eigentlich ein Wunder, dass sich noch kein Investor das Land unter den Nagel gerissen hatte. Die Augen auf die Berge rundherum gerichtet, wanderte sie weiter, während sie über Ian und sein Projekt nachdachte.

Ians und Susans erste Backversuche waren sehr erfolgreich gewesen. Kat und Paula hatten angefangen, die Chillax-Kekse zu füttern und bereits erste Testberichte geliefert. Einer von Kats alten Pflegehunden, der unter Arthrose litt, konnte sich bereits nach dem dritten Tag fast schmerzfrei bewegen. Ein kleiner Kater, der abgegeben worden war, weil er trotz Kastration übermäßig markierte, hatte das Verhalten zwar nicht ganz eingestellt, aber doch extrem eingeschränkt. Kat war überzeugt davon, dass es nur eine Frage der Zeit war, bis er mit Hilfe der mit CBD versetzten Kekse ganz aufhören würde. Eines von Paulas Pferden, das ganz in sich zurückgezogen war und alle Anzeichen einer Depression zeigte, nahm wieder vermehrt am Leben teil und war viel kontaktfreudiger geworden.

Angespornt von den vielen positiven Reaktionen hatte Ian sich getraut, Nate Bale anzusprechen. Es war von Vorteil, dass Nate bereits von seiner Frau Paula aus erster Hand von den Erfolgen gehört hatte. Als Ian anrief und ihm den Vorschlag unterbreitete, ihm Testkekse zur Verfügung zu stellen, war er sofort Feuer und Flamme gewesen.

Nach einem kurzen Anstieg erreichte Marley das erste Feld mit den bereits abgeernteten Pflanzen. Während Ian ihr noch den Rücken zudrehte, entdeckte Speedy sie. Freudig bellend galoppierte er ihr auf seinen drei Beinen entgegen.

„Das ist aber schön, dass du dich so freust, mich zu sehen", lobte sie ihn. Sie bückte sich und streichelte ihm über das rauhaarige Fell. „Komm. Lass uns zu deinem Herrchen gehen."

Sie richtete sich auf und ging weiter. Durch die Steigung war sie ziemlich außer Atem. Mist. Sie sollte wohl weniger oft Pizza essen und zusätzlich zum Yoga noch einen von Tylers Tanzkursen besuchen. Dank ihres Stoffwechsels, der immer auf Hochtouren lief, hatte sie nie mit Figurproblemen zu kämpfen, im Gegenteil, manchmal wünschte sie sich etwas weiblichere Kurven. Leider sorgte dieser Stoffwechsel nicht automatisch für eine sportliche Ausdauer.

„Das ist aber eine schöne Überraschung", begrüßte Ian sie und zog sie in seine kräftigen Arme.

Marley gestattete sich, für ein paar Minuten in seine Umarmung zu schmelzen und seine Stärke zu genießen.

„Wir starten morgen mit der letzten Testrunde. Dann werden noch die letzten Grafiken auf Hochglanz gebracht. Ungefähr in einer Woche startet der offizielle Verkauf."

„Das sind ja großartige Neuigkeiten."

„Finde ich auch. Damit hatte ich gar nicht mehr gerechnet."

Sie spielte mit dem Kragen seiner Jacke und starrte auf seinen Hals, während sie sich die nächsten Worte zurechtlegte. „Das FBI war nochmals hier."

Sofort in Alarmbereitschaft versetzt, schob Ian sie ein Stückchen von sich weg.

„Und? Haben sie die Dreckskerle erwischt?"

„Nein. Aber sie denken, dass die Terroristen wohl abgetaucht sind. Das heißt, ich bin nicht mehr in Gefahr."

„Aha."

Ian war nicht überzeugt, dass das der Wahrheit entsprach. Sein Bauchgefühl beharrte darauf, dass die Sache noch lange nicht vorbei war. Marley räusperte sich und riss ihn aus seinen Gedanken.

„Das heißt, du kannst Avery sagen, sie braucht mich nicht mehr zu beschützen."

Ian grinste verlegen. „Das hast du durchschaut?"

„Natürlich. Aber es ist schon okay. Es war ganz angenehm, sie als Schatten zu haben. Aber jetzt, wo die Gefahr gebannt ist, ist es nicht mehr nötig. Wie die Tatsache, dass ich dir zur Last falle."

„Du fällst mir nicht …", wollte er protestieren, doch sie stoppte ihn, indem sie ihm einen Finger auf die Lippen legte.

„Es ist an der Zeit, dass ich wieder auf eigenen Füßen stehe. Wenn wir irgendwann beschließen, dass wir zusammenziehen wollen, komme ich gerne zurück. Aber aus den richtigen Gründen. Ich weigere mich, diese Kriminellen mein Leben bestimmen zu lassen."

Sie verstummte und versuchte ihn mit Gedankenkraft dazu zu bringen, ihre Argumente zu verstehen.

Ian kämpfte gegen den Impuls an, sie einfach über die Schulter zu werfen und in seinen Trailer zu sperren, wo er sie in Sicherheit wusste. Er konnte ihre Gedankengänge gut nachvollziehen. Fand ihre Einstellung sogar sehr bewundernswert. Trotzdem sorgte er sich um sie. Um ihre Sicherheit. Marley ging ihm unter die Haut. Hatte sich in sein Herz geschlichen. Auf keinen Fall wollte er sie verlieren, kaum, dass er sie gefunden hatte.

Gleichzeitig wusste er, dass er sie ziehen lassen musste. Er würde einfach sein Möglichstes tun, um dafür zu sorgen, dass sie möglichst selten alleine war.

„Wo willst du denn hin? Deine Wohnung ist ja nicht mehr verfügbar."

„Dort, wo wir unsere Büros haben, ist im obersten Stock eine Wohnung frei."

Das ungute Gefühl in Ians Bauch verstärkte sich. Wenn der Attentäter gewusst hatte, wo sie wohnte, war er sicher auch darüber im Bilde, wo sie arbeitete. Die Vorstellung, dass sie alleine sein würde, ließ ihn beinahe in Panik ausbrechen.

„Dann muss ich dich wohl einfach möglichst oft besuchen", murmelte er ihr ins Ohr.

Froh, dass er nicht versucht hatte, sie umzustimmen, sank sie erleichtert gegen ihn. „Jederzeit. Und bring Speedy mit. Er kann als Wachhund fungieren."

Ian nickte glücklich, hob sie hoch und wirbelte sie herum. „Das mache ich. Speedy ist sowieso verliebt in dich."

Marleys Augen leuchteten auf, doch eine Spur Unsicherheit war auch zu sehen. „Nur der Hund?", fragte sie schließlich, die Füße immer noch in der Luft.

Ian lächelte und küsste ihre Nasenspitze. „Natürlich nicht."

Sie entspannte sich und lehnte sich an ihn. „Gut. Dann bin ich froh. Ich bin nämlich auch verliebt. In euch beide."

*

Susan starrte auf die Waage unter ihren Füßen. Wieder hatte sie zwei Kilo zugenommen. Es war wie verhext. Seit einiger Zeit konnte sie quasi zusehen, wie ihr Gewicht ständig in die Höhe kletterte. Zudem war sie oft so erschöpft, dass sie bereits nach dem Mittag schon wieder hätte schlafen können. Ein Bild von Henrik tauchte vor ihrem inneren Auge auf. Zum Glück konnte er sie so nicht sehen, dachte sie beschämt. Dick, aufgedunsen. Unattraktiv.

Sie wagte einen Blick in den Spiegel. Vielleicht sollte sie anfangen, Sport zu treiben? Sie seufzte. Mit den Rettungsringen, die sich auf ihre Hüften und um ihre Taille drapiert hatten, getraute sie sich nicht, zu Jaz ins Yoga oder in eine der Tanzstunden zu gehen, die Tyler anbot. Vielleicht sprach sie am besten einmal mit Pat? Um auf einen Sandsack einzuboxen, brauchte sie keine hautenge Kleidung. Zudem wurde sie so vielleicht ihren Frust los.

Oder sollte sie mal zum Arzt gehen? Das hieße allerdings, bis nach Breckenridge zu fahren. Trotz der anhaltenden Bemühungen der VGI hatte sich bis jetzt noch kein Arzt bereit erklärt, seine Praxis nach Independence zu verlegen. Wahrscheinlich hatte ihre Gewichtszunahme sowieso keinen medizinischen Grund. Ihre eigenen Kekse und ihre mangelnde Selbstkontrolle waren viel eher die Schuldigen. Zum ersten Mal, seit Tony mit dem College begonnen hatte, war sie richtig froh, dass er nicht zu Hause war. Er hätte bestimmt unangenehme Fragen zu ihrer Erscheinung gestellt.

Sie wandte sich von dem unwillkommenen Bild im Spiegel ab und suchte ihre Kleidung zusammen. Es war ganz gut, dass Ian mit seiner Hundekeks-Idee auf sie zugekommen war. Da war sie wenigstens nicht versucht, von den fertigen Produkten zu naschen, dachte sie mit einem humorlosen Lachen. Entschlossen, wenigstens der ewigen Erschöpfung den Kampf anzusagen, ging sie in die Küche und braute sich einen doppelten Espresso.

*

Anisa spähte aus dem Fenster ihres Leihwagens, den sie gegenüber des Hotels geparkt hatte. Vor ein paar Minuten hatte sie fast der Schlag getroffen, als sie Yasin entdeckt hatte, wie er in die Lobby getreten war. Was machte er hier? Sie war davon ausgegangen, dass alle mit den Vorbereitungen für den geplanten, großen Anschlag auf das Baseballstadion beschäftigt waren. Wozu sonst führte sie ihre Ablenkungsmanöver durch? Zugegeben, seit ihrem großen Coup mit dem Wohnhaus hatte sie sich bedeckt gehalten. Die ganze Gegend hatte nur so von FBI-Agenten gewimmelt. Da wollte sie es nicht riskieren, ständig durch das kleine Kaff zu fahren und Gefahr zu laufen, jemandem aufzufallen.

Aber jetzt, mit dem ersten, richtigen Schnee, kamen tagtäglich mehr Touristen in die Gegend. Bald würde sie wieder zuschlagen. Zuerst musste sie allerdings eine Möglichkeit finden, Marley Spencers Bewacher loszuwerden. Noch einmal würde sie ihr nicht davonkommen. Während sie gedanklich verschiedene Szenarien im Kopf durchspielte, kaute sie auf ihrer Unterlippe. Hmm. Oder sie ließ einfach gleich alle draufgehen? Das war die Lösung und würde gleichzeitig einen viel größeren Effekt haben.

Die Stirn gerunzelt, spähte sie durch ihre Windschutzscheibe zum Eingang ihres Hotels. Wo zum Teufel steckte Yasin? Seine Anwesenheit beunruhigte sie sehr. Er hatte nie ein Geheimnis daraus gemacht, dass er ihre Rolle im Team überflüssig fand. Sie wusste sehr wohl, dass alleine Amirs Überzeugung, dass ihre Mitarbeit für das Gelingen der Mission essentiell war, sie vor Yasins selbstgerechtem Zorn bewahrt hatte.

Amir. Normalerweise war Amir nicht weit, wenn Yasin in der Nähe war. War er etwa ebenfalls hier? Sie hielt den Atem an. Hatte er etwa erkannt, wie wichtig sie war? Würde er sie endlich zu seiner Braut nehmen? Ihr Herz pochte auf einmal schneller.

Im nächsten Moment sprang sie fast an die Decke, als sich die Beifahrertür öffnete und Yasin auf den Sitz neben ihr rutschte.

„Herrje! Hast du mich jetzt erschreckt!“ Verstohlen griff sie nach dem Telefon in ihrer Jacke.

Yasin lachte verächtlich. „Mach nur. Ruf die Polizei.“ Er schlug sich die Hand theatralisch vor die Stirn. „Ach, wie dumm. Von der wirst du ja gesucht.“

Sie verengte die Augen. „Sie suchen nach einem Mann“, behauptete sie. „Und schon gar nicht nach einer blonden Frau!“

„Das habe ich gemerkt." Er ließ seinen Blick verächtlich über ihre unverhüllte Gestalt gleiten. „Nicht so weit her mit der Maskerade als gläubige Muslima, was?"

Sie verdrehte die Augen, während sie sich innerlich unter seiner Musterung wand. „Das dient nur der Tarnung", verteidigte sie ihre Kleiderwahl.

„Hmpf. Und du bist dir sicher, dass noch niemand den Zusammenhang zwischen dir und den Anschlägen hergestellt hat?", fragte er und schenkte ihr einen berechnenden Blick.

Ihr Daumen schwebte über dem Display. Am Ende ließ sie das Handy wieder in die Tasche zurückrutschen.

Yasin lachte.

„Was willst du", fragte sie schroff.

„Dir eine Geschichte erzählen."

Sie wandte den Blick ab. „Bin nicht interessiert."

Er griff nach ihrem Kinn und drehte ihren Kopf grob zu sich herum. „Glaub mir, das willst du hören!"

Wegen der Dringlichkeit in seiner Stimme ungewollt neugierig geworden, nickte sie knapp und schaute ihn erwartungsvoll an.

„Amir will dich loswerden."

Sie zuckte zurück, als hätte er ihr einen physischen Schlag verpasst. „Erzähl keinen Unsinn! Er braucht mich."

Yasin lachte freudlos. „Amir braucht niemanden. Amir interessiert sich nur für eine einzige Person. Nämlich für sich selber", erwiderte er bitter.

Er klang dermaßen desillusioniert und enttäuscht, dass Anisa nicht umhinkam, ihm genauer zuzuhören. Auf einmal begierig darauf, mehr zu erfahren, beugte sie sich vor. „Wie meinst du das?"

„Sobald nicht mehr alles nach Plan ging und du dich aus dem Staub gemacht hast", spuckte er hasserfüllt aus, „hat er seine Siebensachen gepackt und wollte ebenfalls untertauchen."

„Was machst du dann hier?"

„Ich bin ihm natürlich gefolgt."

„Das hat er zugelassen?"

„Da er im Gegensatz zu mir in diesem Moment unbewaffnet war, ist ihm nichts anderes übrig geblieben."

Anisa dachte über all die neuen Informationen nach. „Was ist mit der Mission? Dem heiligen Krieg?"

„Gestorben. Zusammen mit Amirs Gier. Das Einzige, was ihn interessiert, sind die Dollars", antwortete er angewidert.

Mit großen Augen starrte ihn Anisa verständnislos an. „Und der Rest des Teams? Hat dem einfach zugestimmt?"

„Hast du es immer noch nicht begriffen? Er hat sich abgesetzt. Ohne den anderen Bescheid zu geben. Die hat er ihrem Schicksal überlassen."

„Schicksal?"

„Das FBI ist einen Tag später in unserem Versteck eingefallen. Alle wurden verhaftet."

„Aber wie …?"

„Das ist eine gute Frage. Ich vermute mal, dass deine elektronischen Spuren sie zu uns geführt haben."

„Und jetzt?"

„Das kommt darauf an, wen du fragst."

„Was hat Amir vor?", spezifizierte sie ihre Frage. Sie konnte nicht glauben, was Yasin da erzählte. Ihr Anführer würde doch niemals seine Anhänger und die heilige Sache verraten!

„Immer noch in Sorge um deinen Geliebten?", fragte Yasin höhnisch. „Nicht mehr lange, das verspreche ich dir!"

„Wie meinst du das?"

„Du bist der einzige Grund, weshalb Amir hier und noch nicht auf irgendeiner Südseeinsel ist!"

„Wirklich?", fragte sie hoffnungsvoll.

„Ja. Wirklich. Er will erst noch sämtliche Spuren, die zu ihm führen können, beseitigen."

Anisa runzelte die Stirn, nicht sicher, ob sie richtig gehört hatte.

„Spuren beseitigen?“

„Er will dich umbringen, Schätzchen.“

*

Für mehrere Minuten konnte Anisa nur wortlos dasitzen und den Speichel schlucken, der sich bei Yasins Worten in ihrem Mund sammelte. Ihr war schlecht. Und überhaupt. Wer sagte denn, dass Yasin nicht log? Dieser Gedanke verlieh ihr neuen Mut.

„Wieso sollte ich dir glauben“, forderte sie ihn heraus. „Du hast nie einen Hehl daraus gemacht, dass du mich nicht leiden kannst.“

„Alleine die Tatsache, dass Amir hier, im Hotel nebenan, ist, anstatt sich um den geplanten Anschlag zu kümmern, sollte dir verraten, dass etwas nicht stimmt.“

Sie kniff die Augen zusammen. Möglich. Vielleicht hatte Amir es auch nur nicht mehr ausgehalten ohne sie. Man sagte ja, dass die Liebe mit der Entfernung wachsen würde. Aber noch während sie sich verzweifelt an diesen Gedanken klammerte, wusste sie tief in ihrem Inneren, dass sie sich etwas vormachte. Dass sie sich schon die ganze Zeit etwas vorgemacht hatte. Sie schluckte abermals.

„Wieso atme ich dann noch? Du hattest den Finger immer sehr schnell am Abzug, wenn etwas nicht so gelaufen ist, wie du das gerne gehabt hättest.“

Yasin grinste böse und streckte die Hand in ihre Richtung aus. Mit angehaltenem Atem erduldete sie es, dass er ihr über die Wange, den Hals und schließlich über die Rundung ihrer Brüste strich.

„Wie gut, dass du dich daran erinnerst“, gab er gedehnt zurück. „Vielleicht wollte ich einfach zuerst noch meinen Spaß haben?“

Sekunden verstrichen. Schließlich hielt sie das Warten nicht mehr aus. „Das ist der Grund?“

Sie konnte nicht verhindern, dass ihre Stimme vor Angst zitterte. Himmel, ihr ganzer Körper bebte. Nicht nur die Angst, sondern auch die in ihr aufsteigende Wut war daran schuld. Wenn es stimmte, was Yasin sagte, hatte Amir sie schon seit Monaten in die Irre geführt. Dieser kaltherzige Bastard! Alles hatte sie für ihn geopfert. Ihre Familie. Ihre Freunde. Ihre Zeit. Einfach alles. Zu hören, dass sie für ihn nur eine Spielfigur gewesen war, schmerzte sie zutiefst. Ihr Herz blutete buchstäblich. Sie konnte es nicht erwarten, den Gefallen zu erwidern. Allerdings nicht im übertragenen Sinn. Nein. Das wäre viel zu gnädig.

Yasin zog seine Hand langsam zurück und starrte mit seinen ausdruckslosen Augen in ihr Gesicht. „Nein. Ich finde, es ist an der Zeit, dass jemand Amir eine Lektion erteilt."

„Wir? Du und ich? Zusammen?", fragte sie ungläubig.

Schlaues Mädchen. Er hatte keineswegs vor, sie überleben zu lassen. Aber das würde er ihr sicher nicht auf die Nase binden. Zuerst wollte er ihre Mitarbeit. Amir sollte ruhig mitbekommen, dass er von zwei Leuten durchschaut worden war.

„Und wie hast du dir das vorgestellt?" Sie fuchtelte mit den Händen. „Soll ich dich etwa einfach in euer Hotelzimmer begleiten und du erschießt ihn?" Angewidert schüttelte sie den Kopf und verschränkte die Arme vor der Brust. „Nein danke! Ohne mich."

Wider seinen Willen war Yasin von ihrem Protest beeindruckt. Anisa war entweder extrem mutig. Oder extrem dumm. Er war sich noch nicht sicher. Auf jeden Fall freute er sich sehr darauf, ihr zu zeigen, was ein richtiger Mann war. Bevor sie leider auch sterben musste. Das ließ sich nicht vermeiden, dachte er fast bedauernd.

„Ich bin sicher, dir fällt ein etwas mehr Aufsehen erregender und qualvollerer Tod für ihn ein. Ich überlasse die Logistik dir. Gib mir einfach Bescheid und ich sorge dafür, dass er zu der gewünschten Zeit am gewünschten Ort ist."

Anisa drehte seinen Vorschlag in ihrem Kopf herum. Sie traute ihm zwar nach wie vor nicht über den Weg. Aber wenn er ihr Amir auslieferte … Dieses Angebot war zu gut, um es auszuschlagen! Wenn sie es richtig plante, würde auch Yasin am Ende des Tages keine Bedrohung mehr darstellen.

„Einverstanden“, sagte sie.

Yasins Lippen verzogen sich zu einem dünnen Lächeln.

„Dachte ich mir doch, dass du an meinem Plan Gefallen finden wirst.“

Anisa schauderte. Sie fühlte sich, als hätte sie gerade einen Pakt mit dem Teufel geschlossen. Die Erinnerung an Amirs Verrat vertrieb ihre Vorbehalte jedoch sofort. Dieser Mistkerl musste sterben!

20

„Ich bin fertig mit meinen Verbesserungen. Aus meiner Sicht ist alles bereit für den Upload. Soll ich sonst noch was machen?"

Maya lehnte in der Tür und schaute Marley fragend an.

„Nein. Ich mache nur noch die Pressemitteilung fertig und schicke sie anschließend raus. Geh ruhig nach Hause!"

Entgegen ihren Erwartungen verschwand ihre Kollegin nicht sofort, sondern blieb an den Türrahmen gelehnt stehen.

„Unglaublich, dass wir es tatsächlich noch geschafft haben."

„Ich weiß", rief Marley aus. „Ich kann es selber kaum glauben! Das ist aber auch meinen großartigen Mitarbeitern zu verdanken. Ohne euch wäre das niemals möglich gewesen."

„Richtig. Aber ohne dich als Chefin ebenfalls nicht. Immer wieder hast du uns motiviert, angetrieben und weder mit Lob noch Kritik gegeizt. Dass du bis zum Ende durchgehalten hast, ist auch nicht selbstverständlich."

„Es ging ja nicht nur um mich", wehrte Marley verlegen ab.

„Ach, komm jetzt. Jeder andere hätte schon nach dem Hackerangriff klein beigegeben. Aber du hast selbst nach dem Anschlag auf dich weitergemacht."

„Also gut. Dann sind wir uns ja einig, dass wir es nur dank unserer Zusammenarbeit geschafft haben. Jetzt muss es nur noch gut bei den Spielern ankommen."

„Das wird es", konterte Maya zuversichtlich. „Das Spiel ist der Hammer."

Marley grinste. „Das ist es tatsächlich. Und jetzt ab mit dir. Feiern werden wir morgen mit Pizza und Bier in der Spielarkade."

Maya zwinkerte ihr verschwörerisch zu. „Ich habe schon einen Tisch reserviert."

„Siehst du? Du bist unersetzbar!"

Mayas Lachen verhallte im Gang. Schmunzelnd streckte sich Marley in ihrem Sessel, bevor sie sich wieder der Pressemitteilung widmete. Seit sie oberhalb des Büros wohnte und sozusagen keinen Arbeitsweg mehr zurücklegen musste, tendierte sie dazu, viel zu lange zu arbeiten. Aber heute würde sie wirklich nur noch das fertig machen. Anschließend hatte sie ein Date mit Ian und Speedy. Sie freute sich bereits sehr darauf.

Bei einem gemütlichen Abendessen in der Silver Lodge, einem zum Gourmet-Restaurant umfunktionierten Blockhaus, das von einem schwulen Pärchen geleitet wurde und einen ausgezeichneten Ruf genoss, wollten sie die kommenden zwei Wochen besprechen. Marley hatte sich und ihrem Team Ferien verordnet. Da Ian zurzeit nicht wegfahren konnte, weil er kurz davor stand, seine Kekse auf den Markt zu bringen, hatte sie ihm vorgeschlagen, ihm bei der Entwicklung seines Onlineshops unter die Arme zu greifen. Unter der Bedingung, dass sie genügend Zeit zum Ausschlafen sowie für lange Spaziergänge und Ausflüge auf seinem Schneemobil einplanten, hatte er zugestimmt.

Sie lächelte. Sie war glücklich. So richtig. Und zwar nur zum Teil wegen des fertig gestellten Programms. Einen viel größeren Anteil hatten der wunderbare Mann und sein Hund in ihrem Leben. Zum ersten Mal bestand ihr Leben nicht nur aus Arbeit. Sie musste zugeben, es gefiel ihr außerordentlich gut. War nur zu hoffen, dass ihr Glück anhielt!

*

Eine halbe Stunde später hatte sie die Pressemitteilungen weggeschickt und wollte gerade ihren Computer herunterfahren, als sie eine Mail in der Inbox entdeckte. Obwohl sie den Absender nicht kannte, klickte sie sie neugierig an. Dank der Firewall und des neuesten Virenschutzprogramms, auf dem Cole bestanden hatte, machte sie sich keine Sorgen. Das Mail enthielt nur eine Zeile Text.

Schau dir das Bild an. Komm sofort und alleine! 39°24'56.2"N 106°03'26.2"W

Von einer unheimlichen Vorahnung erfüllt, klickte sie auf das Bild. Maya starrte mit weitaufgerissenen Augen in die Kamera. Shit. Hektisch blickte sie um sich. Was sollte sie nur tun? Gedankenverloren steckte sie ihr Handy ein und schlüpfte in ihre dicke Jacke, die über dem Stuhl hing. Brauchte sie sonst noch etwas? Ein letzter Schluck Tee. Als sie die Tasse wieder hinstellte, schwappte ein Teil der verbleibenden Flüssigkeit über, so sehr zitterte ihre Hand.

Sie zögerte immer noch, obwohl sie wusste, dass die Zeit drängte. Schließlich beugte sie sich nochmals über die Tastatur und sandte das Mail an Ian weiter. So wusste er immerhin, wo er sie suchen musste.

*

„Sie wird niemals kommen", behauptete Maya steif und fest. Sie würde vorher lieber sterben, als diese Verbrecher ihre Angst sehen zu lassen. Erneut bewegte sie verzweifelt die Hände und versuchte, sich von ihren Fesseln zu befreien.

Die Frau holte mit der Hand, in der sie die Pistole hielt, aus und hieb ihr den Knauf ins Gesicht. Mit einem Aufschrei stürzte sie zu Boden. Scheiße, tat das weh! Sterben war eine Sache. Kurz und schmerzlos, das verstand sich wohl von selbst. Aber sich verprügeln lassen, darauf hatte sie nun wirklich keinen Bock. Während sie natürlich hoffte, dass Marley weg und in Sicherheit blieb, ertappte sie sich bei dem Gedanken, dass sie sich wünschte, ihre Freundin würde sich beeilen und die Kavallerie mitbringen.

Anisa versetzte der am Boden liegenden Frau einen Tritt. Hoffentlich kamen die anderen bald. Sie hatte ihren Teil erledigt. Das nützte ihr nur nichts, wenn Amir nicht hier war. War ja typisch. Natürlich war auf Yasin kein Verlass. Vermutlich hatte er sich ins Fäustchen gelacht über ihre Naivität. Aber der würde sich noch wundern. Schließlich hatte sie eine Überraschung geplant. Auf keinen Fall würde sie für ihn die schmutzige Arbeit erledigen, nur um am Ende von ihm umgebracht zu werden.

Sie verstand sowieso nicht ganz, wieso er sie und Amir noch nicht umgebracht hatte. Skrupellos genug war er ja. Mehr als ein Mitglied ihrer Gruppe hatte die Erfahrung machen müssen, dass Geduld und Toleranz nicht gerade seine Stärken waren. Sein Finger saß immer sehr locker am Abzug. Sie zuckte die Achseln, während sie absichtlich auf die Hand ihrer Geisel trat. Als diese wimmerte, trat ein Lächeln auf ihre Lippen.

Wahrscheinlich wollte er Amir spüren lassen, wie das so war, wenn sich alle gegen ihn wandten, überlegte sie. Allerdings war es ein ziemlich stümperhafter Racheansatz. Ihre Idee war viel besser.

Maya schielte eingeschüchtert zu ihrer Kidnapperin hoch. Diese starrte aus dem Fenster und schien über etwas nachzudenken. Als sie ihr wie beiläufig gezielt auf die Finger trat, schossen Maya Tränen in die Augen. Nur knapp schaffte sie es, den Schrei, der ihrer Kehle zu entschlüpfen drohte, herunterzuschlucken. Abermals schielte sie ängstlich zu der anderen Frau hoch. Ein unheimliches Leuchten lag in ihrem Blick, das Maya das Blut in den Adern gefrieren ließ.

„Du wartest hier“, befahl sie und lachte dann über ihren eigenen Witz. Demonstrativ tätschelte sie den Lauf ihrer Waffe. „Ich muss Empfangskomitee spielen. Wäre jammerschade, wenn so dicht vor dem Ziel noch etwas schiefgehen würde.“

Entsetzt sah Maya zu, wie die Psychopathin die Hütte verließ. Was hatte sie mit ihrer Bemerkung wohl gemeint? Aufgrund der pochenden Schmerzen am ganzen Körper fiel es ihr schwer, einen klaren Gedanken zu fassen. Plötzlich fiel ihr ein, dass ihre Kidnapperin vorhin ein Foto von ihr gemacht hatte. Ob sie das an Marley geschickt hatte? Oh, Marley … es tut mir so leid, dachte sie, während eine Träne über ihre Wange lief. Hoffentlich war Marley gescheiter, als sie es gewesen war, und holte Hilfe.

Es war ihr ein Rätsel, wie sie so dumm hatte sein können. Auf den ältesten Trick der Welt war sie hereingefallen. Die blonde Frau hatte sie mit einem Lächeln auf den Lippen auf der Straße angehalten und sie nach dem Weg gefragt. Sich daran erinnernd, wie fremd sie sich gefühlt hatte, als sie neu nach Independence gekommen war, hatte sie bereitwillig Auskunft gegeben. Nach der Hälfte des ersten Satzes hatte die Fragestellerin ihr freundliches Verhalten abgelegt und ihr eine Pistole in die Seite gedrückt. Wie in einem falschen Film war sie auf der Stelle erstarrt und hatte wie ein Schaf alle Anweisungen widerstandslos befolgt. Dumm. Wirklich dumm. In jedem Basiskurs über Selbstverteidigung lernte man als Erstes, dass man so laut wie möglich schreien und auf gar keinen Fall in ein Fahrzeug steigen sollte. Und was machte sie? Gelähmt von ihrer Angst vor Schusswaffen war sie stumm geblieben und hatte sich, wie geheißen, ins Auto gesetzt. Zu diesem Zeitpunkt hatte die Blondine ihr bereits die Handgelenke hinter dem Rücken gefesselt. Und jetzt war sie hier, in dieser gottverlassenen Hütte, der Irren völlig ausgeliefert.

Sie atmete flach, um ihre Rippen, die auch bereits ein paar gezielte Tritte abgekommen hatten, zu schonen. Was zum Teufel hatte die Täterin vor? Die Ungewissheit setzte ihr am meisten zu. Sie schloss die Augen und betete um ein schnelles Ende. Schnell und schmerzlos. Zum Glück hatte sie sich nie als

Superheldin versucht, dachte sie leicht hysterisch. Ihr fehlte definitiv das nötige Zeug dazu.

*

Ian verabschiedete sich gerade von Susan, als er sein Telefon in seiner Hosentasche vibrieren spürte. Sie hatten wieder eine erfolgreiche Testserie produziert. Susan hatte heute zwar einen etwas bedrückten Eindruck gemacht, doch als er nachgefragt hatte, hatte sie nur abgewinkt und etwas von Müdigkeit gemurmelt. Er hatte nicht weitergebohrt, sondern war ihrem Beispiel gefolgt und hatte sich auf die Arbeit konzentriert. Jetzt hatten sie Prototypen für alle Kekse, sodass er sich auf die Suche nach einer Verpackung machen konnte. Wenn er ehrlich war, hatte er den Aufwand etwas unterschätzt. Die Verpackung brauchte ein Design, genauso wie einen informativen und leicht verständlichen Text. Nicht gerade seine Stärke. Zum Glück würde ihm Marley mit dem Aufbau des Online-Shops helfen. Der ebenfalls ein Design brauchte. Höchste Zeit, dass er einen Termin mit Vi vereinbarte. Die Tattoo-Künstlerin arbeitete nebenher als Designerin, was ihm sehr gelegen kam.

Er zog das Handy hervor, um sie gleich anzurufen. Das blinkende Licht auf dem Display erinnerte ihn daran, dass er vorhin eine Nachricht bekommen hatte. Nein, das stimmte gar nicht. Es war eine Mail von Marley. Er lächelte. Mehrmals pro Tag tauschten sie kurze Nachrichten aus. Der Inhalt war nicht immer besonders tiefgründig oder von großer Wichtigkeit. Trotzdem gab es ihm das Gefühl, ihr nahe zu sein, auch wenn sie sich nicht viel sehen konnten.

Er zögerte, bevor er auf das Mail-Icon klickte. Sollte er erst Vi anrufen? Sich Marleys Mail für später aufheben? Ach, was soll's, dachte er grinsend. Er war zu neugierig. Es würde nur ein paar Sekunden dauern, es zu lesen.

Als er die Mail öffnete, begriff er erst gar nicht, was er da sah. Hatte sie ihm einen Witz weitergeschickt? Oder was sollte dieses seltsame, etwas unscharfe Foto? Stirnrunzelnd las er den Text noch einmal. Noch während er über die verschiedenen, möglichen Bedeutungen des Texts nachdachte, schweifte sein Blick erneut zu dem Bild. Verdammt! War das etwa Maya? Marleys Mitarbeiterin? Das Blut rauschte in seinen Ohren. Sein Pulsschlag beschleunigte sich. Das war kein Scherz. Sondern bitterer Ernst. Nach dem ersten Anflug von Panik schaltete er in den durchs Militär geschulten Notfallmodus. Mehrmals mit seinen breiten Fingern auf der kleinen Tastatur seines Smartphones danebentippend, schaffte er es schließlich doch, das Mail an Cole und den Sheriff weiterzuleiten. Er verzichtete darauf, etwas hinzuzufügen. Die anderen würden sich denken können, dass er keine Zeit verlieren würde, um zu Marley zu gelangen.

Für ihn bestand kein Zweifel, dass Marley sich sofort auf den Weg gemacht hatte, um ihrer Mitarbeiterin zu Hilfe zu eilen. So war sie einfach, dachte er mit einem bittersüßen Lächeln. Ihre Loyalität und ihr großes Herz waren zwei der Dinge, die Marley ausmachten. Er würde allerdings nicht denselben Fehler begehen und alleine an den angegebenen Koordinaten aufkreuzen. Ohne Plan und ohne Backup loszurennen würde die Rettungsaktion von Anfang an zum Scheitern verurteilen. Scheitern war jedoch keine Option, schwor er sich grimmig. Er wählte eine Nummer.

„Hey, lange nichts von dir gehört, Mann! Alles gut bei dir?“, meldete sich Blackbird, einer seiner Bikerfreunde. Blackbird gehörte den *True Warriors* an, einer örtlichen Bikergang. Obwohl er selbst nicht dazu gehörte – solche Vereinigungen waren nichts für ihn – hatten er und der andere Mann sich angefreundet. Sie waren beide Kriegsveteranen. Auch wenn sie nicht in derselben Einheit gedient hatten, war es doch eine Gemeinsamkeit, die sie verband. Jetzt zählte er auf seine Hilfe.

„Leider nein. Ich brauche deine Hilfe.“

Ohne die Erklärung abzuwarten, wofür, antwortete er: „Klar. Worum geht's?"

In wenigen Sätzen hatte er Blackbird die Situation erklärt. Abschließend fügte er hinzu: „Ich muss dich allerdings warnen. Die Situation kann sehr schnell sehr hässlich werden. Wenn es deine … Probleme verstärkt, such ich jemand anderen."

Wie so viele Soldaten, die im aktiven Kriegsdienst gewesen waren, hatte Blackbird mit ernsthaften posttraumatischen Belastungsstörungen zu kämpfen. Auf keinen Fall wollte Ian riskieren, dass er seine Fortschritte gefährdete, indem er auf einen Hilferuf von ihm reagierte.

„Ich komm klar", versicherte er ihm. „Charlie, Ethan und Nelly haben dafür gesorgt, dass es mir viel besser geht."

„Ich bin froh."

Blackbird lachte. „Und ich erst. Also, schick mir die Koordinaten. Wir treffen uns an der letzten Kreuzung, die von der Hauptstraße abgeht."

„Gut. Und nochmals danke!"

*

„Verflixt und zugenäht!"

Frustriert und den Tränen nahe hieb Marley auf das Lenkrad ein. Schon wieder war sie falsch gefahren. Hier im Wald wimmelte es nur so von alten Forstpfaden, die im Nirgendwo endeten. Eine unüberschaubare Anzahl von Abzweigungen und Schotterstraßen ohne jegliche Ortsangaben machten die Verwirrung komplett. Erneut zog sie ihr Handy zu Rate. In ihrer Verzweiflung und in Ermangelung einer aktuellen Karte hatte sie die Koordinaten kurzerhand in Google eingegeben. Der kalifornischen Firma sei Dank hatte sie zumindest eine Ahnung gehabt, in welche Richtung sie fahren musste. Je näher sie ihrem Ziel kam, sprich je tiefer sie in den Wald vordrang, desto vager wurden die Angaben. Vermutlich, weil sich keine Sau je so tief in die Wildnis wagte.

Immerhin hat es aufgehört zu schneien, sprach sie sich selber Mut zu, als sie den Wagen erneut in einer Baumlücke von der Größe einer Briefmarke wendete. Nicht zum ersten Mal fragte sie sich, ob sie nicht besser auf Hilfe gewartet hätte. Dann übermannte sie wieder die Sorge um Maya und sie wusste, sie würde alles tun, um sie möglichst schnell aus den Händen der Terroristen zu befreien. Wie sie das genau anstellen wollte, war ihr zwar noch nicht ganz klar. Kommt Zeit, kommt Rat. Dieser Spruch war in der letzten halben Stunde zu ihrem Mantra geworden. Daran würde sie festhalten. Komme, was wolle.

Auf einmal leuchtete vor ihr das Licht eines anderen Autos auf, das in einen schmalen Weg einbog, an dem sie vorhin vorbeigefahren war. Ihr Herz setzte für einen Moment aus, bevor es mit erhöhter Geschwindigkeit wieder zu schlagen begann, als müsste es die verlorene Zeit wettmachen.

War das etwa das FBI? Oder die Entführer? Sie hatte keine Ahnung. Sie wusste nur, dass es kein Zufall sein konnte, wenn sie mitten in der Pampa einem Fahrzeug begegnete. Einen grimmigen Zug um den Mund, umklammerte sie das Lenkrad und trat aufs Gas. Kies spritzte. Das Heck ihres Autos driftete zur Seite, als sie aus Angst, die anderen aus den Augen zu verlieren, ein wenig zu schnell in die Kurve ging.

*

„Ist da jemand hinter uns?“, bemerkte Amir mit einem nervösen Seitenblick in den Spiegel. Jetzt war der Wald hinter ihnen wieder leer. Aber für einen Moment hätte er schwören können, dass da ein anderes Fahrzeug war.

„Vielleicht hat Anisa Verspätung“, log Yasin gekonnt.

Wenn er ehrlich war, wusste er nicht, weshalb Anisa eine solche Schnitzeljagd veranstaltete. Sie sollte sich nur einen Vorwand ausdenken, um Amir zu sich zu locken und ihn umzubringen. Zugegeben, er hatte darauf bestanden, dabei zu sein, wenn sie die Tat vollbrachte. Er wollte sicher gehen, dass sie es sich nicht plötzlich anders überlegte. Zudem hatte er im Anschluss Pläne für sie. Sie war die Einzige, die ihm Zugang zu Amirs Konten verschaffen konnte. Bevor er sie ebenfalls umbrachte. Das verstand sich von selbst.

„Aha."

Amir wusste nicht recht, was er anderes sagen sollte. Sein Vertrauter schien in letzter Zeit sehr starrsinnige Tendenzen zu entwickeln. Obwohl er Yasin klar gemacht hatte, dass Anisa verschwinden musste, schien er überzeugt zu sein, dass sie für ihre Mission nach wie vor nützlich sein würde. Nachdem er nicht bereit war, seine wahren Absichten zu enthüllen oder sich selbst darum zu kümmern, Yasin und Anisa zum Schweigen zu bringen, blieb ihm nichts anderes übrig, als vorläufig mitzuspielen. Das war auch der Grund, wieso er bei dieser Scheißkälte noch nicht in seinem Flugzeug in die Karibik saß, sondern durch diese gottverlassene Wüste aus Schnee und Bäumen fuhr.

Beunruhigt schaute er abermals in den Rückspiegel. Es war ihm unangenehm, dass ihnen möglicherweise jemand folgte. Sein Nacken prickelte und warnte ihn vor einem möglichen Hinterhalt. Er schielte zu Yasin hinüber, der die Ruhe selbst zu sein schien. Leider hatte er den Verdacht, dass Yasin ein doppeltes Spiel trieb. Wenn der andere noch länger ein Ärgernis darstellen würde, musste er sich wohl trotz seines Widerwillens selbst um den Bastard kümmern. Ugh. Er hasste diese schmutzigen Angelegenheiten. Viel lieber delegierte er diese unangenehmen Aufgaben.

*

Die Rücklichter des Autos, dem Marley folgte, leuchteten in der Ferne auf. Geistesgegenwärtig trat sie auf die Bremse, bis sie an der Seite unter ein paar Bäumen zum Stehen kam. Sie schlüpfte aus dem Auto und lehnte die Tür hinter sich nur vorsichtig an. Um sich einen besseren Überblick zu verschaffen, rannte sie zwischen den Bäumen den mit einer leichten Schneeschicht bedeckten Hang hinauf. Ein paar Mal rutschte sie aus, konnte sich aber immer wieder fangen. Hoffentlich war sie in der Nähe des Treffpunkts. Sonst war sie bestimmt zu spät. Ihre Sorge um Maya wurde immer größer. Unablässig ließ sie ihre Augen durch die Bäume schweifen. Von hier oben hatte sie eine gute Übersicht auf den Weg.

Erleichtert erblickte sie ein paar Meter weiter vorn das fremde Fahrzeug, dem sie vorher gefolgt war. Es stand vor einer Blockhütte. Um nicht entdeckt zu werden, schlug sie einen großen Bogen und näherte sich der Hütte von der Seite. Sie schien überraschend gut in Schuss zu sein, dafür, dass sie hier mitten im Wald stand, dachte sie abwesend, während sie beobachtete, wie zwei finster aussehende Männer ausstiegen. Unvermittelt mit dem Ausmaß ihrer Aufgabe konfrontiert, hielt sie inne. Sollte sie umkehren? Nein. Dafür war es jetzt zu spät. Bis sie Hilfe geholt hatte, war es für die arme Maya viel zu spät. Wieder einmal zog sie ihr Mobiltelefon hervor. Mist. Immer noch kein Empfang. Aber was hatte sie hier in den Bergen mitten im Wald auch anderes erwartet? Ohne die Männer, die immer noch vor der Hütte standen, aus den Augen zu lassen, setzte sie ihren Weg fort. Einen Baum nach dem nächsten als Deckung nutzend, näherte sie sich der Hütte.

Was sie wohl im Schilde führten? Und wo zum Teufel hatten sie Maya versteckt? Im Inneren der Hütte? Ein Zweig knackte unter ihren Füßen. Sie erstarrte und wagte es kaum zu atmen. Erst nach qualvollen, gefühlt ewig dauernden Sekunden, während denen sie fast die Nerven verlor, wagte sie es, sich weiter anzuschleichen. Ihre Oberschenkel brannten von der ungewohnten Aktivität. Falls sie es wider Erwarten schaffen sollte, Maya aus den Fängen dieser Verbrecher zu befreien, würde sie sich endlich um ihre Fitness kümmern.

Ein hysterisches Lachen bahnte sich einen Weg durch ihre ausgedörrte Kehle. Das waren selbst für sie sehr optimistische Gedanken. Wenn nicht ein Wunder geschah beziehungsweise

Ian den Sheriff alarmierte und in Superman-Geschwindigkeit mit Verstärkung auftauchte, würden die nächsten Minuten wohl ihre letzten sein. Sie schluckte.

Ein Blick auf die Männer zeigte ihr, dass sie immer noch untätig vor der Tür standen. Marley erschien das seltsam. Worauf warteten die Kerle? Die Untätigkeit brachte sie fast um. Am liebsten wollte sie die Hütte stürmen, sich Maya über die Schulter werfen und um ihr Leben rennen. Aber nachdem sie eben schon zu dem Schluss gekommen war, dass ihr das Superhelden-Gen abging, zwang sie sich, geduldig zu bleiben und abzuwarten. Wenn sie wenigstens durchs Fester schauen und sich vergewissern könnte, dass es Maya gut ging. Sie schätzte die Entfernung zwischen ihrem Standort und der Hütte ab. Mit einem Sprint würde sie das Gebäude schnell erreichen. Aber nicht ohne wie eine Herde Büffel zu klingen. Verdammter Mist. Wo war Harry Potters Tarnumhang, wenn man ihn brauchte? Oder noch besser, der Zeitumkehrer.

Wieder wagte sie sich einen Schritt vor. Wieder knackte ein Zweig. Nur kam das Geräusch diesmal von hinter ihr. Sie erstarrte und drehte sich langsam um.

21

Eine blonde Frau stand hinter ihr. Das Lächeln in ihrem Gesicht bildete einen unheimlichen Kontrast zu der gefährlich aussehenden Pistole, die sie auf Marley gerichtet hielt. Verdammt, verdammt, verdammt. Das beantwortete wohl die Frage, ob es sich um Freund oder Feind handelte. Wie hatte sie nur so dumm sein können? Natürlich wusste sie nicht genug über die Befreiung einer Geisel. Oder heimliches Anschleichen. Was hatte sie sich nur gedacht?

„Ich habe dich schon erwartet. Hände auf den Rücken, na wird's bald!"

Anisa hatte damit gerechnet, dass sich Marley nicht artig mit einem Klopfen an der Tür melden würde. In weiser Voraussicht hatte sie deshalb beschlossen, präventiv die Umgebung nach ihr abzusuchen. Und Bingo! Die Tatsache, dass Marley so auf die Hütte und die wartenden Männer fixiert gewesen war, hatte es ihr sehr einfach gemacht, sich an sie anzuschleichen.

Um ihren Worten Nachdruck zu verleihen, stieß sie Marley den Lauf der Waffe grob in die Rippen und riss sie so aus der durch die aufsteigende Panik ausgelösten Erstarrung. In Ermangelung eines Alternativplans folgte Marley widerwillig ihren Anweisungen. Blitzschnell waren ihre Hände gefesselt. Scheiße! Aber immerhin lebte sie noch. So lange sie noch lebte, konnte sie sich wenigstens noch der Illusion hingeben, einen Ausweg aus der Misere zu finden. Wie sie das mit hinter dem Rücken gefesselten Händen schaffen sollte, war ihr aktuell zwar noch unklar, doch sie weigerte sich, aufzugeben oder die Hoffnung zu verlieren.

„Los, gehen wir“, riss sie die Kidnapperin aus ihrem inneren Motivationsmonolog.

Zusätzlich versetzte sie ihr einen schmerzhaften Hieb zwischen die Schulterblätter. Marley stolperte vorwärts.

Inzwischen hatten auch die Männer die beiden Frauen entdeckt. Unsicher, was das alles zu bedeuten hatte, warteten sie ab, was als Nächstes passieren würde. Das erwies sich als Fehler. Sobald sie in der Nähe der Männer waren, entfernte Anisa den Lauf der Waffe von Marleys Rippen und richtete die Waffe auf Amir und Yasin.

„Ihr kommt spät! Rein mit euch.“

Die Hand des größeren Mannes fuhr zu der Auswölbung unter seiner Jacke.

„Lass das, oder ich schieße dir die Eier weg“, herrschte sie ihn an.

Zögerlich, aber offensichtlich amüsiert, hielt er in der Bewegung inne und hob die Hände in die Luft, Handflächen nach vorne.

„Immer mit der Ruhe. Wir gehen ja schon.“ Er bedeutete dem anderen Mann mit einer Kinnbewegung, voranzugehen. Nacheinander betraten die Männer die Hütte.

„Was soll der Scheiß?“, brach es aus dem anderen Mann hervor.

„Ruhe“, bellte die Blonde von hinten. „Mein Treffen, meine Regeln.“

Erschrocken über den aggressiven Austausch wollte Marley zurückweichen. Davon wollte die Frau jedoch nichts wissen. Unsanft schob sie sie durch die Tür. Aus dem Gleichgewicht gebracht, stolperte sie abermals vorwärts und landete auf den Knien. Hinter ihr schloss die Kidnapperin die Tür und schob einen stabilen Riegel vor. Das Einrasten hallte unheilvoll durch die Hütte. Marley sah, wie die Männer einen beunruhigten Blick austauschten. Dieses Treffen verlief überhaupt nicht nach ihren Vorstellungen. Willkommen im Club, dachte Marley in einem Anflug von Galgenhumor. Sie machte sich keine Illusionen. Die beiden Typen gehörten definitiv auch zu den Verbrechern. Von ihnen brauchte sie keine Hilfe zu erwarten.

Ihre Augen brauchten einen Moment, bis sie sich an das Dämmerlicht der Hütte gewöhnt hatten. Als sie endlich alles klar sehen konnte, erschrak sie. Maya lag zusammengekrümmt auf dem Boden. Ohne sich um die Kidnapper zu kümmern, kroch sie auf ihre Freundin zu. Ihre linke Gesichtshälfte war dunkelblau gefärbt. Das linke Auge zugeschwollen.

Sie setzte sich ungeschickt neben ihr hin. Am liebsten hätte sie sie in die Arme genommen. Leider war das unmöglich mit ihren gefesselten Armen. Verzweifelt zerrte sie an den Plastikbändern, die tief in ihre Haut schnitten.

„Es tut mir leid“, flüsterte sie, während ihr Tränen übers Gesicht liefen.

Maya brachte ein schwaches Lächeln zustande. „Nii…cht deine Schuld“, stieß sie mit schwacher Stimme hervor.

Das sah Marley anders.

„Das ist aber süß“, erklang eine sarkastische und definitiv weibliche Stimme hinter ihr.

Noch bevor sie sich umdrehen konnte, packte die Frau sie an ihren Haaren und zerrte sie hoch. Im nächsten Moment wurde sie auf den einzigen Stuhl im Raum gestoßen. Völlig überrumpelt von dem Geschehen und komplett verängstigt saß sie regungslos da. Herrje! Sie war so dumm. Wie das typische Klischee vom naiven Dummchen, das im Horrorfilm alleine im Wald nachsehen geht, was das seltsame Geräusch war. Warum nur hatte sie nicht auf Hilfe gewartet? Die Polizei ihre Arbeit machen lassen?

Die Frau drehte sich zu den Männern um, die Marley in die Hütte gefolgt waren. Nach dem ersten Ausbruch, nachdem sie Maya am Boden entdeckt hatten, waren sie verstummt und schauten sich nur wachsam um. Der kleinere Mann mit dem dunklen Bart und den dunklen, ausdruckslosen Augen ergriff schließlich das Wort.

„Anisa!“

Die Kidnapperin, die offenbar nur gewartet hatte, bis er das Wort an sie richtete, stieß mit resignierter Stimme ein gehauchtes „Amir …“ hervor. Als hätte sie mehr von ihm erwartet.

Der Mann schien die mitschwingenden Emotionen nicht zu spüren. Er starrte sie nur wortlos an, als würde er auf eine Erklärung warten. Er ging sogar so weit, ungeduldig mit der Schuhspitze auf den Boden zu klopfen.

Marley schaute von einer Person zur anderen und versuchte, den Subtext zu verstehen. Die Spannung zwischen den Terroristen war zum Schneiden dick. Hm. Nachdem sie den Rettungsteil fürs Erste gründlich verkackt hatte, konnte sie höchstens versuchen, eine Person gegen die andere auszuspielen. Aber würde ihr das gelingen?

*

Blackbird und Ian trafen sich mit ihren Bikes an der vereinbarten Weggabelung. Gemeinsam studierten sie die Lage des Treffpunkts auf den Karten, die Blackbird mitgebracht hatte.

Ian stieß einen leisen Pfiff aus. „Das ist eine dieser schicken Jagdhütten. Meinst du, der Besitzer steckt da mit drin?“

Blackbird zuckte mit den Schultern. „Schwer zu sagen. Gut möglich, dass es ein Zufall ist. Irgendwo müssen sie sich ja verstecken.“

„Das werden wir wohl bald erfahren“, stieß Ian zwischen zusammengebissenen Zähnen hervor. Er hoffte, er kam nicht zu spät.

„Du näherst dich von unten. Ich mache den Umweg über den oberen Trail.“

Ian stimmte seinem Plan zu. Blackbird war ein Sniper. Er brauchte einen guten Aussichtspunkt, wenn er wirkungsvoll agieren wollte.

„Abgemacht. Wünsch mir Glück."

„Wir schaffen das", versicherte ihm Blackbird und lenkte sein Motorrad den Berg hinauf.

Ian wartete einen Moment, bis sein Freund außer Sicht war. Erst dann machte er sich auf den Weg.

*

„Was meinst du eigentlich, was du hier machst?", herrschte Amir Anisa an.

Offenbar hatte er plötzlich beschlossen, dass er doch etwas zu sagen hatte. Leider war es absolut nicht das, was Anisa sich erhofft hatte.

„Na, deine Mission unterstützen."

Nervös verlagerte sie ihr Gewicht von einem Fuß auf den anderen, als würde sie auf eine bestimmte Reaktion von ihm warten.

Als er verächtlich schnaubte, zuckte sie zusammen, als hätte er sie geschlagen.

„Das ist aber eine Überraschung. Stell dir vor, wegen deinen missglückten Ablenkungsmanövern mussten wir die Mission auf unbestimmte Zeit verschieben!"

Yasin lachte höhnisch. „Ist das die neueste Story? Wirklich?"

Marleys Kopf flog hin und her, während sie versuchte, den Subtext des Gesprächs zu verstehen.

„Was hat das eigentlich alles mit mir und Maya zu tun?", platzte sie plötzlich heraus, nur um gleich darauf erschrocken zu verstummen. Sie hatte gar nicht vorgehabt, die Frage laut zu stellen. Aber wenn sie ehrlich war, wollte sie wenigstens dieses Rätsel gelöst haben, bevor sie dafür sterben musste!

Die anderen waren offensichtlich gleichermaßen verblüfft, dass sie es gewagt hatte, sich einzumischen, und starrten sie so fassungslos an, dass es beinahe komisch war. Nur Anisa schien erfreut über die Frage, gab es ihr doch eine Möglichkeit, über ihren genialen Schachzug zu sprechen.

„Gar nichts“, antwortete sie herablassend.

„Gar nichts?“, wiederholte Marley verständnislos. Was sollte das heißen?

„Ich habe nach einem Projekt Ausschau gehalten, das eine große Reichweite hat. Apps beziehungsweise Spiele eignen sich am besten.“ Sie zuckte mit den Schultern. „Euer Zeitplan passte zu meinem und ihr hattet keine Security. So einfach ist das.“ Sie wandte sich ab und starrte die beiden Männer böse an. „Was ist jetzt? Helft ihr mir, die Gegend mit einem Knall zu verlassen?“

Die Art und Weise, wie sie das Wort „Knall“ betonte, ließ Marley das Blut in den Adern gefrieren. Wovon sprach sie?

Anisa griff nach einer Rolle extra starkem Panzertape und hielt es Amir hin. Dann hob sie eine Kiste auf und setzte sie auf Marleys Schoß. Entsetzt starrte Marley das Ding an. Das war nicht gut. Gar nicht gut. Ihr fiel gar kein adäquater Ausdruck ein, diese Situation zu beschreiben. Ein leises Ticken ging von dem Ding aus.

„Ist das eine Bombe?“

Idiotische Frage, aber anscheinend hatte sie das masochistische Bedürfnis, die Worte laut ausgesprochen zu hören.

„Natürlich ist das eine Bombe. Oder sieht es etwa aus wie ein Cupcake?“, antwortete Anisa höhnisch. „Sie wird in genau“, sie warf einen Blick auf den Timer, der an der Vorderseite des viereckigen Teils sichtbar war, „acht Minuten hochgehen.“ Sie lächelte. „Du wirst in die Geschichte eingehen.“

Marleys Kehle schnürte sich bei der fürchterlichen Vorstellung zu. Krampfhaft versuchte sie, ruhig zu bleiben. Ihre Atmung flach zu halten, damit sie nicht hyperventilierte. Sich überhaupt auf alles andere zu konzentrieren, um nicht komplett durchzudrehen.

Anisa drehte sich zu den anderen beiden um. „Los jetzt! Einwickeln!"

Um ihren Worten Nachdruck zu verleihen, wedelte sie wild mit der Waffe in ihrer Hand herum. Amir legte sofort los und begann das Klebeband rund um Marley und die Kiste zu winden. Er stellte sich nicht sonderlich geschickt an. Leider erforderte Panzertape keine spezielle Handhabung, um effizient zu sein. Das Zeug klebte wie die Hölle und war praktisch unzerstörbar.

Marley hätte ihm gerne mit ihrem Bein ins Gesicht geschlagen, doch sie traute sich nicht. Was, wenn dabei die Bombe zu Boden fiel? Sie hatte keine Ahnung, wie empfindlich oder instabil die Konstruktion war. Gut möglich, dass sie bei einem Aufprall detonieren würde.

„Du auch, Yasin!"

Dieser lächelte. „Netter Versuch. Vergiss es. Ich schlage vor, du kümmerst dich endlich um den Verräter hier."

Anisa erstarrte buchstäblich. „Das ist dein letztes Wort?"

Amir hielt in seiner Wickeltätigkeit inne und lauschte mit kaum verhohlener Empörung dem Austausch.

Marley bekam die Diskussion nur am Rande mit. Sie war zu beschäftigt damit, das unkontrollierte Zittern ihres Körpers irgendwie abzustellen. Auf keinen Fall wollte sie riskieren, dass der Sprengsatz auf ihrem Schoß verfrüht explodierte. Noch hegte sie eine klitzekleine Hoffnung, dass rechtzeitig Hilfe kommen würde.

Ein Schuss zerriss die Stille. Maya wimmerte am Boden und rollte sich noch mehr zusammen. Amir ließ das Tape fallen. Marley starrte entsetzt Anisa und Yasin an.

Von der Kugel getroffen, stolperte Yasin rückwärts. Seine Augen weiteten sich ungläubig, bevor er den Blick auf seine Brust senkte, wo sich ein roter Fleck ausbreitete.

„Du, eine Frau, hast auf mich geschossen?"

Anisa lachte ihn aus.

Einen Moment lang blieb er noch schwankend stehen. Dann rollten seine Augen nach oben und er brach zusammen.

Anisa wirbelte herum, die Pistole immer noch im Anschlag. „Los! Weitermachen!"

Durch den abgefeuerten Schuss hatte Marley für eine Sekunde die Bedrohung auf ihrem Schoß vergessen. Jetzt kehrte die Angst mit voller Wucht zurück. Das unkontrollierte Zittern wurde stärker.

Amir warf Anisa einen mörderischen Blick zu. Angesichts der Waffe in ihrer Hand blieb ihm allerdings nichts anderes übrig, als zu gehorchen. Er bückte sich und hob die Rolle Klebeband auf. Methodisch umwickelte er die Bombe und Marley. Immer weiter. Immer höher.

*

Leichtfüßig schlich Ian durch den Wald. Das Motorrad hatte er weiter unten stehen gelassen. Er wollte nicht riskieren, dass das laute Motorengeräusch seiner Harley die Terroristen alarmierte. Zudem war sein Bike für die immer steiler werdenden Hänge nicht besonders geeignet. Längst vergessen geglaubte Reflexe erwachten zum Leben, als er sich im Schutz eines Baumes nach dem nächsten näher an das Gebäude heranarbeitete.

Ein Schuss zerriss die Stille des Waldes. Wie erstarrt blieb er stehen. War er etwa zu spät? War es das gewesen? Der Gedanke, Marley für immer verloren zu haben, brach ihm das Herz. Und wenn der Schuss Maya gegolten hatte? Das würde Marley zerstören. Eine Handvoll Schnee rutschte von dem Ast über ihm und fiel direkt in seinen Kragen. Er schüttelte sich kurz und zwang sich, flach und gleichmäßig zu atmen. Es nützte niemandem etwas, wenn er jetzt hier durchdrehte. Mit purer Willenskraft verbannte er die Dämonen in den hintersten Winkel seines Bewusstseins. Marley und Maya brauchten ihn. Einen emotionalen Zusammenbruch konnte er später erleiden.

So schnell wie möglich legte er die letzten Meter zur Hütte zurück. Dort angekommen, riskierte er einen Blick durchs Fenster. Was er erkennen konnte, ließ ihm das Blut in den Adern gefrieren. Eine Frau stand im Raum, die Waffe auf Marley gerichtet, die gefesselt auf einem Stuhl saß. Ein Mann machte sich an ihr zu schaffen. Auf dem Boden erkannte er zwei dunkle Schatten. Waren es Menschen? Maya? Um besser sehen zu können, legte er eine Hand an die Scheibe. In diesem Moment drehte Marley ihren Kopf zum Fenster. Als sie ihn erkannte, weiteten sich ihre Augen geschockt. Am liebsten hätte er ihr zugerufen, sie müsse sich keine Sorgen machen. Aber er wusste selber, dass es keine Garantie gab, dass die beschissene Situation hier gut ausging.

Er musterte Marley erneut. Erst da fiel ihm auf, dass sie ihm etwas mitzuteilen versuchte. Aber was?

*

Marley hatte nie gedacht, dass sie gleichzeitig so erfreut und entsetzt sein könnte, jemanden zu sehen. Als sie Ian am Fenster entdeckte, war das Erste, was sie verspürte, eine riesengroße Erleichterung. Bis ihr eine Millisekunde später klar wurde, dass er ebenfalls sterben würde, wenn die Bombe losging. Nur mit eiserner Willenskraft gelang es ihr, die Tränen zurückzuhalten. „Bombe“, formulierte sie lautlos, in der Hoffnung, dass Lippenlesen zu seinen Ninja-Fähigkeiten gehörte, die er sich im Militär sicherlich – hoffentlich – angeeignet hatte. Immer und immer wieder formte sie mit ihren Lippen das Wort.

Sie war so konzentriert auf Ian, dass sie nicht bemerkte, wie Anisa ihrem Blick folgte. Erst als diese die Waffe hob und aufs Fenster zielte, schlug sie jegliche Vorsicht in den Wind.

„Bombe. Hier ist eine Bombe!“, schrie sie verzweifelt.

Gleichzeitig drückte Anisa ab. Ians Silhouette verschwand. Bevor oder nachdem die Kugel durchs Glas gedrungen war?

Marley sackte in sich zusammen. Es war ihr auf einmal egal, was mit der Bombe geschah.

Anisa blickte unschlüssig vom Fenster auf sie herunter und wieder zurück. Schließlich herrschte sie Amir an: „Schneller. Wie lange dauert das noch?!"

Inzwischen war Amir bei ihren Schultern angelangt.

„Das reicht!"

Sofort ließ er die Rolle los und trat einen großen Schritt zurück.

„Stehen bleiben", befahl Anisa.

Erstaunt sah er sie an.

Sie fixierte ihn mit einem manischen Blick. „Wolltest du mich zu deiner Braut machen?", fragte sie ihn leise.

Angewidert schüttelte er den Kopf. „Natürlich nicht. Du bist eine weiße Frau, die ihren Platz nicht kennt. Ein Mittel zum Zweck. Mehr nicht!"

War der Mann irre, fragte sich Marley, während ihre Angst immer größer wurde. Erkannte er nicht, dass Anisa kurz davor war, durchzudrehen?

Ein bitteres Lächeln spielte um Anisas Mundwinkel. In einer stolzen Geste hob sie ihr Kinn.

„Dann weiß ich ja Bescheid."

Wieder hob sie die Pistole und zielte auf Amirs Herz. Der gerechte Ausgleich, dachte sie verbittert. Schließlich hatte er ihr das Herz gebrochen. Sie schaute in sein geliebtes Gesicht, das den Ausdruck des Entsetzens trug. Konnte sie das wirklich tun? Im letzten Moment überlegte sie es sich anders. Sie senkte den Arm und schoss ihm ins Knie. Mit einem Aufschrei stürzte er zu Boden. Traurig betrachtete Anisa eine Sekunde lang den sich windenden Mann am Boden. Dann setzte sie sich in Bewegung und stürzte in Richtung Ausgang. Rasch schob sie den Riegel zurück und griff bereits nach der Türklinke, als sie sich an die Person erinnerte, die sie vor dem Fenster gesehen hatte. Ob sie ihn wohl getroffen hatte? Oder lag er irgendwo da draußen in einem Hinterhalt? Unschlüssig schielte sie aus dem Fenster, konnte allerdings nichts erkennen. Verdammt. Sie musste einfach schnell sein, besser sein als ihre Gegner. Vorsichtig öffnete sie die Tür einen Spalt breit und spähte hinaus. Erleichtert sah sie, dass die Einfahrt verlassen dalag. Sie würde das Risiko eingehen. Ihre Umgebung im Blick behaltend, schlich sie sich aus der Hütte.

*

Mehrere Sekunden war bis auf das Stöhnen des verletzten Terroristen nichts zu hören. Marley riskierte einen Blick in Mayas Richtung. Diese starrte in Richtung der Tür und begann, langsam vorwärtszurobben. Amir, der erkannte, was sie vorhatte, versuchte, es ihr gleichzutun. Maya ignorierte ihn einfach. Die Schmerzen und die Anstrengung nahmen all ihre Konzentration in Anspruch. Falls er sie an der Flucht hindern wollte, sollte er das nur versuchen.

„Sei vorsichtig“, raunte ihr Marley zu.

„Einfach nur weg hier“, gab Maya gepresst zurück. „Hilfe holen.“

Von draußen drangen Schüsse ins Innere der Hütte. Besorgt warfen sich Marley und Maya einen Blick zu. Jemand fluchte. Ein weiterer Schuss, diesmal aus einer anderen Waffe, ließ alle erstarren. Das Geräusch eines kurzen Handgemenges war zu hören. Dann herrschte wieder Stille. Nach qualvollen Sekunden, während denen sich niemand zu rühren wagte, richtete sich Maya mühsam wieder auf. Ein brennender Schmerz in der Rippengegend raubte ihr den Atem und sie jaulte auf. Scheiße, das tat weh!

„Maya!“, rief Marley besorgt.

„Alles gut.“

Das war natürlich komplett gelogen. Doch sie durfte jetzt nicht aufgeben.

Marley wagte fast nicht zu atmen, während sie versuchte, gleichzeitig den schmalen Streifen Außenwelt, der bei der offenstehenden Tür sichtbar war, und Mayas Fortschritt im Auge zu behalten. Was jetzt? Waren da draußen noch mehr? Was war mit Ian? Und vor allem, was war mit der Bombe unter dieser Zwangsjacke aus Tape? An ihrem Bauch spürte sie das leise Ticken. Oder war das ihr Pulsschlag? Sie wollte nicht sterben. Nicht jetzt, wo sie gerade erst Ian gefunden hatte. Ihre Liebe. Verzweifelt schluckte sie die Tränen hinunter. Wenigstens war Maya auf dem Weg nach draußen. Dieser Gedanke tröstete sie ein wenig. Die freundliche, witzige und supergescheite Frau hatte es nicht verdient, so zu sterben.

Trotz der Kälte begann sie zu schwitzen. Der Schweiß tropfte ihr über die Stirn. Als die Tür langsam aufgeschoben wurde, erstarrte Maya und warf ihr einen besorgten Blick zu. Marley konnte nicht einmal mit den Schultern zucken, so festgetaped war sie. Freund oder Feind? Kam die Irre etwa wieder zurück? Und falls ja, spielte das überhaupt noch eine Rolle?, fragte sie sich, der Verzweiflung nahe.

22

Als der zweite Schuss durch den stillen Wald gehallt war, war Ian fast abermals das Herz stehen geblieben. War er tatsächlich zu spät gekommen? Bevor er Zeit hatte, diesen fürchterlichen Gedanken weiterzuverfolgen, war die Frau, die vorhin auf ihn geschossen hatte, aus der Hütte geschlichen. Er hatte sich von hinten auf sie gestürzt, doch irgendwie hatte sie seine Anwesenheit gespürt. Im letzten Moment war sie herumgewirbelt und hatte das Feuer auf ihn eröffnet. Nur ein Sprung zur Seite hatte ihn gerettet. Zum Glück war Blackbird bereit gewesen, einzugreifen. Ein gezielter Schuss hatte die Terroristin entwaffnet. Blitzschnell hatte er sie überwältigt. Sie hatte sich gewehrt wie eine Wildkatze, doch das hatte ihr nichts genützt.

Jetzt lag sie gefesselt im Schnee und fluchte unter ihrem Knebel wie ein Rohrspatz. Ihre Waffe hatte er eingesteckt. Leider hatte er keine Ahnung, ob die anderen Terroristen in dem einfachen Gebäude die Situation kontrollierten. Ein Stoßgebet in Richtung Himmel schickend, hob er die Pistole und schob sich langsam an der Wand entlang auf die Tür zu. Diese stand einen Spalt offen. Hinterm Türpfosten Deckung suchend, schob er sie mit seiner Fußspitze langsam auf.

*

Marley kam zu dem Schluss, dass sie nichts zu verlieren hatte, wenn sie um Hilfe schrie. Wenn keine Hilfe kam, würde sie so oder so in den nächsten Minuten sterben. Also öffnete sie den Mund und ließ einen waschechten Banshee-Hilferuf los. Innerhalb Sekunden schwang die Tür auf und Ian stürzte hinein. Wachsam ließ er seinen Blick durch den Raum schweifen. Ein Mann lag wimmernd auf dem Bauch und versuchte über den Boden zu robben. Ein weiterer lag bewegungslos in einer Blutlache. Marley saß wie eine Mumie in Panzertape eingewickelt auf einem Stuhl. Neben der Tür erkannte er Maya, die verängstigt an der Wand kauerte.

„Ist er bewaffnet?“, fragte er mit einer Kopfbewegung in Richtung des Mannes.

„Ich weiß es nicht“, gab Marley zu. „Anisa hat ihm ins Knie geschossen.“

Einigermaßen zuversichtlich, dass der verletzte Terrorist keine Gefahr darstellte, war Ian in wenigen Schritten bei ihm und durchsuchte ihn nach Waffen. Als er nichts fand, richtete er sich erleichtert auf. Er griff nach der Rolle Panzertape, das nutzlos von Marleys Seite baumelte, durchtrennte das Klebeband und fesselte mit effizienten Bewegungen den Mann, während dieser ihn aufs Übelste beschimpfte. Ian blendete ihn einfach aus. Es interessierte ihn schlichtweg nicht, was der andere zu sagen hatte.

„Ian, beeil dich!“, flehte Marley ihn an. „Schnapp dir Maya und mach, dass du weg kommst.“

Maya hatte sich inzwischen wieder hochgestemmt und schüttelte protestierend den Kopf.

„Doch“, beharrte Marley.

Sie hatte sich damit abgefunden, dass sie dieses Abenteuer nicht überleben würde. Nur den Gedanken, dass Ian und Maya wegen ihr ebenfalls sterben würden, konnte sie nicht ertragen.

„Ich lasse dich bestimmt nicht hier zurück“, entgegnete Ian stur.

„Ich auch nicht“, meldete sich Maya zu Wort.

„Ihr müsst.“

Die Dringlichkeit in ihrer Stimme nicht verstehend, ging er auf sie zu und kniete sich vor ihr hin.

„Was ist denn los?"

„Unter dem Tape befindet sich eine Bombe." Sie schluckte. „Und es bleibt nicht mehr viel Zeit. Bring dich und Maya in Sicherheit. Bitte!"

Ian verstand. Unverzüglich griff er in die Seitentasche seiner Cargohose und zog sein gefährlich aussehendes Militärmesser hervor.

Marleys Augen wurden groß.

„Was hast du vor?"

„Dich auch noch retten."

„Aber dann sterben wir alle", rief sie entsetzt aus.

Wieso um alles in der Welt musste dieser Mann so dickköpfig sein? Und einen Superman-Komplex haben? Auch wenn sie sich etwas in der Richtung gewünscht hatte, konnte sie doch zwischen Fantasie und Realität unterscheiden. Ian anscheinend nicht. Zu jedem anderen Zeitpunkt hätte sie diesen Charakterzug sehr charmant gefunden. Jetzt erhöhte er nur ihre Panik.

Ian ignorierte ihre hysterische Aussage. Er war sowieso beeindruckt, wie gut sie sich im Griff hatte. Er kannte nicht viele, die diese bedrohliche Situation so gut gemeistert hätten.

„Wie viel Zeit bleibt noch?", fragte er sie für den unwahrscheinlichen Fall, dass sie eine Antwort auf diese Frage hatte.

„Keine Ahnung. Vielleicht drei Minuten. Vielleicht aber auch nur zwei. Zeitgefühl ist wohl tatsächlich relativ", fügte sie mit einem erstickten Lachen hinzu.

Methodisch schnitt Ian ihr das Tape inklusive ihrer Kleidung sorgfältig vom Leib. Während er so schnell arbeitete, wie er konnte, hielt er einen ständigen Dialog aufrecht, um Marley von der Bombe abzulenken.

Als er endlich die Bombe freigelegt hatte und gerade dabei war, die Schrauben zu entfernen, streckte Blackbird seinen Kopf in die Hütte.

„Brauchst du Hilfe?“

„Die hast du mir doch bereits geleistet. Danke, Mann.“

„Immer gerne“, wehrte der andere seine Aussage ab, als wäre der präzise Schuss, mit dem er die Terroristin erfolgreich entwaffnet hatte, nicht der Rede wert. „Ich meinte eigentlich hier und jetzt.“

„Nein. Oder doch“, fügte er gleich darauf hinzu, als Amir wieder lautstark in Arabisch zu Jammern begann. „Stell diese Heulsuse hier ruhig. Der Typ ist meiner Konzentration nicht sehr zuträglich.“

Das stimmte so nicht ganz. Er war in der Lage, alles um sich herum auszublenden, wenn er einen so wichtigen Job hatte. Aber er vermutete, dass Amirs Geheule zusätzlich an Marleys Nerven zerrte.

„Mit Vergnügen“, murmelte Blackbird. Geschmeidig ließ er seine Faust gegen Amirs Schläfe krachen. Ohne einen weiteren Laut von sich zu geben, sackte der Mann zusammen.

Erleichtert atmete Marley auf, bevor sie besorgt zu Maya schaute, die tapfer abwartete. Ian folgte ihrem Blick.

Sie lehnte immer noch regungslos an der Wand, offensichtlich fest entschlossen, ihrer Freundin bis zum bitteren Ende zur Seite zu stehen. „Kannst du dich um Maya kümmern?“, bat er Blackbird. „Am besten bringst du sie gleich runter vom Berg.“

„Klar. Probleme?“, fragte Blackbird in Richtung Marley, da er den Ausdruck äußerster Konzentration und Besorgnis auf Ians Gesicht richtig erkannte.

„Ich hoffe nicht. Frag mich in sechzig Sekunden noch mal.“

„Oh. Jetzt wird mir alles klar“, erwiderte er.

Bereit, sich um die andere Frau zu kümmern, wollte er sich schon wegdrehen, als sich Marleys Atem beschleunigte. Offensichtlich war ihr gerade klar geworden, dass das die verbleibende

Zeit zur bevorstehenden Detonation war. Als er der die zunehmende Panik in ihrem Blick bemerkte, eilte er zurück an ihre Seite und nahm ihr Gesicht behutsam zwischen beide Hände.

„Atme. Und verlass dich auf Ian. Er war Bombenentschärfer beim Militär. Er hat das im Griff."

Ian war seinem Freund dankbar, dass er Marley durch ihre Panik hindurch half. Er hoffte nur, er konnte die Erwartungen auch erfüllen. Um seine Konzentration nicht zu stören, blendete er abermals alles aus, was um ihn herum geschah, auch wenn es verdammt schwierig war. Vor ihm saß kein Unbekannter, sondern die Frau, die er liebte. Nur sein jahrelanges Training sorgte dafür, dass er nicht ebenfalls in Panik verfiel.

Sorgfältig folgte er den verschiedenen Drahtverbindungen. Nach und nach entlockte er der rudimentären Bombe ihr Geheimnis. Sie konnten von Glück reden, dass die Hackerin im Konstruieren von Bomben nicht ebenso bewandt war wie mit Computern.

„Bitte", stieß Marley hervor. „Kümmere dich um Maya."

Blackbird warf ihr einen prüfenden Blick zu. Die Frau hatte Nerven aus Stahl und ein Herz so groß wie die Rockies. Genau die richtige Frau für Ian. Blieb nur zu hoffen, dass sie lange genug am Leben blieben, um das Happy End, das auf sie wartete, auch zu genießen. Sie hatten noch vierzig Sekunden. Verdammt wenig Zeit.

„Mach ich", versprach er. „Und du hältst durch, okay?"

Sie lächelte tapfer und nickte.

Das schien Blackbird zu genügen. Er richtete sich auf, ging zu Maya und hob sie in seine Arme.

„Hey! Habe ich gar nichts zu sagen?", protestierte diese.

„Tut mir leid", murmelte Blackbird und verließ mit großen Schritten die Blockhütte. „Jetzt nicht. Später vielleicht."

Kaum war er draußen, begann er zu rennen und unterband somit effektiv Mayas Fähigkeit zu reden. Bei der Bewegung schmerzten ihre Rippen und sämtliche anderen misshandelten

Knochen. Nicht zu schreien war alles, was sie in den nächsten Minuten tun konnte. Sie hoffte nur, dass Ian erfolgreich sein würde.

*

Marley schloss die Augen. Sie hielt die unglaubliche Spannung nicht mehr aus. So gerne hätte sie Ian gesagt, dass sie ihn liebte. Und jetzt traute sie sich nicht, aus Angst, ihn in seiner Konzentration zu stören. Es war buchstäblich zu spät. Sie hoffte nur, dass er wenigstens gespürt hatte, wie wichtig er für sie geworden war.

Wieder und wieder überprüfte Ian die Verbindungen. Trotz der Kälte war er nassgeschwitzt, doch er merkte es nicht. Er warf einen Blick auf den laufenden Timer. Zehn Sekunden. Also allerhöchste Zeit, eine Entscheidung zu treffen. Ein letztes Mal folgte er dem seiner Meinung nach relevanten Draht. Er holte tief Luft und durchtrennte mit einer flüssigen Bewegung die Verbindung. Der elektronische Zähler verstummte. Seine Erleichterung war so groß, dass ihm beinahe schwindlig wurde. Erlöst ließ er seine Stirn an Marleys Brust sinken.

„Wir haben es geschafft, Liebling."

*

Marley war so in ihrer Panik und ihren reuevollen Gedanken gefangen, dass sie überrascht die Augen öffnete, als Ians Gesicht plötzlich zwischen ihren Brüsten zu liegen kam. Sie blinzelte und schaute auf seinen Hinterkopf hinunter.

„Ian? Nicht, dass ich diese Position unangenehm finden würde. Aber bist du dir sicher, dass jetzt der richtige Zeitpunkt zum Kuscheln ist?"

Aus den Tiefen ihres zerschnittenen Sweatshirts erklang gedämpftes Gelächter. Ians ganzer Körper bebte. War er jetzt durchgedreht? Oder hatte er etwa …

„Du bist großartig“, stieß er schließlich hervor. „In Gegenwart einer Katastrophe den Humor nicht zu verlieren ist wirklich große Klasse!“

„Ja, aber … Was ist mit der Bombe?“

Ian hob den Kopf, ein breites Grinsen im Gesicht.

„Die kann uns nichts mehr tun. Schau …“

Vorsichtig hob er die geöffnete Kiste hoch und drehte sie so, dass sie auf den Zähler schauen konnte. Der Timer war bei 4 Sekunden stehen geblieben.

„Puh, war ganz schön knapp.“

„Das kann man wohl sagen“, antwortete er ernst.

Die Bombe immer noch in der Hand, stand er langsam auf und ging ein paar Schritte weg, um sie vorsichtig auf den Boden zu stellen.

Marley fröstelte. Erst jetzt wurde ihr bewusst, dass sie praktisch in der Unterwäsche da saß. Um die Sache zu beschleunigen, hatte Ian die Kleidung gleich mit aufgeschnitten. Ihre Hände waren allerdings nach wie vor gefesselt. Auf einmal hielt sie es nicht mehr aus.

„Ian“, rief sie.

Besorgt schaute er auf und eilte zu ihr hin.

„Die Fesseln, kannst du sie durchschneiden?“, bat sie ihn mit kläglicher Stimme.

„Aber sicher doch.“

Keine zwei Sekunden später war sie frei. Mit einem Schluchzer warf sie sich an Ians Brust und ließ ihren Tränen freien Lauf. Die ganze Angst und Panik, die sie in den Händen der Terroristen verspürt hatte, bahnte sich einen Weg an die Oberfläche. Er hielt sie einfach fest, während er ihr beruhigend über den Rücken streichelte. Als er draußen die ersten Motorgeräusche hörte, führte er sie sanft in eine Ecke, die vom Fenster her nicht sichtbar war und stellte sich mit dem Rücken zur Tür.

Marley genoss seine Fürsorge. Seine Nähe und die Tatsache, dass er sie beide aus dieser gefährlichen Situation gerettet hatte, all dies drohte, sie zu überwältigen. Sie erlaubte sich, etwas von dem Selbstvertrauen und seiner so offensichtlichen inneren Stärke in sich aufzusaugen und die Last des Tages und der vergangenen Wochen für einen Moment mit ihm zu teilen. Sie war so dankbar, dass Ian zu ihr gehörte. Ein Teil ihres Lebens war. Dieser Gedanke beruhigte sie soweit, dass der Tränenfluss endlich versiegte. Sie hob den Kopf.

„Jetzt geht es wieder."

„Sicher?"

„Sicher."

„Lass mich dich trotzdem noch ein wenig länger in den Armen halten", bat er. „Ich habe den Schock noch nicht ganz überwunden." Sanft drückte er ihren Kopf wieder an seine Schulter.

Marley lächelte. Inmitten des ganzen beschissenen Tages schaffte er es, sie glücklich zu machen. Sie drückte ihn fester, um ihm durch Taten das zu verstehen zu geben, wozu ihr die Worte fehlten. Umgehend erwiderte er die Geste.

Ein wenig später steckte Jake den Kopf zur Tür hinein. „Alles noch ganz, wie ich sehe?"

Ian nickte. „Kannst du für uns eine Decke auftreiben?"

„Klar." Er verengte die Augen. „Über deinen Alleingang unterhalten wir uns noch, verstanden?"

Ian nickte. Er hatte gewusst, dass das kommen würde. Aber er würde jedes Mal dieselbe Entscheidung treffen. Hätte er auf die Polizei gewartet, wäre er zu spät gekommen.

„Hallo, ihr Helden", meldete sich Sunny von der Tür, während zwei Polizisten den angeschossenen Amir abführten und die Leiche von Yasin überprüften. „Darf ich reinkommen?"

„Komm nur", antwortete Ian, obwohl Marley vehement den Kopf schüttelte. Er konnte verstehen, dass sie niemanden sehen wollte. Sie war fix und fertig, trug nur ihre Unterwäsche und war sicherlich traumatisiert. Doch Sunny trug eine Decke in der Hand. Sie würde Marley untersuchen. Anschließend konnten sie nach Hause gehen. Ian wollte nichts dringender, als die Frau in seinen Armen von diesem Ort wegzubringen und sich um sie kümmern.

Sunny kam zu ihnen und legte Marley die Decke um die Schultern. Sobald sie gut eingepackt war, hob Ian sie in seine Arme.

„Lass mich runter", protestierte Marley. „Ich kann selber gehen."

„Ich weiß", erwiderte Ian. „Aber mir hilft es, wenn ich dich tragen darf. Bitte. Mir zuliebe?"

„Okay", gab sie widerwillig zurück.

Will, einer der Deputies, trug einen schweren Metallbehälter in die Hütte. Er hob den Deckel und legte ihn zur Seite. Vorsichtig transferierte er die entschärfte Bombe in den Sicherheitsbehälter.

Marley beobachtete das Vorgehen aufmerksam. Als er verschwunden war, atmete sie wieder auf. Sie gestattete sich, ihren Kopf in Ians Halskuhle zu legen. Froh, der Gefahr entronnen zu sein, schmiegte sie sich an ihn und sog seinen Duft ein.

„Können wir nach Hause gehen?", murmelte sie schläfrig. Sie wusste gar nicht, wovon sie so müde war. Offenbar war entführt und beinahe in die Luft gesprengt zu werden anstrengender, als sie gedacht hatte.

„Gleich", antwortete Ian. „Erst muss Sunny dich untersuchen."

„Aber …"

„Keine Widerrede", unterbrach er sie. „Die einzige andere Variante ist die Notaufnahme in Breckenridge."

Sanft setzte er sie auf dem Beifahrersitz des Rettungsfahrzeugs ab.

„Irgendwie scheine ich immer in diesem Auto zu landen“, stellte Marley missmutig fest. Sie wollte wirklich nur noch nach Hause. Ihr Blutdruck interessierte sie nicht die Bohne.

„Das stimmt nicht ganz“, mischte sich Sunny in die Diskussion ein, während sie geschickt die Blutdruckmanschette ihren Arm hochschob. „Seit heute Nachmittag gibt es zwei Ärzte in Independence. Der neueste Coup der VGI.“

„Ich dachte, die VGI fördert nur Frauen?“

„Bei der einen handelt es sich um eine Ärztin. Ihre Bedingung war wohl, dass ihr Partner, mit dem sie bereits am alten Ort eine Praxis geführt hatte, auch kommen darf. Keine Ahnung, ob er auch von der VGI unterstützt wird oder einfach so mitgekommen ist.“

„Da wird sich der Bürgermeister grün und blau ärgern“, stellte Ian amüsiert fest.

„Geschieht ihm recht“, kommentierte Marley. Sie hatte ihm immer noch nicht verziehen, dass er ihr den Vertrag gekündigt hatte.

„Ja“, bestätigte Sunny. „Es ist wirklich großartig. Auch für uns. Es erleichtert die Arbeit sehr, wenn wir nicht jedes Mal bis ins Krankenhaus in Breckenridge fahren müssen. Eigentlich ist es ein Gewinn für alle. Sämtliche Routineuntersuchungen können jetzt vor Ort durchgeführt werden.“

„Routineuntersuchungen wie Blutdruckmessungen? Dafür habe ich ja dich. Du machst das wunderbar“, scherzte Marley.

„Das wollen wir aber nicht zur Gewohnheit werden lassen, nicht wahr?“

„Glaub mir, nichts liegt mir ferner als das“, beteuerte Marley. „Aber irgendwie scheine ich trotzdem immer in deinen fachkundigen Händen zu landen.“

Sunny grinste. „Ich vermute mal, dass dich Ian in nächster Zeit nicht aus den Augen lassen wird.“ Sie zwinkerte ihr zu. „Ganz schön toll, so einen Beschützer zu haben.“

Marley drehte den Kopf und schaute Ian an, der hinter ihr stand, eine Hand auf ihren Rücken gelegt. Sie lächelte ihn an.

„Das ist es tatsächlich." Sie schaute zurück zu Sunny. „Was ist mit dir?", fragte sie neugierig. „Wer ist dein Beschützer?"

Sunnys Blick flackerte sehnsüchtig nach rechts, bevor er sofort wieder zu ihr zurückkehrte. Das Mienenspiel war so schnell vorbei, dass sich Marley fragte, ob sie es sich nur eingebildet hatte.

„Ich brauche keinen Beschützer", versicherte ihr Sunny lachend, doch es klang ein wenig angestrengt.

Neugierig geworden, sah sich Marley suchend um. Luke, der stellvertretende Chef der Feuerwehr, half Will gerade, den Metallcontainer auf die Ladefläche des Polizeitrucks zu laden. Hm. Hatte ihr Blick Will gegolten? Oder doch eher Luke?

„Von mir aus könnt ihr nach Hause gehen", informierte Sunny sie und unterbrach ihre Überlegungen. „Die Handgelenke musst du noch ein paar Tage eincremen. Sollten sich die Schürfungen entzünden, meldest du dich einfach bei dem neuen Arzt oder der neuen Ärztin."

„Macht sie", versprach Ian.

Normalerweise hätte Marley daran Anstoß genommen, dass Ian an sie gestellte Fragen beantwortete. Aber jetzt wollte sie tatsächlich nur noch nach Hause. Plötzlich fiel ihr Maya ein. Maya! Die Arme! Sie war so in ihr eigenes Drama verwickelt gewesen, dass sie gar nicht mehr an ihre Freundin gedacht hatte. Voller Schuldgefühle zuckte sie zusammen.

„Was ist?", fragte Ian sofort, der die Bewegung gespürt hatte.

„Wie geht es Maya?", fragte sie Sunny und schaute sie furchtsam an.

„Den Umständen entsprechend gut. Wir fahren sie jetzt gleich ins Krankenhaus."

Sie deutete auf den hinteren Teil des Wagens.

Entsetzt sprang Marley auf und verlor dabei fast ihre Decke. Ian erwischte gerade noch einen Zipfel und zog ihn wieder hoch, während er sie mit der anderen an der Hüfte stabilisierte, dass sie nicht vornüber aus dem Auto fiel.

„Um Himmels willen, fahrt schon los! Worauf wartet ihr noch? Mein Blutdruck war weiß Gott nicht so wichtig!"

„Beruhige dich. Es geht ihr wirklich recht gut. Sie hat keine lebensgefährlichen Verletzungen, sie bekommt bereits Schmerzmittel und schläft."

„Okay. Aber jetzt bist du fertig mit mir. Also fahr los", drängte sie die freundliche Rettungssänitäterin.

„Einverstanden. Pass auf dich auf."

„Dafür werde ich schon sorgen", versprach Ian.

Er trat einen Schritt zurück und half Marley aus dem Auto. Sobald sie mit beiden Füßen auf der Erde stand, hob er sie wieder in seine Arme.

Sich bereits etwas besser fühlend, warf sie ihm einen strengen Blick zu. Das war aus ihrer aktuellen Position zwar nicht ganz einfach, aber sie gab ihr Bestes. Die Effektivität ließ allerdings zu wünschen übrig. Auf ihren Protest hin, dass sie zwei eigene, funktionstüchtige Beine hätte, lachte er nur.

„Wo ist dein Auto?"

„Weiter unten. Ungefähr eine halbe Meile entfernt", gab sie grummelnd Auskunft.

„Okay", antwortete er und setzte sich in Bewegung.

Marley überlegte sich ungefähr eine Millisekunde lang, ob sie ernsthafter protestieren sollte, beschloss dann aber, ihre Unabhängigkeitserklärung auf einen anderen Tag zu verschieben. Vorzugsweise auf einen, an dem sie sich nicht wacklig wie ein neugeborenes Fohlen fühlte. Den Kopf an seine Schulter gelehnt, schloss sie die Augen und genoss den Rhythmus seiner Schritte.

23

Ian parkte Marleys Auto neben seinem Trailer und drehte den Zündschlüssel. Marley saß in ihre Decke gehüllt auf dem Beifahrersitz und schlief. Zum ersten Mal seit Stunden entspannte er sich. Ein Schauder lief durch seinen Körper. Er erlaubte sich, einen Moment lang den Kopf an die Kopfstütze zu legen und tief durchzuatmen. Was für ein Tag. Immerhin schien es, als hätten sie endlich den Kopf der Terroristenbande geschnappt. Doch er machte sich keine Illusionen. Der Terrorismus war wie eine Hydra. Kaum schlug man einen Kopf ab, wuchsen zwei neue nach. Nun gut. Das war jetzt das Problem des FBI. Zumindest für Marley und ihr Team sollte von nun an keine Gefahr mehr drohen.

Er streckte die Hand aus und fuhr ihr vorsichtig über die dunklen Locken. Er hoffte, dass sie nicht von Albträumen geplagt werden würde. Aus eigener Erfahrung wusste er jedoch, dass die Ereignisse des heutigen Tages sicher ihre Spuren hinterlassen würden. Er würde sicher gehen, dass sie mit ihren Ängsten oder Flashbacks nicht alleine war.

Vielleicht würden jetzt endlich ruhigere Zeiten einkehren. Zeiten, in denen sie sich auf sich und ihre Unternehmen konzentrieren konnten. Langweilig würde ihnen bestimmt nicht werden, auch wenn er momentan nicht mal etwas gegen Langeweile einzuwenden hätte. Langeweile klang sehr viel besser als Lebensgefahr.

Hinter der Tür seines Trailers meldete sich Speedy zu Wort. Anscheinend war die Toleranzzeit, die er ihm jeweils einräumte, um vom Auto auszusteigen und hineinzukommen, endgültig überschritten. Der arme Kerl hatte ja recht. Er hatte ihn heute absichtlich nicht zu dem Treffen mit Susan mitgenommen. Durch die anschließende Rettungsaktion war er ziemlich lange alleine gewesen. Er stieg so leise wie möglich aus dem Auto, um Marley nicht zu wecken.

Nachdem er Speedy in den kleinen Garten gelassen und gefüttert hatte, richtete er das Bett für Marley her. Erst dann holte er sie aus dem Auto. Sie murmelte etwas Unverständliches in seine Jacke, wachte aber nicht auf. Behutsam zog er ihr die Schuhe und Socken von den Füßen. Auch den BH zog er ihr nach kurzem Zögern aus. Es konnte ja nicht bequem sein, in dem Teil zu schlafen.

In der Küche an den Tresen gelehnt, verschlang er drei Stück kalte Pizza und spülte sie mit kaltem Bier hinunter. Endlich satt, verschwand er im Badezimmer. Als er wieder herauskam, hatte es sich Speedy an Marleys Füßen bequem gemacht. Nur mit Boxershorts bekleidet, schlüpfte er unter die Decke.

Noch völlig in ihrer Traumwelt gefangen, nahm Marley nur vage wahr, dass Ian zu ihr ins Bett kam. Als sich sein Arm besitzergreifend um ihre Taille schlang und sie näher zu sich heranzog, seufzte sie glücklich und kuschelte sich rücklings an ihn. Die zusätzliche Körperwärme und seine Nähe vermittelten ihr selbst im Schlaf ein Gefühl absoluter Sicherheit. Mit einem zufriedenen Seufzer sank sie zurück in den Tiefschlaf.

*

Fieberhaft verfolgte der Mann alle Newsmeldungen, die er finden konnte. Er wurde tatsächlich fündig. Allerdings fand er nicht das, was er erwartet hatte. Im Gegenteil. Die letzten Nachrichten hatten all seinen Hoffnungen einen Todesstoß versetzt. Amir war festgenommen worden. Jetzt war das Geld, das er so idiotensicher angelegt hatte, futsch. Hektisch suchte er nach Anzeichen, dass er den Anschlag, auf den er gewartet hatte, nur verpasst hatte. Vielleicht war er ja erst im Anschluss verhaftet worden? Der nächste Artikel zerschlug jegliche Hoffnungen, die er noch gehegt hatte. Sein Partner war bei einer Geiselnahme angeschossen und von der Polizei erwischt worden. Das FBI ermittelte.

Was sollte er jetzt nur tun? Der Anschlag hätte sein Ticket aus dieser Misere sein sollen. Stattdessen steckte er noch tiefer in der Scheiße. Überwältigt schloss er die Augen und rieb sich die Nasenwurzel. Es blieb ihm nichts anderes übrig, als unterzutauchen. Leider ohne den geplanten Notgroschen, aber das ließ sich nicht ändern.

Innerhalb weniger Minuten hatte er eine Tasche gepackt. Seine falschen Papiere sicher in seiner Jacke verstaut, griff er nach seinem Gepäck und schritt zur Tür. Schwungvoll riss er sie auf. Einen Fuß bereits außerhalb der Wohnung, erstarrte er. Ihm gegenüber stand ein unauffälliger Mann in einem grauen Anzug. FBI? Oder einer seiner Gläubiger?

Sein Gegenüber betrachtete ihn mit ausdruckslosen Augen. Ohne ein Wort zu sagen, hob er die Hand, in der er eine Pistole mit angeschraubtem Schalldämpfer hielt.

„Fahr zur Hölle“, sagte er beinahe freundlich.

Der Mann hob panisch die Hand. „Nicht …“

Doch sein Flehen kam zu spät. Der Auftragskiller hatte bereits abgedrückt. Der Teppich am Boden des Flurs schluckte das leise Plopp-Geräusch. Auch der anschließende Aufprall des Körpers, als der Tote zu Boden stürzte, war überraschend unauffällig.

Zufrieden schraubte der Killer den Schalldämpfer ab und verstaute beides in seinem Sakko. Er beugte sich zu seinem Opfer hinunter und legte ihm zwei Finger an die Halsschlagader. Kein Puls. Sehr gut. Wieder ein erfolgreich zu

Ende gebrachter Auftrag. Er richtete sich auf und ging fröhlich pfeifend davon.

*

Marley wachte davon auf, dass ihr jemand das Gesicht wusch. Sie öffnete ein Auge und konnte es gerade rechtzeitig wieder schließen, bevor ihr Speedy abermals mit seiner rosa Zunge quer übers Gesicht fuhr.

„Bäh!“, entfuhr es ihr, bevor sie anfing zu kichern. Sie schnappte sich den Terrier und zog ihn dicht an ihren Bauch heran. Erst zappelte er wie wild, als er spürte, dass sie ihn festhielt, doch sobald sie seine Lieblingsstelle kraulte, drehte er sich auf den Rücken. Alle drei Pfoten in der Luft und einen seligen Ausdruck im Gesicht, signalisierte er ihr, dass er nichts dagegen hatte, ihr die nächste halbe Stunde im Bett Gesellschaft zu leisten.

Marley lachte. „Das würde dir so passen, was? Erst mich wecken und dich dann auf eine Kraul-Session einstellen.“

Speedy drehte den Kopf zur Seite, öffnete das Maul und ließ seine Zunge heraushängen.

„Entzückend und sehr überzeugend. Leider ändert das nichts an meinem Bärenhunger.“

Erst als sie es ausgesprochen hatte, wurde ihr bewusst, dass das stimmte. Kein Wunder. Das Ende des gestrigen verrückten Tages war ziemlich nebulös. Sie war sich ziemlich sicher, dass sie es nicht mehr geschafft hatte, etwas zu essen. Ein Schauder überlief sie, als sie sich daran erinnerte, wie knapp sie mit dem Leben davongekommen waren. Umso wichtiger erschien es ihr, den Tag in Angriff zu nehmen und eben dieses Leben zu genießen. Vorzugsweise mit einem guten Frühstück. Der Duft von frischgebackenem Brot stieg ihr in die Nase und bestärkte sie in ihrem Entschluss. Von unglaublichem Tatendrang erfüllt, schlug sie die Bettdecke zurück und sprang aus dem Bett.

Speedy, der leicht für Alternativpläne zu begeistern war, stand ebenfalls auf, hüpfte vom Bett und raste nach vorn in Richtung Küche.

Marley schaute an sich herunter. Sie trug nur noch ihre Unterhosen. Wo war denn der Rest geblieben? Zugegeben, ein kümmerlicher Rest, aber sie konnte sich nicht daran erinnern, sich die Schuhe und Socken oder den BH ausgezogen zu haben. Bei dem Gedanken, dass Ian sich die Mühe gemacht hat, es ihr möglichst bequem zu machen, lächelte sie. Es sah ganz so aus, als wäre sie gestern tatsächlich direkt vom Auto ins Bett gefallen. Auf dem Weg zum Badezimmer streifte sie auch noch den Slip ab und ließ ihn einfach zu Boden fallen. Aufräumen konnte sie nachher immer noch. Das dringende Bedürfnis, sich die schrecklichen Ereignisse vom Leib zu waschen, war einfach zu groß.

*

Als Speedy auf seinen drei Pfoten in der Küche schlitternd zum Stehen kam und keine zwei Minuten später das Rauschen der Dusche ertönte, lächelte Ian.

„Weckmission erfolgreich ausgeführt?“, fragte er seinen dreibeinigen Freund.

Dieser setzte sich erwartungsvoll vor ihn hin und klopfte mit der Rute auf den Boden.

„Ich sehe schon, du erwartest eine Belohnung.“ Er griff nach der Dose mit seinen Testkeksen.

Speedy, der die Dose sofort erkannte, stand auf und drehte sich ungeduldig im Kreis. Ian bückte sich und legte ihm ein paar Kekse hin.

„Mach nicht zu viel Unsinn. Ich bin jetzt erst einmal beschäftigt“, teilte er ihm mit.

Der Hund legte erwartungsvoll den Kopf schief.

„Nein“, sagte Ian streng. „Mehr gibt es nicht.“

Enttäuscht ließ der Mischling den Kopf hängen und trottete zu seiner Decke.

*

Ian ging nach hinten zum Badezimmer. Erst würde er schauen, in welcher Verfassung Marley heute Morgen war. Er hoffte inständig, dass sie nicht zu sehr traumatisiert war von den gestrigen Vorfällen. Wenn sie sich einigermaßen gut fühlte, würde sie sich vielleicht überreden lassen, sich von ihm den Rücken waschen zu lassen.

Auf seinem Weg stolperte er über ihre Unterwäsche. Ohne anzuhalten, bückte er sich und hob das Kleidungsstück auf. Unbewusst strich er über den glänzenden Stoff. Er konnte nicht vermeiden, dass sich bei der Vorstellung, wie sie nackt ins Bad gegangen war, lustvolle Gedanken in ihm regten. Vor der Badezimmertür rief er sich streng zur Ordnung. Die Wahrscheinlichkeit, dass Sex ungefähr das Letzte war, worauf Marley heute Morgen Lust hatte, war groß. Himmel, gestern wäre sie fast gestorben. Vermutlich würde sie entsetzt vor ihm fliehen, wenn sie den unübersehbaren Beweis entdeckte, was seine außer Rand und Band geratenen Hormone mit seinem Körper anstellten. Er schüttelte sich, als könnte er die Leidenschaft, die durch seine Adern kursierte, so loswerden. Der Effekt war gleich null. Als Nächstes versuchte er es damit, Primzahlen von eins bis hundert aufzuzählen. Bereits bei dreiundzwanzig gab er den Versuch auf. Er würde einfach dafür sorgen müssen, dass sie ihm in die Augen schaute und nicht in seinen Schritt.

Ungeduldig stieß er die Tür auf. Dicke Dampfschwaden waberten durch das kleine Badezimmer. Hinter der Milchglastür konnte er undeutlich Marleys Konturen wahrnehmen. Oje. Nicht wirklich der beste Anblick, um seinen ungezügelten Appetit auf sie zu dämpfen.

Marley, die das Klicken der Badezimmertür gehört hatte, lächelte unter dem Wasserstrahl. Ian. Sämtliche bislang noch schlummernden Körperregionen waren auf der Stelle wach. Wärme breitete sich in ihrer Bauchgegend aus und verteilte sich wie geschmolzene Lava tiefer. Sie verspürte ein sehnsüchtiges Ziehen im Unterleib und zwischen ihren Beinen. Ihre Brüste, eigentlich klein und unauffällig, fühlten sich auf einmal schwer und sinnlich an. Ihr Lächeln wurde breiter. Sex. Das ultimative, lebensbejahende Mittel, um sich lebendig zu fühlen. Jetzt war nur die Frage, ob Ian bereit war, mitzuspielen. Es gab nur einen Weg, um das herauszufinden. Sie würde ihn einfach fragen.

Schon spannend, wie ein Erlebnis einen verändern konnte. Vor ein paar Tagen hätte sie sich noch nicht getraut, einfach ihren Wunsch anzumelden. Heute verstand sie überhaupt nicht mehr, was denn das Problem war.

Sie schob die Duschwand zur Seite und schaute in Ians überraschtes Gesicht.

„Lust, mir Gesellschaft zu leisten?"

„Jetzt? In der Dusche?", fragte er, von ihrer Direktheit fast ein wenig überrumpelt. Was war mit seiner scheuen Marley geschehen?

„Ja", erwiderte sie schlicht. „Jetzt. Hier. Ist Sex unter der Dusche nicht das Highlight in jedem Liebesroman?"

Obwohl er selber eben noch dieselbe Fantasie gehabt hatte, kamen Ian jetzt doch Zweifel, als er seine kleine Duschkabine betrachtete. Vielleicht verschoben sie es besser auf später? An einen bequemeren Ort? Sein Bett zum Beispiel?

Marley hingegen hatte keine solchen Sorgen, wie es schien. Ihre Hände waren bereits damit beschäftigt, ihm sein T-Shirt über den Kopf zu streifen. Verspätet half er ihr dabei. Sofort überließ sie diese Aufgabe ihm und machte sich an seinem Hosenbund zu schaffen. Das und die Tatsache, dass sein Schwanz ganz begeistert war von der Aussicht, sich tief in Marley zu versenken, ließen ihn alle Bedenken über Bord werfen. Innerhalb von Sekunden war er genauso nackt wie sie und trat unter das dampfende Wasser.

Marley stöhnte, als sich ihre Lippen trafen. Nasse, harte Muskeln trafen auf ihre schlüpfrigen Kurven.

Ian hatte das Gefühl, im Himmel gelandet zu sein. Der Eifer, mit dem sie ihren Körper gegen seinen presste, gab ihm das Gefühl, der Größte zu sein. Aufgrund des Platzmangels und seines Bedürfnisses, ihr möglichst nahe zu sein, schob er sie mit dem Rücken an die geflieste Wand.

„Hattest du eine bestimmte Vorstellung, wie das hier ablaufen soll, als du mich unter die Dusche gezerrt hast, oder soll ich improvisieren?", murmelte er dicht an ihrem Ohr. „Gab es dazu eine Anleitung in deinen Romanen?"

Sein heißer Atem und die humorvollen Worte sandten eine neue Welle der Lust durch Marleys System.

„Hm", gab sie zurück und bewegte ihre Hüften verführerisch gegen sein Becken. „Soweit ich weiß, hebst du mich einfach hoch und drückst mich an die Wand, während du in mich eindringst." Bei der expliziten Beschreibung wurde sie rot. Und wenn schon. Immerhin hatte sie es geschafft, ihre Wünsche zu äußern.

Irgendwie bezweifelte Ian, dass es so einfach war, wie Marleys Worte implizierten. Aber nachdem er sicherlich stark genug war, um sie hochzuheben und zudem sehr ungeduldig, beschloss er, es einfach einmal zu versuchen. Mehr als schiefgehen konnte es ja nicht. Oder?

Mit Leichtigkeit hob er sie hoch. Sofort schlang sie ihm ihre Beine um die Hüften. So weit so gut, dachte er und rückte sie ein wenig zurecht, um sich richtig zu positionieren. Leider rutschte ihr Rücken an den nassen Fliesen nach unten. Instinktiv hielt sie sich an seinen Schultern fest. Gleichzeitig hob er ein Knie an, in dem Versuch, ihr unter ihrem Hinterteil Halt zu geben. Unglücklicherweise kam er dabei ins Rutschen. Marley schrie erschrocken auf und löste ein Arm von seinem Nacken, um sich an der Wand abzustützen. Dabei traf sie unverhofft den Duschkopf an der Wand. Dieser drehte sich. Wasser traf die beiden horizontal im Gesicht. Rasch setzte Ian Marley ab. Sie husteten und spuckten und lachten. Irgendwann langte Ian schließlich nach oben und drehte den Wasserstrahl weg von ihren Gesichtern.

„Irgendwie klingt das in meinen Büchern viel einfacher", stieß sie schließlich belustigt hervor. „Bei uns scheint das nicht zu funktionieren."

„Dann lass uns das doch einfach ins Schlafzimmer verschieben", schlug er ihr vor.

Sie nickte eifrig und drehte unverzüglich das Wasser ab.

Erleichtert, dass er sich nicht weiter in Unterwasserakrobatik üben musste, wenn er doch nichts dringender wollte, als in ihr zu versinken, schob er die Tür wieder auf und griff nach dem Bademantel, der an der Tür hing. Er wickelte sie darin ein und schob sie aus der Dusche.

„Ich komme gleich", murmelte er und griff sich seinerseits ein Handtuch.

Sie lehnte ihren Kopf rücklings an seine Schulter, während sie ihre Hand nach hinten ausstreckte und über seinen nackten Körper wandern ließ. Ein leiser, genussvoller Laut entschlüpfte ihm. Es klang wie ein Mix aus einem Schnurren und einem Knurren. Marley lächelte, sehr zufrieden über die erstaunliche Tatsache, dass sie es war, die ihn zu diesen Geräuschen veranlasste.

„Perfekt. Beeil dich."

*

Eineinhalb Stunden später saßen sie dann tatsächlich beim Frühstück, das eigentlich schon eher ein Lunch war. Speedy würdigte sie keines Blickes, seit sie aus dem Schlafzimmer gekommen waren. Er schätzte es gar nicht, wenn man ihn ausschloss.

„Meinst du, er verzeiht uns jemals wieder?“, erkundigte sich Marley besorgt.

„Spätestens, wenn der Speck auf dem Teller liegt“, prophezeite Ian. „Er gewöhnt sich besser daran. Ich mag keine Voyeure. Du weißt doch, dass ich nicht gerne teile. Zudem braucht er so was nicht zu sehen. War ja nicht ganz jugendfrei.“

Marley grinste, als sie an die vergangene Stunde dachte. Jugendfrei war das definitiv nicht gewesen. Nach dem anfänglichen Desaster in der Dusche waren sie in Ians großem Bett gelandet. Sie war noch immer ganz geflasht. Die Vorstellung, den heutigen Tag mit ihm im Bett zu verbringen, war sehr verlockend. Doch sie wusste, dass er arbeiten musste. Über ihre eigene Arbeit wollte sie lieber gar nicht erst nachdenken. In letzter Zeit verband sie damit nur eine Katastrophenmeldung nach der anderen oder steckte selber mittendrin. Wenn sie ehrlich war, könnte sie dringend eine Pause gebrauchen.

„Du solltest übrigens mal dein Telefon checken“, ließ Ian sie zwischen zwei Bissen Toast wissen. „Das hat den ganzen Morgen bereits Geräusche von sich gegeben.“

„Tatsächlich? Keine Ahnung, wer so dringend was von mir will.“

„Vielleicht der Sheriff?“

Stimmt. Das stand ihr ja auch noch bevor. „Glaub ich nicht. Jake habe ich ja versprochen, um zwei auf dem Polizeiposten vorbeizuschauen, um meine Aussage zu machen.“

„Soll ich mitkommen?“, fragte Ian besorgt.

„Nein. Das ist schon okay. Du hast schon genug getan. Ich weiß ja, dass du selber viel zu erledigen hast. Was steht heute an? Verpackungen?“, lenkte sie den Fokus geschickt zurück auf ihn und die CBD-Kekse.

„Ja. Ich werde heute mit mehreren Anbietern telefonieren und mich dann entscheiden. Wenn du Lust hast, kann ich dir die verschiedenen Optionen heute Abend zeigen.“

„Gern. Ich bin schon gespannt!“

Sie griff nach ihrem Telefon. Als sie sah, dass sie fünf verpasste Anrufe und dreizehn ungelesene Nachrichten hatte, wurden ihre Augen groß.

Ian, der sie aufmerksam beobachtet hatte, legte besorgt seine Hand auf ihre. „Probleme?"

Zögernd schaute sie hoch.

„Ich weiß es nicht. Wahrscheinlich schon. Ich habe gar keine Lust, nachzusehen." Sie seufzte. „Aber es hilft ja nichts. Besser, ich bring es hinter mich."

Ian schenkte ihr ein mitfühlendes Lächeln und drückte aufmunternd ihre Hand. Dankbar für die wortlose Unterstützung strich sie mit ihrem Daumen über seine Finger.

Sie tippte ihren Code ein und schaute als Erstes die Nummern der verpassten Anrufe an. Phil. Chris. Mark. Und zweimal Cole. Ojemine. Was um Himmels willen konnte so wichtig sein? Das Game war seit heute Morgen im Verkauf, da gab es aktuell nichts mehr zu tun. Die Verbrecher waren tot oder hinter Gittern. Gewappnet für schlechte Nachrichten drückte sie auf das Nachrichten-Icon. Ohne Zeit zu verlieren, las sie einen Text nach dem anderen.

Als ihre Augenbrauen immer weiter nach oben wanderten, beugte sich Ian besorgt vor. Selbst Speedy stand auf und stellte sich mit schräg gelegtem Kopf neben sie. „Was ist los?"

Marley löste den Blick vom Display und hob den Kopf. Sie blinzelte. Einmal. Zweimal. Als könnte sie nicht richtig glauben, was sie gerade gelesen hatte. Konnte sie auch nicht, wenn sie ehrlich war.

„Ist schon wieder etwas passiert?", drängte Ian, der ihren geschockten Gesichtsausdruck falsch interpretierte.

Sie nickte und schluckte. „Die Verkäufe."

„Vom Spiel?"

Sie nickte abermals. „Sie sind durch die Decke geschossen. Wir schreiben absolute Rekordzahlen."

„Wow. Hattet ihr das erwartet?"

„Nein. Gar nicht. Sicher, wir hatten auf einen soliden Start gehofft. Aber das hier …“ Ihr blieb buchstäblich der Mund offenstehen.

„Ein Text ist von Ethan.“

„Das ist doch Blackbirds Kind, oder?“

„Ja. Zumindest indirekt. Charlie ist seine Mutter.“ Sie runzelte die Stirn. „Ich bin mir nicht sicher, ob er ihn offiziell adoptiert hat. Du kennst mich ja, Klatsch und Tratsch gehen immer irgendwie an mir vorbei. Er war der Schüler, der herausgefunden hatte, dass da ein Virus in unserem Testprogramm sitzt.“

„Das spielt jetzt auch nicht wirklich eine Rolle. Mir ging es nur darum, dass ich ihn richtig zuordne. Was schreibt er denn?“

„Er entschuldigt sich.“

„Und wofür?“

„Offensichtlich hat er sich gestern mit Paulas Töchtern zusammengesetzt. Wie es scheint, sind die drei ziemlich gut befreundet. Er hat ihnen die ganze Story erzählt. Als dann noch Mayas und meine Entführung bekannt wurde, haben Leslie und Shauna daraus einen Blogbeitrag fabriziert und diesen auf Social Media geteilt.“

„Ist das gut oder schlecht?“ Ian wusste nicht recht, wie er ihre Verblüffung einordnen sollte.

„Von einem persönlichen Standpunkt aus wäre es mir lieber gewesen, wenn das alles nicht so breitgetreten worden wäre. Aber aus unternehmerischer Sicht hätte unserem Spiel nichts Besseres passieren können. Der Beitrag wurde bereits ein paar Millionen Mal angeklickt und erklärt wohl die spektakulären Verkaufszahlen.“

„Ich bin sicher, die Qualität des Spiels ist auch nicht ganz unschuldig am Erfolg“, erinnerte er sie sanft.

Sie lächelte ihn dankbar an.

„Das stimmt. Allerdings hilft das alles nichts, wenn die Leute das Spiel nicht finden können. Dank des Artikels weiß jetzt offensichtlich halb Amerika davon.“

„Gratuliere!“

Ian stand auf und bückte sich, um sie zu umarmen. Seine Nähe und sein Körperduft beruhigten auf der Stelle ihre überstrapazierten Nerven. Sie atmete tief durch.

„Das muss gefeiert werden. Heute Abend im Bounty?“, fragte sie ihn. „Ich werde allerdings noch ein paar andere Leute einladen. Mein Team zum Beispiel. Die Security-Leute. Und sonst noch ein paar, die mir einfallen.“

„Klar. Das müssen wir auf jeden Fall feiern. Komm. Lass uns gehen. Du musst noch mit deinem Team auf den Erfolg anstoßen, bevor du zum Sheriff gehst.“

Sie schnaubte belustigt. „Das kommt bestimmt gut an, wenn ich mit einem Schwips dort auftauche.“

Ian lachte. „Lass dich auf jeden Fall besser fahren.“

Marley kicherte. „Alles klar. Ich gebe *James* Bescheid. Schließlich bin ich ja bald reich.“ Sie wackelte bedeutungsvoll mit den Augenbrauen.

„Okay, okay. Ich verstehe dich. Ich hole dich um halb zwei bei Carter Security ab.“

„So habe ich das nicht gemeint“, protestierte sie.

„Ich weiß“, beruhigte er sie. „Das war mir schon klar. Ich hingegen schon.“ Er biss sie leicht in den Hals, an ihre Lieblingsstelle. Sofort breitete sich Gänsehaut wie ein Lauffeuer über ihren Körper aus. „Mir ist schließlich jede Ausrede recht, um für ein paar Minuten deine Gegenwart zu genießen.“ Sein Gesichtsausdruck wurde ernst. „Vor allem nach gestern. Ich werde keine Minute mehr als selbstverständlich erachten.“

Marley konnte es ihm nachfühlen. Ihr erging es genau gleich. Trotzdem versuchte sie, die Stimmung ein wenig aufzuheitern. Behutsam legte sie eine Hand an seine Wange.

„Als selbstverständlich, nein. Trotzdem werden wir weiterhin Dinge getrennt tun müssen. Wie wir am Beispiel der Dusche gesehen haben, funktionieren gewisse Dinge besser allein.“

Er grinste. „Du meinst, du vergnügst dich ab jetzt lieber alleine in der Dusche?"

Sie versetzte ihm einen spielerischen Boxhieb. „Nein, du Spinner. Ich sprach natürlich vom sauber werden. Du weißt schon, Dusche gleich Wasser gleich sauber?"

„Das ist eine ziemlich einseitige Betrachtung."

Sie verengte die Augen. „Du sprichst wohl aus Erfahrung, was?"

Falls überhaupt möglich, wurde sein Grinsen noch breiter. „Irgendetwas muss Mann ja tun, wenn er einsam und alleine zu Hause sitzt, während seine Geliebte es vorzieht, in ihrer Wohnung in der Stadt zu übernachten."

„Oh." Verlegen kaute sie auf ihrer Unterlippe.

„Darüber wollte ich sowieso noch mit dir sprechen."

Sie blinzelte. „Über die verschiedenen Funktionen einer Dusche?"

„Nein. Über unseren zukünftigen, gemeinsamen Wohnort."

Er küsste sie auf den Mund.

„Aber wie gesagt, das kann bis später warten."

Marleys Kopf drehte sich von seiner unerwarteten Eröffnung, dass er mit ihr zusammen wohnen wollte und noch dazu bereit war, sich nach einer anderen Wohnung umzusehen. Sie hatte immer angenommen, dass er nie umziehen würde. Schließlich waren seine Cannabisfelder hier.

„Komm, lass uns gehen", trieb er sie zur Eile an. „Wir halten auf dem Weg bei deiner Wohnung. Du brauchst vermutlich noch etwas zum Anziehen."

Völlig überrumpelt von dem plötzlichen Themenwechsel schaute sie an sich herunter. Sie trug immer noch Ians Bademantel. Kleider waren eine hervorragende Idee.

24

Marley hatte den Sheriff angerufen und ihn gebeten, ihr Verhör um zwei Stunden zu verschieben. Bei Carter Security angekommen, hatte sie zwar den männlichen Teil des Teams angetroffen, aber natürlich nicht Maya, die immer noch im Krankenhaus in Breckenridge lag. Einstimmig hatten sie beschlossen, ihre Feier aufzuschieben und Maya abzuholen. Das involvierte auch einen Zwischenstopp bei Mayas Wohnung. Marley vermutete, dass sie wenig Lust hatte, sich die verdreckten Kleider wieder anzuziehen, die sie gestern angehabt hatte. Zumindest ihr war es heute so ergangen. Klar, ihre eigenen Kleidungsstücke waren sowieso nicht mehr tragbar gewesen. Aber selbst wenn, hätte sie sie nur ungern wieder angezogen. Also hatten die Männer im Auto gewartet, während Marley in Windeseile Unterwäsche, ein paar Toilettensachen und ein Minimum an Make-Up zusammengesucht hatte. Jetzt waren sie hier, anscheinend gerade rechtzeitig, um sie mit nach Hause zu nehmen.

„Du siehst aus, als hätte dich jemand als Sandsack missbraucht“, waren Chris‘ erste Worte, als er sie zu Gesicht bekam.

„Oder wie eine überfahrene Ratte, die schon seit ein paar Tagen am Straßenrand liegt“, ergänzte Mark hilfreich.

Phil schluckte und schob seine Brille hoch, die ihm wie immer bis an die Nasenspitze gerutscht war.

„Hör nicht auf die Idioten. Sie sind nur neidisch, dass sie im Gegensatz zu dir nicht in den Superheldinnenstatus erhoben worden sind.“

Mark schob seine Hände tief in die Hosentaschen und rempelte absichtlich unabsichtlich gegen Phil. Daraus resultierte ein Gerangel und Geschubse, in das alle drei Männer involviert waren.

Marley verschränkte die Arme und zog die Augenbrauen hoch, während Maya ungläubig den Kopf schüttelte.

„Was ist denn das für ein Tumult?“, erklang eine strenge, weibliche Stimme.

Schuldbewusst fuhren die drei herum und fanden sich der behandelnden Ärztin gegenüber.

Maya begann zu lachen, hörte aber augenblicklich wieder damit auf. „Autsch“, jammerte sie. „Meine Rippen.“

„Meine Herren, das ist nur einer der Gründe, weshalb ein Krankenzimmer kein Spielplatz ist.“ Mit gerunzelter Stirn blickte sie einem nach dem anderen ins Gesicht, um sicherzugehen, dass ihre Botschaft auch angekommen war. Kleinlaut nickten die drei.

Offenbar zufrieden mit der Reaktion trat sie an Mayas Bett. Marley gesellte sich dazu.

„Wie geht es ihr?“, wollte sie besorgt von der Ärztin wissen.

„*Sie* liegt genau unter dir, vielen Dank“, meldete sich Maya indigniert zu Wort.

„Du erzählst mir sowieso nur, dass alles bestens ist“, konterte Marley ungerührt.

Die Mundwinkel der Ärztin zuckten belustigt. „Ihr seid ein lebhafter Haufen, was? Ihr arbeitet alle zusammen, so wie ich das verstanden habe?“

„Das muss die Aufregung sein. Normalerweise sind wir alle still und introvertiert und starren den ganzen Tag in den Computer“, versicherte Mark, der seine Augen nicht von der hübschen Ärztin lassen konnte.

„Genau. Ganz langweilige Typen“, ergänzte Chris mit einem erstickten Lachen.

Mark runzelte die Stirn. „Das habe ich nicht gesagt.“

„Sind die immer so?“, wandte sich die Ärztin an die beiden Frauen.

Diese schauten sich an, schnaubten unisono und nickten.

„Das habe ich mir bereits gedacht.“ Sie hielt Marley die Hand hin. „Ich bin übrigens Kristina Mertens.“

„Freut mich, Sie kennenzulernen. Wird Maya jetzt entlassen?“

Frau Dr. Mertens nickte. „Ja. Gehirnerschütterung hat sie zum Glück keine. Aber zwei Rippen sind angeknackst. Die Prellungen brauchen auch ihre Zeit, bis sie abgeklungen sind.“ Sie zog eine Karte aus der Tasche und reichte sie Maya, die den beiden einen bösen Blick zuwarf. „Hier ist die Nummer einer ausgezeichneten Psychologin.“ Sie drehte den Kopf in Marleys Richtung und gab auch ihr eine Karte. „Ich würde auch dir empfehlen, dich mit ihr in Verbindung zu setzen. So ein Erlebnis hinterlässt immer Spuren.“

Marleys erste Reaktion war, die Karte zurückzugeben. Eine Psychologin? Therapie? Aber dann bemerkte sie, wie Maya sie aufmerksam beobachtete und ihre Antwort abwartete. Wenn sie die Idee direkt verwarf, würde auch Maya nicht gehen. Mist. Dann blieb ihr wohl nichts anderes übrig, als die Karte einzustecken. Sie wollte nicht schuld daran sein, wenn Maya nicht die nötige Hilfe suchte. In ihren Augen war es Maya viel schlechter ergangen als ihr. Klar, die Bombe auf dem Schoß war kein Zuckerschlecken gewesen, um es einmal salopp auszudrücken. Aber wenigstens hatte sie nicht unmittelbare körperliche Gewalt erleiden müssen.

„Danke.“

Maya steckte die Karte ebenfalls widerstrebend ein. Sie räusperte sich. „Du kannst die Psychologin empfehlen?“

„Auf jeden Fall“, bestätigte die Ärztin.

„Danke. Dann kann ich jetzt gehen?“

„Im Grunde ja. Ich würde es die nächsten Tage einfach ruhig angehen lassen. Keine Aufregung. Keine Comedyshows, ob im

Fernsehen oder live", fuhr sie mit einem Seitenblick auf die Männer fort, „und viel Schlaf."

„Das ist kein Problem, da wir fürs Erste mit der Arbeit fertig sind." Marley grinste triumphierend, als sie dieses Detail preisgab.

Maya setzte sich im Bett auf und zuckte prompt zusammen, als sich sämtliche malträtierten Körperteile protestierend zu Wort meldeten. „Das Spiel ist tatsächlich im Verkauf?"

„Das ist es", bestätigte Marley mit einem Nicken.

„Die Verkäufe sind durch die Decke gegangen", mischte sich Chris in das Gespräch.

„Das wollten wir feiern." Mark ergriff die Gelegenheit, das Wort abermals an Dr. Mertens zu richten. „Feiern darf sie doch? Sitzen und trinken geht?"

Amüsiert über seinen jungenhaften Charme schüttelte sie den Kopf. „Höchstens ganz kurz. Ich glaube nicht, dass sie länger als eine halbe Stunde auf einem gewöhnlichen Stuhl sitzen kann. Zumindest nicht ohne Schmerzen."

„Wir kümmern uns gut um sie", versicherte ihr Mark. „Das ist unsere Spezialität", fügte er mit einem schelmischen Augenzwinkern hinzu.

„Das kann ich mir vorstellen", murmelte sie. Sie wandte sich abrupt ab und Maya zu. „Wenn du noch hier unterschreiben könntest …"

Maya ergriff vorsichtig den Stift mit ihrer eingebundenen Hand und setzte ihren Namen in die Lücke. Dr. Mertens nahm das Formular entgegen und verabschiedete sich.

Als sie endlich unter sich waren, lächelte ihr Marley aufmunternd zu.

„Ich werfe jetzt die Männer hier raus, dann kannst du dich umziehen. Ich habe dir frische Sachen mitgebracht."

„Frische Kleider? Du bist die beste Chefin der Welt! Ernsthaft."

„Das war keine große Sache“, wehrte sie den Dank ab. „So, raus mit euch.“ Sie machte eine scheuchende Handbewegung.

„Wir gehen ja schon“, grummelte Chris.

„Ausgerechnet jetzt, wo es spannend wird, wirft sie uns raus.“

Maya und Marley tauschten einen verblüfften Blick aus. Das war eine außergewöhnlich direkte Aussage von Phil. Chris und Mark hatten nie Hemmungen zu sagen, was sie gerade dachten. Ohne Rücksicht auf Verluste. Aber Phil …

Marley zog die Augenbrauen hoch. „Habe ich etwas verpasst?“

Eine leichte Röte überzog Mayas Gesicht. „Nein, nein“, murmelte sie. „Er bildet sich nur ein, mit mir ausgehen zu wollen.“

„Das ist doch Klasse!“

„Findest du? Ich bin mir da nicht so sicher. Ich glaube, ich bin einfach eine bequeme Lösung für sein Problem.“

„Problem?“

Marley verstand kein Wort. Anscheinend hatte sie einiges verpasst. Was ja auch kein Wunder war. Zwischen ihrer eigenen, noch ganz frischen Beziehung zu Ian, der Deadline für die Fertigstellung des Computerspiels und der klitzekleinen Tatsache, dass jemand versucht hat, erst über ihr Spiel und dann ihr Haus Leute umzubringen, bevor er sich sie und Maya persönlich vorgenommen hatte, konnte einem schon das eine oder andere Detail entgehen.

„Nur weil es ihm zu anstrengend ist, auszugehen und jemanden kennenzulernen, ist er plötzlich auf die Idee gekommen, mit mir auszugehen. Vielen Dank auch.“

„Da bist du dir sicher?“, fragte Marley zweifelnd. Sie hatte eigentlich noch nie den Eindruck gehabt, dass Phil sich das Leben sonderlich einfach machte. Ihrer Einschätzung nach gehörte er zu den stillen Wassern. Schon öfter hatte er sie mit unerwarteten, tiefgründigen Gedanken überrascht.

„Ich bin mir sicher. Wieso sollte er sonst auf einmal an mir Interesse haben? Fast ein Jahr haben wir zusammengearbeitet und jetzt erst fällt ihm auf, dass er ohne mich nicht leben kann?“ Sie zog scharf die Luft ein, als ihr wildes Gestikulieren ihre Rippen beeinträchtigte. „Wie auch immer, momentan bin ich nicht in der besten Verfassung, um irgendwelche Entscheidungen bezüglich meines Liebeslebens zu treffen. Ich kann ja nicht mal gehen, ohne zu humpeln. Sehr sexy.“

Marley konnte nicht anders, als über ihren mürrischen Dialog zu lachen.

„Ja, ja, lach du nur“, brummte sie. „Ich bin froh, wenigstens für deine Erheiterung sorgen zu können.“

„Sorry. Tut mir wirklich leid. Aber die trockene Art und Weise, in der du deine Argumente vorgebracht hast, war wirklich sehr lustig. Hier, deine Hosen. Leider habe ich nicht daran gedacht, dir eine Bluse mitzubringen. Jetzt müssen wir schauen, wie wir dich in dieses Sweatshirt kriegen.“

Maya griff wortlos nach einem Kleidungsstück nach dem anderen. Die Zähne fest zusammengebissen, zog sie alles an. Nur bei den Schuhen musste sie Marley um Hilfe bitten. Endlich fertig angezogen, ließ sie sich erschöpft zurück aufs Bett fallen.

„Herrje. Ich bin wirklich noch nicht ganz fit.“

„Tatsächlich. Wer hätte das gedacht“, gab Marley zurück und rollte mit den Augen.

„He! Du rennst ja auch schon wieder rum, als hätte es den gestrigen Tag nicht gegeben.“

„Ich wurde auch nicht als Punchingball missbraucht.“

Impulsiv streckte Marley die Hand aus und legte sie ihr auf den Arm.

„Trotzdem bin ich froh, dass es dir gut geht. Es tut mir so leid, was passiert ist. Das war alles meine Schuld.“

Tränen glitzerten in ihren Augen, wie Marley erschrocken feststellte.

„Spinnst du? Wenn es jemandes Schuld war, dann meine. Meine Nachlässigkeit hat uns die Verbindung zu den Terroristen beschert.“ Sie beugte sich vor und umarmte ihre Freundin. „Wirklich. Mir tut es leid.“

„Na gut. Dann kommen wir doch überein, dass nur die Terroristen schuld sind, okay?“, schlug Maya mit einem wackligen Lächeln vor.

„In Ordnung. Fühlst du dich stark genug, um jetzt nach Hause zu gehen? Wir haben nämlich tatsächlich noch etwas zu feiern.“

„Klar.“ Mühsam setzte sie sich auf. Sie runzelte die Stirn. „Was feiern wir denn so Wichtiges?“

Marley grinste, zog ihr Handy aus der Tasche und rief ein ganz bestimmtes Programm auf. Als es offen war und die richtige Seite anzeigte, hielt sie es ihr unter die Nase.

„Siehst du diese Zahlen?“

„Jaaaa?“

„Das sind die Verkäufe der ersten fünf Stunden.“

„Von unserem Spiel?“ Ungläubig starrte sie ihre Chefin an.

„Yepp. Genau das!“

„Unglaublich!“

„Das finden wir eben auch. Deshalb treffen wir uns alle später in Gregorys Restaurant, im Bounty.“

„Habe ich vorher Zeit für ein Nickerchen?“, wollte Maya besorgt wissen.

„Auf jeden Fall. Ich muss jetzt noch zum Sheriff, meine Aussage machen. Diese Zeit kannst du nutzen, um dich auszuruhen.“

„Oje. Meine Aussage. Stimmt. Das sollte ich heute auch noch machen.“ Sie zog die Unterlippe zwischen die Zähne. „Meinst du, ich könnte das auch auf morgen verschieben?“

„Frag Jake. Vermutlich aber schon.“

„Da wäre ich sehr froh.“ Der Gedanke, neben der Feier auch noch zwei Stunden auf dem Revier zu sitzen, überwältigte sie beinahe.

Marley las ihr die Erschöpfung vom Gesicht ab.

„Weißt du was, wir steigen jetzt ins Auto und lassen uns von den Jungs zurückfahren. In der Zwischenzeit rufe ich beim Sheriff an und bitte um Aufschub für dich.“

„Hervorragend. Danke.“ Dankbar ergriff sie Marleys ausgestreckte Hand und stand langsam auf.

„Seid ihr fertig? Angezogen?“, war Phil hinter der Tür zu hören.

„Ja, wir kommen schon! Himmel, da hat es jemand aber eilig.“

Die Tür wurde aufgestoßen und Phil kam herein, einen Rollstuhl vor sich herschiebend.

„Auf keinen Fall“, wehrte Maya sofort ab.

„Tut mir leid“, entgegnete er grinsend. „Aber so sind die Regeln.“

„Regeln? Welche Regeln? Deine etwa?“

Phil setzte einen verletzten Gesichtsausdruck auf.

„Meine? Das trifft mich jetzt aber. Ich mag doch keine Regeln.“

Maya runzelte die Stirn. Das stimmte. Phil hasste Regeln. Trotzdem war sie misstrauisch. Und überhaupt nicht in Stimmung, sich herumkutschieren zu lassen. „Wessen Regeln sind es dann?“

„Na, die vom Krankenhaus“, erwiderte er gut gelaunt.

Mayas Augen verengten sich zu Schlitzen. Irgendwie hatte sie das Gefühl, dass Phil den Moment fast ein wenig zu genießen schien. Als sie die Entschlossenheit in seinem Blick sah und zudem klar wurde, dass von Marley diesbezüglich auch keine Hilfe zu erwarten war, ließ sie sich mit einem genervten Schnauben in das Hilfsmittel auf Rädern fallen. Eine Erfahrung mehr, die sie abhaken konnte.

*

Der Sheriff hatte es leider abgelehnt, Mayas Befragung zu verschieben. Er hatte sich aber bereit erklärt, ihre Aussagen in ihrer Wohnung aufzunehmen. So mussten weder Maya noch Marley auf dem Revier erscheinen. Mark und Chris trafen sich mit Gregory im Restaurant und besprachen die Einzelheiten für die Feier am Abend. Marley hatte zwar protestiert und gemeint, eine Kiste Prosecco und ein paar Chips wären völlig ausreichend, doch davon wollte der Rest des Teams nichts wissen.

„Ich glaube, nach diesem anstrengenden Jahr und dem aufregenden Schlussspurt haben wir alle etwas Besonderes verdient", hatte Chris ihr erklärt. „Also leg für einen Abend deine Verantwortung für die Firma ab und schick deinen inneren Buchhalter in die Ferien."

Marley hatte die Hände in die Luft geworfen und gesagt, sie sollten machen, was sie wollen.

„Machen wir doch sowieso immer, Boss", hatte Mark mit einem frechen Grinsen geantwortet.

„Erwartet nur nicht, dass ich diese extravagante Feier organisiere. Alles, was über Plastikbecher, ein paar Tüten Chips und günstigen Schaumwein hinausgeht, überfordert mich zurzeit."

„Vergiss die Pizza nicht", erinnerte Maya sie mit einem Grinsen.

„Stimmt. Pizza bestellen kann ich auch."

„Überlasst alles uns."

Marley schaute zu Maya hinüber, die sich gerade mit einem erleichterten Seufzer auf ihr Sofa sinken ließ.

„Bin ich die Einzige, die diese Aussage etwas … besorgniserregend findet?"

Maya entschlüpfte ein Glucksen, dann jaulte sie auf. „Nicht mich zum Lachen bringen!"

„Oh, sorry. Es war allerdings eine ernste Frage."

„Ich weiß. Das macht sie nicht weniger lustig. Aber ja, wenn die zwei etwas in die Hand nehmen, ist eine gewisse Vorsicht angebracht. Ich traue ihnen durchaus zu, bis heute Abend eine Zirkusgesellschaft inklusive eines singenden Elefanten zu organisieren, um für leichte Unterhaltung zu sorgen."

„Jetzt seid ihr aber ein bisschen unfair", schallte es aus der Küche.

Maya runzelte die Stirn, als sie Phils Stimme erkannte. „Was machst du denn noch hier? Ich dachte, du wärst mit den anderen gegangen."

Phil wanderte ins Wohnzimmer und stellte zwei Gläser mit Fruchtsaft vor die beiden Frauen hin.

„Nein. Ich bin heute Nachmittag euer persönlicher Butler."

„Du Armer. Hast den Babysitter-Job abgekriegt. Wieder einmal eine Wette verloren?", fragte Maya sarkastisch.

Er maß seine Kollegin mit einem prüfenden Blick. Ob sie die Wahrheit wohl vertragen würde? Wahrscheinlich eher nicht. Er entschloss sich, sie ein wenig abzumildern. „Stell dir vor, ich habe mich freiwillig gemeldet."

Beeindruckt hob Marley ihre Augenbrauen.

„Du konntest wohl der Versuchung nicht widerstehen, mich zu piesacken", grummelte Maya.

Marley blinzelte. Maya war richtiggehend unfreundlich zu Phil. Er verdiente Extrapunkte dafür, dass er so ruhig und gelassen blieb.

„Glaub, was du willst", sagte er schließlich. „Ich bin dann mal in der Küche."

„Was um Himmels willen macht er in der Küche?" Sie klang ehrlich verblüfft.

Marley zuckte mit den Schultern. „Keine Ahnung."

„Kekse", schallte es von hinten. „Ich backe Kekse."

„Oh." Maya war für einen Moment sprachlos. Dann fügte sie hinzu: „Wenn das so ist, darfst du natürlich bleiben."

In der Küche schmunzelte Phil. Bingo. Offenbar hatte er endlich das Eine gefunden, dem Maya nicht widerstehen konnte. Frisch gebackene Kekse. Vielleicht sollte er Ian um Hilfe bitten. Eine Prise seines CBD-Pulvers unter den Teig gemischt wäre vielleicht auch für gewisse stachlige Arbeitskolleginnen nicht schlecht. Vielleicht würde ihr das helfen, ein wenig zu chillen. Er hatte es satt, dass sie ihn nur als guten Kumpel sah. Spürte sie denn die Anziehungskraft zwischen ihnen nicht? Waren die Gefühle wirklich einseitig? Er konnte und wollte das nicht glauben. Frustriert stieß er die Luft aus und fuhr fort, die benötigten Zutaten zusammenzumischen. Geduld, mahnte er sich. Nur schade, dass er sein Jahreskontingent an Geduld bereits beim Programmieren verbraucht hatte.

*

Susan folgte Tony nervös durch das volle Restaurant. Hier im Inneren war es fast heiß nach der trockenen Kälte, die draußen herrschte. Was war nur in sie gefahren, dass sie sich von ihm hatte überreden lassen, heute Abend zu dieser Feier zu gehen? Sie hatte sich so gefreut, als ihr Sohn unerwartet auf einen Besuch vorbeigekommen war, dass sie einfach nicht nachgedacht hatte, als er den Vorschlag gemacht hatte. Es stimmte, sie kam besser mit Menschenmengen zurecht als früher. Zudem kannte sie viele der hier Anwesenden. Fast jeder Zweite hatte bereits von ihrem Keks-Lieferservice gehört. Andere kannte sie noch von der Weihnachtsaktion vom letzten Jahr. Aber letztes Jahr war sie noch über zehn Kilo leichter gewesen. Nach wie vor kämpfte sie mit ihrem Gewicht. Tony hatte zwar nichts gesagt, als er zur Tür hereingekommen war, doch sie meinte, in seinen Augen ein Aufblitzen von Besorgnis gesehen zu haben. Auch seine besorgten Fragen nach ihrer Gesundheit und ihrem allgemeinen Wohlergehen waren sehr aufschlussreich gewesen. Zum Glück hatte er sich ablenken lassen, als sie ihm von Ian und seinen Cannabiskeksen erzählt hatte.

Am Rande einer Hitzewallung, entledigte sie sich ihres Mantels und hängte ihn sich über den Arm. Als Nächstes folgte der Wollschal. Nervös ließ sie ihre Augen durch den Raum schweifen. Gläser klirrten. Stimmengemurmel und Gelächter schallten durch den Raum. Unwillkürlich trat sie einen Schritt zurück. Tony, der seine Mutter gut kannte, ergriff ihren Arm und verhinderte ihren weiteren Rückzug.

„Schau, dort drüben winkt jemand. Ist das Ian?"

Susan folgte mit ihrem Blick seinem ausgestreckten Arm. „Ja. Ja, das ist er. Neben ihm sitzt Marley. Seine Freundin. Sie kenne ich nur vom Sehen."

„Egal. Sie scheinen zu wollen, dass wir bei ihnen sitzen. Komm."

Mit dem für einen geselligen Zwanzigjährigen typischen Enthusiasmus zog er sie an den Tischen entlang in den hinteren Bereich. Als Erster kam Ians Terrier unterm Tisch hervorgeschossen und begrüßte sie begeistert.

„Hallo Speedy. Du freust dich aber, mich zu sehen."

„Der weiß ganz genau, dass du für seinen Keksnachschub verantwortlich bist", antwortete Ian. „Schön, dass du gekommen bist. Und das ist?"

Er streckte seine Hand aus, um Tony zu begrüßen.

„Ich bin Tony."

„Mein Sohn", ergänzte Susan verlegen.

„Hallo Tony, Susan", begrüßte Marley die beiden. „Wollt ihr euch zu uns setzen? Wie du siehst, sind die meisten aus unserem Team ungefähr in deinem Alter, Tony."

Der junge Mann strahlte, stolz darauf, zu den Zwanzig- bis Dreißigjährigen gezählt zu werden.

„Gerne. Seit ich am College bin, habe ich den Kontakt zu meinen Freunden ein wenig verloren. Und nachdem der Freund meiner Mutter grad nicht hier ist …"

„Freund?", fragte Marley interessiert.

Erwartungsvoll schaute sie Susan an. Seltsam. Sie hatte gar nicht gewusst, dass die neue Geschäftspartnerin von Ian einen Freund hatte. Da hätte sie sich die flüchtigen Eifersuchtsanfälle, die sie ab und an geplagt hatten, auch sparen können.

Susan jedoch schien gar nicht erfreut darüber zu sein, so im Mittelpunkt zu stehen.

„Tony übertreibt mal wieder", winkte sie verlegen ab. „Henrik war nur ein guter Freund, der letzten Winter öfter mal bei uns zu Hause war." Sie schenkte ihrem Sohn einen bedeutungsvollen Blick. „Das mit dem *Freund*", sie deutete in der Luft mit den Zeigefingern Gänsefüßchen an, „entspringt dem Wunschdenken meines Sohnes. Henrik war, ist", korrigierte sie sich, „ein international erfolgreicher Snowboarder. Als er hier war, hat er sich netterweise Zeit genommen, um mit Tony auf die Piste zu gehen. Das war alles", schloss sie lahm ihre Erklärung ab.

Himmel, so viel zu sprechen war anstrengend, wenn so viele Leute interessiert zuhörten. Nervös rückte sie das Gedeck, das vor ihr auf dem Tisch lag, zurecht.

„Ha! So hat das aber nicht ausgesehen, als er dich geküsst hat", gab Tony zurück.

Susan schaute auf und schenkte ihm einen mörderischen Blick. Wieso noch mal hatte sie sich heute Nachmittag gefreut, als er so überraschend aufgetaucht war? In diesem exakten Moment wollte ihr dafür partout kein Grund einfallen. Anscheinend war es tatsächlich möglich, den Drang zu verspüren, sein einziges Kind zu knebeln. Eigentlich hatte sie gedacht, diese Phase hinter sich zu haben. Das letzte Mal war schon einige Jahre her, nämlich als er die Wirkung von Schimpfworten entdeckt hatte. Als Zehnjähriger.

„Na und?", gab sie so lässig wie möglich zurück.

Sie hatte allerdings den Verdacht, dass ihr das kläglich misslang. Die Tatsache, dass alle Augen auf sie gerichtet waren, zusammen mit der Erinnerung an Henriks Küsse, brachte ihren Puls auf Hochtouren. Ihre Wangen brannten. Vermutlich waren sie knallrot. Hervorragend. Einmal im Jahr wagte sie sich unter die Leute, bezwang mit aller ihr zur Verfügung stehenden Energie ihre Phobie vor Menschengruppen und dann hatte ihr Sohn nichts Besseres zu tun, als sie ins Rampenlicht zu zerren. Sie würde ihn später, wenn sie nach Hause kamen, leider tatsächlich umbringen müssen. Das passierte ja in der Tierwelt auch manchmal.

Während sie bereits sein vorzeitiges Ableben plante, ließ Tony die nächste Bombe platzen.

„Nichts na und. Aber ich kann mir vorstellen, dass Henrik enttäuscht sein wird zu hören, dass er dir so wenig bedeutet hat."

„Tony, ich kann dir versichern, dass Henrik keinen Gedanken an mich verschwendet", entgegnete sie verzweifelt.

„Das hat sich aber nicht so angehört, als ich das letzte Mal von ihm gehört habe."

„Ihr steht noch miteinander in Kontakt?"

Bei dieser Entdeckung verspürte sie einen Stich im Herzen. Sofort rief sie sich zur Ordnung. Es gab überhaupt keinen Grund, sich zurückgesetzt zu fühlen. Sie hatte darauf bestanden, dass sie nicht in Kontakt blieben. Es stand ihm und Tony frei, das anders zu handhaben.

„Ja klar. Wir schreiben uns regelmäßig E-Mails", erklärte Tony derweil, als wäre das selbstverständlich. „Letztes Mal hat er erwähnt, dass er bald zurück nach Independence kommt und es nicht erwarten kann, dich wiederzusehen."

Susan traute ihren Ohren nicht. Henrik dachte an sie? Kam zurück? Die zaghaft aufsteigende Flamme der Freude, die sich langsam in ihr ausbreitete und streckte, wurde von der dicht darauffolgenden, eisigen Panikattacke effizient erstickt.

Henrik. Kam hierher. Und sie sah aus wie ein gestrandeter Wal. Das. War. Gar. Nicht. Gut. Sie musste auswandern. Afrika sollte sehr schön sein. Timbuktu zum Beispiel. Kreideweiß im Gesicht stand sie ruckartig auf. Dabei stieß sie ihren Stuhl um. Komplett auf Flucht eingestellt, merkte sie es nicht einmal.

„Ich muss gehen", stieß sie, begleitet von einem halbherzigen, entschuldigenden Lächeln in die Runde, hervor. Sämtliche Gäste sahen ihr nach, als sie das Restaurant fluchtartig verließ, als wären ihr die tausend Höllenhunde auf den Fersen.

25

„Ich dachte, sie freut sich“, sagte Tony perplex in die darauffolgende Stille.

Avery, die neben Marley saß, lehnte sich über den Tisch und tätschelte seine Hand. „Typisch Mann. Du musst noch einiges lernen, über Mütter wie auch über Frauen.“

„Ach ja?“

„Ja. Herzensangelegenheiten werden am besten unter vier Augen besprochen“, weihte sie ihn ein. „Vor allem, wenn die betreffende Person so zurückgezogen lebt wie deine Mom.“

„Oh“, antwortete er kleinlaut. „Dabei wollte ich sie nur ein wenig aufziehen. Henrik ist ein toller Typ, weißt du? Er hat meiner Mutter wirklich gut getan.“

„Dann schlage ich vor, du schreibst ihm und warnst ihn, dass du seinen Job gerade um hundert Prozent erschwert hast. Falls er wirklich an Susan interessiert ist, wird er das bestimmt schätzen“, schlug Ian vor.

„Hm. Okay. Klar. Kann ich machen.“

Sichtlich verlegen stand er auf und machte eine große Show daraus, jemanden am anderen Ende des Raums zu entdecken.

„Ich muss … dort drüben …“ Er schluckte und gestikulierte in diese Richtung, bevor er sich umdrehte und dorthin flüchtete.

Astrid Stone, die Susan während der letztjährigen, von ihr selbst ins Leben gerufenen Weihnachtsaktion ein wenig besser kennengelernt hatte als die meisten, räusperte sich.

„Ich muss Tony recht geben. Henrik und Susan haben hervorragend zusammengepasst. Der Junge hat das Herz am rechten Fleck. Leider auch eine hohe Treffsicherheit, wenn es darum geht, ins Fettnäpfchen zu treten."

„Hey", rief Valentina aus und ließ sich auf den leer gewordenen Stuhl fallen. „Dich habe ich gesucht", sagte sie und boxte Ian in den Arm.

„Autsch." Ian rieb sich den Arm. Im Schlag der hübschen Latina steckte erstaunlich viel Kraft.

Marley lachte und strich ihm mitfühlend über den Arm, bevor sie sich an Valentina wandte.

„Was hat er jetzt wieder angestellt?", fragte sie, während ihre Augen verschmitzt funkelten.

„He!", protestierte Ian.

„Gar nichts, gar nichts. Bodo wollte sich nur bei dir bedanken."

Ian blinzelte. Bodo? Wer um Himmels willen war Bodo? „Kenne ich Bodo?"

Valentina lachte. „Nein. Noch nicht. Aber gleich." Sie warf einen Blick über die Schulter. „Ah. Da kommt er ja schon. Er ist nicht mehr der Schnellste."

Ian versuchte ihrer Blickrichtung zu folgen, doch so sehr er sich auch anstrengte, er sah niemanden hinter ihr.

Plötzlich bückte sie sich in Richtung Boden, wo ein schwanzwedelnder, einäugiger alter Basset stand.

„Ich war vor ein paar Tagen im *Safe Haven* bei Kat zu Besuch. Da hat sie mir von deinen CBD-haltigen Keksen erzählt. Das Thema hat mich sehr interessiert. Wie du sehen kannst, ist Bodo bereits ein wenig in die Jahre gekommen und leidet unter altersbedingter Arthrose. Bis jetzt haben wir seine Schmerzen mit entzündungshemmenden Schmerzmitteln behandelt. Das hat auch ganz gut geklappt, doch in letzter Zeit sind seine Leberwerte so schlecht geworden. Schuld daran sind vermutlich die Medikamente. Langer Rede, kurzer Sinn, ich habe Kat überredet, mir einige Kekse zum Ausprobieren mitzugeben."

Interessiert lehnte sich Ian nach vorn. Auch die anderen Anwesenden waren ganz Ohr, hatten doch die meisten von ihnen irgendein Haustier zu Hause.

„Und? Was hast du für Erfahrungen gemacht?"

„Bodo hat außergewöhnlich gut auf die Kekse angesprochen. Ich konnte das Schmerzmittel fast ganz absetzen. Nur an den ganz schlimmen Tagen gebe ich ihm noch etwas zusätzlich zu den Keksen."

„Und er ist dabei schmerzfrei?"

Valentina nickte begeistert. „Ja. Er läuft mindestens so gut wie unter dem Einfluss der konventionellen Medikamente. Zudem macht er einen lebhafteren Eindruck." Sie zuckte mit den Schultern. „Das ist natürlich nur meine subjektive Wahrnehmung."

„Ich kann es bestätigen", mischte sich Big A ein, der sich dazugesellt und einen Arm um Valentina gelegt hatte. „Er hat definitiv wieder mehr Lebensfreude. Vorher war es so, als wäre nur noch sein Körper hier, während sein Geist schon in höheren Gefilden schwebte. Als hätte er abgeschlossen mit seinem irdischen Dasein. Jetzt erinnert er mich wieder an seinen Morgenspaziergang, wenn er den Eindruck hat, es wäre Zeit. Oder bringt mir sein Spielzeug."

„Das ist wahr", bestätigte Valentina „Er nimmt einfach wieder mehr teil am Leben und sucht den Kontakt."

„Das sind ja großartige Neuigkeiten", rief Marley aus und griff nach Ians Hand.

„Auf jeden Fall. Dann sind wir ja auf dem richtigen Weg! Schade, dass Susan das nicht mehr mitgekriegt hat."

„Du kannst es ihr ja morgen erzählen. Oder richte es Tony aus." Marley schaute sich nach dem jungen Mann um.

„Morgen ist früh genug."

„Auf jeden Fall hoffe ich, dass es die Kekse bald zu kaufen gibt“, forderte Valentina Ian heraus.

Er lachte. „Ich gebe mir Mühe. Wir sind auf gutem Wege dazu. Bis dahin kann ich dir aber gerne mit Keksen aus der Testproduktion aushelfen.“

„Das wäre großartig.“

Bodo hatte inzwischen den Boden zwischen den Stühlen und Tischen Zentimeter für Zentimeter auf essbare Krümel untersucht. Geschafft von der Aufgabe, ließ er sich mit einem kleinen Seufzer auf den Boden plumpsen. Speedy näherte sich ihm vorsichtig von hinten und schnupperte an seinem Hinterteil. Der Basset ignorierte ihn mit der ihm eigenen Gelassenheit.

„Nächste Woche haben wir einen Termin beim Tierarzt. Nate wird ihm Blut abnehmen und die Leberwerte erneut kontrollieren. Sollte sich etwas verändert haben, gebe ich dir Bescheid.“

„Super. Er testet die Kekse ja selber bereits. Je mehr Daten er sammeln kann, desto besser für mich. Jetzt ist es allerdings Zeit, endlich auf den Grund dieser Feier anzustoßen“, erinnerte Ian die anderen.

„Wurde auch langsam Zeit“, befand Phil und warf Maya einen verstohlenen Blick zu.

Ihre Mundwinkel bewegten sich unmerklich nach oben. Als ihr das bewusst wurde, drehte sie sich sofort verlegen weg. Phil und sie, das war eine schlechte Idee. Himmel, sie arbeiteten zusammen. Sollten sie herausfinden, dass sie nicht kompatibel waren, würde das unweigerlich zu Spannungen führen. Darauf konnte sie verzichten.

Ian stand auf und klopfte mit dem Löffel an sein Glas.

„Alle mal herhören. Wir feiern heute den fulminanten Start des Computergames von Marley und ihrem Team.“

„Wie heißt es überhaupt?“, rief es neugierig von hinten.

„Das kann euch am besten Marley erklären.“ Er schenkte ihr einen ermutigenden Blick.

Sie räusperte sich. „Das Spiel heißt Monsterrun. Es ist eine Mischung aus einem Hit-and-Run-Game, während gleichzeitig eigene Welten erbaut oder andere Welten erforscht werden können. Das ist jetzt vermutlich nur für diejenigen unter euch verständlich, die bereits mit anderen Spielen vertraut sind. Aber probiert es doch einfach aus. Ihr könnt die App ganz einfach auf euer Handy oder euer Tablet herunterladen und loslegen.“

Unsicher, ob sie genug und vor allem das Richtige gesagt hatte, schaute sie zu Ian hinüber. Der nahm den Faden umgehend wieder auf, was Marley sehr erleichterte. Reden halten gehörte definitiv nicht zu ihren Stärken.

„Das Spiel hat trotz, oder vielleicht auch wegen den tragischen Umständen, die seine Entstehung begleitet haben, bereits heute, am ersten Verkaufstag, Rekordumsätze gemacht.“

Eve Lartimer, die in einer Ecke mit den Mitgliedern der VGI zusammensaß, stand auf und begann zu klatschen. Sofort sprangen auch die anderen Frauen auf und taten es ihr nach.

Dagobert, der seine Angebetete mit liebevoller Nachsicht in den Augen beobachtete, fiel in das Klatschen ein.

Ian fuhr fort: „In diesem Zusammenhang möchten wir auch drei Jugendlichen unseren Dank aussprechen, ohne die dieser Erfolg nicht möglich gewesen wäre. Leslie, Shauna und Ethan, vielen Dank.“ Er nickte in die Richtung der Teenager.

Shauna platzte fast vor Stolz darüber, dass Ian sie zu den Jugendlichen gezählt hatte. Leslie war die Aufmerksamkeit eher unangenehm. Sie versteckte ihr Gesicht hinter ihren dunkelbraunen, glänzenden Haaren, die ihr wie ein Vorhang ins Gesicht fielen. Ethan hingegen saß ganz cool da. Es war nicht das erste Mal, dass er öffentliche Aufmerksamkeit erfuhr. Inzwischen benahm er sich wie ein Vollprofi.

Die Eltern, Paula und Nate sowie Charlie und Blackbird, strahlten. Ihre Freunde, die in der Nähe saßen, gratulierten ihnen.

Marley ließ sich wieder auf ihren Platz fallen und zupfte an Ians Ärmel, um ihn dazu bringen, sich ebenfalls hinzusetzen. Ihrer Meinung nach hatte seine Rede lange genug gedauert. Jetzt war es an der Zeit, tatsächlich auf den Ertrag ihrer harten Arbeit anzustoßen.

*

Nach ein paar Gläsern des vorzüglichen Weißweins, den Gregory aufgetischt hatte, fühlte Marley sich herrlich entspannt. Vielleicht registrierte sie deshalb gar nicht richtig, wer sich da gerade neben sie hingesetzt hatte. Als er jedoch das Wort an sie richtete, kam sie nicht umhin zu merken, dass es sich dabei um Mr. Wilkinson handelte. Was wollte der denn hier? Wer hatte ihn überhaupt eingeladen? Sie war nicht wirklich in Stimmung, erneut mit ihm über irgendetwas zu streiten. Wobei, Moment mal. Sie hatten gar nichts mehr, worüber sie streiten konnten. Sämtliche geschäftlichen Verbindlichkeiten zwischen ihnen waren aufgelöst worden. Dafür hatte er höchstpersönlich gesorgt. Was also gab es zu besprechen? Neugierig geworden, drehte sie sich zu ihm um. Sie stützte ihr Kinn in die Hand und schenkte ihm ihren besten Augenaufschlag. Nicht, dass sie darin besonders viel Übung hatte. Vermutlich sah sie aus, als wäre ihr eine Mücke ins Auge geflogen. Aber der Gedanke zählte, oder? Immerhin sah er angemessen überrascht aus, als er ihre Reaktion zur Kenntnis nahm. Ob das an der Mücke-im-Auge-Imitation lag oder an ihrem weiblichen Charme, wusste sie nicht. Aber sie nahm an, das war egal. Sie hatte es geschafft, ihn zu überraschen. Das war das Einzige, das zählte.

„Herr Bürgermeister! Was für eine Überraschung, Sie hier zu sehen! Was verschafft uns die Ehre?“

Ups. Das war jetzt vielleicht etwas dick aufgetragen. Sie beäugte ihr Weinglas. War das ihr drittes oder ihr viertes? Wo war eigentlich Ian? Sie verspürte plötzlich das dringende Bedürfnis, ihn nach Hause zu schleppen und über ihn herzufallen. Ob er die Idee wohl gut finden würde?

„Ich wollte dir und deinem Team zu eurem Erfolg gratulieren“, holte Mr. Wilkinson sie aus ihren angenehmen Träumereien.

Sie riss sich zusammen und versuchte, ihm ihre ungeteilte Aufmerksamkeit zu schenken. Gar nicht so einfach, wenn es als Konkurrenz Erinnerungen an Ian und seine Talente im Schlafzimmer gab. Aber sie gab ihr Bestes. Sie konnte nicht abstreiten, dass sie neugierig war, was er zu sagen hatte.

„Danke.“

Als dem Bürgermeister klar wurde, dass sie nichts außer diesem einen Wort sagen würde, hüstelte er verlegen in seine Hand.

„Ich wollte eigentlich nur sagen, dass es mir leidtut, wie das mit der Start-Up-Finanzierung gelaufen ist. Ein Versehen meinerseits.“

Ein Versehen? Marley runzelte die Stirn. Was daran war ein Versehen gewesen?

„Zu dem Zeitpunkt schien es einfach die vernünftigste Entscheidung zu sein. Du weißt schon, zum Wohle von Independence. Und natürlich nicht zuletzt auch aus ökonomischer Sicht.“

Marley war buchstäblich sprachlos. Nein, sie verstand nicht, wieso er es ausgerechnet während des schwierigsten Moments ihrer Firma seit der Gründung für notwendig gehalten hatte, ihnen auch noch den letzten Boden unter den Füßen wegzuziehen. Wäre nicht die VGI in die Bresche gesprungen, hätte der heutige Tag völlig anders ausgesehen.

Mr. Wilkinson schenkte ihr sein erprobtes Politikerlächeln.

„Zum Glück bin ich niemand, der sich davor scheut, Fehler zuzugeben. Ich bin sicher, wir können zu einer neuen Abmachung kommen. Vielleicht mit einer prozentualen Beteiligung? Ich wäre sogar bereit, die Finanzierung persönlich zu leisten. Ohne die Gemeinde zu involvieren. So wärt ihr auf der sicheren Seite, dass es nicht noch einmal zu einer Situation kommt, in der ich das Wohl der Bürger über meine persönlichen Ansichten stellen muss."

Was für ein Blödsinn, dachte Marley. Viel mehr hieß es, dass er das Geld in die eigene Tasche stecken konnte. Offensichtlich hatte er Blut geleckt, als er von dem sagenhaft erfolgreichen Start des Games gehört hatte.

Sie wollte ihm gerade gehörig ihre Meinung sagen – Weißwein hatte die Eigenschaft, ihre natürliche Zurückhaltung aufzuweichen – als Eve Lartimer elegant auf ihren hohen Schuhen durch den Raum stolzierte und direkt auf sie zuhielt.

Eve hatte bereits den ganzen Abend darauf gewartet, dass Mr. Wilkinson seinen nächsten Zug machen würde. Das war seine typische Verhaltensweise. Immer auf den eigenen Vorteil aus. Im Grunde war er ein netter Kerl, ein fähiger Anwalt, ein guter Bürgermeister, aber auch sehr talentiert, wenn es darum ging, ein Vermögen anzuhäufen. Und diese letzte Eigenschaft führte ihn immer wieder einmal in Versuchung. Dann benahm er sich total daneben. Als Ergebnis beendete Miss Minnie jeweils für ein paar Wochen das lockere Verhältnis, dass die beiden miteinander verband, seine Enkelin Avery sprach nur noch das Nötigste mit ihm, während er mit selbstgerechten Reden alle davon zu überzeugen versuchte, dass er das einzig Richtige gemacht hatte. Irgendwer rückte ihm dann irgendwann den Kopf zurecht und er wurde wieder normal. Sprich erträglich. Diesmal übernahm sie diese Aufgabe.

Sie setzte sich den beiden gegenüber.

„Ach, du hast deinen Fehler eingesehen?", fragte sie zuckersüß.

Sofort richtete sich Mr. Wilkinson indigniert auf.

„Fehler? Welchen Fehler?"

„Ach, doch kein Fehler? Verzeih mir. Ich dachte, ich hätte gehört, dass du deine Entscheidung bereust, Marley und ihr Team nicht unterstützt zu haben, als es darauf ankam."

„Kein Fehler", korrigierte er sie mit zusammengebissenen Zähnen. „Wie ich schon Marley erklärt habe, war dieser Schritt leider nötig, um die Interessen von Independence sicherzustellen. Es konnte ja niemand voraussehen, dass sie fertig bringen würden, das Projekt doch noch zum Erfolg zu führen."

„Ach so. Das ist aber zu schade."

„Eve, nimm mir das nicht übel, aber davon verstehst du nichts", ließ der Bürgermeister sie herablassend wissen. Er war sogar so leichtsinnig, ihr begütigend die Hand zu tätscheln.

Eve lächelte. Marley schauderte und war froh, sehr froh, dass dieses Lächeln ihr galt. Es war offensichtlich, dass sie sich bereit machte, um zum entscheidenden Schlag auszuholen. Sie hatte keine Ahnung, wie dieser aussehen würde. Sie wusste nur, dass sie damit ihr Ziel hundertprozentig treffen würde. Fast hätte ihr Mr. Wilkinson leidgetan. Aber eben nur fast. Aus diesem Grund griff sie nach ihrem Weinglas und lehnte sich entspannt zurück, bereit, die Show zu genießen.

„Tatsächlich? Nun, im Gegensatz zu dir, oder soll ich sagen, zur Gemeinde? Ich gehe davon aus, dass du die notwendigen Schritte zum Schutz von Independence mit dem Gemeinderat besprochen hast? Über das Vorgehen demokratisch abstimmen lassen hast?"

Eve wusste natürlich, dass er nichts davon gemacht hatte. Er hatte ganz eigenmächtig beschlossen, dem Entwicklerteam seine Unterstützung zu entziehen.

„Äh, also …"

Mr. Wilkinson griff sich an den Hals und zupfte an seinem Kragen, um ihn ein wenig zu lockern. Es war auf einmal unerträglich warm in dem Lokal.

Eve verzichtete darauf, zu warten, dass er ihr irgendwelche Ausflüchte auftischte. Darum ging es ihr heute nicht, und sie schnitt ihm das Wort ab.

„Wie ich schon sagte, hat die VGI wieder einmal Weitsicht bewiesen und Beistand geleistet, als du Marley und ihr Team im Regen stehen lassen hast. Wir haben ihnen einen Start-Up-Kredit zu günstigen Konditionen gewährt. Im Gegenzug haben sie uns an den Gewinnen beteiligt. Ich würde sagen, eins zu null für die VGI."

Sie zwinkerte Marley zu, bevor sie sich abermals an den Bürgermeister wandte.

„Bevor du das nächste Mal überstürzte Entscheidungen zugunsten deiner Gemeinde triffst, würde es sich vielleicht lohnen, Experten um Rat zu fragen." Ihre Augen funkelten, als sie die Hand auf den Tisch legte, sich abstützte und nach vorne beugte, bis ihr Gesicht dem seinen ganz nahe war. „Die Businessfrauen der VGI zum Beispiel."

Mr. Wilkinsons Gesicht nahm eine ungesunde, tiefrote Färbung an.

„Das ist eine bösartige Unterstellung. Ich verbitte mir die Andeutung, dass ich wirtschaftlich zu wenig Ahnung habe", empörte sich der Bürgermeister. Offensichtlich galten für ihn andere Regeln. Schließlich hatte er dasselbe vor ein paar Minuten von Eve behauptet.

Wie abgesprochen tauchte in diesem Moment Dagobert an Eves Seite an. Er hängte sich bei seiner Freundin ein und flüsterte ihr etwas ins Ohr, während sein Gesicht etwas länger als nötig an ihrem Hals verweilte.

Tatsächlich kicherte Eve und drehte den Kopf, um ihn zu küssen.

„Verzeihung, aber wir sind mitten im Gespräch", meldete sich der Bürgermeister wichtigtuerisch zu Wort.

Dagobert hob beide Augenbrauen. „Meinst du nicht, dass es besser wäre, würdevoll den Rückzug anzutreten, so lange du noch kannst? Es ist offensichtlich, dass diese Runde an die bewundernswerten Frauen geht. Unter anderem an die an meiner Seite."

Marley beobachtete fasziniert, wie Dagobert seine Aufmerksamkeit wieder Eve zuwandte.

„Ich finde, das muss gebührend gefeiert werden. Meinst du nicht auch?"

Eve lächelte wissend. „Etwa im Schlafzimmer?"

Dagobert senkte seine Stimme zu einem knapp hörbaren Flüstern. „Aber natürlich, meine Göttin. Wo denn sonst", antwortete er. Seine dunklen Augen verrieten, wie sehr ihm diese Vorstellung gefiel.

Angewidert wandte sich Mr. Wilkinson ab. Sich vom Tisch hochhievend, murmelte er etwas von einer Bande von Narren und flüchtete.

Marley konnte nicht anders. Sie lachte leise. Eve und Dagobert waren ein unschlagbares Paar. Ob Ian und sie das auch schaffen würden?, überlegte sie sehnsüchtig. Mit neunzig noch so verliebt zu sein? Wollte Ian das überhaupt? Oder war das zwischen ihnen eine dieser Lebensabschnittsgeschichten? Ugh. Was für ein grässliches Wort.

Starke Hände legten sich auf ihre Schultern, drückten kurz zu und schlangen sich dann um ihren Oberkörper.

Mmmmh. Daran könnte sie sich definitiv gewöhnen, dachte Marley und lehnte sich mit dem Rücken an Ian, den Besitzer der Hände.

„Sind die beiden nicht einzigartig?", murmelte er in ihr Ohr. „Ob wir das auch schaffen?"

Mit diesen beiden vielsagenden Sätzen lösten sich Marleys Zweifel und Ängste in Luft auf.

„Wir sollten es auf jeden Fall versuchen. Am besten folgen wir ihrem Beispiel", schlug sie vor und warf ihm unter ihren Wimpern einen anzüglichen Blick zu.

Ians Augen leuchteten auf, als er die Bedeutung hinter den harmlosen Worten verstand. „Gute Idee", pflichtete er ihr bei und hob sie hoch.

„Ian!", rief Marley aus und schaute sich verlegen nach den anderen Gästen um.

Freundliche Sticheleien und Glückwünsche folgten ihnen bis zur Tür.

„Mach nichts, was ich nicht auch tun würde", rief ihr Mark nach.

Marley prustete los, was ihr einen fragenden Blick von Ian einbrachte.

„Da bleibt ein ziemlich breites Spektrum an Möglichkeiten übrig", erklärte sie ihm, als er mit ihr auf dem Arm in die kalte Nachtluft trat.

Es schneite schon wieder, stellte Marley fest und hob ihr Gesicht den sanft fallenden Schneeflocken entgegen.

„Ich wusste schon immer, dass es einen Grund gibt, dass ich deine Kollegen mag."

Marley lächelte. „Dann lass uns schnell nach Hause gehen. Wir haben noch viel vor."

„Gute Idee."

Epilog

Ausnahmsweise wachte Marley vor Ian auf. Es war noch früh. Über den Wipfeln tauchten die ersten rosa Wolken der Morgendämmerung auf. Der Kolibri-Futterspender vor dem Schlafzimmerfenster, mit dem er sie vor ein paar Tagen überrascht hatte, hing verlassen da. Die Flugakrobaten hatten vor ein paar Tagen ihre Reise nach Mexiko angetreten, wo sie den Winter verbringen würden. Nächsten Frühling würden sie wieder zurückkehren. Sie freute sich jetzt schon darauf, ihre gefiederten Freunde gleich nach dem Aufwachen zu sehen.

Nachdem Ian klar gemacht hatte, dass er gerne mit ihr zusammen wohnen wollte, hatte sie nicht lange überlegt und ihre Wohnung gekündigt. Sicher, der Trailer war nicht besonders groß, doch sie fühlte sich wohl hier. Mit Ian und Speedy als Gesellschaft hatte sie alles, was sie brauchte. Irgendwann, wenn sie beide wieder mehr Zeit hatten, würden sie nach einem Haus Ausschau halten. Doch das eilte nicht.

In den letzten Wochen hatte sich schon fast eine Alltagsroutine eingeschlichen, die ihr ausgesprochen gut gefiel. Meistens wachte Ian vor ihr auf. Ein Überbleibsel aus seiner Zeit im Militär, wie er ihr erzählt hatte. Ohne sie zu wecken, schlich er sich aus dem Zimmer und ging mit Speedy auf eine morgendliche Joggingrunde. Der kleine Terrier-Mix hatte trotz seiner Behinderung keinerlei Probleme, mit dem ehemaligen Soldaten Schritt zu halten, und genoss die Zweisamkeit mit seinem Herrchen sichtlich.

Nach dem Spaziergang frühstückte Speedy und legte sich dann für sein morgendliches Nickerchen hin. Ian stellte die Kaffeemaschine an und stellte sich unter die Dusche. Meist wurde sie zu diesem Zeitpunkt von dem Geräusch des Wassers in den Leitungen wach. Anstatt sofort aufzustehen, kuschelte sie sich noch einmal unter die Decke und wartete darauf, dass Ian sie weckte. Seine Weckmethoden waren äußerst ... fantasievoll. Sie genoss jede Sekunde davon. Anschließend duschten sie. Wenn dringende Termine auf sie warteten, nacheinander, aber meistens landeten sie zu zweit in dem kleinen Badezimmer. Natürlich nur, um Wasser zu sparen. Sie schluckte das vergnügte Glucksen, das ihrer Kehle zu entschlüpfen drohte, hinunter, um Ian nicht zu wecken. Wem wollte sie eigentlich etwas vormachen? Nach dem ersten, desaströsen Versuch mit Sex im Badezimmer hatten sie sich einen Spaß daraus gemacht, kreativ zu werden. Mmmmmh. Sie waren sehr ... erfolgreich gewesen.

Sicher, Alltag konnte man mit Langeweile assoziieren, wenn man wollte. Sie hingegen genoss die Verlässlichkeit, das warme Gefühl, zu wissen, dass Ian sie ebenso begehrte wie sie ihn. Jeden Abend tauschten sie sich über ihren Tag aus, besprachen Pläne und teilten einander ihre Sorgen oder Hoffnungen mit.

Der Zusammenstoß mit den Terroristen war genug Aufregung für ein ganzes Leben gewesen. Zum Glück lag das jetzt hinter ihnen. Das FBI und Homeland Security hatte sich den verbleibenden Terroristen und den Anführern angenommen. Möglicherweise mussten sie und Maya irgendwann noch vor Gericht aussagen. Doch dieser Tag lag in ferner Zukunft. In der Zwischenzeit würde sie ihre ganze Kraft darauf verwenden, an ihrer Zukunft zu arbeiten. Beruflich. Und privat. Sie lächelte glücklich und wandte ihre Aufmerksamkeit wieder dem Mann neben sich zu.

Es war so friedlich, ihn beim Schlafen zu beobachten. Sein Gesicht war ganz entspannt. Die feinen Linien rund um seine Augen und an der Stirn waren weniger ausgeprägt. Nur seine Muskeln, die sich über seine Schultern und Arme sowie über den ganzen Oberkörper zogen, waren beeindruckend wie immer. Und das alles gehörte ihr. Und sie ihm. Diese Erkenntnis hatte eine ganze Flut von Gefühlen zur Folge. Lust. Liebe.

Freundschaft. Zeit, sich für die unzähligen wundervollen Weckdienste zu revanchieren.

Überwältigt von den unterschiedlichen Gefühlen stützte sie sich auf ihre Ellbogen und begann federleichte Küsse auf seinem Rücken zu verteilen. Ihre Haarspitzen zeichneten ihr eigenes Muster auf seiner Haut, während ihre Fingerspitzen der vorgezeichneten Spur folgten. Sie hatte keinen Plan, folgte nur ihrem Gefühl und dem Verlangen, mehr von seiner samtigen Haut an ihrer Haut zu spüren. Von dem Haaransatz in seinem Nacken zum Hals, wo sie ihre Nase in der Kuhle zur Schulter rieb, weiter entlang der Wirbelsäule, wo sie auf die Ansätze seiner Rippen traf. Kurzzeitig abgelenkt ließ sie vorsichtig ihre Zähne über seinen Rippenbogen gleiten. Gänsehaut breitete sich wie ein Lauffeuer auf seinem Oberkörper aus. Sie lächelte und atmete tief seinen männlichen Duft ein. Er roch nach Seife, Schlaf, Zedernholz und Ian. Wieder fokussiert kehrte sie zu seiner Wirbelsäule zurück und folgte dieser mit ihren Lippen.

„Sollte das ein Traum sein, weck mich bitte nicht“, kam Ians vom Schlaf grummelige Stimme vom Kopfkissen.

„Schsch…“, antwortete Marley und ließ ihre Finger weiterwandern. Federleicht. Nur die Andeutung einer Berührung. Über sein knackiges Hinterteil – eigentlich sollte es für über vierzigjährige Männer verboten sein, so einen Hintern zu haben, dachte sie abgelenkt. Andererseits, nachdem sich besagter Hintern in ihrem Bett befand, konnte sie vielleicht eine Ausnahme machen. Bewusst übersprang sie die Lücke zwischen seinen Beinen und arbeitete sich an der Innenseite seiner Oberschenkel zu seinen Kniekehlen vor.

Mit einem Stöhnen schob er seine Beine auseinander, um ihr den Zugang zu erleichtern. Ein Lächeln umspielte ihre Lippen. Das Wissen, dass sie für diese Reaktion verantwortlich war, gab ihr das Gefühl, ungemein weiblich zu sein. Sie, Marley, das Mädchen, das früher alle übersehen hatten. Aber erst würde sie ihn noch ein wenig auf die Folter spannen.

Langsam arbeitete sich wieder hoch, zurück zu seiner Hüfte, wo sie die Stelle über seinem Hüftknochen leckte. Ohne Widerstand zu leisten, ließ er sich von ihr auf den Rücken drehen. Schlaftrunken lächelte er sie an.

„Guten Morgen."

Seine raue Stimme glitt wie eine Liebkosung über Marleys Haut und traf sie bis ins Herz. Sie lächelte abermals.

„Guten Morgen."

Bevor er nach ihr greifen konnte, glitt sie mit einer fließenden Bewegung an seinem Körper hinunter und stellte sicher, dass der Rest von ihm ebenfalls wach war.

*

Als Marley das nächste Mal die Augen öffnete, schien ihr die Sonne ins Gesicht. Ian hatte einen Arm besitzergreifend um sie geschlungen. Ihr linkes Bein ruhte zwischen seinen. Trotz der Gemütlichkeit ihrer Position warf sie einen Blick auf den Wecker neben dem Bett. Erschrocken fuhr sie hoch. Schon zehn Uhr. Verdammt. Wo war Speedy, wenn man ihn brauchte? Weshalb hatte er sie nicht geweckt? In einer Stunde begann im *Safe Haven* die Infoveranstaltung zu Ians Chillax-Produkten. Abgesehen von Ian, der erzählen würde, wie die Idee überhaupt entstanden war, würden Kat und Nate in ihrer Funktion als Trainerin beziehungsweise Tierarzt über ihre Erfahrung mit den CBD-haltigen Keksen sprechen. Leslie und Shauna würden den ganzen Anlass mit der Kamera begleiten und anschließend auf dem YouTube-Kanal von Kat, auf dem sie auch ihre extrem erfolgreiche Trainings-Serie verbreitete, und der Facebook-Seite von Independence teilen.

Erfolglos versuchte sie sich aus Ians Griff zu befreien. Er murmelte nur schlaftrunken etwas und zog sie dichter an sich heran. Ihr Hinterteil stieß auf den Grund seiner Unwilligkeit, aufzustehen. Sie grinste und gönnte sich zwei Sekunden, um sich dicht an ihn zu schmiegen. Offenbar hatte das Liebesspiel von vorhin nur seinen Appetit geweckt und noch lange nicht gestillt. So sehr sie in Versuchung war, seinem wortlosen Vorschlag Folge zu leisten, wusste sie doch, dass der heutige Tag zu wichtig war, um ihn im Bett zu verbringen. Ganz egal, wie befriedigend das auch sein mochte.

„Mmmh“, murmelte Ian.

Anscheinend schlief er immer noch so halb. Zumindest war ihre Absicht, aufzustehen, noch nicht zu ihm durchgedrungen. Stattdessen wanderte seine Hand über ihren Bauch und schloss sich um ihre Brust. Marley unterdrückte ein Stöhnen und bemühte sich, sich daran zu erinnern, weshalb sie so dringend aufstehen wollte. Ach ja. Richtig. Der Info-Tag. Ians großer Tag. Frustriert unterdrückte sie ein weiteres Stöhnen. Stattdessen rief sie laut: „Siebenschläfer!“

„Hm?“

„Zeit, aufzuwachen. Kat, Nate und eine ganze Schar interessierter Kunden warten auf dich.“

Seine Hand, die immer noch federleichte Kreise auf ihre Haut zeichnete, hielt in der Bewegung inne, bevor sie ihre Wanderung wieder aufnahm. Sie schielte in Richtung des Weckers.

„In genau achtundvierzig Minuten. In Anbetracht der Fahrtzeit von dreißig Minuten hast du noch genau achtzehn Minuten, um zu duschen und einen Kaffee zu trinken.“

Das hatte endlich den gewünschten Effekt. Wie von der Tarantel gestochen schoss er hoch, verwickelte sich in der Bettdecke und fiel mehr oder weniger aus dem Bett. Bevor sie es verhindern konnte, entschlüpfte ihr ein Lachen.

„Haha“, brummte er und setzte sich auf, während er mit einer Hand seine Schulter rieb, auf der er gelandet war.

Marley biss sich auf die Lippen und versuchte erfolglos, ihren Heiterkeitsausbruch unter Kontrolle zu bringen.

„Tut mir leid. Hast du dir wehgetan?“

„Du meinst, außer meinem Stolz? Nein.“

„Dann ist ja gut. Dann kann ich ja weiter lachen. Es sah wirklich witzig aus."

Seine Mundwinkel zuckten. „Das kann ich mir vorstellen. Also los, beeilen wir uns." Er rappelte sich hoch und beugte sich übers Bett, um ihr einen kurzen Kuss auf die Lippen zu drücken. „In Zukunft übernehme ich wieder den Weckdienst."

Sie kicherte. „Ist vielleicht besser."

Sie stand ebenfalls auf und folgte ihm ins Badezimmer. Dort griff sie nach ihrer Zahnbürste und der Zahnpasta.

„Wieso hat uns eigentlich Speedy nicht geweckt? Meinst du, er ist krank?"

„Ich war vorher, nachdem du mich so schön geweckt hast, kurz draußen mit ihm. Du hast zu dem Zeitpunkt bereits wieder tief und fest geschlafen. Siebenschläfer."

Er zwinkerte ihr zu und trat in die Dusche.

Das erklärte natürlich alles. Marley wandte den Blick von Ians nacktem Körper ab, um nicht in Versuchung zu geraten, zu ihm unter die Dusche zu springen. Besser, sie verließ das Badezimmer, bevor er fertig war. Hier war definitiv zu wenig Platz und die Verlockung zu groß.

*

Zwei Stunden später war der offizielle Teil der Veranstaltung vorbei. Es war sehr gut gelaufen. Die wunderschöne Lage des Tierheims und das kalte, aber sonnige Wetter hatten den perfekten Hintergrund gebildet. Die Anwesenden, mit dem herbstlichen Wetter in den Rockies vertraut, waren gut eingepackt und mit einer guten Portion Neugier zum Event erschienen.

Viele hatten schon von den positiven Eigenschaften der uralten Heilpflanze Cannabis gehört und waren neugierig, welchen Nutzen das CBD ihren Haustieren brachte. Sicher, es gab auch den einen oder anderen Scherz über Haschkekse, doch nachdem Ian gleich zu Anfang erklärte, dass die Kekse wegen ihres praktisch nicht vorhandenen THC-Gehaltes, der psychoaktiven Substanz im Hanf, keinerlei berauschende Wirkung hatten, waren die Teenager enttäuscht verstummt.

Kat und Nate hatten aus erster Hand von ihren Erfahrungen erzählt. Die Erkenntnisse waren sehr eindrücklich. Während die existierenden wissenschaftlichen Studien natürlich das Rückgrat von Ians eigener Recherche bildeten, brachten die Erfahrungen der beiden Fachleute einen persönlichen Touch in die ganze Vorstellung. Nate hatte sehr gute Erfahrungen gemacht bei der unterstützenden Behandlung von Hunden mit Stoffwechselproblemen, nervösen Spannungszuständen, Entzündungen und Schmerzen. Kat erklärte, wie das CBD dabei helfen konnte, sehr lebhafte oder abgelenkte Hunde ansprechbarer zu machen, auch wenn sie mehrmals darauf hinwies, dass erlernte Verhaltensweisen nicht einfach abgelegt wurden, nur weil der Hund einen Keks bekam. So eine Behandlung brauchte Zeit. Liebevolles Verständnis, ein angepasstes Training und die Verabreichung der Kekse über einen längeren Zeitraum. Einer der Hunde, die sie vorstellte, hatte nach einer schweren Depression mit Unterstützung der Kekse zu seiner Lebensfreude zurückgefunden. Nachdem sie ihren Vortrag beendet hatte, trat eine Frau vor und adoptierte den Mischling auf der Stelle. Es war Liebe auf den ersten Blick.

Während Marley langsam durch die Menschenmenge streifte, hörte sie, wie mehrere Leute dem Beispiel der Frau folgten und sich interessiert nach den anderen, vermittelbaren Tieren erkundigten.

Ian stand mitten in einer Gruppe und beantwortete geduldig eine Frage nach der anderen. Ja, auch Hasen konnten die Kekse fressen. Da er bislang keine eigene Linie für Nager hatte, empfahl er, die veganen Hundekekse zu verwenden.

„Alle Säugetiere besitzen ein endocannabinoides System. Das ist der Teil des Hirns, wo das CBD andockt.“

Marley lächelte, während sie ihren Weg fortsetzte. Sie freute sich sehr, dass sein Traum genauso Flügel bekam wie der ihre sie unerwarteterweise bekommen hatte. Sie und Maya hatten sich einer Traumabewältigungsgruppe angeschlossen, die von Jaz und Pat, dem Inhaber des Kampfsportstudios, geführt wurde. Langsam wurden die Albträume weniger. Auch Maya sah jeden Tag ein wenig besser aus.

Sie ging in Richtung eines der mit Netz gesicherten Katzengehege. Als sie näher kam, sah sie Susan Montgomery dort stehen.

„Haben dich die Katzen um ihre Pfote gewickelt?", fragte sie freundlich.

Ihr war bewusst, wie viel Überwindung es Susan gekostet haben musste, heute hierher zu kommen. Nach ihrer Flucht aus dem Lokal bei der Feier vor ein paar Wochen hatte sie sich abgrundtief geschämt. Zudem schien sie immer noch mit dem Wissen zu hadern, dass in ein paar Wochen Henrik in Independence auftauchen würde. Marley wusste nicht, was sich zwischen den beiden abgespielt hatte. Doch Susans Verhalten machte klar, dass sie gehofft hatte, dem Mann nie wieder zu begegnen.

Heute aber war sie aufgetaucht und hatte zusammen mit Ian den Info-Tag nicht nur eröffnet, sondern auch über ihr eigenes Unternehmen einiges erzählt. Ihr Unternehmen, das jetzt eben nicht mehr nur Catering für Kekse machte, sondern auch Leckerlis für Tiere herstellte. Anfragen nach anderem Tierfutter hatte sie strikt abgelehnt. Für die nächsten paar Jahre würde sie in diesem Bereich nur für Ian tätig werden. Das hatten sie vertraglich geregelt. Die Bestellungen für die normalen Kekse hatte sie jedoch begeistert entgegengenommen.

Diese Begeisterung schien jetzt allerdings verflogen, dachte Marley. Susan betrachtete die spielenden und schlafenden Katzen mit einem wehmütigen Ausdruck.

„Ich dachte, ich könnte mit meiner Katzensammlung beginnen. Irgendwann muss ich ja anfangen, wenn ich im Alter meine fünfzehn Katzen zusammenhaben will, um dem Klischee der alten, alleinstehenden Frau zu entsprechen."

„Bist du nicht ein wenig zu jung, um bereits dein Rentnerdasein zu planen?", fragte Marley leichthin.

Susan lachte. „Möglich. Eine Katze oder zwei zur Gesellschaft zu haben wäre trotzdem ganz nett."

„Das stimmt natürlich."

Und vor allem war eine Katze so ziemlich das Gegenteil von Henriks wunderschönem Husky. Aber das musste Marley ja nicht wissen. Ihrer Meinung nach wussten bereits zu viele Menschen von ihrem kurzen Techtelmechtel mit dem Snowboarder. Das ließ sich in einer Kleinstadt wie dieser, in der die Leute kein anderes Hobby hatten, als das Leben anderer zu diskutieren, leider nicht vermeiden.

„Welche gefällt dir am besten?", fragte Marley schließlich.

Susan seufzte. „Die schwarze mit dem weißen Fleck auf der Brust. Und die getigerte dort drüben mit dem langen Fell. Ist es nicht süß, wie dicht sie beieinander liegen?"

„Stimmt. Die sind niedlich. Als wären sie beste Freunde. Spannend", fügte sie hinzu. „Ich hätte gedacht, du würdest dir zwei von den Kleinen aussuchen."

Susan lächelte. „Die sind natürlich unschlagbar, was ihren Niedlichkeits-Faktor angeht. Weshalb sie bestimmt in Kürze ein neues Zuhause finden werden. Die beiden da drüben hingegen werden es schwer haben. Die meisten Menschen wollen nur frische, junge Kätzchen. Dabei brauchen die älteren genauso dringend ein liebevolles Zuhause."

Wie du selber, vervollständigte Marley den Satz mit den Worten, die Susan ausgelassen hatte. In dem Versuch, sie ein wenig aufzuheitern, hängte sich Marley bei ihr ein und zog sie mit sich.

„Komm. Lass uns Kat suchen. Dann kann sie dich mit deinen neuen Freundinnen näher bekannt machen."

„Oh. Meinst du wirklich? Sie hat doch bestimmt viel zu viel zu tun."

„Ich bin sicher. Wenn es um ihre Schützlinge geht, hat Kat immer Zeit."

*

Ian verstaute die letzte Kiste mit Hundefutter im Kofferraum, als Marley mit den Plakaten und Werbematerialien aus dem Haus kam.

„Das sind die letzten Sachen. Sonst haben wir alles", rief sie.

„Sehr gut", antwortete er und nahm ihr die Dinge ab.

„Ich finde, es ist sehr gut gelaufen."

„Ja." Er klang richtiggehend erstaunt. „Damit hätte ich nie im Leben gerechnet. Ich muss gleich nächste Woche neu produzieren."

„Wart's nur ab, bis die ersten Bestellungen über den Online-Shop eintrudeln."

Er schlang die Arme um ihre Taille und zog sie an sich. „Ich hoffe, die Leitung explodiert", antwortete er grinsend. „Aber zum Glück ist es erst in ungefähr zehn Tagen so weit. Bis dahin eintreffende Bestellungen per Mail werden einfach gespeichert."

Marley runzelte die Stirn. „Aber der Shop ist doch fertig programmiert und startbereit?"

Er legte sein Kinn auf ihren Scheitel. „Natürlich. Darum hast du dich ja gekümmert. Aber ich möchte gerne da sein, wenn es losgeht."

Marley lehnte sich ein wenig zurück, um ihm in die Augen schauen zu können. „Oh. Du fährst weg?"

Er grinste. „Ja. Und zwar mit dir. Wir fliegen morgen Vormittag ab. Maya übernimmt deine Stellvertretung. Ich habe bereits mit ihr gesprochen. Sie hat sogar zugesagt, Speedy zu hüten."

Kein leichtes Versprechen, nachdem er schon einmal ein ziemliches Chaos in ihrer Wohnung angerichtet hatte. Sie hatte Ian gesagt, sie würde ihn nur nehmen, wenn sie dazu auch CBD-Kekse kriegen würde, um den Hund zu beruhigen. Ian war sich nicht sicher, ob das bei dem kleinen Turbohund helfen würde, aber ein Versuch war es bestimmt wert.

„Was?!", quietschte sie begeistert. „Wir fliegen weg?"

Ihre letzten Ferien lagen so lange zurück, dass sie schon beinahe nicht mehr wahr waren. Marley wusste nicht, was sie sagen sollte. Ian hatte Ferien geplant? Zusammen mit ihr?

„Ich weiß gar nicht, was ich sagen soll", antwortete sie schließlich ehrlich.

„Zum Beispiel: Was für eine großartige Idee, oh großer Meister."

Marley prustete los. „Das würde dir so passen. Wohin gehen wir?"

„Eine Woche in die Karibik. Sonne, Meer, Strand und Alkohol in Form von fruchtigen Cocktails mit Schirmchen."

„Klingt großartig", antwortete sie versonnen. „Raus aus dieser Kälte, von Kopf bis Fuß verwöhnt werden … Außer …"

Sie runzelte die Stirn, als müsste sie sich entscheiden, ob sie tatsächlich mitkommen sollte.

„Was?!"

„Gibt es dort auch ein anständiges Bier?"

Ian legte den Kopf in den Nacken und lachte schallend. „Ich wusste doch, dass es einen Grund gibt, weshalb ich mich in dich verliebt habe."

„Ich hoffe, da gibt es noch andere Gründe als meine Vorliebe für Bier."

Er senkte den Kopf und näherte sich ihrem Gesicht. „Da fallen mir gleich mehrere ein", murmelte er mit dem verführerischen Funkeln in den Augen, das sie so sehr liebte.

Ein heißer, lustvoller Blitz durchfuhr sie. Erinnerungsfetzen von heute Morgen mischten sich mit Möglichkeiten, die ein

Hotelzimmer an einem exotischen Ort bot. Sie konnte es nicht erwarten. Anstatt darauf zu warten, dass er sie küsste, stellte sie sich auf die Zehenspitzen und tat es gleich selber. Das Leben war zu kurz, um es mit Warten zu verbringen.

*

Liebe Leserin, lieber Leser

Falls Dir das Buch gefallen hat, würde ich mich sehr freuen, wenn Du Dir die Zeit nimmst, eine kurze Rezension auf Amazon zu schreiben, und all Deinen Freunden davon erzählst. So hilfst Du mir und diesem Buch, ein wenig sichtbarer zu werden.

Falls Du gerne über sämtliche Neueröffnungen informiert werden willst, kannst Du Dich hier in meinen Newsletter eintragen: http://virginiafox.com/virginias-welt/

Selbstverständlich kannst Du Dich jederzeit wieder abmelden. Deine Daten werden nicht an Dritte weitergegeben.

Vielen, vielen Dank für Deine Unterstützung!
Liebe Grüße
Virginia

Anmerkungen der Autorin

Liebe Leserinnen und Leser. Dank eurer Begeisterung für die Rocky Mountain-Serie fiel mir das Weiterschreiben der Serie sehr leicht. Wahnsinn. Jetzt sind es bereits sechzehn Bände, der siebzehnte ist in Vorbereitung. Die Einwohner von Independence sind mir in dieser Zeit sehr ans Herz gewachsen und haben noch viel vor. Die Serie wird also eine ganze Weile weitergehen.

Ein paar Hintergründe zur Serie für diejenigen unter euch, die neu dabei sind: Mit der Rocky Mountain-Serie kehre ich in eine Gegend zurück, in der ich während meiner Teenagerjahre eine erlebnisreiche Zeit verbracht habe. Der amerikanische Bundesstaat Colorado besticht durch seine abwechslungsreichen und atemberaubenden Landschaften. Von steppenähnlichen Gegenden bis hin zu den beeindruckenden Gipfeln der Rockies, die selbst auf knapp dreitausend Metern ü. M. bewaldet sind, ist alles dabei. Kein Wunder, dass Colorado für sein riesiges Angebot an Outdoor-Aktivitäten bekannt ist.

Independence ist eine fiktive Kleinstadt in der Nähe der bekannten Skiorte Breckenridge, Aspen und Vail und liegt ungefähr 2.900 Meter ü. M. Es hat großen Spaß gemacht, die Kleinstadt zu bevölkern. Ich bin sicher, die Einwohner werden uns noch lange gut unterhalten.

In diesem Buch gibt es gleich zwei Neuerungen. Einerseits habe ich mich das erste Mal an das Thema Terrorismus getraut. Leider sind solche Angriffe ja auch bei uns ein Thema. Gleichzeitig faszinierte mich die Möglichkeit, quasi aus der Ferne mit einem Virus ernsthaft Schaden anzurichten. Ich habe mein Möglichstes getan, alle Hacker und Computergenies in meinem Umfeld mit Fragen zu löchern und alle möglichen und unmöglichen Varianten zu recherchieren. Sollten mir trotzdem Fehler unterlaufen oder ich Verschwörungstheorien aufgesessen sein, die nicht realistisch sind, nehme ich alle Schuld auf mich.

Das andere, was ich zum ersten Mal gemacht habe, ist ein sogenanntes Product-Placement, also Werbung für ein bestimmtes Produkt in die Geschichte einzuarbeiten. Genau: die Hanf-Kekse der Firma Chillax. Im Rahmen kompletter Transparenz will ich euch eine Geschichte erzählen.

Vor meiner Zeit als Autorin habe ich als Pferdetrainerin und Reitlehrerin gearbeitet. Meine beste Freundin, Inga Klaer, die mit mir auch die humoristische Reitlehre *„10 Dinge, die du übers Reiten wissen musst“* geschrieben hat, ist Dipl. Osteopathin für Tiere und Hundetrainerin.

Bei unserer Arbeit begegneten uns immer wieder Tiere, die Schwierigkeiten in einem bestimmten Bereich zeigen. Überzeugt, dass der Schlüssel zu seelischem und körperlichem Gleichgewicht in der Ernährung liegt, haben wir uns auf die Suche nach einem Ergänzungsfuttermittel gemacht, welches einen spürbaren Unterschied im Leben unserer vierbeinigen Freunde macht.

Bei unseren Nachforschungen stießen wir auf die positiven Eigenschaften der Hanfpflanze und die faszinierende Funktionsweise des in ihr enthaltenen Cannabidiol (CBD).

Motiviert stellten wir uns in die Küche, begannen wertvolle, auf das Wohlbefinden der Tiere abgestimmte Zutaten zu mischen und diese zu leckeren Keksen zu verbacken.

Unsere Tiere waren begeistert von unserem neuen Hobby und verpassten keine Gelegenheit, um den nächsten Keks zu erbetteln. Zu unserer Freude konnten wir innerhalb kürzester Zeit positive Veränderungen auf die Gesundheit wie auch das Verhalten unserer Testkandidaten beobachten.

Von dem unterstützenden Effekt der Kekse auf die Lebensqualität der Tiere überzeugt, beschlossen wir 2018 den Sprung zu wagen und Chillax offiziell auf den Markt zu bringen.

Ians Geschichte ist also im Grunde genommen unsere Geschichte. Falls ihr selber Tiere habt und euch für die Futterergänzungsmittel mit CBD interessiert, schaut gerne vorbei auf www.chillax.de.

Für alle meine Leser gibt es hier einen Rabattcode, der bis Ende Dezember 2018 gültig ist: **RMGames**. Damit erhaltet ihr einmalig 10% Ermäßigung auf Euren gesamten Einkauf.

Zeitpunkt verpasst? Als Newsletter-Empfänger halten wir dich immer auf dem Laufenden, was aktuelle Aktionen, Rabatte und vieles mehr betrifft. Eintragen kannst Du Dich auf unserer Webseite http://eepurl.com/dnF0mz.

Mein Dank geht an meine Familie und an meine Freunde, die mich selbst dann unterstützen, wenn ich wieder einmal gedanklich für Stunden in den Rockies verloren gehe. Meine Mutter war wie immer meine erste Betaleserin und strengste Kritikerin. Meine unglaublich tolle PR-Frau Tanja Rörsch kümmerte sich um alles, was mein Schriftstellerleben leichter macht, während Juliane Schneeweiss für das wunderschöne Coverdesign verantwortlich war. Mit der Hilfe meiner Lektorinnen Monika Popp und Lena Eichinger sowie meiner treuen Vorableserinnen konnte ich den Fehlerteufel in seine Schranken verweisen. Nicht zu vergessen mein wunderbarer Mann, der vollstes Verständnis für meine Deadlines hat und mich selbst in unseren Ferien unterstützt, wenn ich meine Zeit vor dem Computer anstatt am Strand verbringe. Vielen Dank euch allen.

Aber mein allergrößter Dank geht an euch, meine Leserinnen und Leser. Ihr seid meine tägliche Motivation zum Schreiben. Über eine Rezension auf Amazon würde ich mich sehr freuen. Mit einer Rezension unterstützt ihr aktiv mein Schreiben und meine Bücher, da es für mich als Indieautorin eine der wenigen Möglichkeiten ist, auf die Bücher aufmerksam zu machen. Mitglieder meines Rezensenten-Teams erhalten zudem kostenlose Rezensionsexemplare. Alle Infos zur Bewerbung findet ihr auf meiner Webseite.

Den persönlichen Kontakt zu meinen Lesern schätze ich sehr. Besucht mich auf Facebook oder schreibt mir direkt eine E-Mail – ich freue mich!

http://virginiafox.com – hier könnt ihr euch auch in meinen >> Newsletter eintragen. So werdet ihr immer sofort über alle Neuerscheinungen informiert.

Oder ihr geht auf meine Autorenseite auf Amazon und drückt dort auf den Folge-Button unter meinem Portrait.

Auf Facebook findet ihr mich hier:
http://www.facebook.com/authorvirginiafox

Weiter geht es im Dezember 2018 mit Band 17, Rocky Mountain Love, der Geschichte von Susan und Henrik (vorbestellbar auf Amazon).

Ich wünsche euch viel Spaß beim Lesen des Previews von *Rocky Mountain Love,* Band 17 der Rocky Mountain-Serie, und weiteren Büchern aus meiner Feder.

Im Anhang findet ihr wieder einige Rezepte aus Independence.

*

Ihr kennt meine Drachenschwestern-Serie noch nicht? Band 1–4 sind auf Amazon erhältlich. Am Ende dieses Buches findet ihr das erste Kapitel von Band 1, *Die Drachenschwestern*, sowie das erste Kapitel des 4. Drachenromans, *Das Drachenmädchen – Das Zeichen des Drachen.*

Miss Daisys Rezepte

Die Rezepte sind jeweils für vier Personen berechnet, außer es ist anders vermerkt. Neben Miss Daisy hat diesmal auch Susan Montgomery zwei Rezepte für eure Vierbeiner beigesteuert.

Susans Fischkekse

Ob Hund oder Katze, beide werden dieses Rezept lieben!

6 EL Haferkleie

3 – 4 EL Gemüsebrühe (schwach)

1 TL Butter oder 1 TL Lachsöl, falls das jemand von euch zu Hause rumstehen hat

1 Freilandei

2 EL Semmelbrösel (falls der Teig zu feucht ist, mehr)

1 Dose Thunfisch (ohne Öl)

Ofen auf 180 Grad vorheizen.
Den Thunfisch abtropfen lassen und mit dem Messer zerkleinern. Anschließend alle Zutaten außer der Brühe miteinander verkneten. Am Ende etwas Gemüsebrühe zugeben. Wenn der Teig sehr trocken ist, mehr Brühe zugeben, wenn das Ganze schon flüssig ist, weniger.
Den Teig rollen (Dicke: ca. 0.5 cm) und in 7 – 8 cm lange Stücke schneiden.
Tipp: Die krossen Stangen werden nach dem Backen natürlich in mundgerechte Stücke zerbrochen.
Auf ein mit Backpapier ausgelegtes Blech legen und 35 min lang backen, bis sie hart sind. Auskühlen lassen und dem Vierbeiner füttern.

Im Kühlschrank aufbewahren und innerhalb der nächsten Tage verfüttern.

Tipp: Der Thunfisch kann auch durch Rinderhack oder gekochtes Hühnchenfleisch ersetzt werden.

Pferdekekse

500 g Fenchel, gerieben

500 g Karotten, gerieben

100 g Haferkleie

100 g Hirse

100 g Honig

50 g Haferflocken

Apfelsaft nach Bedarf

Ofen auf 140 Grad vorheizen.
Fenchel und Karotten in eine Schüssel reiben. Restliche Zutaten bis auf den Apfelsaft hinzugeben und miteinander vermengen.
Apfelsaft hinzugeben, bis der Teig feucht genug ist, um zu Kugeln geformt zu werden. Achtung: Wenn die Karotten viel Saft abgegeben haben, kann es sein, dass man auf den Apfelsaft verzichten kann.
Die Kugeln auf ein mit Backpapier ausgelegtes Blech legen und bei 140 Grad ca. 30 – 40 Minuten backen. Temperatur auf 120 Grad zurückstellen, Kugeln umdrehen und nochmals 10 Minuten backen. Die Kekse müssen ganz trocken sein!
Tipp: Der Gemüseanteil lässt sich natürlich beliebig variieren. Ganz nach den Vorlieben deines Pferdes.

Jaz' vegetarische Gemüsebowle

Lecker, leicht und, was Jaz am wichtigsten ist, natürlich vegetarisch.

1 große rote Bete, gedämpft

3 – 4 Süßkartoffeln

3 – 4 Zucchini

1 Zwiebel, gehackt

Olivenöl

Kräutersalz

Pfeffer

Thymian

1 Handvoll Pinienkerne

Tipp: Um Zeit zu sparen, kann man im Laden bereits gedämpfte Rote Bete kaufen. Allerdings schmeckt die Rote Bete viel besser, wenn man sie frisch kauft und selber weich kocht. Leider eine Tatsache, die mir des Öfteren graue Haare beschert, da Rote Bete ewig braucht, bis sie weich gekocht ist. Die gute Nachricht ist, dass es gut vorbereitet werden kann. Im Kühlschrank lässt sich gedämpfte Rote Bete problemlos ein paar Tage aufbewahren.

Rote Bete für 1 – 3 Stunden kochen (glaubt mir, manchmal dauert es ewig, bis sie weich ist). Mit einem spitzen Messer immer wieder die Konsistenz überprüfen. Wasser abgießen und die Rote Bete auskühlen lassen. Ein kaltes Wasserbad beschleunigt den Prozess. Sobald sie kühl genug ist, dass sie sich problemlos anfassen lässt, die Gummihandschuhe überstreifen, die Rote Bete schälen und die Stelle, wo das Kraut gewachsen ist, großzügig wegschneiden. In Würfel schneiden.

(Die Handschuhe können natürlich auch weggelassen werden. Dann führt man aber für ein paar Tage pinkfarbene Hände spazieren)

Zur Seite stellen (oder eben in einem luftdichten Behälter in den Kühlschrank stellen).

Süßkartoffeln schälen und in Würfel schneiden (ca. 1 cm Seitenlänge). Würfel in eine Schüssel geben, Olivenöl darüber träufeln und mit Salz und Pfeffer würzen. Mischen.

Zucchini ungeschält in gleich große Würfel schneiden, ebenfalls in eine Schüssel geben und mit Olivenöl, Salz und Pfeffer mischen. Am Ende sollte das Verhältnis der Süßkartoffeln und der Zucchini 1:1 sein.

In einer großen Pfanne oder einem Wok das Olivenöl heiß werden lassen. Zwiebeln hinzugeben und für 5 Minuten andünsten.

Süßkartoffel hinzugeben, gut umrühren, zugedeckt 5 Minuten andünsten.

Umrühren, Zucchini hinzugeben, nochmals umrühren und wieder zudecken. Weitere 5 Minuten andünsten.

Probieren und schauen, ob die Süßkartoffeln schon fast weich sind. Wenn ja, die Rote Bete hinzugeben und daruntermischen. Deckel drauf, nochmals 5 Minuten warten, bis die Rote Bete ebenfalls warm geworden ist (Wenn die Rote Bete frisch gekocht und noch heiß ist, kann dieser Teil weggelassen werden).

Mit Salz und Pfeffer abschmecken. Pinienkerne darüberstreuen und das farbenfrohe Gericht servieren.

Tipps: Was auch sehr gut dazu passt, sind Champignons. Diese geputzt, gewaschen und in Scheiben geschnitten zusammen mit den Zucchini mitdämpfen.

Keine Rote Bete (oder die Geduld, sie zu kochen) zur Hand? Alternativ geht auch rote Paprika.

Wem die Proteine fehlen, kann das Gericht am Ende noch mit Schafs- oder Ziegenkäse (Feta o.ä.) verfeinern.

Miss Daisys Super-Easy-Reispfanne

Miss Daisy weiß genau, was sie kochen muss, um die hungrige Meute, die mittags über das Diner herfällt, bei Laune zu halten. Dieses Rezept ist für 6 Personen ausgelegt.

Olivenöl
Zwiebel, gehackt
2 Knoblauchzehen, gepresst
500 g Bio-Rinderhack
Salz
Cayenne-Pfeffer
Kreuzkümmel
2 EL Tomatenmark
1 kleine Dose Mais
1 Dose Tomaten, gehackt
200 g Langkornreis
250 ml Gemüsebrühe
1 grüne Paprika, entkernt und in Stücke geschnitten
230 g Käse gerieben (Cheddar oder Gruyère)

In einer weiten Pfanne (mit zugehörigem Deckel) Olivenöl erhitzen und fünf Minuten lang die Zwiebeln andünsten.
Knoblauch hinzugeben und 2 Minuten weiterdünsten.
Hackfleisch hinzugeben und anbraten, bis es überall schön braun ist. Mit Salz, Pfeffer und Kreuzkümmel großzügig würzen (zwischendurch probieren).
Tomatenmark hinzugeben, mischen und 1 Minute unter ständigem Rühren weiterdünsten.
Reis und Mais hinzufügen, gut miteinander vermischen. Tomaten hinzugeben. Mit der Gemüsebrühe ablöschen. Noch

einmal gut mischen. Deckel drauf und aufkochen lassen. Sobald es kocht, Hitze zurückdrehen und für 25 Minuten (oder bis der Reis weich ist) köcheln lassen.
Nach fünfundzwanzig Minuten sollte der größte Teil der Flüssigkeit durch den Reis absorbiert sein. Falls es ein wenig zu trocken ist, etwas Wasser hinzufügen.
Noch einmal umrühren. Mit dem geriebenen Käse bestreuen. Den Deckel wieder schließen und den Käse schmelzen lassen.
Tipp: Mit Crème fraîche, Avocado oder Jalapeños servieren.

Miss Daisys Reispudding

Ob als Hauptgericht in der kalten Jahreszeit oder als leckere Nachspeise, Reispudding ist einfach unschlagbar! Als Hauptgericht würde ich den Reispudding mit einem selbstgemachten Apfelmus kombinieren.
Achtung: Während die Vorbereitungszeit vernachlässigbar ist, dauert die Kochzeit doch gute zwei Stunden. Ihr braucht also etwas Zeit. Für vier Personen.

Reispudding

50 g Butter

1.4 l Bio-Milch

6 EL Zucker

6 EL Reis (z.B. Arborio oder Carnaroli)

2 Tropfen Vanille-Extrakt aus dem Bio-Laden

oder

1 Stück Bio-Zitronenschale (mein Favorit)

1 Prise Salz

2 – 4 Prisen Zimt, gemahlen

Zimtzucker

Ofen vorheizen auf 170 Grad.
Eine Auflaufform mit Butter einfetten.
In einer Schüssel Milch und Zucker mischen, bis sich der Zucker aufgelöst hat. Reis, Vanille bzw. Zitronenschale, Salz und Zimt hinzugeben.
Tipp: Wer Rosinen mag, gibt an dieser Stelle zusätzlich eine Handvoll hinzu.
In die Auflaufform füllen.
2 Stunden bei 170 Grad backen. Mit Zimtzucker bestreuen und servieren. Schmeckt warm oder kalt.

Tipp: Anstelle des Zimtzuckers kann auch Himbeersirup beim Servieren zum Einsatz kommen.

Apfelmus

1 kg Äpfel (Boskop oder Gravensteiner)

1 Zimtstange

Zimtzucker

Wasser

Äpfel schälen. Halbieren. Gehäuse entfernen. In eine tiefe Pfanne geben. Ein paar Fingerbreit Wasser hinzufügen, Zimtstange rein und aufkochen lassen.
Nach fünf bis zehn Minuten sind die Äpfel weich. Zimtstange entfernen. 1 – 2 TL Zimtzucker darüber streuen. Mit dem Mixer die Äpfel pürieren. Je nach Geschmack noch ein wenig Wasser hinzufügen. Abschmecken. Bei Bedarf noch ein wenig Zimtzucker hinzufügen. Kann kalt oder warm serviert werden. Im Kühlschrank aufbewahren. Ca. 2 – 3 Tage genießbar.

Preview
Rocky Mountain Love

(Band 17 der Rocky Mountain-Serie)

Kapitel 1

Auf seinem mit Steigfellen bezogenen Splitboard erklomm Henrik Miller langsam, aber stetig den vor ihm aufragenden Berggipfel. Das Snowboard war extra für Touren entwickelt worden. Für den Aufstieg im Schnee ließ es sich in zwei Teile zerlegen und zu überdimensionierten Schneeschuhen umfunktionieren. Der pulvrige Schnee knirschte unter seinem Gewicht. Die oberste Schicht war ein wenig rutschig. Trotzdem kam er gut voran. Sein Husky Champion war in dieser Umgebung völlig in seinem Element und sprang freudig voran, nur um gleich darauf wieder einen Bogen zurück zu ihm zu schlagen. Sein freundliches *Wuff* klang wie das Äquivalent zu: „Bist du immer noch hier? Was dauert denn hier so lange?"

„Ich komm ja schon", ließ er seinen vierbeinigen Freund wissen und gab ein wenig Gas.

Zufrieden stellte er fest, dass seine Muskeln und Gelenke die erhöhte Belastung kommentarlos meisterten. Er war glücklich, dass sein Knie, das er sich letztes Jahr bei einem Wettkampf verletzt hatte, inzwischen wieder stark genug war, ihn ohne Beschwerden den Berg hinaufzutragen. Auch während der ihm noch bevorstehenden, traumhaften Abfahrt durch den Pulverschnee erwartete er keine Probleme. Ein Wunder, eigentlich. Die Prognosen waren ursprünglich nicht so gut gewesen. Natürlich hatte er keinen Moment an die düsteren Vorhersagen der Ärzte geglaubt. Sogar eine Rückkehr in den internationalen Wintersport hatte er beabsichtigt. Diesen Traum hatte er allerdings nach mehreren Monaten intensiver Physiotherapie nun endgültig aufgeben müssen.

Wie so oft in den Wochen, seit er diese bittere Entscheidung hatte fällen müssen, fragte er sich, was die Zukunft bringen würde. Aus diesem Grund war er nach Independence zurückgekehrt. Der Ort, der ihm bereits letzte Weihnachten Asyl geboten hatte. Ursprünglich war er nur in dieses abgelegene Nest in den Rockies gereist, weil Bertha Jennings, eine der Koryphäen auf dem Gebiet der Rehabilitations-Physiotherapie für Sportler, zu der Zeit hier gewesen war. Es hatte allerdings nicht lange gedauert, bis ihn der kleine Ort mit seinem ganz speziellen Charme verzaubert hatte. Eine Einwohnerin hatte es ihm ganz besonders angetan.

Sein linker Mundwinkel zog sich nach oben, während er sich mit seinem Teleskopstock abstützte und eine besonders steile Stelle überwand. Susan. Sie war eine Frau voller Geheimnisse. Oder war vielleicht ‚voller verborgener Facetten' die bessere Beschreibung? Er war sich nicht sicher. Er wusste nur, dass er vor einem Jahr nur knapp an der Oberfläche gekratzt hatte. Die flüchtigen Einblicke in ihre Persönlichkeit, die sie ihm gewährt hatte, waren genug gewesen, dass er während der vergangenen zwölf Monate ständig an sie gedacht hatte.

Er wusste, dass sie ein sehr introvertierter und privater Mensch war. Das war in einer kleinen Gemeinschaft wie Independence, die praktisch von der täglichen Dosis Klatsch und Tratsch lebte, gar nicht so einfach. Ihre Schüchternheit und der Schaden, den der jahrelange verbale Missbrauch durch ihre Mutter an ihrem Selbstbewusstsein angerichtet hatte, ließen sie ständig an sich und den Absichten ihrer Mitmenschen zweifeln. Ihre Mutter war ein Psycho. Und zwar nicht nur, weil sie eine beschissene Mutter war. Nein. Letzten Winter hatte sie irgendwie jeglichen Bezug zur Realität verloren, als sie versucht hatte, mit Waffengewalt die Weihnachtsspenden für die Bedürftigen im County an sich zu bringen. Zwei Leute waren dabei ernsthaft verwundet worden, bevor einige mutige Mitbürger sie hatten überwältigen können.

Es war wirklich ein Jammer, dass Susan so unter den degradierenden Bemerkungen ihrer Mutter gelitten hatte. In seinen Augen war sie ziemlich perfekt. Zumindest für ihn. Er seufzte und folgte Champions Spur im Schnee. Mit ihren blauen Augen, die ihn an einen perfekten Winterhimmel in den Bergen erinnerten, den blonden, langen Haaren und sanft geschwungenen Lippen, die so wunderbar auf die seinen passten, war sie seine Traumfrau. Während sie zwar zögerlich seinem Werben nachgegeben hatte, war ihm die ganze Zeit sehr wohl bewusst gewesen, dass sie sich eingeredet hatte, für ihn nichts mehr als ein Zeitvertreib während seiner Reha zu sein.

Nichts lag der Wahrheit ferner. Zum ersten Mal in seinem Leben hatte er sich Hals über Kopf verliebt. Sie letzten Winter zu verlassen hatte zum Schwierigsten gehört, das er je getan hatte. Doch es war nötig gewesen. Für ihn, um herauszufinden, ob eine weitere Operation ihm die Rückkehr in den professionellen Snowboardsport ermöglichen würde. Für sie, um mit der Vergangenheit abzuschließen und ihren eigenen Platz im Leben zu finden. Einem Leben ohne ihre Mutter und gleichzeitig auch ohne ihren Sohn, der dieses Jahr ans College gegangen war. Große Veränderungen. Das Wenige, das er über sie wusste, sagte ihm, dass sie vor allem eines brauchte. Zeit. Zeit, sich an ihr neues Leben zu gewöhnen. Zeit, um herauszufinden, wer sie war, ohne die destruktive Präsenz ihrer Mutter im Nacken sitzen zu haben. Ohne sich täglich um ihren Sohn kümmern zu müssen.

Das ganze vergangene Jahr hatte er sich gefragt, wie es ihr wohl ging. Dutzende Male hatte er angefangen, ihre Nummer zu wählen, nur um im letzten Moment das Telefon entschieden zur Seite zu legen. Er hatte sich geschworen, geduldig zu sein.

Abzuwarten, ob sie sich vielleicht bei ihm melden würde. Doch je mehr Zeit verstrichen war, desto größer wurde seine Ungeduld. Schließlich, als sich immer mehr herauskristallisierte, dass er nie mehr an einem Wettkampf teilnehmen würde, war in ihm der Entschluss gereift, nach Independence zurückzukehren. Er wollte persönlich in Erfahrung bringen, ob es für ihn und Susan eine Chance gab.

Ihm war klar, dass es nicht einfach werden würde. Susan war fest davon überzeugt, dass sie in keiner Hinsicht zusammenpassten. Ihre größte Sorge war der Altersunterschied. Sie war rund zehn Jahre älter als er. Ihn kümmerte das überhaupt nicht. Sie allerdings schon. Wobei er sich nicht sicher war, ob sie sich selber als „zu alt" empfand oder ob sie hauptsächlich unter dem Getratsche litt. Letzteres war er sich sicher, bewältigen zu können. Leider hatte er den Verdacht, dass seine erste Vermutung der auschlaggebendere Grund war.

Sie hatte die absurde Vorstellung, dass er einfach mit dem Finger schnippen konnte, um jede beliebige Frau zu haben. Zu seinen Zeiten als prominenter und vor allem erfolgreicher Sportler war zum Teil sogar etwas Wahres dran gewesen. Sie vergaß dabei allerdings, dass keine dieser Frauen wie sie war. Er träumte nicht von irgendwelchen gesichtslosen und austauschbaren Skizirkus-Häschen, die damit angeben wollten, einen Sportler im Bett gehabt zu haben. Sondern von einer sehr attraktiven und liebenswerten Frau, die sein Blut mit einem einzigen Blick unter ihren langen Wimpern zum Kochen bringen konnte. Zufälligerweise war sie vierzig. Na und?

Champion umkreiste ihn bellend. Anscheinend hatten ihn seine Gedanken wieder langsamer werden lassen. Oder vielleicht lag es auch nur an der Tatsache, dass das letzte Stück sehr steil war. Er biss die Zähne zusammen und wischte sich den Schweiß von der Stirn, bevor er das letzte Stück erklomm. Höchstens noch zehn Minuten. Dann würde ihn der Ausblick vom Gipfel für die ganzen Strapazen entschädigen und ihn daran erinnern, weshalb er sich die ganze Plackerei überhaupt antat.

*

Susan Montgomery schlug ihre Rechnungsbücher zu. Es hatte sich gelohnt, den oberen Stock unterzuvermieten. Mia Burrow war Ärztin und hatte vor einigen Monaten zusammen mit ihrem Bruder eine Praxis in Independence eröffnet. Zufälligerweise hatte sie im Diner eine Unterhaltung mitgehört, während der die lebhafte Frau mit den asiatischen Gesichtszügen Miss Daisy, einer der Inhaberinnen des Diners und des angeschlossenen Bed & Breakfast, ihr Leid geklagt hatte.

Zu diesem Zeitpunkt arbeitete sie nicht nur mit ihrem Bruder in der Praxis, sondern wohnte auch mit ihm zusammen in einer winzigen Wohnung. Anscheinend stellten seine Angewohnheiten ihre Geduld auf eine harte Probe.

„Ich hatte ganz vergessen, was für ein Chaot mein kleiner Bruder ist", hatte sie gestöhnt. „Überall liegen feuchte Handtücher und einzelne Socken rum. Sein Hund Spartacus, ein vier Monate alter Parson-Shar-Pei-Molosser-Mix, verliert Haare, als wäre sein erklärtes Ziel, ein Nackthund zu werden. Zudem frisst er alles, was ihm zwischen die Zähne kommt. Vorzugsweise Schuhe. Meine Schuhe!"

Als Miss Daisy mitfühlende Geräusche gemacht und nachgehakt hatte, ob sie tatsächlich eine Wohnung suchte, war Susan zum ersten Mal die Idee gekommen, das halbe Haus unterzuvermieten. Zwar lief ihr Keks-Catering-Business gut. Auch die CBD-Leckerlis für Tiere, die sie für Ian Greene produzierte, spülten ihr einen schönen Profit in die Tasche. Allerdings brauchte sie dafür eigentlich eine neue Maschine. Ihr Haus war im Prinzip sowieso viel zu groß für sie, seit ihre Mutter im Gefängnis saß und ihr Sohn am College war. Wieso also nicht einen Untermieter nehmen?

In einer für sie gänzlich untypischen Reaktion hatte sie die Ärztin spontan am Ärmel berührt. Mia Burrow hatte sich umgedreht und ihr ein fragendes, aber freundliches Lächeln geschenkt. Sie musste selber lächeln, als sie sich erinnerte, wie holperig diese Unterhaltung anfangs gewesen war.

„Ja?"

„Ich habe gehört, dass du eine Wohnung suchst", war sie herausgeplatzt.

Mias Blick war vorsichtig geworden, als wäre sie es nicht gewohnt, dass jemand so unverblümt zugab, gelauscht zu haben. Die Arme, hatte sie noch mitfühlend gedacht. Sie würde bald merken, dass es ein aussichtsloses Unterfangen war, private Sachen privat halten zu wollen. Was anderswo als Privatsphäre akzeptiert wurde, galt in Independence als Allgemeingut. Das Diner im Speziellen war so etwas wie die örtliche Klatschzentrale. Die Disney Sisters rühmten sich, immer über alles Bescheid zu wissen, vorzugsweise früher als alle anderen.

„Das ist richtig", hatte sie schließlich geantwortet. „Weißt du etwas?"

„Ähm, also … es ist so. Ich habe ein riesiges Haus. Wenn du möchtest, könntest du den oberen Stock für dich haben. Die Küche müssten wir uns teilen."

„Und das Bad?"

„Hättest du ein eigenes."

„Hm."

„Komm doch einfach vorbei, wenn du Zeit hast. Zum Beispiel morgen Nachmittag? Ich habe keinen Hund. Nur zwei Katzen. Haare verlieren sie zwar auch. Ansonsten sind sie aber sehr zurückhaltend."

Mia hatte gelacht und versprochen, sich das Haus anzusehen.

Zu diesem Zeitpunkt hatte Susan nicht realisiert, dass sie einsam war. Das war erst später geschehen. Am nächsten Tag, nachdem Mia zugestimmt hatte, probehalber zu ihr zu ziehen.

Die Erleichterung darüber war so groß gewesen, dass sie sich erst einmal hinsetzen musste, als Mia wieder gegangen war. Geschockt über ihre eigene, so ungewohnt emotionale Reaktion, hatte sie sich den Luxus gegönnt, ehrlich zu sich selber zu sein.

Dass ihre Mutter nicht mehr da war, war eine riesige Erleichterung, auch wenn diese Erkenntnis ihr immer Schuldgefühle verursachte. Aber es war eine Tatsache. Seit dem Tag, an dem sie verhaftet worden war, fühlte sie sich, als hätte sich eine dunkle Wolke über ihrem Kopf verzogen. An ihrer Abwesenheit konnte es also nicht liegen.

Tony vermisste sie natürlich. Ihr Küken hatte sich zu einem Schwan beziehungsweise brillanten jungen Mann entwickelt, der seine Zeit am College genoss. Seine Gesellschaft fehlte ihr. Sein lockerer Humor, die gemeinsamen Mahlzeiten, einfach das Wissen, dass er abends wieder nach Hause kommen würde. Gleichzeitig akzeptierte sie, dass es der Lauf der Dinge war, dass die Kinder das elterliche Nest verließen. Sie gönnte ihm seine neue Selbständigkeit von Herzen.

Aber sie vermisste auch Henrik. Das hatte sie sich bis jetzt nie eingestanden. Henrik, der es geschafft hatte, dass sie sich begehrenswert fühlte, auch wenn sie wusste, dass ihre Affäre nicht von Dauer sein konnte. Zum einen war er viel zu jung. Sie war gut zehn Jahre älter als er. Möglich, dass sie ihm im Moment gefiel. Aber während Männer unfairerweise mit dem Alter meist attraktiver wurden, würde sie immer mehr verfallen. Kombiniert mit der Tatsache, dass er jetzt schon verdammt gut aussah und sie bestenfalls als mittelmäßige Erscheinung durchging, war Liebeskummer vorprogrammiert. Zumindest auf ihrer Seite. Deshalb war sie froh, dass ihn seine Karriere gezwungen hatte, Independence zu verlassen. Das versuchte sie sich zumindest einzureden. Aber in diesem schwachen Moment gönnte sie sich zehn Minuten, in denen sie ihn aus ganzem Herzen vermisste.

Anschließend hatte sie sich die Nase geschnäuzt, sämtliche Erinnerungen an ihn verdrängt, darin hatte sie inzwischen mehr als genug Übung, und hatte sich an die Arbeit gemacht. Zum Glück war sie selbständig. Es gab immer mehr als genug zu tun, um sich von seinen Gefühlen abzulenken.

Ihr Blick schweifte aus dem Fenster. Bis jetzt hatte diese Taktik hervorragend funktioniert. So gut, dass sie sich tatsächlich eingebildet hatte, über ihn hinweg zu sein. Sie lachte freudlos. Das hatte sich allerdings innerhalb von Sekunden als Trugschluss erwiesen, als Tony ihr erzählt hatte, dass Henrik in ihre kleine Stadt zurückkehren würde.

Was sollte sie jetzt nur machen? Nicht genug, dass seine Anwesenheit ihre längst überwunden geglaubten Gefühle weckte, hatte sie noch dazu massiv zugenommen, seit sie ihn das letzte Mal gesehen hatte. Wahrscheinlich würde er sie aktuell gar nicht wiedererkennen. Oder zumindest so tun, als würde er sie nicht sehen. Wenigstens das kam ihr entgegen. Sie hatte nämlich vor, so gut wie unsichtbar zu sein, was ihn anging.

Mia streckte den Kopf ins Zimmer.

„Ich muss nochmals zurück in die Praxis. Soll ich uns etwas zu essen mitbringen, wenn ich nach Hause komme?"

Essen. Alleine der Gedanke daran ließ Übelkeit in ihr aufsteigen. Noch mehr Kalorien, die sich ohne Umweg auf ihren Hüften niederlassen würden.

„Lieber nicht", antwortete sie deshalb. „Ich habe schon etwas gegessen", log sie.

Mia musterte sie besorgt. „Du weißt schon, dass dein Körper Treibstoff braucht, um richtig zu funktionieren?"

Susan schnaubte verächtlich.

„Doch, wirklich", beharrte Mia. „Auch der Stoffwechsel."

Mia betrachtete ihre Vermieterin, die inzwischen eine Freundin geworden war, kritisch. Unter den Augen lagen dunkle Ringe. Sie wirkte oft müde und abgeschlagen, auch wenn sie unermüdlich arbeitete. Wenn sie ehrlich war, machte sie sich ernsthaft Sorgen um sie.

„Mein Stoffwechsel. Ich glaube nicht, dass ich einen Stoffwechsel habe“, spekulierte Susan laut.

„Jeder hat einen Stoffwechsel“, antwortete Mia ernst. „Nur scheint deiner gerade ein wenig Schwierigkeiten zu haben, seine Arbeit zu verrichten.“

Susan winkte ab. „Das ist halt einfach so.“

Streng schaute Mia sie an. „Nein, das ist nie einfach so. Glaub mir, das haben wir tatsächlich im Studium gelernt. Wieso kommst du die Tage nicht einfach zu mir in die Praxis und wir machen ein paar Tests?“

Susans Gesichtsfarbe nahm eine grünliche Färbung an. „Tests?“, quiekte sie.

„Bluttests. Nur ein kleiner Pieks, die Meinung eines spezialisierten Labors und wir wissen mehr.“

„Ich denke nicht. Bestimmt renkt sich das alles bald wieder ein“, murmelte Susan, auch wenn sie selbst nicht mehr daran glaubte.

Ihres Wissens ernährte sie sich nicht anders als letztes Jahr. Und trotzdem nahm sie zu, als würde sie den ganzen Tag nur Süßigkeiten in sich hineinstopfen.

Mia warf einen Blick auf die schmale Uhr an ihrem Handgelenk.

„Du hast Glück, ich muss los. Aber glaub nur nicht, dass dieses Gespräch zu Ende ist. Darüber sprechen wir noch einmal.“

Oder auch nicht, nahm sich Susan vor. Sie musste einfach aufpassen, dass sie das nächste Mal selber einen dringenden Termin hatte, wenn das Gespräch sich dem Thema ihres Stoffwechsels zuwandte.

*

Champion lag neben dem Billardtisch am Boden und kaute auf einem getrockneten Schweineohr herum, während sein Herrchen sich mit Mouse und Ian ein Spiel lieferte. Mouse war

Astrid Stones Freund. Durch ihre Arbeit in der Apotheke war Henrik Astrid öfter begegnet. Seine Einsamkeit und der Fakt, dass sie sehr gut aussah, hatten ihn dazu veranlasst, die Apothekerin zu fragen, ob sie mit ihm ausgehen würde. Leider hatte sie schon damals nur Augen für Mouse gehabt. Inzwischen waren sie alle gut befreundet.

Henrik plante gerade seinen nächsten Zug, als Mouse ihn unvermittelt fragte: „Hast du Susan schon gesehen, seit du zurück bist?"

Prompt rutschte Henriks Queue an der Kugel ab. „Verdammt! Mit dieser Frage hast du extra gewartet, bis ich zum Stoß ausgeholt habe", beschuldigte er Mouse.

Mouse grinste und stellte sich am Tisch in Position. „Aber sicher doch. Zudem laufen bereits Wetten, ob ihr wieder zusammenkommt. Die Leute sind schon frustriert, weil ihr noch nicht zu zweit gesichtet wurdet."

„Sprecht ihr von meiner Susan?", fragte Ian verwundert.

Henriks Kopf schoss hoch. Er kannte Ian nicht sehr gut. Er wusste nur, dass er in einem der Trailerparks wohnte, seit Kurzem sehr erfolgreich legalen Hanfanbau betrieb und aus den Erträgen CBD-haltige Ergänzungsfuttermittel für Haustiere produzierte. Bis vor einer Sekunde hatte er das alles sehr spannend gefunden. Jetzt allerdings, nach der Verwendung des Possessivpronomens im Zusammenhang mit Susans Namen, musste er sich zurückhalten, um sich nicht auf den anderen Mann zu stürzen. Glücklicherweise gelang ihm das. Er war sich nämlich nicht sicher, ob er den anderen, der ein wahrer Hüne war, tatsächlich hätte überwältigen können.

„O-o, ich glaube, du hast gerade den Bären gereizt", witzelte Mouse.

Ian runzelte die Stirn.

„Kann mir einer verraten, um was es hier wirklich geht?"

„Ist sie deine Freundin?", presste Henrik zwischen zusammengebissenen Zähnen hervor. Er würde sich für sie freuen.

Ganz bestimmt. Nächstes Jahr oder so. Im Moment war er noch nicht dazu in der Lage.

„Freundin?“, wiederholte Ian wie ein Papagei, während Mouse in schallendes Gelächter ausbrach.

„Ich weiß nicht, was es da zu lachen gibt. Schließlich hast du sie gerade ‚deine Susan‘ genannt.“

Jetzt ging auch Ian ein Licht auf. „Ach so. Und da dachtest du …“ Kopfschüttelnd griff er nach der Kreide und rieb die Spitze seines Queues ein. „Sie ist nicht meine Freundin.“

„Ach? Nur ein netter Zeitvertrieb?“

Wieder musste er sich stark zurückhalten, um nicht auf den anderen loszugehen.

„Krieg dich wieder ein, Mann! Sie ist meine Keks-Produzentin. Wir machen Geschäfte miteinander. Nichts anderes. Da hätte Marley bestimmt etwas dagegen.“ Er lächelte versonnen, als er an seine Freundin dachte. Es war unübersehbar, dass er sehr verliebt war.

Prompt fühlte sich Henrik wie ein Idiot.

„Sorry, ich … Sorry“, entschuldigte er sich lahm.

„Vergiss es“, sagte Ian und winkte ab. „Aber ganz ehrlich, worauf wartest du noch?“

Das fragte Henrik sich auch. Dieses Warten, dass er ihr zufällig über den Weg lief, wurde langsam lächerlich. Sie waren beide erwachsene Menschen. Eine Aussprache würden sie wohl noch hinkriegen. Durch diesen Entschluss von neuer Energie erfüllt, griff er nach seinem Queue. Morgen schon würde er sich auf die Suche nach ihr machen und nicht lockerlassen, bis er sie gefunden hatte!

Preview
Die Drachenschwestern

(Band 1 der Drachenromane)

Kapitel 1

„Mist, verdammter!", rief Kaja aus und trat zornig das Gaspedal durch. Doch es half alles nichts. Mit einem letzten Röcheln kam der kleine graue Peugeot zum Stehen und machte keinen Mucks mehr. Zorro, Kajas dreijähriger Husky-Schäfermischling, kläffte aufgeregt.

„Sei still, Zorro! Ich kann jetzt nicht auch noch dein Gebell brauchen, ich habe auch so schon keine Nerven mehr…", schimpfte Kaja entnervt. Was war bloß mit Zorro los?, schoss es Kaja durch den Kopf. Seit ihrem überstürzten Aufbruch von Zuhause war der Hund nicht zu beruhigen und hatte auf der ganzen Fahrt aufgeregt gewinselt. Kaja konnte sich keinen Reim darauf machen. Klar, sie war selbst angespannt und erschöpft, doch Zorro begleitete sie überallhin und war an ihr chaotisches Leben gewöhnt – das konnte es also nicht sein. Müde lehnte sie sich im Sitz zurück und versuchte, sich die Anspannung aus dem Gesicht zu reiben. Prompt schob Zorro aufgeregt seine nasse Schnauze in ihr Ohr und versuchte, Kajas Aufmerksamkeit zu bekommen. „Was ist denn, mein Großer? Willst du ein Stück von meinem Müsliriegel?" Automatisch hatte sie zu ihrer Notfallverpflegung, einem Müsli-Schokoladeriegel, gegriffen – sie war der festen Überzeugung, dass Schokolade weniger ungesund war in Kombination mit Getreide – und biss heißhungrig ein Stück ab. Gleichzeitig bot sie ihrem tierischen Gefährten etwas davon an. Doch zu ihrer Überraschung ignorierte der Hund diesen sonst so heißgeliebten Leckerbissen und fing wieder an zu fiepen. Ratlos beobachtete Kaja Zorro und begann, sich ernsthaft Sorgen zu machen, dass mit dem Hund etwas nicht stimmte. Unmittelbar danach fiel ihr allerdings wieder ein, in welcher Situation sie sich befand, und ihre Gedanken schweiften ab.

„Du brauchst dich nicht aufzuregen, du kleines Fellbündel, sie sieht mich nicht. Auch wenn ich hoffe, dass sich das bald ändert."

Zorro ließ sich von dieser Aussage jedoch nicht beruhigen und fing an zu knurren: „Was soll das heißen, sie sieht dich nicht? Mich sieht sie doch auch. Verstehen tut sie mich auch die meiste Zeit!"

„Aber jetzt hört sie dir ja auch nicht zu. Sie hat zu viele andere Dinge im Kopf. Deshalb hört und sieht sie nicht richtig hin." Der Drache schien das ganze Auto auszufüllen. Zorro heulte nochmals auf, in dem verzweifelten Versuch, Kaja auf das Ungetüm aufmerksam zu machen, und rollte sich dann resigniert ganz nah bei der Tür zusammen, möglichst weit weg von den glänzenden blauen Schuppen.

Kaja versuchte inzwischen, möglichst nüchtern ihre Situation zu analysieren, um nicht laut loszuschreien. Sie saß hier mitten in der Pampa in Südfrankreich fest, mit nur noch drei Müsliriegeln und einem Hund, der offensichtlich seinen Verstand verloren hatte. Die gute Nachricht war, dass es nur noch ca. 5 km bis zum Dorf ihrer Oma waren. Die schlechte Nachricht allerdings war, dass sie nach der durchwachten Nacht und der langen Autofahrt wirklich keine Lust hatte, eine Wandertour zu unternehmen. Dazu kam, dass unterdessen ein für diese Region typischer Nieselregen eingesetzt hatte und die grauen Wolken nicht unbedingt dazu beitrugen, ihre Stimmung zu verbessern. Aber es half alles nichts. Im Auto herumzusitzen brachte sie auch nicht weiter. Kaja stopfte den Rest ihrer Notfallration in ihre ausgebeulte Reisetasche, die sie heute Morgen in aller Hast völlig kopflos gepackt hatte. Sie hatte keine Ahnung, ob sie einen Regenschutz mitgenommen hatte. Sie vermutete, eher nicht. Das Einzige, was sie mit Bestimmtheit sagen konnte, war, dass Zorros Futter, sein Fressnapf und seine Schlafdecke mit dabei waren. „Naja, wenigstens dem Hund fehlt es an nichts", musste sie innerlich schmunzeln. Sie zog sich die Kapuze ihres Pullovers über den Kopf und ihre Jacke darüber. Schließlich öffnete sie die Autotür, stieg aus und zerrte die Tasche vom Beifahrersitz. Zorro flitzte wie der Blitz über die Mittelkonsole zur offenen Tür hinaus und Kaja knallte, ihrer Stimmung entsprechend, die Autotür des klapprigen Peugeots heftig zu.

„Autsch!"

Kajas Kopf schnellte herum. „Was war das denn? Zorro? Alles in Ordnung mit dir?" Aufgeregt begann der Hund an ihr hochzuspringen, in der festen Überzeugung, Kaja hätte den blinden Passagier endlich entdeckt – doch Fehlanzeige. Kaja kraulte nur sein Ohr und meinte: „Ich muss wirklich übermüdet sein – jetzt dachte ich schon, ich hätte dich sprechen gehört." Geistesabwesend packte sie ihre schwere Tasche auf die Motorhaube und begann, das Durcheinander darin nach einem Regenschutz zu durchsuchen.

Der Drache grinste Zorro an, der ihn wütend ansah. „Ich hab's dir doch gesagt, Kleiner – das dauert noch ein Weilchen, bis sie mich sieht."

Zorro knurrte zurück: „Nenn mich nicht Kleiner. Und überhaupt, was schreist du dann ‚Aua', wenn du weißt, dass sie dich nicht hören kann!"

„Na hör mal, sie hat meinen Schwanz in der Tür eingeklemmt! Auch wir Drachen schätzen es, wenn man uns die Tür aufhält", entrüstete sich der Drache.

„Scheint ja überflüssig zu sein", meinte der Hund, „schließlich bist du jetzt trotzdem draußen."

„Klar, ich als höhere Energieform brauche keine Türen – aber bequemer ist es allemal. Und überhaupt, wenn ich mich darauf einstelle, durch eine Tür zu gehen und die dann plötzlich zu ist, ist das sehr unangenehm“, lamentierte der Drache und fing an zu schmollen. Zorro wurde es jetzt definitiv zu blöd, mit diesem schillernden, blauen Etwas zu diskutieren, und er beschloss, es Kaja gleichzutun und den Drachen erst mal zu ignorieren.

Kaja hatte inzwischen ihre Tasche fertig inspiziert, leider wenig erfolgreich. Der Regen war stärker geworden, und so schloss sie ihre Windjacke bis zum Hals und versuchte sich einzureden, dass Regen ja bekanntlich schön machen sollte. „Wer sich das ausgedacht hat, muss zu dieser unausstehlichen, ewigen Positiv-Denker-Vereinigung gehören“, schimpfte sie leise vor sich hin. „Ich würde gerade liebend gern hässlich und dafür trocken bleiben.“ Plötzlich musste sie trotz allem grinsen. Wenn sie es genau betrachtete, ging es ihr in diesem Moment besser als all die Wochen zuvor in Zürich. Sie hatte keinen Stress, niemand war da, der ihr sagte, sie müsse sich beeilen und bitte an die nächste Deadline denken. Die Luft roch nach feuchter Erde und sommerlich nach frischen, nassen Kräutern und Gras, und Zorro schien sich auch beruhigt zu haben. In eindeutig gehobener Stimmung schulterte sie ihre schwere, alte Tasche und pfiff Zorro zu sich, der keine Zeit verloren hatte, die Wiese am Straßenrand auf der Spur einer der zahlreichen Feldmäuse umzugraben.

„Los, Zorro, wir machen uns auf den Weg zu Mémé. Dort warten schon die Mäuse im Garten auf dich“, rief Kaja und fing an, die Straße entlangzulaufen. Der Name ‚Mémé’ für ihre Oma stammte aus ihrer Kindheit. Sie hatte als kleines Mädchen das Wort ‚Grandmère’ einfach nicht hingekriegt, und so war es bis heute bei Mémé geblieben. Zorro warf einen letzten wehmütigen Blick auf sein aktuelles Mauseloch und beeilte sich dann, sein Frauchen einzuholen. Allerdings nicht ohne im

Vorbeirennen noch schnell den verhassten Drachen anzuknurren, der sich ebenfalls anschickte, mit ihnen mitzugehen. Offensichtlich plante der Drache, ein Weilchen zu bleiben.

*

Preview
Das Drachenmädchen

(Band 4 der Drachenromane)

Kapitel 1

Luna-Maie keuchte, als sie über die Wiese rannte. Ein schneller Blick über die Schulter verriet ihr, dass sie ihren Vater fürs Erste abgeschüttelt hatte. Nicht, dass ihr das viel nützen würde. Sie konnte ihm nicht für immer aus dem Weg gehen. Wollte sie auch gar nicht. Er hatte nur einen äußerst ungünstigen Moment gewählt, um mit ihr über die aktuellen Schulnoten zu sprechen. Sie verstand, dass er ihre Noten besorgniserregend fand. Ihr passte es auch nicht, dass sie die letzten zwei Prüfungen dermaßen verhauen hatte. Leider hatten sich andere Ereignisse, die ihre Aufmerksamkeit erforderten, in den letzten Wochen dermaßen überschlagen, dass sie einfach keine Zeit gehabt hatte zu lernen. Genau, wie sie heute keine Zeit gehabt hatte, mit ihrem Vater in Ruhe ein Gespräch zu führen.

Endlich bei dem Aussichtspunkt auf dem Hügel angekommen, wo der uralte Apfelbaum stand, streifte sie sich ungeduldig ihren Anhänger über den Kopf, den sie an einem langen Lederband um den Hals trug, und atmete tief durch.

Luna-Maie, erklang eine besorgte Stimme in ihrem Kopf.

Nicht jetzt, gab sie erbost und ebenso lautlos zurück. Hatte sie denn nie ihre Ruhe? Zwischen ihren Eltern und den anderen Freunden und Verwandten, die mit ihnen in einer Hofgemeinschaft auf dem Randen wohnten, ganz zu schweigen von den drei Drachen, die sich überall einmischten, war es manchmal wirklich schwierig, ein wenig Privatsphäre zu finden. Ein deutliches Hindernis für ihre Mission, die sie neuerdings verfolgte.

Sie breitete die Arme aus und ließ dabei den Anhänger in ihrer Hand achtlos zu Boden fallen. Ein kurzes Stoßgebet an die zuständigen Drachengötter murmelnd, schloss sie die Augen und sprang.

Für einen bangen Moment, der wie eine Ewigkeit zu dauern schien, befürchtete sie, dass heute der Tag war, an dem die seltsame Drachenmagie, die sie ihr Leben lang begleitet hatte, ihren Geist aufgab. Erleichtert nahm sie das Prickeln wahr, das jede Wandlung begleitete, und streckte ihre Flügel aus. Wie immer verspürte sie eine überbordende Euphorie, als sie die Winde nutzte und auf ihnen in Richtung Tal segelte. Die rosa- und silberfarbenen Schuppen, die ihren langen Nacken entlang verliefen, sträubten sich. Sie reckte ihren Hals und erhaschte einen Blick auf ihren Vater, der neben dem Apfelbaum stand.

Zum Glück konnte er sie nicht sehen, beruhigte sie sich. Sie konnte nur hoffen, dass er ihre fadenscheinige Erklärung, die sie sich erst noch ausdenken musste, akzeptieren würde.

Nach fünfzehn Jahren konnte sie ihm schließlich schlecht offenbaren, dass seine Tochter eigentlich ein Drache war. Zumindest die Hälfte der Zeit. Irgendwie hatte sie das unangenehme Gefühl, dass er diese Neuigkeit nicht sehr gut aufnehmen würde.

*

Das Herz schlug Mathias bis zur Brust, als er die kleine Anhöhe bis zum alten Apfelbaum hinauf sprintete. Er hatte seine Tochter zwischen dem Obstgarten und der Pferdeweide aus den Augen verloren, bis er sie endlich dort oben entdeckt hatte. Als er sah, wie sie die Arme ausbreitete, als wollte sie in die Tiefe springen, blieb ihm fast das Herz stehen. Verzweifelt rief er ihren Namen, doch der Schreck reduzierte seine Stimme zu einem Krächzen. Er blinzelte und verlangsamte seine Schritte. Wo war sie hin? War sie tatsächlich gesprungen? Eiseskälte breitete sich in seiner Brust aus und drohte ihn zu lähmen. Er riss sich zusammen und schüttelte die aufsteigende Panik ab. Sicherlich hätte er gesehen, wenn sie tatsächlich gesprungen wäre. Probeweise blinzelte er ein paar Mal, um sicherzugehen, dass seine Augen noch funktionierten.

Endlich hatte er den höchsten Punkt erreicht. Aufs Schlimmste gefasst, riskierte er einen Blick in die Tiefe. Erleichtert stellte er fest, dass Luna-Maies Körper nirgends zu sehen war. Aber irgendwo musste sie doch sein? Irritiert über die Kapriolen des Teenagers suchte er prüfend die Umgebung ab. Wo zum Teufel war sie nur hin? Als sein Blick über das hohe Gras streifte, blendete ihn etwas. Er bückte sich nach dem glänzenden Gegenstand, auf dem das Sonnenlicht reflektierte.

*

Ramiro, der grüne Drache, der eigentlich für Sierra, Luna-Maies Tante, zuständig war, inoffiziell aber die Aufpasser-Rolle für die kleine Luna-Maie übernommen hatte, trat schleunigst den Rückzug an, als er sah, was Mathias da in die Hände gefallen war. Rein theoretisch hieß es, dass Männer nicht in der Lage waren, Drachen wahrzunehmen. Drachenstein hin oder her. Doch im Zusammenhang mit den Drachenschwestern schienen einige der bislang geltenden Drachenregeln ihre Richtigkeit verloren zu haben, sodass er lieber kein Risiko eingehen wollte. Seine Drachenfreunde wären bestimmt stolz auf ihn, wenn sie wüssten, wie umsichtig er sich verhielt.

Das wundert mich gar nicht. Du warst immer schon gut darin, deine eigene Haut zu retten, drang prompt Lance' Stimme an sein Ohr.

„Das ist wieder einmal typisch, dass mir sofort niedere Beweggründe unterstellt werden“, protestierte Ramiro laut und materialisierte sich in einem grünen Funkenregen neben Lance auf dem Aussichtsturm.

„Ich hätte es auch hilfreicher gefunden, wenn du geblieben wärst“, ließ ihn Maxi spitz wissen. Die violette Drachin saß auf dem Geländer und ließ ihren langen, violetten Schwanz ungeduldig hin und her schnellen. „Dann wüssten wir jetzt wenigstens, auf welches Desaster wir uns einstellen müssen. So sitzen wir im Ungewissen, bis Luna-Maie am Abend heimkommt.“

„Falls sie überhaupt wieder kommt“, antwortete Ramiro betont düster.

Ihre mit langen, schwarzen Wimpern umrandeten reptilienhaften Augen weiteten sich erschreckt.

„Was willst du damit andeuten? Ist sie etwa in Gefahr?“

Es war so einfach, die Alten aus der Ruhe zu bringen, dachte Ramiro und verdrehte gelangweilt die Augen.

„Hör nicht auf ihn. Er will dir nur Angst einjagen“, erklärte Lance und faltete seine blau schillernden Flügel enger an den Körper. Die Autorität des älteren Drachen war deutlich hörbar.

Ramiro knirschte mit den Zähnen.

„Können wir uns endlich dem dringenden Thema zuwenden?“

„Welchem denn?“, fragte Lance und hob provozierend eine Augenbraue.

Diese Mimik hatte er im Laufe seines langen Drachenlebens perfektioniert. Wie immer verfehlte sie ihre Wirkung nicht und ärgerte den jüngeren Drachen kolossal. Er zwang sich jedoch, der Verlockung, dem Älteren ins Gesicht zu springen, zu widerstehen.

„Ich glaube wirklich, dass die Gefahr besteht, dass Mathias uns Drachen sehen kann, wenn er den Stein anfasst.“

„Papperlapapp! Jeder frisch geschlüpfte Drache weiß, dass Männer nicht in der Lage sind, Drachen zu sehen“, mischte sich Maxi ein.

„Völlig ausgeschlossen“, stärkte ihr Lance den Rücken.

„Aber wenn ich es doch sage!“

„Hast du irgendeinen Beweis für diese ungeheuerliche Behauptung?“, wollte Lance wissen.

„Ähm, nein. Nicht wirklich. Es war nur so ein Gefühl, das ich hatte, als Mathias den Drachenstein aufgelesen hat.“

„Ein Gefühl“, kicherte Maxi, während Lance ihm überheblich den Arm tätschelte.

„Das sind die Hormone, Jungchen. Such dir besser mal wieder ein Drachenweibchen zum Spielen.“

Ramiro stieß einen orange und grün gefärbten Feuerball aus. „Bleibt mir bloß vom Leib. Wenn ihr nicht auf mich hören wollt, ist das euer Problem. Aber ihr müsst nicht meinen, dass ihr später zu mir kommen könnt mit eurem Gejammer, wenn es sich herausstellt, dass ich recht habe.“

Wutentbrannt wirbelte er herum und erhob sich dramatisch in die Lüfte.

Eingebildetes Pack!, dachte er. Aber denen würde er es schon noch zeigen.

Das haben wir gehört, ließ ihn Maxi telepathisch wissen.

Verächtlich schnaubend stieß er die Luft aus. Grüngoldene Rauchschwaden strömten aus seinen Nüstern. Er hatte jetzt keine Zeit für einen verbalen Wettstreit. Luna-Maies Sicherheit stand auf dem Spiel. Und vielleicht sogar die gesamte Drachenexistenz, fügte er in einem Anflug von Melodramatik hinzu.

Unter ihm schauten ihm die zwei anderen Drachen besorgt nach.

„Was ist, wenn er recht hat?“, wollte Maxi wissen.

„Lass dich von ihm nicht verrückt machen. Er will sich nur wichtig machen. Die Aussagen in den alten Schriften sind ganz eindeutig.“

Maxi sagte nichts mehr, auch wenn sie das ungute Gefühl hatte, dass es nicht ganz so einfach sein würde, wie Lance es darstellte. Sie erinnerte sich deutlich daran, dass beim Schreiben der neuen Drachengesetze einige alte Legenden geflissentlich unter den Tisch fallen gelassen worden waren. Über einige davon waren sie bereits gestolpert. Die Drachenschwestern und die Existenz des Drachenkinds waren der lebende Beweis dafür.

*

Neugierig griff Mathias nach dem glänzenden Objekt in der Wiese. War das nicht Luna-Maies Anhänger? Der, den sie immer, ohne Ausnahme trug, seit sie ein kleines Kind war? Behutsam fuhr er mit dem Daumen über die weiß glänzende Oberfläche. Seltsam. Das Lederband war gar nicht gerissen. Es sah ganz danach aus, als hätte seine Tochter den Stein bewusst abgelegt. Unmittelbar, bevor sie vom Erdboden verschwunden war.

Den Anhänger in der Hand, warf er noch einmal einen Blick in die Tiefe, um sicherzugehen, dass sie nicht doch irgendwo bewusstlos auf den Felsen lag. Erleichtert stellte er fest, dass sein erster Eindruck ihn nicht getrogen hatte. Von Luna-Maie war keine Spur zu sehen. Das beantwortete nur leider nach wie vor nicht die Frage, wo sie denn steckte. Weiter unten, schon fast im Tal, erregte eine Bewegung seine Aufmerksamkeit. Was war denn das? Ein Raubvogel? Der Größe nach musste es sich fast um einen Bartgeier handeln. Obwohl ihm bekannt war, dass die Auswilderungsprogramme der letzten zwanzig Jahre erfolgreich gewesen waren, war ihm nicht bewusst gewesen, dass die Vögel so weit von ihrem natürlichen Lebensraum, den Alpen, abschweiften. Unwillkürlich verstärkte er den Griff um den Stein in seiner Hand. Augenblicklich wurden die Umrisse des vermeintlichen Vogels klarer, als hätte jemand eine Linse scharf eingestellt. Fast hätte er den Halt unter den Füßen verloren, so schockte ihn der Anblick. Was dort durch die Lüfte segelte, war definitiv kein Geier, sondern eine ganz andere Kreatur. Ein mittelalterlicher Drache, der direkt aus Grimms Märchen entsprungen schien. Obwohl er noch nie in seinem Leben ein solches Tier gesehen hatte – bis vor zwei Sekunden hätte er sogar überzeugt behauptet, dass Drachen ins Gebiet der Mythologie, sprich der Fantasie gehörten – kam ihm etwas an dem mystischen Wesen seltsam vertraut vor.

Bevor er jedoch die Gelegenheit hatte, diese seltsame Tatsache näher zu betrachten, wurde er abgelenkt. Ein unvermittelter Schmerz in seiner Handfläche beanspruchte seine ganze Aufmerksamkeit. Der Anhänger in seiner Hand schien plötzlich eine ungewöhnliche Hitze zu entwickeln und brannte sich in die Haut. Fluchend ließ er den Stein fallen und wedelte hektisch mit der Hand in der kühlen Herbstluft, um den Schmerz zu lindern. Immerhin war so wenigstens die Frage beantwortet, ob er träumte, dachte Mathias grimmig, denn diese Möglichkeit war ihm vorhin bei seiner unglaublichen Entdeckung kurz durch den Kopf geschossen. Doch der leuchtend rote, ovale Fleck, wo der Stein seine Haut versengt hatte, sprach eine deutliche Sprache. Wie hielt seine Tochter das nur aus? Auf sie schien er offensichtlich nicht dieselbe Wirkung zu haben.

Apropos Luna-Maie. Wo steckte sie nur? Das wusste er immer noch nicht. Intuitiv schaute er sich abermals nach dem fantastischen Anblick des Fabelwesens um. Doch außer eines vagen Schattens, der genauso gut von einem großen Vogel stammen konnte, sah er nichts Ungewöhnliches. Er blinzelte ein paar Mal und schüttelte leicht den Kopf, als könnte er so das Gefühl der Unwirklichkeit loswerden. Geistesabwesend strich er sich mit der Fingerspitze des Mittelfingers über die immer noch leicht brennende Handfläche. Was es nur mit diesem Stein auf sich hatte? Von einer plötzlichen Ahnung geplagt bückte er sich erneut nach der Kette und hob sie vorsichtig am Lederband auf. Ein Blick ins Tal verriet ihm, dass der vage Schatten gerade noch zu sehen war. In ein paar Sekunden wäre er ganz verschwunden. Beherzt griff er abermals nach dem Stein.

Diesmal wusste er, was ihn erwartete. Solchermaßen vorbereitet war er in der Lage, das Brennen zu ignorieren und sich ganz auf seine Beobachtungen zu konzentrieren. Wieder wurde der Schatten augenblicklich scharf. Silber und rosa glänzende

Schuppen reflektierten die herbstliche Nachmittagssonne. Schillernde Flügel bewegten sich majestätisch im Wind. Ein eleganter, mit Hörnern besetzter Kopf bildete den Abschluss eines langen, beweglichen Halses. Eine rosa und hellblond gefärbte Mähne flatterte im Wind. Ein langer, spitz zulaufender Schwanz vervollständigte den fantastischen Anblick. Leider machte das Tal an dieser Stelle einen scharfen Knick, sodass der Drache aus seinem Blickfeld entschwand.

Bedächtig fasste er nach dem Lederband und ließ das Schmuckstück in der Luft baumeln. Er würde den verdammten Stein keine Sekunde länger als unbedingt nötig anfassen. Nachdenklich betrachtete er ihn. Ein spurlos verschwundenes Mädchen. Ein altbekanntes Schmuckstück, das plötzlich ein Eigenleben und außergewöhnliche Eigenschaften zu besitzen schien. Eine unerklärliche Beobachtung. Er weigerte sich, das Ding beim Namen zu nennen. Schon nur die theoretische Formulierung des Satzes „ich habe einen Drachen gesehen" ließ ihn an seiner geistigen Gesundheit zweifeln. Doch er kam nicht umhin festzustellen, dass die Ereignisse der letzten halben Stunde einige Fragen aufwarfen. Er war fest entschlossen, die zugehörigen Antworten zu finden. Wenn das hieß, dass er die nächsten Stunden hier auf diesem Hügel verbringen musste, dann war das eben so.

Ein kleiner, langhaariger Hund sprang durchs Gras auf ihn zu.

„Nepomuk. Was machst du denn hier?"

Der kleine Chihuahua wedelte begeistert und ließ seine rosafarbene Zunge heraushängen. Er war schon alt. Kurz vor Luna-Maies Geburt hatte seine Schwester ihn in einer Mülltonne gefunden und ihn seiner Frau Miri geschenkt. Seither war der kleine Charmeur nicht mehr aus ihrem Leben wegzudenken. Inzwischen verbrachte er die meiste Zeit neben dem alten Kater Chili auf der warmen Ofenbank. Doch manchmal packte ihn die alte Abenteuerlust und er wagte sich nach draußen.

Mathias ließ sich auf der verwitterten Holzbank neben dem Apfelbaum nieder und klopfte einladend auf den Platz neben sich.

„Komm. Du kannst mir Gesellschaft leisten, bis Luna-Maie endlich aufgibt und aus ihrem Versteck auftaucht. Ich kann nämlich genauso stur sein wie sie. Von irgendjemandem hat sie das ja“, fügte er nicht ohne väterlichen Stolz hinzu.

Mit einem erstaunlich agilen Satz hüpfte Nepomuk auf die angedeutete Stelle und rollte sich prompt neben ihm zusammen. Er bezweifelte zwar, dass Mathias mit seiner Strategie Erfolg haben würde. Doch wenn er eins in seinen langen Hundejahren gelernt hatte, dann war es, dass Menschen selten auf die Meinung eines Chihuahuas hörten.

*

Oje, dachte Ramiro, als er sah, wie es sich Mathias auf der Bank gemütlich machte. Es sah ganz so aus, als würde der Vater beabsichtigen, an Ort und Stelle auf seine abtrünnige Tochter zu warten. Das konnte nur ins Auge gehen. Es war an der Zeit, Hilfe zu holen. Diesmal versuchte er sein Glück lieber bei den Menschen. Die beiden anderen Drachen hatten ihm ja deutlich zu verstehen gegeben, was sie von seiner Theorie hielten.

Smaragdgrüne Funken sprühten, als er sich lautlos in Luft auflöste.

Bei Dragonbooks von Virginia Fox auch erhältlich:

Die Rocky Mountain Serie:

(Genre: Liebesroman/Spannung)

Band 1 – Rocky Mountain Yoga
Band 2 – Rocky Mountain Star
Band 3 – Rocky Mountain Dogs
Band 4 – Rocky Mountain Kid
Band 5 – Rocky Mountain Secrets
Band 6 – Rocky Mountain Fire
Band 7 – Rocky Mountain Life
Band 8 – Rocky Mountain Race
Band 9 – Rocky Mountain Lion
Band 10 - Rocky Mountain Gold
Band 11 - Rocky Mountain Crime
Band 12 - Rocky Mountain Heat
Band 13 - Rocky Mountain Snow
Band 14 - Rocky Mountain Horses
Band 15 – Rocky Mountain Kiss
Band 16 – Rocky Mountain Games
Band 17 – Rocky Mountain Love (Dezember 2018)

Drachenromane:

Die Drachenschwestern Trilogie

(Genre: Frauenromane mit einem Hauch Fantasy)

Band 1 - Die Drachenschwestern
Band 2 - Das Drachenkind
Band 3 - Das Drachenpferd

Das Drachenmädchen

(Genre: Jugend-/Fantasy)

Band 4 - Das Zeichen des Drachen
Band 5 - Die Drachen der Neuen Welt (in Vorbereitung)

Alle Bücher sind als E-Book und Taschenbuch bei Amazon und als Taschenbuch überall im Buchhandel erhältlich.

Die Reihe wird im März 2019 fortgesetzt. Gerne kannst du dich für meinen Newsletter anmelden. So bekommst du alle Informationen über Neuerscheinungen und Aktionen direkt in dein Postfach geliefert. Hier geht's zur Anmeldung: http://virginiafox.com/virginias-welt/

Alle Neuerscheinungen und Preisaktionen werden unter virginiafox.com oder auf FB (authorvirginiafox) angekündigt.